KB132134

와일드 게임

와일드 게임

엄마, 엄마의 애인,
그리고 나

WILD ——— GAME

My Mother, Her Lover, and Me

에이드리엔 브로더
Adrienne Brodeur

정연희 옮김

문학동네

일러두기

주석은 모두 옮긴이주이다.

팀, 매들린, 리엄에게
그리고 앨런을 기억하며

차례
WILD GAME

작가 노트

삶이란 어떻게 살았는가가 아니라 무엇을 기억하는가,
그것을 어떻게 기억해 이야기하는가이다.
—가브리엘 가르시아 마르케스

이 책을 쓰면서 나는 일기장이나 편지, 스크랩북, 사진첩, 성적표, 레시피, 기사, 나와 가족의 역사에 관한 그 밖의 기록을 참조해 가능한 한 사실을 말하려고 노력했다. 그리고 그런 자료에서 신체적이거나 감정적인 정보를 구체적으로 찾아낼 수 없는 경우에는 기억에 의존했다. 그러나 기억은 각색되며, 우리가 뭔가를 기억할 때는 늘 현재의 의미를 찾기 위해 관점을 조작하거나 이해의 새로운 층을 더해 약간 변형시킨다는 것을 충분히 알고 있다.

『와일드 게임』은 이 내용이 이야기의 전부인 척하지 않는다—긴 시간이 몇 개의 문장으로 압축되었고, 어떤 친구와 애인은 생략되었으며, 세부적인 내용은 제거되었다. 자세한 내용은 시간 속에 흩어져버렸다. 앞으로 서술될 내용은 내 삶을 형성한 순간들을 회상하고 해석하고 글로 옮긴 것으로, 모든 내용은 관점과 신념과 욕망에 따라 달라질 수 있다. 다른 사람들은 다르게 기억하고 저마다 다른 관점을 지녔으리란 것을 나는 잘 알고 있다. 사람마다 기억과 경험이 다를 수 있으므로, 다른 사람들을 이야기에 포함시킬 때는 조심하려고 노력했다.

이름은 부모님인 말라바와 폴, 그리고 내 이름을 제외하고 모두 바꾸었다.

(나는 잠자면서 이 시를 꿈꾸었다)
내가 사랑한 누군가가 한번은 내게
어둠이 가득 채워진 상자 하나를 주었다.
세월이 한참 지나서야 나는
그것 역시 선물이란 걸 이해했다.

메리 올리버, 「슬픔의 사용법」

프롤로그

파묻힌 진실, 사실 모든 거짓말이 그것이다.

케이프코드는 파묻힌 것들이 수면 위로 나타났다 다시 사라지는 곳이다. 나무로 만든 바닷가재잡이 통발, 혹등고래의 등뼈, 뿌연 빛의 바다유리*. 어느 날은 아무것도 보이지 않지만, 다음날엔 침식, 바람, 조수 등 자연력의 순환에 의해 거기 줄곧 파묻혀 있던 뭔가가 드러난다. 하지만 하루 뒤에는 사라지고 없다.

몇 년 전, 오빠가 모래톱에 모습을 드러낸 조난선의 앞부분을 발견했다. 쐐기 모양 선체의 상당 부분을 파냈지만, 밀물이 들자 결국 노력은 무산되고 말았다. 다음날, 같은 조수 시간에 맞춰 그 장소로 다시 가

---

* 바닷물에 마모되어 돌멩이처럼 변한 색색의 유리 파편을 말한다.

봤지만 배는 흔적도 없이 사라지고 없었다. 물에 잠겨 있던, 옹이 지고 아름답게 비틀린 나무판을 챙겨와 잔디밭에 두고 말리지 않았다면, 그는 아마도 그 모든 것이 꿈이었다고 생각했을 것이다.

눈 한번 깜짝하면, 보물을 놓친다.

다시 깜짝하면, 안전하게 숨겨져 있다고 생각한 진실이 눈앞에 나타난 것을 깨닫는다. 새로운 상황에서 진실의 흉측한 부분이 밝혀진다. 한 번의 거짓말이 다음 거짓말을 낳는다는 격언을 우리는 모두 알고 있다. 속이려면 밀어붙이는 힘과 조심성과 뛰어난 기억력이 필요하다. 진실을 계속 묻어두려면, 신경써야 한다.

아주 오랫동안 나는 엄마의 비밀을 묻어두려고 손이든 삽이든 들통이든 뭐든 그 순간 쓸 수 있는 것을 이용해 모래로 덮었다.

1부

우리가 치는 거미줄은 얼마나 뒤엉켜 있는가.

월터 스콧 경

1

1980년 7월 어느 더운 저녁, 벤 사우더는 입버릇처럼 하는 "안녕하신가!"라는 말로 씩씩하게 인사를 건네며 케이프코드에 있는 우리 가족의 해변 별장 현관문을 밀고 들어왔다. 당시 육십대 초반이던 벤은 흰머리에 숱이 많았고, 못이 박인 손은 그가 야외 활동을 좋아하는 사람이라는 것을 공공연히 드러냈다. 나는 통로에서 그가 한 손으로 내 의붓아버지인 찰스 그린우드의 등을 툭툭 치고, 반대쪽 손으로 귀퉁이가 젖어 흐물거리고 거무스름해진 갈색 식료품 종이봉지를 높이 들어 올리는 것을 지켜보았다.

"당신이 이걸로 뭘 할 수 있는지 봅시다, 말라바." 벤이, 입구에서 남편 옆에 서 있는 내 엄마에게 말했다. 그러고는 뭔가 줄줄 새는 봉지를 건네고, 엄마의 뺨에 가볍게 키스를 했다.

엄마는 봉지를 부엌으로 가져가 목재 상판 위에 놓은 뒤 봉지 위쪽을 열어 안을 빠끔 들여다보았다.

"비둘기 새끼예요." 벤이 두 손을 비비며 자랑스럽게 말했다. "열두 마리. 깃털을 뽑고 깨끗이 씻었어요. 당신을 위해 머리도 떼어냈고요."

아, 그렇다면 봉지가 젖은 건 피 때문이었던 것이다.

나는 엄마를 흘끗 보았다. 엄마의 얼굴에는 역겨운 내색이라곤 없고 그저 기쁨뿐이었다. 엄마는 이미 분명, 고기를 퍽퍽하지 않으면서 겉을 파삭하게 튀겨내고 향미를 가장 잘 끌어내는 데 필요한 온도와 시간을 계산하고 있을 터였다. 엄마는 부엌에 들어가면 활기가 넘쳤다. 거긴 엄마의 무대였고, 엄마는 스타였다.

"음, 안주인에게 바치는 멋진 선물이라고 말하지 않을 수 없겠는데요, 벤." 엄마가 웃으면서 말하고는 턱을 약간 기울인 채 그를 뜯어보았다. 그렇게 한참을 보았다. 말라바는 평가에 가차없는 사람이었다. 말라바에게서 좋은 평가를 받으려면 오랜 시간이 걸릴 수도 있었고, 그런 일이 아예 일어나지 않을 수도 있었다. 벤 사우더에 대해서는 한 눈금 올라간 것을 알 수 있었다.

벤의 아내 릴리가 뒤에 바짝 붙어 따라왔는데, 손에는 플리머스에 있는 그들의 정원에서 꺾은 꽃 한 다발과 그들의 개울둑에서 갓 딴 야생 물냉이 한 봉지가 들려 있었다. 물냉이에서는 말라바가 좋아하는 후추 냄새가 났다. 엄마보다 열 살 정도 위인 릴리는 체구가 작고 평범하게 예쁜 얼굴이었는데, 회색으로 세어가는 갈색 머리와 주름진 얼굴은 뉴잉글랜드인 특유의 실용성과 허영이라곤 찾아볼 수 없는 면모를 잘 드러내주었다.

찰스는 옆으로 비켜선 채 환하게 웃고 있었다. 그는 사람들과 어울리는 것, 맛있는 음식을 먹는 것, 지난 시절 이야기 나누는 것을 좋아했는데, 오랜 친구 벤과 벤의 아내 릴리와 함께 주말을 보낸다는 것은 그모든 것을 풍족히 누릴 수 있다는 의미였다. 내가 여덟 살일 때, 엄마가 찰스와 결혼한 그때부터 나는 사우더 부부를 알았다. 아이가 부모의 친구를 아는 방식으로, 잘 알지는 못하고 그저 그렇게 아는 정도로.

나는 열네 살이었다.

곧바로 칵테일 시간이 시작되었다. 우리집에서는 신성한 의식 같은 시간이었다. 어머니와 찰스는 평소 마시는 버번을 온더록스로 텀블러 잔에 담아 마셨고, 두번째 잔을 비운 뒤 그들이 즐겨 마시는 아페리티 프로 넘어갔다. 그들은 그걸 '파워팩'이라고 불렀는데, 뭔가 첨가한 드라이한 맨해튼*을 뜻했다. 사우더 부부는 내 부모님이 이끄는 대로 같은 술을 마셨다. 네 사람은 손에 칵테일 잔을 든 채 거실에서 덱으로 나가 이런저런 이야기를 두서없이 나누었고, 나중에는 잔디밭을 지나 나무 계단을 내려가 해변으로 갔다. 거기서 그들은 눈앞에 펼쳐진 해변의 풍요로운 풍경을 만끽했다. 짭조름한 공기, 일몰에 핑크빛으로 물든 하늘, 그리고 갈매기와 계류중인 보트와 먼 파도가 어우러져 만드는 아련한 소리를.

오빠인 피터가 집으로 돌아왔는데, 항해사로 전세 어선을 타고 웰플리트까지 나가 긴 하루를 보내고 돌아오는 길이었다. 그는 열여섯 살

---

* 위스키에 베르무트를 섞은 칵테일.

로, 금발에 피부가 까무잡잡하게 탔고, 소금기와 햇볕에 너무 많이 노출되어 입술이 갈라져 있었다. 그와 벤은 줄무늬농어에 관한 이야기를 나누었다. 농어는 뭘(까나리) 먹고 어디서 먹는가(해안과 가깝고 모래톱을 지난 지점에서). 그들은 저급한 밑밥에 고급 낚싯줄을 쓰는 이른바 취미 낚시는 진짜 낚시가 아니라는 데 생각이 일치했다. 벤은 낚시꾼 중에서도 손꼽히는 낚시꾼이었다. 그는 자기만의 미끼를 달아 제물낚시를 했고, 세상에서 가장 청정한 강에서 낚시를 하려고 연례행사로 아이슬란드와 러시아까지 갔다. 그는 지금껏 이미 700마리 넘는 연어를 잡았다가 풀어주었는데, 1000마리까지 풀어주는 게 목표였다. 하지만 맥주를 꿀꺽꿀꺽 마셔대는 지겨운 관광객과 함께여도, 물 위에서 보내는 나날은 즐거웠다.

"저녁은 언제 돼요, 엄마?" 피터가 물었다. 그의 식탐은 끝이 없었고, 늘 인내심이 부족했다.

이제 모두 집안으로 들어오기만 하면 되었다. 다음 순서가 뭔지는 알았다.

엄마는 부엌 전등을 켜고 손을 씻은 뒤 머리 없는 새들을 꺼내 조리대 상판에 나란히 놓고 깨끗한 행주로 속을 닦아냈다. 우리는 아일랜드 식탁의 녹색 대리석 상판에 팔꿈치를 올린 채 등받이가 높은 튼튼한 의자에 앉아 있었다. 그 자리에선 말라바의 동작이 다 보였고, 우리는 그렇게 지켜보는 걸 좋아했다. 아일랜드 식탁의 목재 상판에 놓인 유리병에서는 바질, 고수, 타임, 오레가노, 민트 등 특유의 향이 있는 허브가 자라고 있었는데, 마치 꽃꽂이를 해놓은 것처럼 보였다. 네모난 버터 덩어리가 부드러워져 반짝거리고 있었다. 커다란 통마늘이 엄마의 칼을 기다리고 있었다. 우리 뒤에 있는 거실은 전면이 슬라이드식 유리문으로 되어 있어 노셋 하버의 넓은 풍경이 바라보였다. 썰물 때는 풀과 모래톱으로 된 습지의 섬들이 모습을 드러냈다. 항구 너머는 바깥 해변으로, 모래언덕이 구두점처럼 보이는 카키색 모래밭이 띠처럼 펼쳐져, 우리와 대서양 사이 완충제 역할을 하고 있었다. 엄마는 고기를 갈거나 뭔가를 젓거나 채소를 강판에 갈다가 이따금 고개를 들고 그 모든 풍경을 눈에 담으며 만족스러운 미소를 지었다.

엄마는 어린 시절부터 케이프코드에 있는 이 타운을 찾아오곤 했다. 하늘에서 내려다보면, 올리언스는 대서양 쪽으로 100킬로미터 뻗었다가 본토를 향해 다시 구부러지고 오므린 손 모양을 한 프로빈스타운으로 오면서 점점 좁아지는 거대한 팔의 팔꿈치 지점에 자리하고 있었다. 어릴 때 말라바는 포세에서 살았다. 아빠와 결혼생활을 하던 시절, 노셋 하이츠에 엄마 소유의 별장이 있었다. 그리고 몇 년 전에 엄마는, 분명 찰스의 도움을 받았을 텐데, 해안가에 8000제곱미터 정도 면적의 집을 샀다. 그 집을 샀을 때 대대적인 공사를 했으니, 부엌의 전망이 가장 좋은 것은 우연이 아니었다.

부엌 살림을 하는 여자라는 말에 러플 주름이 달린 앞치마를 한 사랑스러운 주부나 어린아이들을 충실히 먹여 살리는 고달픈 어머니를 연상했다면, 엉뚱한 부엌의 엉뚱한 여자로 완전히 헛짚은 것이다. 만의 해변으로 가는 구불구불한 길 맨 끝에 있는 이 집에서 부엌은 사령부요, 말라바는 오성 장군이었다. 개방된 형태의 주방이 유행하기 한참 전에 말라바는 요리하는 사람은 혼자 더운 방에 처박혀 닫힌 문 뒤에서 노동하는 사람이 아니라 칭송받아 마땅한 존재라고 말했다. 머랭이

라는 배가 크렘 앙글레즈의 바다에 띄워진 곳도, 완벽하게 구워진 푸아
그라에 졸인 무화과를 끼얹은 곳도, 물냉이와 꽃상추 샐러드에 노련하
게 올리브오일과 바다 소금을 뿌린 곳도 이 부엌이었다.

엄마는 레시피를 거의 따르지 않았다. 볼 필요가 없었다. 음식의 화
학 성분을 파악하는 능력이 장착되어 미각과 본능과 손끝만 있으면 끝
이었다. 혀에 진한 소스 한 방울이면 극소량의 카다멈도, 얇게 한 조각
들어간 레몬 껍질도, 남모르게 살짝 넣은 재료의 향도 감지해낼 수 있
었다. 엄마에겐 어떤 재료를 배합하면 되는지, 온도가 요리를 어떻게
달라지게 만드는지에 대한 타고난 감각이 있었다. 엄마는 또한 이 재능
의 위력을 아주 잘 알고 있었는데, 남자와 관련되었을 때 특히 그랬다.
날카로운 칼과 향신료와 불만 있으면 그 향으로 남자들이 가득 탄 배
를 바위로 유인하는 만찬을 차려냈고, 남자들이 깊은 바다로 뛰어드는
것을 지켜보며 기쁨을 느꼈다. 나는 그리스 신화를 읽어 세이렌에 대해
알고 있었기 때문에 엄마의 그런 능력에 감탄했다.

촛불을 켜자 방안이 환해졌고, 코르크 마개를 따는 행복한 소리가
저녁이 다 됐음을 알렸다. 우리 여섯 명은 식탁에 둘러앉아 첫 요리를
먹기 시작했다. 엄마와 내가 아까 썰물 때 근처 모래톱에서 따온, 껍데
기가 부드러운 조개를 찐 것이었다. 우리는 껍데기를 벌려 쭉 늘어나는
목에서 살을 떼어내 뜨거운 육수와 녹인 버터에 담갔다가 꺼내 입안에
쏙 집어넣었다. 바다의 향미가 확 퍼졌다.

그리고 주요리가 등장했다. 벤이 가져온 새끼 비둘기로 만든 요리였
는데, 가정식으로, 풍부한 육즙을 받아낼 수 있게 홈이 파인 큰 도마에

담겨 나왔다. 말라바는 긴 젓가락으로 접시에 작은 비둘기를 한 마리씩 담아주었다. 미디엄레어로 구운 고기는 부드럽고 연하고 결이 고와, 내가 기대한 것보다 맛이 더 풍부했다. 살은 오리고기처럼 기름지고 베이컨처럼 바삭했다. 엄마는 곁들여 먹는 음식으로 맛좋은 옥수수 푸딩, 그리고 견과류와 달걀과 크림을 섞어서 만든 것을 각자의 접시에 조금씩 덜어주었다. 향미는 서로를 보완했고, 달콤하면서 짭조름했으며, 즙이 많고 살짝 발효된 맛이 났다.

엄마는 처음 한입 베어문 다음 만족스럽게 음미하는 소리를 냈다. 엄마는 자신이 바친 노동의 결실을 늘 수줍음 없이 기꺼이 즐겼다.

"이건—" 벤이 눈을 감으며 말했다. "완벽해." 그는 말라바 옆에 앉아, 말라바의 의자 등받이에 팔을 걸치고 잔을 들어올렸다. "셰프를 위해!"

"말라바를 위해." 릴리가 두번째로 외쳤다.

우리 모두 잔을 쨍 부딪쳤다. 의붓아버지가 환하게 웃으며 말했다. "사랑하는 아내를 위해." 찰스는 두번째 아내이자 거의 열다섯 살 아래인 엄마를 아주 많이 사랑했다. 친구들을 통해 서로 알게 되고 사랑에 빠졌을 때, 두 사람은 각자 배우자가 있는 상태였다. 찰스는 자신의 이혼이 지연되고 엄마와의 결혼 직전에 뇌졸중이 연거푸 와서 부분적으로 몸의 오른쪽을 못 쓰게 되었는데도 자기 곁을 지켜준 말라바에게 고마워했다. 그는 이제 한쪽을 질질 끌고 다녔고, 왼손으로 먹고 쓰는 법을 배웠다.

찰스와 벤은 소년 시절부터 친구 사이로, 자라면서 함께 플리머스 타운에 대한 사랑을 키워나갔다. 벤은 메이플라워호 필그림*의 직계 후손으로 이곳에 살았고, 찰스는 어린 시절 이곳에서 여름을 보내곤 했다. 두 사람은 잘 어울릴 것 같지 않았지만—찰스는 머리가 좋았고, 벤은 몸을 잘 썼다—우정은 수십 년 동안 이어졌다. 나이 차이는 여섯 달도 채 안 됐지만, 강렬하고 매력적인 벤이 한참 더 어려 보였다. 벤은 성공적인 사업가인데다 사냥도 잘하고 낚시도 잘했다. 환경보호 활동가이기도 해서 자연에 대한 지식이 해박했고, 그것을 열정적으로 공유했다. 저녁을 먹으면서 나는 그에게 질문을 쏟아냈다. 투구게는 어떻게 짝짓기를 해요? 청어는 왜 봄마다 이동해요? 대합은 어떻게 알을 낳아요? 나는 어려운 질문으로 그를 난처하게 만들고 싶었지만, 결과는 실패였다. 서식지 환경과 거기 사는 동물에 관한 질문에 답하는 것은 그의 특기였다.

우리 여섯 명이 게걸스럽게 음식을 먹는 동안 벤은 우리에게 자기가 30년 넘게 키우고 있는 비둘기 이야기를 들려주었다.

"비둘기는 부모가 함께 새끼를 부화시키고 먹인다는 거 알고 있었니?" 그가 비둘기의 작은 다리를 내 쪽으로 들고 말했다.

"그러니까 이 비둘기가 도시 비둘기하고 같은 거예요?" 나는 이 비둘기가, 내가 태어나고 아빠가 여전히 살고 있는 뉴욕에서 봤던 그 칙칙한 색깔의 생명체와 같은 것인지 궁금해서 그렇게 물었다.

"그렇기도 하고 아니기도 하지. 두 종류 다 콜룸비데라는 과에 속하긴 해." 벤이 말하면서 내 팔을 어루만졌다. "우리가 키우는 새는 흰 비둘기고."

---

* 미국의 영국 식민지 시절 초기에 뉴잉글랜드로 건너간 영국 분리주의자들.

"오, 흰 비둘기는 정말로 아름답단다, 레니." 릴리가 말했다. "언제 놀러와서 직접 봐야 해."

"그럼 좋겠어요." 내가 말하고 나서 엄마를 쳐다보자, 엄마는 허락한다는 의미로 고개를 끄덕였다.

"그러면 죽이는 건 정확히 어떻게 해요?" 피터가 물었다.

벤이 보이지 않는 작은 목을 비틀었다.

저녁 시간은 소소한 놀라움이 가득했고 즐겁게 흘러갔다. 벤은 말할 때 두 손을 쓰는 활력 넘치는 사람이었고, 한번 설명을 시작하면 끝까지 했지만 다른 사람이 말할 때는 열심히 들을 줄도 알았다. 나는 식사 시간 내내 그의 눈길이 자꾸 엄마를 향하는 것을 눈치챘다. 엄마는 그 시선을 즐기는 것 같았고, 고개를 말처럼 홱홱 들며 거리낌없이 웃었다. 한번은 내가 엄마가 볼록하게 솟은 옥수수 푸딩을 포크로 긁어오는 것을 보고 있을 때였다. 우리 둘 다 벤이 그걸 보는지 보려고 고개를 들었다. 벤은 보고 있었다. 엄마는 내게 은밀한 미소를 지어 보이며 내 잔에 레드와인을 따라주었다. 그리고 피터에게도 한 잔 따라주었다. "피노와 비둘기 요리가 완벽하게 어울리네." 엄마가 우리를 쳐다보며 마치 우리가 식사할 때는 늘 와인을 곁들이는 것처럼 말했다.

내가 놀란 표정을 짓자 엄마는 재미있다는 듯 어깨를 으쓱했다. "우리가 프랑스에 살았다면 네가 여덟 살만 돼도 저녁식사를 시작할 때 와인을 마셨을 거야!"

벤이 동의한다는 듯 껄껄 웃었고, 엄마는 그를 따라 쿡쿡 웃었다.

찰스와 릴리는 내가 술을 마시는 것에 개의치 않고, 각자의 배우자가 서로 시시덕거리는 데도 동요하지 않고, 그들을 따라 웃음을 터뜨렸다.

이날 밤엔 모든 게 너무너무 재미있었다.

아홉시쯤 되자 나는 조급해졌다. 선풍기를 켜놓았지만 식사실은 불쾌할 만큼 더웠고, 다리 안쪽이 의자에 들러붙었다. 괘종시계를 흘끗 보았다. 왜 안 와? 마침내 탕탕탕 문 두드리는 소리가 들렸고, 나는 오빠에게 부탁하는 눈빛을 보냈다. 오빠는 앉은 자리에서 꼼짝도 하지 않았다.

제발, 나는 눈썹을 치키며 피터에게 부탁했다. 부탁이야. 그냥 해줘.

피터는 눈동자를 굴리며 내키지 않는다는 듯 어깨를 으쓱하더니 마지못해 일어서서 문 쪽으로 갔다.

"일어서도 될까요?" 내가 엄마에게 물었다. "상쾌한 공기를 좀 마시고 싶어서요."

엄마는 고개를 끄덕였지만, 내가 무슨 말을 했는지 제대로 알아듣지도 못한 것 같았다.

나는 접시를 치우려고 일어서는데 와인을 마신 탓에 머리가 약간 어지러웠다. 계단을 빠르게 올라가 이를 닦고 머리를 빗은 뒤 급히 내려왔고, 문 쪽으로 갈 때는 침착해 보이려고 속도를 늦추었다.

오빠와 이웃집 테드가 앞쪽 포치에 서서 잡담을 나누고 있었다. 우리 모두 절차를 알았다. 피터가 잘 가라는 인사를 하고 어슬렁어슬렁 안으로 들어가면, 테드와 나는 집 건물을 돌아 나무 계단을 통해 아래 해변으로 내려간다. 우리, 그러니까 이 남자애와 나는 서로 할말이 많지 않았다. 그래서 대화는 나누지 않았다. 우리는 평소 가던 곳으로 가서 거친 모래밭에 누웠고, 거의 일주일 동안 밤마다 해오던 애무를 시작했다.

한 커플이 우리가 모래밭에, 그들 뒤쪽에 있는 것을 알지 못한 채 손을 잡고 우리 앞을 지나 물가 근처 바위에 기대앉은 뒤 작은 만에 어린 달빛을 보며 감탄했다. 우리는 보통 침입자가 나타나면 몸을 뗐는데, 이번에는 테드가 가만히 있으라는 표시로 자기 입술에 손가락을 갖다 대더니 내 상의를 젖가슴 위로 훽 끌어올렸다. 나는 예상치 못한 행동에 깜짝 놀라 모래밭에 가만히 누워 있었다. 밝은 달빛 아래 드러난 테드의 활짝 웃는 얼굴은 청소년의 욕망과 탐욕으로 가득했다. 그의 시선이 내 젖가슴을 탐닉했다. 겨드랑이에서 짙은 금색 털이 삐져나온 게 보였고, 어깨 근육이 씰룩거렸다. 그리고 그가 시작했다. 먼저 한쪽 가슴을, 이어 반대쪽 가슴을 움켜잡았다 놓았다. 그러자 내 가슴팍에서는 불꽃이 일렁이는 것 같았고, 다리 사이로 뜨거운 기운이 몰렸다.

집으로 돌아갔을 즈음 엄마의 저녁 파티는 끝나가고 있었다. 릴리는 디저트 접시를 치우고 있었고, 의붓아버지는 고단해 보였다. 벤과 엄마조차 얼마간 차분해져 있었다. 나는 눈에 띄지 않게 슬그머니 그들을 지나 2층으로 올라갔다.

침대로 기어드니 테드와 만난 일이 머릿속에서 맴돌기 시작했다. 그가 한 행동이 자꾸 떠올랐다. 십대가 성적인 관계를 맺기 시작했을 때 적용되는 규칙은 모호하지 않았다. 되돌아가는 일은 없다. 이제 새로운 출발선이 그어졌고, 다음번에 몰래 만날 때는 내 젖가슴이 드러나는 게 당연하게 여겨질 터였다.

침실 커튼을 걷어놓고 창문을 최대한 활짝 열어놓았는데도, 날이 몹시 더웠다. 내 머리칼은 소금기 밴 축축한 공기에 젖어 목에 들러붙었고, 모래가 퍼석거리는 나달나달해진 면 시트는 다리에 들러붙었다. 유일하게 달만이 시원해 보였고, 나는 그게 차가운 금속판인 것처럼 얼굴을 대고 누르고 싶었다. 바깥에서는 계류중인 어선을 흔들거나 엄마의 풍경風磬을 울릴 만큼의 약한 바람도 불지 않았다. 집안 또한 고요했다. 부모님과 손님들은 이제 잠자리에 들었을 것이다.

지난 한 해 동안 내 몸에 아주 많은 변화가 일어났다. 예전에는 관심을 끌려고 남자애들을 쫓아다니곤 했다. 그러나 지금은 그저 우리집 포치 난간을 잡고 몸을 앞으로 쑥 내밀며 부드러운 모래에 발가락을 밀어넣거나, 해를 올려다보는 양 눈을 찡그리고 시선을 들기만 해도, 그들은 홀린 듯 쳐다보았다. 아무 일 일어나지 않은 긴 시간이 끝나고 내 몸이 터지기 시작했다. 가슴이 부풀고, 엉덩이가 커지고, 새 지평을 연 살 위로 피부가 팽팽히 당겨졌다. 내면 역시 날뛰기 시작했다.

나는 매달 생리 때면 통증을 느꼈다. 하지만 누구도 그 나머지에 관한 이야기는 해주지 않았다. 그게 축축하고 입자가 고운 흙 같다는 것을, 생리를 하지 않을 때도 많은 일이 일어난다는 것을, 조금씩 달라지고 부드러워지면서 끈적거리는 물질로 내게 단서를 남긴다는 것을. 나는 꿈을 꾸듯 그 밤에 일어난 일—테드가 셔츠를 획 들치고 두 손으로 내 가슴을 만진 일—을 마침내 내 안에서 완전히 새로운 소동이 일어날 때까지 머릿속으로 그리고 또 그려보았다. 익숙지 않은 파도가 깊은 중심에서 부풀어올라, 내 안을 휩쓸고 지나가면서 그 길에 있는 모든 신경과 세포를 훑았다.

방금 무슨 일이 일어난 거지?

나는 다시 정신이 번쩍 드는 기분을 느꼈고, 이 특별한 곳에 이르기까지의 길을 기억하고 싶어 내가 지나온 걸음을 떠올려보려 했지만, 기억은 나를 빠져나갔다. 나는 얕은잠을 자며 자다 깨기를 반복했다.

*

"일어나, 레니."

내 어깨로 손 하나가 내려와 머리 위로 시트를 들어올리는 것을 느꼈다.

"레니, 좀."

고개를 돌려 엄마의 얼굴을 쳐다보기도 전에, 엄마의 소곤거리는 목소리가 이상하게 떨리는 것을 느꼈다. 엄마에게서 피노 누아의 잔향이 났다. 목소리는 망설이는 것 같으면서도 간절했다. 엄마가 앉은 매트리스 위 내 옆자리가 쑥 내려갔고, 그 꺼진 느낌에 내 몸이 경직되었다. 나는 눈을 감은 채 숨을 골랐다.

"레니!" 속삭임은 좀더 다급해졌고, 익숙하지 않은 떨림은 여전했다. 엄마가 시트를 끌어내렸다. "제발 좀 일어나."

엄마가 옆에서 굽어보고 있고 내 귓가에 닿는 숨결이 따뜻한데도, 나는 테드 생각을 떨치고 싶지 않았다. 엄마가 왜 한밤중에 내 방에 있는 거지? 잠시 나는 더럭 겁이 났다. 내가 방금 섹스에 이르는 첫 시도를 감행한 것을 엄마가 육감적으로 느꼈나? 아니면 피터가 나를 배신

29

하고, 내가 몰래 빠져나가 그런 짓을 한다고 엄마에게 일러바쳤나? 나는 엄마의 설교를 들을 기분이 아니어서 몸을 돌리고 반쯤 잠든 척했다. 나는 여전히 방금 일어난 일의 감각을 붙잡고 떠다니는 중이었고, 그 자취를 잃고 싶지 않았다.

"레니, 일어나. 제발 좀 일어나라니까."

그냥 가줘요, 나는 생각했다.

"사랑하는 딸, 부탁이야. 네가 필요해."

나는 그 말에 눈을 떴다. 말라바는 원피스 잠옷 차림에, 머리칼은 헝클어져 있었다. 나는 일어나 앉았다.

"엄마, 무슨 일이에요? 다 괜찮은 거죠?"

"벤 사우더가 방금 내게 키스했어."

이 정보가 받아들여지는 데는 시간이 걸렸다. 그 의미를 알아내려고 해보았다. 그러나 그렇게 할 수 없었다. 나는 눈을 비볐다. 엄마는 여전히 거기 내 옆에 있었다.

"벤이 내게 키스했어." 엄마가 다시 말했다.

주어, 대상어, 동사로 이루어진 정말로 아주 간단한 문장이지만, 나는 이해할 수 없었다. 벤 사우더가 왜 엄마에게 키스를 해? 내가 순진해서가 아니었다. 사람들이 해서는 안 되는 사람들에게 키스한다는 건 나도 알았다. 부모님은 결혼생활 동안 그들이 바람 피운 이야기를 내게 감추지 않았고, 그렇게 해서 나는 다른 아이들 대부분보다 불륜에 대해 더 많은 것을 알게 되었다. 부모님이 헤어졌을 때 내 나이는 네 살, 아빠가 재혼했을 때는 여섯 살, 아빠의 새 결혼이 와해되기 시작했을 때는 일곱 살, 엄마가 마침내 찰스와 결혼할 수 있게 되었을 때─엄마와 찰스가 처음 만났을 때 찰스는 첫 아내와 별거중이었으나 아직 이혼한 상태가 아니었다—는 여덟 살이었다.

벤은 물론 릴리와 결혼한 상태였다. 사우더 부부는 35년 동안 결혼 생활을 이어오고 있었다.

엄마와 찰스. 벤과 릴리.

엄마와 의붓아버지가 서로 처음 알게 됐을 때부터 네 사람은 커플로 만나는 친구 사이였다. 그런 지 10년쯤 되었다.

내가 그 키스 이야기를 듣고 정말로 놀란 건 그 때문이었다. 벤과 찰스의 우정. 두 사람은 서로 무척 좋아하고 아꼈다. 그들 사이의 애정은 50년, 어쩌면 그보다 더 전으로 거슬러올라가는데, 그때 그들은 플리머스 베이의 수평으로 흐르는 회색 강에서 물수제비뜨기를 하며 놀았고, 필그림 흉내를 내면서 모래언덕에 요새를 짓고 막대를 머스킷 총 삼아 가상의 적을 막았다. 한 해 두 해 지나면서, 그들은 함께 사냥과 낚시를 했고, 서로의 여동생과 데이트를 했다. 서로의 결혼식에서 들러리를 섰고, 서로의 아들에게 대부가 되어주었다.

"벤이 엄마에게 키스했다니, 그게 무슨 뜻이에요?" 나는 갑자기 잠이 번쩍 깼다. 엄마가 그에 대한 반응으로 그의 뺨을 때리는 장면을 그려보았다. 그게 엄마가 할 만한 행동이었다. "어떻게 된 거예요?"

"저녁을 먹은 뒤 같이 산책하러 나갔어. 우리 둘만. 그런데 그가 나를 끌어당기는 거야. 이렇게." 엄마는 자신의 몸을 두 팔로 끌어안아, 벤의 포옹을 보여주는 동시에 그 순간의 기억을 끌어안았다. 그러고는 미소를 지으며 침대에 털썩 주저앉더니 내 옆에 몸을 뻗고 누웠다.

그러니 뺨을 때린 일 같은 건 없었던 것이다.

"지금도 믿을 수가 없어. 벤 사우더가 내게 키스를 하다니." 엄마가 말했다.

오늘밤 엄마 목소리가 왜 이렇지?

"벤이 내게 키스했다니까, 레니."

이번에도 느껴졌다. 그건 기쁨이었다. 찰스가 뇌졸중으로 쓰러진 뒤에는 엄마에게서 듣지 못한 어조. 기쁨은 밤하늘에서 쏟아져 엄마의 목소리에 내려앉았다. 한 번의 키스―그 환한 반짝임, 앞으로 어떤 일이 일어날지 암시하는 전조―가 모든 것을 바꿔놓았다.

"벤이 다음주에 뉴욕에서 나를 만나고 싶대. 언어 관련해서 무슨 위원회 회의가 있나봐. 릴리는 플리머스에 그대로 있을 거고. 나 어떡하지?"

우리는 등을 대고 누워 있었고, 우리 몸에서 열기가 뿜어져나왔다. "내가 어떻게 해야 할 것 같아?"

우리 둘 다 이건 그냥 물어보는 말이라는 걸 알았다. 말라바는 작전가였다. 이미 마음을 먹은 뒤였다.

"네 도움이 필요할 거야, 사랑하는 딸." 엄마가 말했다. "어떻게 할지 생각해야 해. 어떻게 하면 가능할지."

나는 무슨 말을 해야 할지 확실히 몰라 시체처럼 누워 있었다.

"당연히 찰스의 마음을 다치게 하고 싶진 않아. 그에게 더 많은 슬픔을 주느니 차라리 죽겠어. 그게 무엇보다 중요해. 찰스가 결코 알아내서는 안 돼. 알면, 완전히 폐인이 될 거야." 엄마는 잠시 말을 멈추고 찰스를 마지막으로 한번 생각하는 듯하더니 곧 내 쪽으로 돌아누웠다.

"나를 도와줘야 해, 레니."

엄마에게 내가 필요한 것이다. 나는 이 대화의 공백을 채워야 한다는 걸 알았지만, 말이 나오지 않았다. 무슨 말을 해야 할지 알 수가 없었다.

"너는 엄마한테 이 일이 일어난 게 기쁘지 않니, 레니?" 엄마가 한쪽 팔꿈치로 침대를 짚고 몸을 일으키며 물었다.

나는 엄마의 얼굴을 쳐다보고, 이어 눈을 들여다보았다. 검고 촉촉한 눈에 희망의 빛이 떠올라 있었다. 그 순간 나는 엄마를 위해 그 일이 기쁘게 느껴졌다. 나를 위해서도 기뻤다. 말라바가 사랑에 빠졌고, 비밀을 털어놓을 상대로 나를 고른 것이다. 그 순간까지 내가 바라는 줄도 모르고 있던 역할이었다. 어쩌면 이건 좋은 일일 수도 있다. 찰스에게 뇌졸중이 온 뒤로 엄마는 계속 불만족스러운 상태였고, 그전에도 종종 그런 모습을 보였는데, 벤만큼 활력 넘치는 사람이라면 엄마를 자극해 그 상태에서 빠져나오게 할 수 있을 것 같았다. 아마 학교가 개학하는 가을에는 엄마가 카풀 때문에 학교 애들을 태우러 나갈 때 제대로 옷을 갖춰 입은 모습으로 나타날 것이다. 잠옷 위에 코트를 입는 일도 없을 테고, 아침에 부석부석한 얼굴에 시트 자국이 남은 일도 없을 것이다. 머리를 빗고, 입술에 립글로스를 바르고, 같이 차를 타고 가는 아이들에게 다른 엄마들처럼 유쾌하게 "안녕" 하고 인사할 것이다.

"물론 기뻐요." 내가 말했다. "엄마를 위해 정말로 기뻐요."

고마움의 눈물을 흘리는 엄마의 반응에 나는 더욱 대담해졌다.

"지금까지 겪은 일을 생각하면 엄마는 그럴 자격이 있어요." 내가 말했다.

"사랑하는 딸, 누구에게도 말해서는 안 돼. 아무에게도. 오빠에게도, 아빠에게도, 친구들에게도. 아무에게도. 진지하게 하는 말이야. 약속해, 레니. 이 비밀은 무덤까지 가져가야 해."

나는 즉시 약속했고, 그날 밤 두번째로 누군가에게 휘둘리고 있다는 사실은 망각한 채, 엄마의 드라마에서 주역을 맡았다는 사실에 짜릿한 전율을 느꼈다.

다른 침실을 쓰는 사람들—오빠, 의붓아버지, 벤과 릴리 부부—은 모두 평화롭게 잠들어 있었다. 자신들이 발을 딛고 있는 곳에 지각변동이 일어난 줄은 까맣게 모른 채. 엄마는 시야를 좁혀 행복을 선택했고, 나는 그 일에 기꺼이 가담했다. 우리 둘 다 새로이 만들어지는 지형의 위험을 무시한 채.

*

새벽빛이 열린 창문으로 쏟아져 들어오고, 태양이 바깥 해변, 즉 우리의 작은 만을 대서양과 갈라놓는 모래밭과 모래언덕의 긴 모래톱 위로 떠오르자, 하늘은 붉은 줄무늬가 그려진 찬란한 푸크시아꽃으로 변했다. 나는 희망에 부풀어 눈을 떴고, 테드에 대한 생각은 더이상 하지 않았다. 오늘 저녁 테드가 우리 포치에 나타나도, 더이상 해변으로 내려가 그의 골반이 내 골반을 누르는 단호한 힘을 느끼는 일은 없으리란 걸 나는 이미 알고 있었다. 그렇게 하느니 집에 있으면서 엄마의 유혹을 목격하는 증인이 될 것이다.

2

남아메리카에서 팔랑거린 나비의 날갯짓이 텍사스에 폭풍우를 일으킬 수 있다고 믿는다면, 시골길에서의 부정한 키스가 일으키는 걷잡을 수 없는 결과는 무엇일 수 있을까? 그 일 이후 내 삶의 시작점을 찍는 이정표가 되었다. 엄마를 따르기로 선택한 이상, 되돌아갈 길은 없었다. 나는 엄마의 보호자이자 보초병이 되었고, 엄마가 들키지 않도록 늘 망을 봤다.

기뻐하는 엄마 목소리에 마음이 들뜨고 우리가 나눈 친밀한 대화에 여전히 취한 채, 나는 흥분되고 설레는 마음으로 잠에서 깼다. 말라바가 나를 선택한 것이다. 이건 기회라는 말로 표현하기 힘든 느낌에 내몸은 전율했다.

들뜬 기분으로 아래층으로 내려가니, 오빠는 이미 부엌에서 시리얼 그릇 위로 몸을 숙이고 있었다. 아일랜드 식탁에는 반쯤 비워진 유리잔들이 간밤에 마시고 남은 와인의 시큼한 향을 풍기며 나란히 놓여 있었다. 6월에 열여섯 살이 된 피터는 차고 위의 독립된 방을 썼고(그래서 질투가 났다), 자기 보트를 소유하고 있었으며(이것 때문에도 질투가 났다), 이미 자신이 어떤 사람이 되고 싶은지에 대한 생각이 서 있었다.

"테드가 완전 쓰레기인 거 알지, 레니?" 피터가 숟가락 가득 플레이크를 퍼올리며 말했다. 그는 입가에 묻은 우유 한 방울을 손등으로 닦아냈다.

나는 테드가 내 상의를 끌어올리던 게 퍼뜩 떠올라 얼굴이 달아올랐다. 그랬다. 나는 테드가 쓰레기란 걸 알고 있었다. 그는 5년 전만 해도 개구리를 잡으며 여름날 저녁을 보냈고, 개구리 입안에 폭죽을 집어넣고 개구리 다리가 날아갈 때 깔깔 웃음을 터뜨리던 아이였다.

"아니야, 좋은 애야." 내가 오빠에게 말했다. 말이 구슬처럼 매끄럽게 흘러나왔다. 테드에게 더이상은 관심이 없었지만, 그가 머저리란 걸 인정하는 건 별개의 문제였다. 우리집에서는 진실한 것보다 맞다는 것이 더 중요했다. 모호함이 들어설 자리는 없으니, 결코 경계를 늦추어선 안 되었다.

피터는 내 가당치 않은 말에 히죽거리며, 아일랜드 식탁 개수대 쪽으로 자기 그릇을 툭 밀었다.

10년 전 부모님이 이혼한 뒤로 우리는 셋이었다. 엄마, 피터, 그리고 나 이렇게. 물론 방관자이긴 해도 격주로 주말에, 그리고 명절에 번갈아 사용하는 집에서 지내는 아빠도 있었고, 의붓아버지인 찰스도 있었고, 이제는 내 의붓형제가 된, 그의 전 결혼에서 생긴 장성한 자식 넷도 있었다. 하지만 부모님이 이혼한 뒤로 우리의 기본적인 가족 단위는 늘 단단한 삼각형 형태였다. 하지만 오늘 아침에 그 기하학적 형태가 바뀌고 있었다. 하루가 끝나기 전에 피터 쪽이 느슨해질 테고, 그쪽이 완전히 떨어져나가면 엄마와 나로 이루어진 단일한 직선이 만들어질 것이다. 그리고 그것은 엄마의 비밀이 흐르는 가장 직접적인 통로가 될 것이다.

*

"굿모닝." 말라바가 특별히 누구에게랄 것 없이 노래하듯 말했다. 엄마는 속이 비치는 원피스 잠옷에 면으로 된 가운을 걸치고 헐렁하게 허리끈을 맨 차림으로 산들바람처럼 부엌에 나타났다. 머리칼이 헝클어져 있었다. 오늘 아침은 조금 시원해졌으나 여전히 습기가 많았고, 하늘은 자줏빛이 감도는 회색 소용돌이를 그리며 비를 예고했다. 엄마는 부엌 저만치 유리창에 비친 자신의 모습을 보더니 입을 꾹 다물었다. 엄마는 찬찬히 손등에 퍼진 검버섯을, 그리고 목 아래 늘어진 살, 완벽한 상태에서 며칠 지난 천도복숭아 같은 그 피부를 쳐다보았다.

하지만 엄마는 여전히 아름다웠고 날씬했으며 건강했다. 윤기 흐르는 적갈색 머리칼이 왼뺨 위쪽으로 옴폭 들어간 보조개가 있는 매력적인 얼굴을 둘러싸고 있었다. 보조개는 핀셋에 집힌 자국이 남은 것으로, 엄마가 이 세상에 힘들게 나온 것을 상기시켜주는 표지였다. 엄마는 우아하고 냉담한 분위기를 자아냈지만, 낚싯줄에 미끼를 다는 데

거리낌이 없고 종종 누구보다 먼저 거친 파도에 뛰어드는 등 놀랄 만큼 투지 넘치는 모습을 보였다. 엄마가 뉴욕에서 기자 생활을 포기하고, 물려받은 재산이 많은 찰스와 결혼함으로써 더 편안하고 경제적으로 안전한 생활을 선택했을 때 자신의 중요한 한 조각을 잃은 것을 나는 이제 안다. 아빠가 말해주기로, 내 할아버지는 말라바에게 종종 이런 말을 했다고 한다. "너는 결혼을 한 번은 아이를 낳아줄 남자와 하고, 또 한 번은 노년에 너를 돌봐줄 남자와 해라." 잠재의식에서 비롯됐거나 그렇지 않거나, 그게 찰스와 결혼한 엄마의 의도였다면 계획대로 되지 않은 셈이었다. 찰스는 엄마를 부자로 만들어주었지만, 엄마는 그를 보살피는 엄청난 일을 떠안았다. 말라바는 가을에 마흔아홉이 되는데, 예기치 않은 인생의 변화 때문에 절망을 느낀다는 데는 의심의 여지가 없었다.

엄마는 거울에 비친 자기 모습을 향해 도발적으로 턱을 들더니 고개를 돌려 나를 빤히 쳐다보았는데, 그 표정은 지난밤 엄마가 내 방에 온게 꿈이 아니었음을 증명해주었다.

"꼬마 아가씨." 엄마가 눈썹을 아치 모양으로 만들며 말했다. "너하고 나는 나중에 의논할 게 있어."

피터가, 내가 이번엔 무슨 짓을 한 건지 궁금해하며 고개를 저었다. 그는 내가 테드와 그러고 놀다 걸렸다고 생각한 모양인지, 마리화나를 뻐끔 빠르게 한 모금 빠는 시늉을 했다. 걸렸어? 그가 눈빛을 반짝였다.

이어, 엄마는 자신이 마실 차를 우렸다. 칵테일, 와인, 수면제 한두 알이 몰고 온 간밤의 안개를 깨끗이 걷어내고 새 하루를 시작하는 정성스러운 의식이었다. 엄마는 주전자를 내려놓고 깨끗한 물을 채운 뒤 레인지 위에 올렸다. 물이 뜨거워지자 정산소종 찻잎이 담긴 통 뚜껑을 열었고, 훅, 방안에 찻잎 특유의 향이 가득 퍼졌다. 엄마는 엄지와 검지로 마른 찻잎을 꼭 알맞게 가늠해 조금씩 다기 안에 흩뿌렸다. 마침내 주전자가 탈탈거리고 휘파람 소리를 내자 찻잎에 뜨거운 물을 부었고, 차는 수탉 모양의 특이한 다기 덮개를 덮어쓴 채 깊은 맛을 우려냈다.

찰스가 깨끗이 샤워를 하고 귀족적인 느낌을 주는 사각틱에 두꺼운 뿔테안경을 쓰고 회색 머리칼을 매끈하게 빗어넘긴 채 다음 순서로 들어왔다. 그는 6년 전 뇌졸중으로 쓰러진 뒤 줄곧 이 모습이었다. 더이상 상황을 지휘하는 위치가 아니라는 사실을 체념하고 받아들인 모습. 찰스는 여러 해 전에 직접 설립하고 지금도 열정적으로 기여하는 살아 있는 역사박물관 플리머스 플랜테이션Plimoth Plantation('Plimoth'는 주지사 윌리엄 브래드퍼드가 집필한 플리머스Plymouth 타운에 대한 역사적 설명에서 따온 것이다)의 비전을 제시하는 역할을 하며 존경을 받아온 만큼 다양한 고고학적 관심사에 사로잡혀 있었다. 가장 최근에 강박적으로 빠진 관심사는 오래전에 사라진 해적선 위더갤리호의 잔해를 찾는 것이었다. 찰스의 가장 감탄스러운 점은, 내 부모님과 근본적으로 다르다는 사실이다. 그는 욕설을 내뱉지도 않았고, 성질을 부리지도 않았으며, 자기주장을 양보하는 데도 문제가 없었다. 매너 좋고 과묵하고 예의바르고 다정다감했으며, 좋은 책만 있으면 더 바라는 게 없었다. 역사책을 즐겨 읽었는데, 해변만 아니면 어디에서나 책을 읽었다. 여름이면 아침마다 비의 신에게 기도하며 자신의 희망사항을 알렸다. "비의 신이시여, 부디." 그는 아침식사를 하면서 나지막이 읊조렸다. "당신이 맡은 일을 하시어 제가 저 뜨거운 모래 해변에 가서 앉아 있지 않아도 되게 해주십시오." 그의 기도는 우리 모두를 웃게 했다.

"오늘은 원하시는 대로 될 것 같은데요, 찰스." 피터가 말하자 의붓아버지는 미소를 지으며 비를 뿌릴 것 같은 하늘을 쳐다보았다.

"우리, 웰플리트로 차를 몰고 가서 요즘 배리 클리퍼드는 어떻게 지내는지 보고 올까?" 찰스가 딱히 누구에게랄 것 없이 제안했다. 배리 클리퍼드는 이 지역에서 케이프코드의 인디애나 존스로 알려진 사람으로, 물속에 가라앉은 보물을 찾아다녔고, 찰스처럼 위더갤리호 찾는 일을 목표로 삼고 있었다.

아무도 찰스의 미끼를 물지 않았다.

대체로 엄마는 차를 마실 때 찰스에게 모닝커피를 내갔다. 머그잔에 생커 커피를 한 스푼 넣고, 남은 물을 부은 뒤 한 번 휙 저은 것이었다. 그가 혼자 살던 시절에 생긴 습관이라며 엄마는 찰스가 그걸 좋아한다고 장담했다. 하지만 벤과 릴리가 와서 지내는 주말인 오늘 아침엔 방금 간 원두로 커피를 끓였고, 나는 찰스가 그걸 아주 맛있게 마시는 것을 보면서 그가 정말로 생커 커피를 더 좋아하는 게 맞는지 궁금했다.

찰스, 피터, 나 이렇게 셋은 아일랜드 식탁의 평소 앉던 자리에 나란히 앉아 부엌을 쳐다보았다. 차를 마신 엄마가 생기 넘치는 모습으로 레인지에서 아일랜드 식탁으로, 개수대로, 냉장고로 사뿐사뿐 이동하며 아침을 준비하고 있었다. 엄마는 가정식 콘프리터를 만들기로 하고, 신선한 달걀 흰자를 뻑뻑해져 봉우리 모양이 될 때까지 열심히 저었고, 옥수수자루에서 낟알을 떼어냈으며, 육두구를 강판에 갈았다. 아일랜드 식탁에 꺼내놓은 버터는 부드러워졌고, 메이플시럽은 레인지로 살짝 데웠다.

벤과 릴리는 방금 샤워를 마치고 머리를 빗은 모습으로 마지막에 나타났는데, 회색으로 세어가는 릴리의 머리칼은 밝은 노란색 헤드밴드로 고정돼 있었다. 릴리는 비싼 미용실에 돈을 퍼주는 유의 여자가 아니었다. 릴리는 버뮤다팬츠에 폴로셔츠를 입고 독서용 안경을 썼는데, 안경이 콧등 아래로 아슬아슬하게 걸려 있었다. 팔 밑에는 노르웨이 역사에 관한 묵직한 책이 끼워져 있었다. 그녀가 내 의붓아버지에게 봐달라고 그것을 들어올리자, 찰스는 고개를 한 번 끄덕이고 싱긋 웃어주었다.

벤은 특유의 활기 넘치는 "안녕하신가!"라는 말로 찰스에게 인사를 건네고 성큼성큼 부엌으로 들어와, 엄마의 두 손을 잡고 아내와 내 의붓아버지가 다 보는 데서 엄마 입술에 키스를 했다.

"말라바," 엄마의 동공이 팽창하는 것이 보일 만큼 엄마 얼굴 가까이 자기 얼굴을 바짝 갖다댄 채, 그가 "내 평생 그렇게 맛있는 식사는 처음이었어요!" 하고 말했다.

"벤," 릴리가 장난스럽게 남편을 나무랐다. "그 가여운 여인은 가만 놔둬." 그녀의 목소리는 가녀리고 거칠었는데, 이십대 때 받은 암 치료 후유증이었다. 방사선 씨앗이 그녀의 가슴에 심어졌고, 방사선은 종양이 커지는 것을 막는 데는 성공했지만, 몸의 다른 부분을 황폐하게 만들었다. 난소, 심장, 이제는 성대까지. 병은 없지만, 상태가 좋지 않다는 건 릴리를 쳐다보기만 해도 알 수 있었다. 바스러질 것 같다는 표현이 떠올랐다.

"무슨 소리." 벤이 엄마의 손을 놓지도 않고, 엄마에게서 시선을 떼지도 않은 채 말했다. "신선한 비둘기를 받았을 때 그걸로 뭘 할지 아는 여자가 얼마나 되겠어?" 그는 자신의 행운이 믿기지 않는다는 듯 고개를 가로저었다. "굉장해, 정말 굉장해."

엄마의 얼굴이 행복감으로 달아올랐다. 거기엔 안도감도 있었을까? 엄마는 전날 밤 일어난 일을 다시 떠올리면서 그 키스는 아침햇살에 잊히는, 취해서 한 행동 이상은 아니었을 거라고 혼자 되뇌었을까? 그랬다면, 이제 그게 아니었다는 걸 확신할 수 있었다. 벤 사우더는 엄마가 굉장하다고 공개적으로 선언했고, 그렇게 함으로써 엄마 안에 잠들어 있던 굉장한 면이 깨어난 것이다.

엄마는 손을 꼼지락거려 빼냈고, 큰 포크를 잡았다. 그릴에서 고기를 찌를 때 사용하는 포크였다. "벤 사우더, 당장 내 부엌에서 나가요!"

벤은 웃었고, 항복의 뜻으로 두 손을 들고 물러났다. 그는 아일랜드 식탁 맞은편, 내 의붓아버지 옆자리 스툴에 자리를 잡고 앉았다. 벤의 손은 장작을 패고 울타리를 세우고 온갖 동물을 능숙하게 죽인 손이었다. 찰스의 손은 아기 손처럼 보드라웠고, 오른손은 뇌졸중이 온 뒤로 잘 쓰지 못했다. 가장 오래된 친구가 자신의 아내에게 감탄하는 것이 흐뭇한지, 의붓아버지는 마비된 주먹으로 벤의 등을 톡톡 쳤는데 종잇장 같은 피부에 뼈의 윤곽이 다 드러나 보였다. (내 의붓형제 네 명은 엄마가 집안의 재산을 노리는 황금광인지, 뇌졸중이 온 찰스의 곁을 변함없이 지켜준 황금만큼 소중한 사람인지 끝까지 판단을 내리지 못했다.)

바깥에서는 갈매기들이 하늘 높이 떠서 바람을 타고 모빌처럼 걸려 있다가, 뭔가 변화를 감지했는지 방향을 틀어 다음 돌풍이 부는 하늘을 찾아 날아갔다. 오색방울새와 박새는 모이통으로 날아가 비가 내리기 전 마지막 남은 씨앗을 놓고 다투었고, 싸움이 벌어진 곳 아래를 지키고 있던 얼룩다람쥐가 떨어진 것을 거두었다. 햇살이 아름답게 비치다가, 그 자리에 전류가 흐른 듯 갑자기 사라졌다.

신호가 주어진 것처럼, 엄마가 완벽한 갈색으로 파삭하게 구워낸 다음 거기 두껍게 썬 베이컨을 얹은 정말 먹음직스러워 보이는 콘프리터 두 장을 아일랜드 식탁에 내려놓았다. 접시가 텅 소리를 내며 대리석에 놓이자, 찰스와 벤은 동시에 고개를 숙이고 메이플시럽과 돼지고기로 이루어진 성찬식 냄새를 들이마셨다.

*

아침식사를 마친 뒤, 나는 지난 24시간 동안 일어난 기념비적인 일을 기록하려고 2층으로 올라갔다. 내가 처음 경험한 오르가슴과 엄마의 부정한 키스. 나는 오랫동안 일기를 써왔지만, 오늘이 되기 전까지는 그 내용이 특별히 흥미롭지 않았다. 하룻밤 사이 내 삶이 완전히 달라져 있었다. 일기를 몇 시간 동안 썼다.

마침내 아래층으로 내려갔을 때 엄마는 내 조언을 기다리고 있었다. 벤과 이 게임을 어떻게 계속해나갈지 내게 도움을 요청했다. 나는 어떻게 하면 돼? 엄마가 입을 벙긋거렸다. 바깥에선 비가 쏟아지고 있었고, 안에선 어른들이 책을 읽거나 테니스 시합을 구경하면서 나른한 시간을 보내고 있었다.

우리는 조용한 곳을 찾아 여기저기 옮겨다녔고, 엄마는 내게 비밀을 털어놓았다. 그러는 게 엄마에게 큰 위안이 되었을 것이다. 엄마의 침실 창가 벤치에서, 엄마는 자신이 오랫동안 우울한 상태였다고 인정했다. 그거 알고 있었니? 엄마가 물었다. 나는 엄마가 종종 아침에 침대에서 나오기 힘들어하는 걸 알았고, 카풀 때문에 밖에 나갈 때는 엄마에게 삐쭉삐쭉 새 둥지가 된 뒷머리를 제발 빗으라고 사정한 적도 있었다. 하지만 대부분의 아이들이 그렇듯 나도 내 문제에 빠져 친구 관계나 누군가에게 반한 일로 고민했고, 엄마의 내면 상태에 대해서는 크게 신경쓰지 않았다. 내가 정말로 원한 것은 엄마가 다른 누구보다 나를 더 사랑한다는 사실을 확실히 아는 것뿐이었다.

팬트리에서, 말라바는 올리브오일과 다른 요리용 유리병들 사이에서 찰스가 뇌졸중으로 쓰러진 뒤 그와 결혼하는 것 말고는 선택의 여지가 없었다고 고백했다. "그가 아프기 전에, 나는 평생 누군가를 그렇게 사랑한 적이 없었어." 내게 그렇게 말했다. "어떤 의사도 그가 예전과 같은 모습으로 돌아갈 거라고 말해주지 못했어. 그는 말도 못했어. 의사들은 그가 육체적인 기능은 고사하고 정신적인 기능도 되찾을 수 있을지 모른다고 했고. 찰스가 나한테, 그리고 너하고 피터한테도 정말 잘해줬잖아." 엄마는 그렇게 말하고 느닷없이 나를 끌어안았다.

엄마가 찰스와 결혼하지 않았다면, 우리 삶은 아주 많이 달라졌을 것이다. 우리는 여전히 맨해튼 어퍼이스트사이드에 있는 오래된 아파트에 살면서, 케이프코드의 노셋 하이츠에 있는 별장에서 여름을 보냈을 것이다. 거기서는 피터와 내가 한 침실을 썼고, 엄마는 더 작은 침실로 가기 위해 우리 방을 통과해야 했다. 나는 엄마의 재정 상태를 전혀 몰랐지만―그건 지금도 내가 모르는 영역이다―찰스의 도움 없이 우리가 지금 지내는 이 큰 집을 사서 수리했을 거라곤 상상도 할 수 없었다.

"게다가," 엄마가 말했다. "우리는 이미 약혼한 사이였어." 엄마는 반지를 낀 넷째 손가락에 생긴 거스러미를 피가 날 때까지 뜯었다. "그냥 결혼해버리는 게 유일하게 품위 있는 일이었어."

그때 나는 엄마가 다른 선택지를 고민했다는 사실을 처음으로 알았다. 잠시 후 엄마는 내 두 손을 잡고, 엄마라면 지켜야 할 도리에 대한 남은 감각을 붙잡고 있으려는 듯 내게서 시선을 돌리고 말했다. "레니, 찰스는 뇌졸중이 온 뒤로 남편이라기보단 아이에 가까웠어. 내 말뜻을 안다면 말이다."

나는 알았다.

그날, 그리고 이어지는 주와 달, 여러 해를 거듭하는 동안 피터는 지나가다 진지한 대화에 몰두한 우리 모습을 순간순간 목격했다. 그는 우리 중 하나가 자신을 불러 이 공공연한 대화에 끼워주기를 기다리며 걸음을 늦추었다. 어쨌거나 우리는 늘 셋이 아니었는가. 벤의 키스 이전에 피터의 의견은 내 의견만큼 가치가 있었다. 하지만 이제 우리의 엄마는 갑자기 하던 말을 멈추고 조바심을 내며 뭐 필요한 거 있니? 하고 묻는 표정으로 아들을 쳐다보았다. 거부당한 아픔이 피터의 얼굴에 떠올랐고—지금 회상하는 건 쉽지만 당시 목격했을 땐 괴로웠다—그는 그냥 지나갔다.

"거기서 뭐해요?" 엄마와 내가 팬트리에 틀어박혀 있던 그 첫날에 그가 우리에게 물었다. 그는 따돌림당하는 걸 싫어했다.

"오, 아무것도 아니야. 정말로." 내가 그를 안심시켰다. "남자 문제. 정말이야. 오빤 재미없을 거야." 아마 피터는 내가 엄마에게 테드 이야길 털어놓는 줄 알았을 것이다.

이때부터 계속, 나는 모두에게 거짓말을 하게 된다.

*

마침내 태양이 굵은 햇살 기둥 모양으로 비스듬히 하늘을 뚫고 내려
왔다. 물이 완전히 빠질 때라, 이 고요한 시간에는 바다가 물러난 자리
가 드러나고 만의 수면 아래 바글거리던 생명이 햇빛 아래 놓인다. 옆
줄구슬우렁이는 모랫바닥을 쟁기질하듯 밀며 지나가고, 투구게는 짝
짓기를 하고, 피라미 떼는 완벽하게 동시에 움직인다. 흩어져 비치던
햇살이 하나로 합쳐지면 환한 빛과 함께 긴 하루가 시작되었고, 내 마
음속 공간은 보트와 선거船渠 사이처럼 그렇게 열렸다.

나는 실외 샤워장에 보관하는 철망 들통을 챙겨 들고 미닫이 유리문
을 열고 안으로 머리를 집어넣은 뒤 물었다. "같이 조개 잡으러 갈 사람
없나요?"

릴리와 찰스는 책을 보다가 게으른 미소를 지으며 고개를 들고, 가
지 않겠다고 했다. 하지만 벤은 예상대로 적극적인 태도를 보이며 얼른
일어났다. 그는 한자리에 가만히 앉아 오래 있을 수 있는 사람이 아니
었다. 엄마는 내가 생각한 것보다 더 고마운 표정으로 나를 바라보았지
만, 자리에서 일어나지는 않았다. 그건 엄마가 자신을 공개적으로 설득
해달라는 뜻이었다.

피터와 내게 늘 친절하고 다정했던 찰스, 사랑하는 찰스를 내가 배
신한다는 생각이 그때 나에게 떠올랐을까? 그랬더라도 나는 그 생각을
밀어냈을 것이다. 그 순간 내가 알고 있는 것은, 내가 운이 좋다는 것뿐

이었다. 엄마는 나를 선택했고, 우리는 함께 위대한 모험을 시작하려는 것이다.

"같이 가요, 엄마." 내가 부추겼다. "재미있을 거예요."

그리고 체스 게임에서 말을 옮기면 물릴 수 없듯, 나도 내 행동을 철회할 수 없었다.

*

만을 건너고 잔물결이 이는 듯한 모래 평지를 지나 늪지에 이르자, 정수리가 까만 시끄러운 제비갈매기가 우리가 온 것이 못마땅한 듯 깍깍 울어댔다. 엄마와 벤, 그리고 나는 목욕물처럼 따뜻한 연못으로 들어가 매끄럽고 고운 모래 속에 몸을 집어넣었다. 물은 고작 허리 깊이였고, 우리는 마치 거기에 의자라도 있는 것처럼 무릎을 구부리고 턱까지 몸을 담갔다. 우리는 발을 질질 끌면서 물을 흐리게 만들었고, 발이라는 무딘 도구를 눈과 손처럼 살살 움직여가며 시커먼 진흙땅에 튀어나온 부분이 없는지 더듬었다. 이토록 잔잔한 수면 아래에서도 놀라운 일이 도사리고 있었다. 장어가 허벅지를 스치며 슬그머니 지나갔고, 피라미가 발목에 부딪혀왔으며, 가시 있는 생물이 맨발 위를 기어 지나갔다. 곧 게 한 마리가 엄마 다리 위로 기어오르자, 엄마는 벤의 무릎 위로 대피했다. 나는 검은 물 아래, 그의 두 팔이 엄마의 허리를 보이지 않게 감싸안는 것을 상상했다.

나는 더 좋은 곳을 알고 있다고 말한 뒤 그 연못을 빠져나왔다. 조금 더 가면 지금 있는 곳보다 더 좋은 연못은 늘 있었다. 그러고는 따끔거리는 늪지의 풀밭을 질주했고, 서두르느라 들통 챙기는 걸 깜박했다. 그리고 다음 연못에서 리듬을 타며 발로 조개를 하나씩 찾아냈다. 나는 큼직한 티셔츠를 들어 주머니처럼 만들고, 셔츠가 진흙으로 시커메지고 길게 늘어날 때까지 체리스톤*과 어린 대합을 담았다.

아마 한 시간쯤 흘렀을 것이다. 어쩌면 그만큼은 아니었을지도 몰랐다. 늦은 오후 하늘에서 해가 지고 있었고, 밀려들어오는 바닷물은 차가운 물을 습지로 몰고 왔다. 추웠다. 그래서 다시 보트로 돌아가 모랫바닥에서 내가 잡은 것을 문질러 씻고, 수없이 많은 생물의 이동이 물결무늬 흔적을 남겨놓은 얕은 물속에 깨끗해진 조개를 쌓았다. 달팽이가 지나간 길은 저들의 여정이 남긴 유령이었다. 바닷물이 조개를 덮칠 때, 나는 껍데기가 벌어지고 핑크색 곡선의 살이 마지막 한 모금을 마시려고 밖으로 나오는 것을 지켜보았다.

저멀리 엄마 모습이 보였다. 연못 둑에 앉은 엄마는 목이 길고 자신만만해 보였으며 피부가 반짝반짝 빛났다. 벤과 장난을 치고 있었는데, 벤은 늪지의 진흙을 뒤집어쓴 채 깊은 물속에 사는 생물 흉내를 내는 것 같았다. 마침내 그가 물 밖으로 나와, 엄마 옆에 짐승처럼 엎드렸다. 그 순간 그들의 몸 언어가 갑자기 달라졌다. 머리를 함께 숙였는데, 이렇게 멀리 떨어진 데서도 나는 그들이 말소리가 만을 가로질러 날아가지 않도록 소곤거린다는 걸 알 수 있었다.

그들은 그 순간 그 자리에서 결정을 내렸을까? 더 나아갈지 말지 선택했을까? 키스는 이미 했으니, 키스하지 않은 사이처럼 될 수는 없었

* 북미 대서양산 대합의 한 종류.

다. 그게 결정을 내리는 근거가 될까? 우리는 이미 그걸 했으니⋯⋯

이제 와서 생각하면, 그들 중 하나라도 앞으로 생겨날 문제점과 악영향, 우정과 가정이 위기에 처할 수 있다는 사실을 거론하며 이 관계를 시작해서는 안 된다고 주장했을지, 나는 궁금하다.

벤은 일어서서 말라바를 자기 발치로 끌어당겼고, 머리가 그에게로 살짝 기운 엄마의 자세는 그들이 바다에 돌멩이를 던져 넣는 행위처럼 아무렇지 않게, 영원히 더 나아가기로 했음을 분명히 보여주었다.

3

 내가 다섯 살 때 부모님이 헤어진 뒤로, 엄마는 계속 더 새롭고 나은 삶을 좇았다. 1970년대 초, 전국적으로 이혼율이 상승하던 시기였다. 먼저 아빠가 집을 나갔고, 내가 아빠를 만나는 빈도는 점점 줄어 격주로 주말과 수요일 밤에 번갈아 보았다. 아빠는 1971년에 재혼했다. 그리고 엄마도 뒤따라 1974년에 재혼했다. 그 시절, 아이들은 새로운 가정과 도시와 학교로 던져지면 으레 잘 적응하리라 여겨졌는데, 내게 그런 일이 일어난 것이다. 내가 4학년이 되던 무렵이었다.
 피터와 내가 각각 아홉 살, 여덟 살이던 때 엄마가 찰스와 결혼해 우리는 침실 하나를 같이 쓰는 소박한 맨해튼 아파트에서 매사추세츠주 보스턴 외곽의 부촌인 체스트넛 힐에 있는 그린우드 집안의 사유지로 옮겨갔다. 하룻밤 사이 오빠와 나에겐 어른인 형제 네 명—누구도 우리와 같이 살지 않았다―이 생겼고, 사회경제적 사다리를 몇 계단 도약했다.

새집은 침실이 열일곱 개, 욕실이 아홉 개 있었고, 서재와 응접실, 식사실을 갖췄으며, 천장에 테이블 크기의 샹들리에 두 개가 달려 있는 현관홀은 웅장했다. 집안일을 하는 사람들이 쓰는 건물의 날개 부분만 해도 우리가 살던 아파트보다 두 배가 큰 저택이었다. 어떤 방은 테니스코트만큼 커서, 내가 좋아하는 텀블링 패스―뛰기, 카트휠, 백워크오버―를 할 만큼 길었고, 요새만큼 큰 벽난로가 있었다. 새로 사용하게 된 은제 식기류는 찰스의 어머니가 물려준 것인데, 우리가 예전에 쓰던 것보다 무거웠고, 그 무게는 결코 내 손에 넣을 수 없는 뭔가를 암시했다. 의붓형제들은 내게 박쥐나, 그 땅을 돌아다니는 오래전에 죽은 정원사의 유령을 조심하라고 경고했다.

나는 우리가 에식스 100번지라는 주소로 부르던 그 집에서 마음이 편치 않았다. 뉴욕에 사는 아빠와 친구들이 그리웠고, 이제는 더이상 같은 방을 쓰지 않는 오빠의 존재도 그리웠다. 피터의 침실은 내 침실에서 아주 멀어, 건물의 다른 층 다른 끝에 있었다. 우리는 심지어 사용하는 계단도 달라서 우연히 마주칠 일도 없었다. 새집에서는 오래된 격언인 "아이들은 그 모습은 보이되 말소리가 들려서는 안 된다"*를 넘어, 아이들은 그 모습이 보이지도, 말소리가 들리지도 않았다. 하지만 엄마가 케이프코드의 끝부분처럼 곡선을 그리는 화려한 대리석 계단을 내려오는 것을 보면서, 나는 여기가 엄마에게 꼭 맞는 곳임을 분명히 알

---

* 원뜻은 '아이들은 어른과 같은 자리에 있되 말을 하면 안 된다'이다.

수 있었다.

격주로 주말마다 피터와 나는 차에 태워져 아빠에게 보내졌다. 대체로 코네티컷 뉴타운에 있는 별장으로 갔는데, 우리 가족이 맨해튼에서 함께 살 때 주말마다 가서 휴식을 취하던 곳이었다. 우리는 보스턴에서 하트퍼드까지 그레이하운드 버스를 타고 운전기사 바로 뒷자리에 앉아서 갔다. 엄마가 기사에게 우리 둘만 차에 태운다는 말을 해둬, 그는 사실상 우리의 베이비시터나 다름없었다. 아빠는 기차역에서 기다리고 있다가 우리를 태워 남은 길을 달려갔다. 하얀색의 그 아담한 집은 숲속 평평한 고지에 자리를 잡고, 허물어진 돌담과 높이 자란 튤립나무에 둘러싸여 있었다. 매력적이고 꼭 필요한 것만 갖춘 별장은 우리가 지금 집이라고 부르는 저택과 정반대였다. 뒤쪽에 허름한 옥외 변소가 있었고, 큰방에는 추운 밤에 우리를 따뜻하게 해주는 고풍스러운 프랭클린 벽난로*가 있었다. 오래된 강철 욕조도 있어, 아주 가끔 우리가 거기서 목욕을 할 때면 아빠가 뜨거운 물을 채워주었다.

주말에 별장에 가면 하는 일이 늘 정해져 있었다. 금요일 밤에는 미트소스 파스타를 만들었고, 다음날 아침엔 집 뒤 개울에 가서 송어 낚시를 했으며, 토요일 저녁식사에는 이웃을 초대했다. 늘 야외에서 불을 피우고 스테이크를 레어로 익혀 먹었다. 이따금 아빠가 여자 친구를 데려왔지만, 실내에 수도 시설이 되어 있지 않아 가장 건장한 여자를 빼고는 모두 좌절했다. 우리는 일요일 정오가 되면 다시 체스트넛 힐로 돌아왔다. 대체로 버스를 탔지만, 가끔 아빠가 차로 데려다주기도 했는

---

* 1741년에 벤저민 프랭클린이 발명한 철제 벽난로를 말한다.

데, 매사추세츠주로 진입하는 경계선을 넘을 때쯤 아빠의 기분이 어두워지기 시작해 에식스 100번지에 가까워지면 더욱 나빠졌다. 마지막으로 우회전해 집으로 이어지는 긴 도로에 이를 때쯤이면, 아빠는 주행 기록계를 보면서 집까지 남은 거리가 얼마인지 정확히 숫자로 말해주곤 했다.

당시 이혼에 관한 지배적인 견해는, 아이들은 탄력적인 존재라 행복한 부모와 살 때 더욱 잘해낸다는 것이었다. 그건 새로운 패러다임이었고, 적어도 우리 부모님이 수용하고 우리가 협조한 것은 그것의 한 형태였다. (오늘날 우리는 부모에게 최선인 것이 반드시 자녀에게 최선은 아니라는 사실을 알고 있다.) 엄마의 책상 위에는 이 시기에 찍은 피터와 나의 사진 여섯 장이 1970년대에 팔던 아크릴 큐브 액자에 동결된 채 넣어져 있다. 모든 사진에서 우리의 눈은 공허해 보이고, 우리 표정에는 걱정과 상실감이 드리워져 있다.

*

지금까지도 나는 우리 부모님이 한때라도 사랑하는 사이였다는 것을 상상할 수 없고, 서로 어떤 점에 이끌렸는지도 모르겠다. 우리의 아기 때 사진첩에 두 분이 함께 찍은 사진이 있긴 해도, 내 기억 속에는 그들이 부부로 느껴진 적이 없었다. 아빠는 날마다 글을 썼고, 낚시와 정원 가꾸기를 좋아했으며, 분수에 맞는 생활에 만족했다. 엄마는 만족할 줄 모르고 소유욕이 강했으며, 늘 더 나은 삶, 더 멋진 삶을 추구했다. 부모님은 내게 늘 양극단으로 느껴졌다.

엄마는 이제 팔십대로 들어선 지 제법 되었고 치매로 고생하지만, 여전히 막강한 그 이름만큼 대단한 존재다. 말라바라는 이름이 어떻게 지어졌냐는 질문을 받으면, 엄마는 자신이 뭄바이의 말라바르 언덕에서 태어난 건 맞지만, 그 이름은 사실상 E. M. 포스터의 고전 소설 『인도로 가는 길』에 나오는 허구의 동굴인 말라바르 동굴에서 따왔다고 설명했다. 엄마에게는 문학적인 면이 부각되는 게 중요했다. 하지만 그것은 엄마의 착각이다. 포스터의 소설에 나오는 동굴은 마라바 동굴이었다. 엄마가 그 말을 왜 했는지는 여전히 모르지만, 아마도 엄마는 동굴이 상징하는 것이 인간 존재의 외로움이라고 생각했을 것 같다.

나는 엄마가 유치원에 간 첫날 다섯 살짜리 아이들과 책상다리를 하고 둥그렇게 둘러앉아 각자 돌아가며 "루스" "엘리자베스" "레이첼"이라고 자기소개를 하는 시간을 상상한다. 엄마 차례가 되면 스스로 발음하기도 힘든 이름을 말한다. "말라바." 엄마의 이름이 베티나 제인이었어도 엄마는 똑같이 막강한 힘을 지닌 사람이 될 수 있었을까? 궁금하다. 어느 마법사라도 알겠지만, 사람들을 미혹하는 것은 뿌연 연기나 거울이 아니라, 인간의 마음이 뭔가를 추정하고 그것을 진실로 오해한다는 사실이다.

1931년 인도 뭄바이에서 태어난 말라바는, 카리스마 있고 자기애가 강한 버트와 비비언의 외동딸이었다. 서사적이고 술이 기폭제가 된 그들의 관계는 서로 두 번 결혼하고 두 번 이혼하는 결과를 낳았다. 말라바—엄마의 부모님은 '매비'라고 불렀다—가 태어나고 몇 달 뒤, 촌충 때문에 몸 상태가 몹시 좋지 않았던 엄마의 어머니는 강박적으로 바람을 피우던 남편이 또다시 자신을 속이려 한다는 사실을 알게 됐다. 엄마는 갓 태어난 딸을 데리고 인도에서 달아나 뉴욕에 있는 자기 집으로 돌아왔다.

엄마가 엄마의 아버지에 대해 처음 기억하는 것—기억이 존재하는 첫 시기다—은, 엄마가 세 살쯤 됐을 때 어느 날 아침 어머니의 침실 문을 열었다가 아버지의 페니스를 본 것이었다. "내가 네 아빠다, 매비." 버트는 그 말이 모든 것—그가 뉴욕의 아파트에 와 있다는 사실, 그의 발기한 페니스, 그의 존재—을 설명해준다는 듯 말했다. 아버지는 결혼을 파탄내지 않으려고 휴가 기간에 인도에서 이곳으로 왔다. 해외에서 3년 근무하고 본국에서 석 달을 보내는 것이 회사 규정이었다.

두 사람 사이에 화해는 없었다. 말라바는 다섯 살 때쯤 어머니와 함께 긴 여행을 떠난 걸 기억한다. 기록에 의하면 비비언이 1935년에 캘리포니아로 간 것은 확실하다. 말라바는 차를 타고 네바다까지 먼 거리를 갔던 걸 희미하게 기억하는데, 당시 그곳은 다양한 이혼 사유를 인정했고, 대기 기간이 없었으며, 거주 증명서도 필요하지 않았다.

하지만 불같고 카리스마 넘치는 내 조부모님은 서로 떨어져 지낼 수가 없어, 첫 이혼으로 관계가 끝나지는 않았다. 버트는 두번째로 멋들어진 청혼을 했고, 무릎을 꿇고 또다시 비비언에 대한 변치 않을 사랑을 맹세했다. 이번에는 크리스마스 저녁 파티 때 가까운 친구 몇 명이 지켜보는 자리에서였다. 그는 그녀에게 특별한 선물을 했다. 지난번에 엄마가 인도에 갔을 때 보고 탐냈지만 정말로 갖게 될 거라고는 상상도 못했던, 다이아몬드, 루비, 에메랄드 등 여러 보석으로 만들어진 목걸이였다. 할아버지의 호화찬란하고 통 큰 선물에 깜짝 놀란 할머니는 청혼을 받아들였고, 두 사람은 1940년에 결혼했다. 1년 뒤 할아버지는 다른 여자와 결혼을 약속하고 몰래 아들을 하나 낳았다.

엄마가 고등학교를 졸업하고 나서 할아버지와 할머니는 완전히 헤어졌고, 그 목걸이는 결국 말라바가 받게 되었다. 세월이 흐르면서, 버트와 비비언의 파국적인 관계가 남긴 그 모호한 전리품이 엄마의 상상을 사로잡았다. 그것이 엄마에게 정확히 어떤 의미였는지—라지*? 또다른 시대의 찬란함? 엄마 부모님의 사랑?—나로서는 전혀 알 수 없지만, 엄마의 마음 깊은 곳에서는 그것이 엄마가 갈망하고 엄마가 누려마땅하다고 생각하는 삶을 상징하지 않았을까 짐작해본다.

말라바는 자라서 래드클리프칼리지에 진학했고, 뉴욕에서 언론인으로 직장생활을 시작했다. 잡지 『아메리칸 헤리티지』 기자로 일하기 시작해, 이어 타임라이프북스출판사 고정 필자가 되었다. 엄마가 가정을 이루고 정착하는 문제—스물여덟 살에 미혼이던 엄마는 노처녀로 여겨졌다—로 도움을 주던 심리 치료사의 부추김으로, 엄마는 아빠와 결혼생활을 시작했다. 아빠 이름은 폴 브로더였는데, 당시 잡지 『뉴요커』에서 '토크 오브 더 타운'이라는 코너를 맡은 고정 필자였다.

부모님이 함께 시작한 삶은 미래가 밝아 보였다. 첫아이 크리스토퍼가 1961년 10월 15일에 태어났고, 작은 가정이 커나갈 때 두 사람의 커리어도 성장했다. 엄마와 아빠의 글이 잡지에 실리고 있었다. 그들은 젊고 야망이 있었다. 그리고 1964년 초, 엄마가 두번째 아이를 임신했을 때 비극이 일어났다. 크리스토퍼가 볼 안에 감춰둔 고기 조각을 먹

---

* Raj. 1947년 이전 영국의 인도 통치를 말한다.

다가 그게 목에 걸린 것이다. 가족이 뉴타운에 있는 별장에 갔다가 뉴욕으로 돌아오는 길에 생긴 일이었다. 내 오빠인 크리스토퍼가 죽었을 때 그의 나이는 두 살 반이었다.

피터는 6월에 태어났는데, 태어날 때까지 배 속에서 말라바의 슬픔에 잠겨 있어야 했다. 그리고 피터가 태어나고 열여섯 달 뒤 내가 세상에 나왔다. 크리스토퍼의 생일인 10월 15일이었다. 내 출생은 늘 잃어버린 생명을 대체하려는, 잠재의식에서 발현된 강력한 모성의 충동에서 비롯된 결과로 느껴졌다.

어렸을 때 나는 내 생일에 대해 직감적으로 뭔가 설명할 수 없이 어긋난 기분을 느꼈다. 부모님이 피터와 내게 크리스토퍼의 존재와 그의 비극적인 죽음에 대해 말해주기 한참 전에, 나는 어떤 소년이 우리 가족의 일부였으나 더이상 그렇지 않다는 것을 깨닫고 있었다. 단서는 넘쳐났다. 별장에 가면 피터의 것도 내 것도 아닌 작은 이끼색 가죽 반바지가 우리 침실 문에 박아놓은 고리에 걸려 있었다. 엄마의 침실 창턱에 놓여 있는, 청바지를 입은 테디베어는 우리가 만지면 안 되는 것이었다. 웃는 얼굴로 엄마 선글라스를 쓰고 아빠의 파이프 담배를 피우는 척하는 아이의 사진도 여러 장 있었다. 피터와 나를 닮았는데, 눈은 갈색이었다.

내가 볼이 사과 같고 종교적으로 거듭난 기독교인인, 아빠의 어머니에게 사진 속 소년에 관해 물어보았을 때 할머니는 죄에 대해, 그리고 천국에 보내지는 사람과 지옥에 보내지는 사람은 누구인지, 그리고 그 이유는 무엇인지 말해주었다. 그 개념이 내 마음을 혼란스럽게 했다.

부모님은 나를 교회에 데려간 적이 없었고, 나는 내가 예수를 구세주로 받아들여야 한다는 사실은커녕 예수가 누군지도 몰랐다.

그렇다면 그 소년은 어떻게 된 거지? 나는 알고 싶었다. 소년은 피터와 나를 닮았다. 그는 어디 있지?

할머니의 대답은 뭐였을까? 연옥에.

단연코 할머니가 의도한 건 아니겠지만, 내가 받아들이기에 나는 부모님처럼 죄인이고 크리스토퍼의 죽음은 우리의 집단적인 죄와 관련이 있었다. 그렇지 않다면 왜 신은 내 생일로 그런 장난을 치는가? 크리스토퍼가 어디 있든, 내가 그를 대체한다는 사실을 그는 그리 기뻐하지 않으리라는 생각도 들었다.

*

"엄마는 세상에서 누구를 가장 사랑해요?"

그것은 내 어린 시절 가장 중요한 질문이자 엄마에게 거의 하루도 빼놓지 않고 한 질문이었다. 대체로 엄마가 화장을 하고 있을 때 물어보았다. 엄마의 드레스룸에서, 나는 침대에 누워 있고 엄마는 스커트처럼 천을 두른 화장대 앞 푹신한 스툴에 앉아 있었다. 프로스티드 핑크색 립스틱이 나와 있고, 엄마의 예쁜 얼굴은 화장용 다면 거울에 반사된 빛을 받아 환했다. 매번 엄마는 내 질문에 고민하는 척했다.

말해주세요. 말해주세요.

말라바는 나침반 바늘 끝이 끊임없이 움직이는 것을 좋아했다. 엄마는 립스틱을 완벽하게 바르면서 대답하기 전에 뜸을 들였다. 그러다가 느닷없이 나를 끌어안고 음모를 꾸미려는 것처럼 소곤거려 나를 놀라게 했다. "너지, 이 바보 같은 아가씨야." 오, 나는 엄마 품에 안겨 그 말에 안심했고 엄마의 관심을 독차지하는 게 너무 좋았다. 하지만 말라바에게 사랑은 조건적인 것이었다. 내가 엄마를 어떤 식으로든 실망시키거나 이기적으로 행동하거나 암묵적인 규칙을 어기면 엄마는 입을 다물어버렸고, 그러면 나는 엄마가 나를 방치하는 무게를 오롯이 느끼면서 엄마가 나보다 피터나 크리스토퍼를 더 사랑할지도 모른다고 생각했다.

엄마는 쉽게 우울감에 빠지는 성향이었고, 내게 「월요일의 아이」라는 시를 암송해주곤 했는데, 마지막 행에 이르면 늘 속도를 늦추었다.

월요일의 아이는 얼굴이 예뻐요
화요일의 아이는 기품이 넘쳐요
수요일의 아이는 슬픔이 많아요
목요일의 아이는 먼길을 떠나요
금요일의 아이는 사랑과 정이 많아요
토요일의 아이는 살기 위해 열심히 일해요
그리고 주일에 태어난 아이는
예쁘고 유쾌하고 착하고 명랑해요.

나는 엄마의 눈이 촉촉해진 이유를 깨달았다. 피터와 나는 평일에 태어났지만, 크리스토퍼는 일요일의 아이였고, 그래서 누구보다 특별했다. 크리스토퍼는 엄마가 몹시 사랑한 첫아이였는데, 나 자신은 알지도 못한 채 내가 그의 생일을 낚아챈 거였다. 크리스토퍼는 내 강박의 대상이 됐지만, 유령과 싸우는 건 불가능했다. 부모님이 만일 크리스토퍼와 나 중 한 사람을 선택해야 했다면 그 대상이 그였으리라고 생각하지 않을 수 없었다.

어린 시절 피터와 나는 우리 형제였던 그의 죽음에 관해 여러 사람을 통해 조금씩 알게 됐는데, 공교롭게도 그 내용은 들을 때마다 달랐다. 우리가 확실히 아는 건 크리스토퍼가 고기 한 점을 볼 안에 넣어두고 있었다는 것 정도였다. 누구도 그가 고기를 숨겨둔 것을 몰랐다. 혹은 모두 그가 고기를 숨겨둔 것을 알았다. 크리스토퍼가 캑캑거리기 시작한 건 차가 길 둔덕에 부딪혔을 때였다. 혹은 그는 골동품 가게 주차장에서부터 캑캑거리기 시작했다. 그때 부모님은 같이 있었다. 혹은 부모님은 가게에 있어, 오페어*가 그들을 데리러 달려갔다. 응급 구급대원이 심폐소생술을 시도했다. 혹은 병원이 바로 옆에 있었으나 의사가 도와주기를 거부했다. 엄마 말로는 아빠 책임이었다. 아빠 말로는 엄마 책임이었다. 고모 말로는 오페어의 책임이었다. 할머니는 신의 뜻이라고 잘라 말했다.

하지만 어떤 것도 피터와 내가 태어나기 전에 손위 형제가 죽은 사실과, 우리가 그의 그림자 속에서 영원히 살게 될 거라는 결과를 바꾸지 못했다.

내가 아는 어머니는 크리스토퍼가 죽은 뒤의 모습뿐이다. 자식을 잃은 어머니의 모습. 그전에는 어떤 모습이었을까? 나는 크리스토퍼가

---

* 외국 가정에 입주해 아이 돌보기 등 집안일을 하고 약간의 보수를 받으며 언어를 배우는 젊은 여성.

죽고 며칠, 몇 주, 몇 달이 흐르는 동안, 깊은 애도에 빠진 이들이 그러 듯, 엄마가 마술적 사고에 사로잡힌 모습을 상상한다. 수면제 덕분에 몇 시간 눈을 붙이지만 매일 일어날 때마다 깜짝 놀라며 아들이 죽은 사실을 다시 떠올리는 엄마의 모습을 그려본다. 망각하기와 기억하기. 지금은 엄마가 그 과정을 끝냈는지 궁금하다. 55년이란 세월이 그런 상실에 대한 대사작용을 끝낼 만큼 충분히 긴 시간인지, 여전히 시간이 붕괴하고 분노가 모든 것을 삼켜버리는 순간이 있는지 궁금하다.

*

말라바는 감상적인 기분이 들 때마다 그 인도산 목걸이를 꺼냈다. 엄마는 (침실에 딸린) 옷방의 깊은 안쪽 공간에서 자주색 벨벳 상자를 꺼내 침대 위 우리 사이에 놓고 뚜껑을 딸칵 열었다. 그 안에 있었다.

"이 목걸이는 내가 가진 것 중에서 가장 값어치가 나가는 거야. 알 겠니, 레니? 특별하고 값을 매길 수 없는 거야. 절대 값을 매길 수가 없 어." 엄마는 그렇게 말했다. "박물관에 기증해야겠다. 이걸로 다른 걸 하는 건 무책임한 일이 될 거야."

그리고 말라바는 그 목걸이를 물려주면 어떤 일이 있어도 팔아서는 안 된다고 내게 다짐을 받고 또 받았다. 나는 팔지 않겠다고 내 인생을 걸고 맹세했다.

한번은 말라바가 그 휘황찬란한 목걸이를 내 목에 걸어주었고, 나는 목걸이의 엄청난 무게를 느꼈다. 그것은 우리의 멍에였다. 나는 당시 열 살이었을 것이고, 머리색이 더이상 아마색은 아니었지만 그래도 밝은 금발이었다. 눈썹은 거의 보이지 않았고, 얼굴은 아기처럼 동글동글한 생김새였다. 나는 코, 뺨, 턱선 등 모든 것이 부드러워서, 내겐 목걸이에 어울리는 본질적인 무게감이 부족했다. 짙은 색 머리칼과 짙은 색 눈에 강렬한 아름다움을 지닌 엄마가 웃음을 터뜨렸다. 우리 둘 다 웃었다. 내 모습이 우스꽝스러웠다.

"걱정 마. 너도 자라면 어울릴 거야." 엄마가 목걸이의 잠금 고리를 풀며 말했다. "네 결혼식 날 해." 그리고 목걸이를 다시 박스 안에 소중히 넣었다.

4

나는 말라바의 불륜을 덮기 위해 찰스에게는 이렇게, 아빠와 피터에게는 저렇게, 친구들에게는 또 다르게 말해 엄마나 내가 집에 없는 이유를 해명하려고 했다. 엄마가 없을 때 누군가는 찰스를 보살펴야 했다. 그는 여전히 매일 사무실로 출근했지만, 집에서는 도움이 필요했다. 오른쪽이 마비되고 심장이 약해진 의붓아버지를 위해 누군가는 저녁을 준비하고 니트로글리세린 약병 뚜껑을 열어주어야 했다. 통증을 완화시키는 작고 하얀 점 같은 알약이 그의 입안으로 적어도 하루에 열두 번은 들어갔다. 나는 어떤 수를 쓰든 핑계를 만들고 진실을 묻어버리는 법을 배웠다.

거짓말은 내게 완전히 생소한 것이 아니었다. 부모가 이혼하고 당신이 가장 사랑하고 당신에게 가장 필요한 두 사람이 서로 적이 되면 거짓말은 일상이 된다. 부모 중 한쪽의 집에서 뭔가 심란해지는 장면을 봤을 때—밤에 찾아온 손님이나 침대 옆 협탁에 놓인 열두 알의 알약 같은 것—다른 한쪽에게 가서 위로를 구해서는 안 된다는 정도는 나도 알았다. 그런 정보는 그들의 전쟁에서 탄약으로 사용될 수 있으니까.

더욱이 거짓말과 도둑질이 우리집에서 정말로 금지된 행위였던 적은 결코 없었다. 엄마가 모든 상황에서 원하는 것을 기어코 가지려고 '제멋대로 하는 작은 행동'은 일상이자 종종 큰 재미였으며, 대체로 말라바가 가족을 즐겁게 해주려고 꾸며내는 정교한 게임의 일부였다. 한 예로, 밀러 부부네 포도밭 습격은 우리의 연례행사였다. 훔친 포도로 젤리를 만들기 위해서였다. "오래된 친구니까 괜찮을 거야." 엄마는 그렇게 말했고, 우리가 어스름할 때 그들의 사유지에 잠입해 슬쩍한 향기로운 포도를 트렁크에 가득 채우는 동안, 스테이션왜건을 세워놓고 태연히 기다렸다. 그런 모험은 톡 소리와 함께 뿜어져나오는 젤리의 달콤한 향과 예외 없이 연결되었다.

다섯 살쯤 됐을 때, 나는 꽃을 한아름 따서 엄마를 즐겁게 해주기로 했다. 그날 엄마는 좀 쓸쓸해 보이는 모습으로 노셋 하이츠에 있는 우리 별장을 돌아다니며 대걸레질을 하고 있었다. 엄마가 자기 어머니와 싸웠는지, 찰스의 이혼 과정이 오래 걸려 실의에 빠져 있었는지, 나로서는 결코 알 수 없었다. 그저 전날 밤 파티로 인한 숙취에 시달리고 있었을지도 모른다. 이유야 어쨌건, 나는 엄마를 행복하게 해주고 싶었다. 나는 늘 엄마를 행복하게 해주고 싶었다.

엄마가 여태 받아보지 못했을 가장 예쁜 꽃을 가장 풍성하게 따주겠다고 마음먹고, 나는 부엌용 가위를 움켜쥐고 미션 수행에 나섰다. 우리집 긴 비포장 진입로의 한복판에 길게 펼쳐진 잡초처럼 자라는 데이지나, 덤불 사이 여기저기 삐죽삐죽 고개를 내민 참나리, 우리 땅을 둘러싼 말뚝 울타리를 휘감고 자라는 앙증맞은 월계화는 제외했다. 어느 것도 적당하지 않았다. 그 순간 보았다. 엄마에게 선물할 꽃다발을 만들기에 딱 좋은 꽃이 우리 사유지를 지나 저쪽 땅 언덕 꼭대기에서 내게 손짓하고 있었다. 밝은 오렌지, 핑크, 자줏빛 립스틱 색깔을 자랑하는 백일홍이 들쑥날쑥 줄지어 이웃집 정원에서 내게 윙크했다. 명랑한 꽃임이 분명했다. 나는 이웃이 무슨 생각을 할지 잠시 생각해보지도 않고, 3분 만에 그 땅을 평정했다. 내가 지나간 길에는 꽃가지에서 잘라낸 줄기가 흔적으로 남았다.

나는 새끼손가락에 가위 손잡이를 걸고 신나서 집으로 돌아왔고, 내 팔 길이로는 그 많은 꽃을 다 끌어안을 수도 없었다. 방충문에서 엄마는 기쁜 내색을 숨기지 않고 나를 맞았다.

"오, 레니." 엄마가 꽃과 함께 나를 안아올려 아일랜드 식탁에 앉히며 말했다. "넌 정말 사랑스러운 아이야."

엄마는 그게 다른 집 백일홍이라는 사실을 눈치챘겠지만, 잘잘못에 대해서는 일언반구도 없었고, 사유재산에 대한 훈계도 없었으며, 이 기회를 요즘 사람들이 말하는 '가르침이 가능한 순간*'으로 만들어보겠다는 시도도 없었다. 오히려 엄마는 꽃병에 꽃을 한 줄기씩 꽂았는데, 먼

---

* teachable moment. 교육학에서 어떤 주제나 개념에 대한 학습이 가능해지거나 가장 쉽게 일어나는 순간을 일컫는다.

저 내 코에 꽃송이를 쓱 갖다댔고, 이어 각각의 백일홍에 화려하고 바보 같은 세례명─프란체스카, 필로메나, 에반젤린─을 붙여준 다음 물에 담갔다. 엄마를 즐겁게 만들어준 일은 즉시 따뜻한 보상을 가져왔다. 일주일쯤 지나 필로메나와 그 친구들이 시들기 시작하자, 엄마는 가위를 건네며 나가라는 뜻으로 나를 쿡 찔렀다. 나는 여름 내내 꽃을 한아름씩 따서 집으로 가져왔다.

그리고 식기들이 있었다. 지금도 말라바의 부엌에 가면 마구잡이로 넣어두는 서랍 바닥에 이런저런 잡다한 물건이 있는데, 대략 1970년대 팬암 비행기에서 가져온 포크와 나이프도 거기 들어 있다. 내 유년의 범죄를 상기시키는 얼룩진 물건. 찰스와 엄마가 사랑에 빠지고 그들의 말썽 많은─찰스의 경우에는 시간을 끌었던─이혼 과정이 한창 진행 중이던 때, 우리 넷은 비행기를 타고 찰스가 사는 보스턴으로, 그의 집안 사유지가 있는 마서스비니어드로, 여러 휴양지로 꽤 자주 다니기 시작했다.

당시에는 비행기 여행이 사치스럽게 여겨져, 우리는 고급 레스토랑에 간 손님 대접을 받았다. 이코노미석에 앉아도 따끈한 식사에 천 냅킨과 작은 은색 포크 등이 딸려나왔다. 엄마는 팬암 포크와 나이프를 몹시 갖고 싶어했다. 엄마는 플라스틱 제품을 싫어해서, 해변으로 피크닉을 갈 때도 제대로 된 것을 갖고 가는 것을 좋아했다. 그래서 우리는 비행기를 타고 어디로 가든 일종의 경쟁을 했다. 각자 몇 세트를 가져올 수 있을까? 나는 호출 버튼을 누르고─그 자체로 아슬아슬하고 짜릿했다─승무원이 다가오면 내 식사에 포크와 나이프가 나오지 않왔다고 말한다. 그러면 승무원은 은색 조종사 날개 배지와 함께 한 세트를 더 가져온다. 그리고 잠시 뒤 나는 그 감질나는 버튼을 다시 눌러, 이번에는 포크를 떨어뜨렸다고 말하는 것이다. 승무원은 냅킨으로 싼 꾸러미를 하나 더 가져오고, 내게 미소 띤 얼굴로 눈을 찡긋한다. 내 기록은 네 세트였던 걸로 기억한다. 애리조나주 피닉스로 할아버지와 할머니를 찾아가는 비행기에서 세운 기록이다.

나는 오로지 어떻게 하면 엄마를 기쁘게 해줄지만 생각했다. 내겐 윤리 기준이 없었다. 시간이 한참 흐른 뒤에야, 어떤 힘이 엄마의 모습을 형성하고 나라는 사람을 만들었는지 이해했고, 우리 두 사람이 타인에게 어떤 아픔을 주었는지 인식했다. 당시 나는 엄마를 행복하게 만드는 것보다 더 사랑받는다는 느낌을 들게 하는 것은 없다는 사실만 알았고, 그 목적을 위해서는 어떤 수단도 정당했다. 내가 열네 살일 때부터 엄마를 행복하게 만드는 사람은 벤 사우더였다. 그 사실과 함께 내 거짓말은 어두운 국면을 맞았다. 말하지 않는 형태의 거짓말이 책임지고 지키는 형태의 거짓말이 되었다. 선택으로 시작한 것이 습관이 되었고, 내 양심의 근육 기억이 되었다.

불륜 관계가 시작되고 초기 몇 해 여름 동안 저녁 시간은 이런 식으로 흘러갔다. 저녁식사를 마친 뒤 피터와 나는 자전거를 타고 친구들 집에 놀러 다녔다. 같이 뭉쳐서 노는 친구들이 있었는데, 절반은 우리처럼 여름에만 와서 지내는 아이들이고, 절반은 동네 아이들이었다. 친구들은 오갔지만 대체로 여덟 명을 유지했다. 우리는 친구들 집 아래쪽에 있는 만 해변에서 끝도 없이 병 돌리기 게임을 했다. 공기는 소금기가 배어 무거웠고, 아이스박스에 담긴 맥주는 주사위처럼 댕댕 굴러다녔다. 특별히 무모해지는 밤에는 해안에서 멀지 않은 부양식 선거*까지 헤엄쳐 가서, 물속에서 수영복을 벗어 뗏목 위에 올려놓고 수영을 했다. 알몸이지만 다른 사람 눈엔 보이지 않는다는 사실에 짜릿함을 느끼면서.

엄마의 비밀을 알게 되고 할일이 생기자, 내 일상이 바뀌었다. 사우더 부부가 오는 날이면, 나는 십대 아이들과 노는 자리에서 얼른 빠져나와 저녁식사가 끝나기 전에 집에 돌아오고 싶어 안달이 났다. 내가 도착할 때쯤 두 부부는 대체로 술에 잔뜩 취해 있었다. 나는 엄마가 멋지게 차려낸 음식을 몇 입 먹은 뒤, 찰스와 릴리는 절대 같이 가지 않을 것을 알면서, 다 같이 산책하러—엄마는 그걸 '건강 산책'이라고 불렀다—가자고 천진난만하게 제안했다. 저녁식사 후 십대의 샤프롱**과 즐기는 산책을 누가 의심하겠는가? 누구도 의심하지 않을 것이다. 초기 어느 시점에 엄마가 벤에게 내가 비밀을 알고 있다고 말했을 텐데도, 그는 그 사실에 전혀 당황하지 않은 듯 보였다. 결국 나라는 존재가 모든 걸 가능하게 만든 것이다.

나는 두 사람의 손을 잡고 문 쪽으로 이끌었고, 우리는 〈나는 달을 보고 달은 나를 보네〉라는 노래를 부르며 도로를 향해 나아갔다. 노먼 록웰이 그린 그림의 한 장면 같았고, 우리 셋이 커브를 돌아 가로등 불빛을 벗어나면 엄마와 벤은 정열적인 키스를 했다. 종종 나를 가운데

---

* 선체를 물 위에 띄우고 건조나 수리를 하거나 짐을 싣고 부리기 위해 만든 설비.
** 젊은 여자가 사교장에 나갈 때 따라가서 보살펴주는 사람으로, 보통 나이 많은 부인을 말한다.

끼운 채로 키스해서, 우리 셋이 끌어안은 모양새가 되었다. 우리는 이 불륜 관계에서 함께였다. 우리는 언덕 꼭대기까지 올라갔고, 이따금 조금 더 갔으나 결코 많이는 아니었다. 산책은 우리 외출의 주된 목적이 아니었다. 걸음을 돌려 다시 돌아올 때면 벤과 엄마는 길에서 벗어나 게스트하우스로 들어갔다. 엄마가 집 옆에 임대 목적으로 소유한 집이 었는데, 비어 있을 때가 많았다.

나는 그 집 앞에서 만이 내려다보이는 바위에 앉아 그들을 기다렸고, 달빛이 수면에 어른거리는 것을 지켜보았다. 그들은 내게 다음 방문에 뭘 할지 상의하고 계획을 세우려면 둘만의 시간이 필요하다고 말했다. 나는 매력적인 생김새 때문에 엄마가 롤리팝나무라 명명한 나무 아래 앉아, 저멀리 바깥 해변에 파도가 철썩철썩 부딪히는 소리를 들었다. 그 자리에서, 나는 엄마의 원피스가 벗겨지는 소리, 벤이 엄마의 쇄골에 키스하는 소리, 그들의 애정 행위에 바다 판자가 신음하는 소리를 상상했다.

5

학기중 내 생활은 케이프코드에서 보내는 여름과 많이 달랐다. 한 가지는 외롭다는 거였다. 엄마가 찰스와 결혼한 뒤 피터와 내가 집이라고 부른 그 저택에서는 가족이 가깝게 지내거나 소통하기가 힘들었다. 피터의 침실도, 내 침실도─그 집의 나머지 열다섯 개 침실 중 어느 것도─가족 거실과 가깝지 않아서, 부모님이 대화를 나누는 웅얼거리는 소리도 잠들 때 멀리서 들리던 윙윙 소리도 들리지 않았다. 집이 너무 커서, 엄마가 도넛 레시피를 완성한 뒤 부엌에서 풍겨오는 시나몬 슈거 향이나 서재에서 불을 피운 오래된 냄새같이 특정 공간을 떠올리게 하는 뚜렷한 냄새조차 맡을 수 없었다. 소리와 냄새가, 정말로 모든 것이 광대한 공간 속으로 사라져버렸다.

또한 그런 분위기에는 우리가 온 뒤로 에식스 100번지를 부동산 시장에 내놓았다는 사실도 작용했는데, 그 때문에 우리가 사는 환경이 지속적이지 않으리라는 느낌이 들었다. 연료가 부족한 시기엔 난방이 불가능했고, 매매는 더욱 불가능했다. 통일교 신도, 일명 무니*에게서 딱 한 번 괜찮은 제의가 들어왔다. 하지만 제의를 받아들이는 건 찰스 집안의 이름을 더럽히는 일이므로 선택지가 아니었다. 이웃이 어떻게 생각하겠는가? 그래서 엄마와 의붓아버지는 와스프wasp**가 수세대 동안 해온 대로 했다. 즉 집안 재산으로 허세를 부리고 살면서 외관을 유지하고 넘치게 술을 마셨다.

당시 우리 삶에서 하루는 이런 식으로 흘러갔다. 찰스는 매일 아침 발을 끌며 그의 할아버지가 설립하고 집안의 성을 회사명으로 쓴 투자 은행 증권회사로 출근했다. 그는 그 일을 싫어했지만, 다행히 고고학에 대한 열정에서 이 숨막히는 운명에 대한 위안을 찾을 수 있었다. 오빠는 10학년 때부터 나와 다른 학교인 뉴잉글랜드 사립 고등학교에 다녔고, 이어 남학생만 다니는 사립학교 록스베리 라틴에 갔다. 나는 드넓게 펼쳐진 녹색 잔디밭, 잘 관리된 부지, 인상적인 빨간 벽돌 건물이 특징이고 위풍당당한 캠퍼스를 자랑하는 밀턴 아카데미에 갔다. 교훈은 '두려워 말고 진실하라'였다. 그리고 엄마는 하루하루를…… 음, 무엇으로 채웠는지 모르겠다. 컨트리클럽 문화에 어떻게 자연스럽게 스며들지, 예전 커리어를 그만두었으니 새 커리어를 어떻게 시작할지 고민하면서 우리가 사는 거대한 공간을 한가로이 돌아다니지 않았을까. 아

---

* 문선명 추종자라는 뜻에서 나온 영어식 표현.
** 미국의 앵글로·색슨계 백인 프로테스탄트를 말한다. 미국으로 초기에 이민 간 사람들의 자손으로 미국 사회의 주류를 형성해왔다.

니면 그저 단순히 이 모든 것이 엄청난 실수가 아닌지 생각해보지 않았을까.

학기중에 피터와 나는 매일 저녁 여섯시경 부엌 식탁에서 같이 저녁을 먹었다. 그때쯤이 말라바와 찰스가 느긋이 칵테일을 즐기기 시작하는 시간이었다. 그 의식 같은 시간은 뭘 마시고 싶은지, 버번인지 스카치인지를 놓고 활발한 대화가 오가는 것으로 시작되었다. 가볍게 내릴 결정이 아니었는데, 저녁 내내 그 술을 마셔야 하기 때문이었다. 버번을 고르면 그날은 그걸로 쭉 가는데, 처음 한두 잔―온더록스로, 다른 맛을 가미해서―만이 아니라, 그들의 파워팩인 맨해튼과 거기서 파생된 다른 술을 만들 때도 그걸 썼다. 아주 드물게 럼이나 라이 위스키가 등장했지만, 보드카는 결코 등장하지 않았다. 적어도 밤에는 그랬다(그 투명한 술은 이따금 브런치 타임에 블러디 메리를 마실 때 사용했다). 그리고 진은 단연코 등장하지 않았다. 말라바는 그 술을 몹시 싫어했는데, 열두 살 때부터 엄마의 어머니가 생리통을 완화시키는 약으로 먹였기 때문이다. 그리고 완벽하게 좋은 그 증류주를 엄마의 칵테일 레퍼토리에 넣지 못하게 만든 데 대해 결코 자신의 어머니를 용서하지 않았음에도 말라바는 내게 똑같은 치료법을 써, 나 또한 진과 생리 사이에 만들어진 연관성을 지금까지 끊지 못하고 있다.

일단 뭘로 할지 정하면, 말라바는 적절한 유리잔―텀블러 잔이나 하이볼 잔―을 가져왔고, 그러면 찰스가 거기에 술을 따랐다. 그들은 기대감에 부풀어 서재로 갔고, 거기서 컵받침이 놓인 고풍스러운 소파 테이블을 사이에 두고 플러시 소파에 앉았다. 칵테일을 마시며 나눈 그 모든 대화가 합쳐져 그들이 함께한 삶이 되었다.

1980년대에 시작된 엄마의 불륜은 마치 일식처럼 엄마 삶에서 일어나는 다른 일을 거의 모두 가렸다. 엄마는 그 관계로 인해 찬란히 빛났고 뜨겁게 달아올랐으며 한동안 눈이 멀었다. 저녁 파티를 열고, 행사에 같이 참석하고, 가족 모임을 주선하는 등 여전히 찰스를 위해 할 수 있는 일을 했지만, 벤 사우더에 대한 욕망은 어떻게 해도 충족되지 않았다.

"레니, 내가 이렇게 생생하게 살아 있었던 적이 없어." 어느 날 엄마가 들뜬 표정으로 말했다. 우리는 엄마 욕실에 있었는데, 엄마는 스툴에 앉고 나는 엄마 뒤에 서서 장갑 낀 손으로 엄마 머리칼에 염색약을 발라주고 있었다. 진흙을 섞어 적당한 농도로 막 만든 것인데, 젖은 건초 냄새가 났다.

"어떤 느낌인지 말해주세요." 이런 대화는 전에도 나눈 적이 있고, 무엇보다 열정과 불륜에서 비롯된 폭발적인 힘이 엄마에게 어떻게 이런 생기를 불어넣었는지 직접 목격했는데도 나는 그렇게 말했다. 엄마에게서 그 이야기를 듣는 게 좋았다.

"『오즈의 마법사』 속 그 순간 같아. 모든 게 흑백에서 컬러로 변하는 순간 말이야." 엄마가 스툴을 빙그르르 돌려 나를 향한 채 말했다. 염색약이 발라진 머리칼 한 가닥이 엄마의 윗입술을 때리며 물방울을 날려서 우리 둘 다 웃었다.

"벤이 콧수염 난 엄마를 사랑할지 모르겠네요." 내가 내려온 머리칼을 늪지 같은 머리 위로 되돌려놓고 녹색이 된 머리칼 전체에 투명한 샤워캡을 씌우며 말했다. 그리고 엄마의 코 밑에 묻은 검은 선을 따뜻한 수건으로 깨끗이 닦아냈다. 우리는 한 달에 한 번쯤 이런 염색을 했다. 대체로 말라바가 벤을 만나기 전 일요일에 했는데, 그때 엄마는 가장 조바심을 냈다.

"혹은 파도 속으로 뛰어드는 것 같아." 엄마가 말했다. "무슨 일이 일어날지 이미 알고 있어서 단단히 마음먹지만, 그래도 여전히 충격인 것, 알겠니?"

엄마의 불륜 안에는 사랑, 죄, 욕망 등 아주 많은 것이 똘똘 감겨 있어, 이 상황이 조만간 폭발하는 건 예정된 순서 같았다. 나는 이 결말에서 엄마를, 정말로는 우리 모두를 보호하는 것이 내가 할 일이라고 생각했다.

나는 엄마가 앉은 스툴을 돌려 문짝에 붙은 거울을 바라보게 했다. 거울 속에서 내 머리가 엄마 머리 위에 있었다. "엄마, 누가 알아내면 어떻게 할 거예요?" 내가 물었다.

"아무도 알아내지 못할 거야." 엄마가 나를 안심시켰다. "우리가 얼마나 조심하는데, 레니. 게다가 우리에겐 비밀병기인 네가 있잖아." 엄마가 어깨 위에 올려진 내 두 손을 톡톡 치며 말했다.

나는 타이머를 맞췄다. 염색약을 바른 채로 한 시간을 기다려야 했다. "하지만 혹시 누가 알게 되면요?" 내가 끈질기게 말했다. 나는 그게 계속 걱정이었다. 진실이 햇빛 아래 드러나면 엄마에게, 우리에게 어떤 일이 생길 것인가?

엄마는 거울 쪽으로 몸을 더 기울이고 내가 미처 바르지 않은 부분이 있는지 살폈다. 아니면 그냥 시간을 버는 것이었을지도 모른다. "음,

그건 끔찍한 일이지. 그 생각은 하기도 싫구나. 그렇게 되면 찰스도, 릴리도 죽고 싶을 거야." 엄마가 말했다. "두 사람 다 그만큼 약하거든. 하지만 그런 일이 생겨도 벤과 나는 함께할 거야. 우린 그렇게 하기로 약속했어."

처음에는 말라바도 나만큼이나 들킬까봐 마음을 졸여, 우리는 엄마의 흔적을 꼼꼼히 덮었다. 엄마가 뉴욕에서 밀회를 하면 우리는 복잡한 알리바이를 꾸몄다. 독신이고 직장 일로 바쁜 가장 친한 친구 브렌다를 찾아간다거나, 더 자주는 할아버지의 아주 젊은 두번째 아내이자 엄마의 의붓어머니인 병든 줄리아를 돌보러 간다는 핑계를 만들었다. 줄리아는 엄마보다 두어 살 더 많을 뿐이지만, 폭음으로 일으킨 말썽의 역사가 길었다. 우리 가족은 그걸 '곤드레만드레 사건'이라고 불렀다. 그건 완벽한 계략이었다. 할아버지는 1년 전에 돌아가셨고, 따라서 엄마의 거짓말에는 할아버지의 협조가 필요 없었다. 게다가 엄마는 예전에도 줄리아 문제를 도우려고 개입한 적이 있어, 진실처럼 느껴지는 거짓말이 입에서 술술 흘러나왔다.

내가 의붓할머니의 비밀을 폭로해 엄마의 비밀을 감춘다는 사실에 불편해하자, 엄마는 줄리아의 알코올의존증은 전혀 베일에 싸인 비밀이 아니라는 말로 나를 안심시켰다.

"구제불능 술꾼에게 비밀이란 없어. 그 사람이 핍스 애비뉴에 산다고 해도 말이지. 내 말을 믿어, 레니. 본인은 어떻게 믿고 싶어할지 몰라도, 줄리아의 문제가 심각하단 건 모두 알아."

그 말은 사실일 가능성이 컸다. 줄리아는 취하면 말도 안 되게 이상

한 행동을 했다. 저녁 파티에서 속옷만 빼고 다 벗는다거나, 복도에서 졸도해 무심결에 지나가던 손님이 오줌 웅덩이에 드러누운 그녀를 발견하는 식이었다. 줄리아의 이런 에피소드를 내 마음대로 활용할 수 있다면, 말라바를 의심하는 사람이 있어도 떨쳐내기 쉬울 것이다.

타이머가 울리자, 말라바는 샤워를 하고 머리칼에서 헤나를 씻어냈다. 우리는 안방 욕실에서 드레스룸으로 자리를 옮겼는데, 거기가 어쩌면 에식스 100번지에서 유일하게 아늑하다고 할 수 있는 방이었다. 우리는 그 방에서 이야기 나누는 걸 좋아했다. 1인용 침대 하나, 꽃무늬 천을 스커트처럼 둘러놓은 화장대, 그것과 짝이 맞는 천을 씌운 스툴, 그리고 그것을 더욱 멋지게 만들어주는 휘장이 드리워져 있었다. 주로 천으로 장식되어 있어 고풍스럽고 여성스럽게 느껴졌다. 엄마는 크리스토퍼가 죽은 이후 불면증에 시달려왔고, 대체로 이 방에서 잠을 잤는데, 표면적으로는 찰스가 코를 골기 때문이었다. 아침에 엄마를 깨우려고—결코 쉬운 일이 아니었다—가서 보면, 베개 두 개 사이에 얼굴을 파묻은 채 코만 빠끔 내밀고 있었다.

나는 엄마 침대 위 내가 평소 앉던 자리에, 등은 벽에 기대고 발은 엉덩이 밑에 깔고 앉았다. 발을 두는 쪽에는 엄마의 여행 가방이 열린 채 놓여 있었다. 우리는 엄마가 뉴욕에 가서 벤과 하룻밤 묵을 때 어떤 옷을 가져갈지 고민했다. 엄마는 이 옷 저 옷 입어보면서 입을 비판적으로 꾹 다문 채 전신 거울에 비친 자기 모습을 평가했다.

엄마가 가는 허리를 돋보이게 해주는 진녹색 랩 드레스를 입었을 때 나는 "오, 엄마. 그걸로 해요. 완전 멋져요" 하고 말했다. 엄마는 그걸로 정했다.

말라바는 푹신한 스툴에 앉아, 무자비한 삼면 확대 거울 쪽으로 몸을 기울인 채 자기 얼굴을 뜯어보았다. 무거워 보이는 눈꺼풀이 큰 갈색 눈을 덮어 엄마의 표정을 시무룩해 보이게 만들었다. 나는 어린 시절 엄마 친구 브렌다가 그 눈을 '침실 눈'이라고 말하는 것을 들었다. 당시에 나는 그 말을 엄마가 졸려 보인다는 뜻으로 받아들였다.

아름답다고, 정말로 아주 아름답다고 몇 번 말해줘도 엄마는 내 칭찬을 받아들이려 하지 않았다. 엄마는 위쪽 눈꺼풀의 두툼한 살을 꼬집었고, 거울에 비친 자기 모습을 보며 얼굴을 찡그렸다. "여자에게 늙는 것만큼 나쁜 건 없어, 레니." 엄마가 말했다. "엄마가 경고했는데도 나는 믿지 않았어. 그러니 내 말 새겨들어. 세상에서 그보다 더 나쁜 건 없어."

내 할머니 비비언의 화려한 사진 한 장이 화장대 위에 놓여 있었다. 할머니의 사진은 엄마에게 미의 기준이었고, 그것과 자신을 비교하면서 자신이 그보다 못하다고 믿었다. 내 생각은 달랐다. 내가 보기엔 말라바가 훨씬 아름다웠다. 엄마의 얼굴은 따뜻한 느낌을 주었고 반짝거리는 눈빛은 장난기가 넘쳤지만, 할머니는 머리칼은 검은색, 눈은 짙은색, 피부는 티 없는 상아색이어서 너무 근엄하게 느껴졌다. 할머니는 웃을 때조차 눈빛이 강철 같았다. 할머니 사진을 보면, 엄마가 할머니의 외동딸로 사는 게 여러모로 얼마나 지치는 일이었을지 알 것 같았다.

하지만 두 사람 중 엄마가 더 매력적이라고 느끼는 사람은 나뿐이었다. 내가 할머니 이름만 말해도 사람들은 누구나—남자, 여자, 가까운 친구, 라이벌 할 것 없이—땅 위를 걸어다닌 여자 중 비비언이 가장 아름다운 여자라고 한결같은 반응을 보였다.

"네 할머니는 사는 동안 남자를 유혹하는 데 탁월한 재능을 발휘했지만, 우아하게 늙진 않았어." 엄마가 말했다. 나는 할머니의 불같은 성질, 경쟁심, 오랫동안 이어진 알코올의존증에 대해 들었고, 그중에는 내가 꼬마였을 때 할머니가 엄마와 크게 싸운 이야기도 있었다. 할머니와 엄마가 어느 파티에서 한 남자를 두고 시시덕거리다 다툼이 일어났는데, 술에 취하고 화가 난 두 사람은 서로 비난의 말을 쏟아냈고, 언쟁은 마침내 몸싸움으로 번져 결국 엄마가 뒤로 밀려 벽난로 안에 나자빠졌다. 할머니는 멍투성이가 되었고, 엄마는 골반에서 발가락까지 깁스를 했다.

나는 두 사람이 싸우는 장면을 상상하기 싫었다. 엄마가 딸을 다치게 한다는 생각 자체가 겁났다.

할머니는 이제 몸져누워 있어 더이상 외동딸과 몸싸움을 할 수도, 남자를 유혹할 수도 없었다. 할머니와 할아버지가 두번째로 이혼한 뒤 할머니는 30년 넘게 혼자 지내다 1976년에 재혼했다. 새 남편 그레고리는 플리머스 출신으로, 벤 사우더와 마찬가지로 필그림의 직계 후손이었다. 하지만 비비언에게 행복과 불행은 손을 잡고 나란히 찾아와, 그레고리는 결혼하고 다섯 달 만에 죽었다. 내가 열한 살 때였다. 할머니는 장례식 때 맑은 정신으로 있고 싶다며 혈액응고억제제를 먹지 않았고, 바로 다음날 중증 뇌졸중으로 쓰러졌다. 우리는 할머니를 정기적으로 방문했지만, 할머니는 더이상 의미 있는 대화를 나눌 수 없었다. 한참 나중에 엄마가 말해주기로, 할머니는 그레고리의 아내가 죽기를 기다리며 그레고리와 10년 동안 관계를 가져왔다고 했다. 마치 비비언이 딸이 따라야 할 길을 지도로 남긴 것처럼.

처음에 엄마와 벤은 로맨스를 조심스럽게 이어가면서, 벤이 속한 몇
몇 단체 위원회 일로 뉴욕 출장을 갈 때 신중하게 만났다. 서로 다른 층
방을 예약했고, 식사하러 밖으로 나가는 대신 룸서비스를 이용하고 모
든 비용을 현금으로 지불했다. 하지만 그들은 곧 대담해져, 거기서 아
는 사람을 마주칠 가능성이 희박하다고 결론 내렸다. 그리고 르시르크,
하츠하나, 뤼테스, 엄마의 친한 친구가 경영하는 라튈립 같은 레스토랑
에서 세련된 식사를 하기 시작했다.

엄마는 그게 자신이 부엌에서 탈출할 수 있는 유일한 방법이라면서,
고급 레스토랑에 가는 것을 무엇보다 좋아했다. "생각해봐, 레니." 엄마
는 여러 번 이렇게 말했다. "실력이 뻬어난 요리사라고 소문나면 모두
겁을 집어먹고 식사에 초대하지 않으려 한다니까."

오만한 소리로 들릴지 모르지만 사실이었다. 엄마는 파리 르코르동
블뢰에서 공부했고, 타임라이프북스출판사 '세계의 요리' 시리즈 신메
뉴 개발 요리사로 일했고, 요리책 네 권을 출판했으며, 『보스턴 글로
브』에 '두어헤드 다이닝Do-Ahead Dining'이라는 인기 있는 요리 칼럼을
맡아 쓰고 있었다. 이성적인 사람이라면 누가 말라바에게 참치 캐서롤
을 먹으러 오라고 초대해 평가받는 위험을 무릅쓰겠는가?

레스토랑은 말라바에게 짧은 휴가 같은 것이었다. 다른 누군가가 엄
마의 일을 하는 셈이었다. 엄마는 옷을 예쁘게 차려입고 반짝거리는 적
갈색 머리칼을 굽슬굽슬하게 말고 화사한 색깔의 립스틱을 즐겨 발랐
고, 레스토랑에 들어갈 때 사람들이 쳐다보는 것을 민감하게 의식했다.

엄마는 음식 주문에 대담해 누구나 좋아하는 램 찹이나 필레미뇽 같은 음식은 거의 고르지 않고, 대신 거기 요리사가 특별히 만들 수 있는 건 뭔지, 정확하게는 송아지 췌장이나 맛조개 같은 도전적인 식재료로 뭘 만들 수 있는지 보고 싶어했다. 엄마는 한입만 먹어도 그 요리가 어떻게 만들어졌는지―이를테면 고기를 먼저 불에 구웠는지 아니면 졸였는지―아는 신통한 능력이 있어 소스에 들어간 모든 재료를 알아냈고, 그 정보를 기억해뒀다가 나중에 그대로 재현했을 뿐 아니라 심지어 더 맛있게 만들었다. "요리에 관해서라면 내가 도둑이지." 엄마가 내게 소곤거렸고, 내쉬는 숨에 향신료 냄새가 배어나왔다.

곧 엄마와 벤은 뉴욕에 갈 때 같은 비행기를 타기 시작했고, 심지어 자리도 나란히 앉았다. 엄마가 한번은 보스턴에서 뉴욕으로 이동하는 셔틀에서 아는 사람과 마주친 이야기를 해주었다. 찰스와 벤을 모두 아는 플리머스 출신 지인이었다. 내 심장이 콩닥거렸다. 그 이야기가 찰스 귀에 들어가면 어쩌지? 하지만 엄마는 그저 한 손은 벤의 팔목에, 또 한 손은 자기 가슴뼈에 올리고 놀랐다는 듯 말했다. "세상 참 좁네요. 아까는 벤 사우더와 마주치고, 이제는 당신하고 만나고요!" 그러고는 그 사람에게 함께 앉아서 가자고 제안했다.

엄마와 벤은 4주에서 6주마다 한 번씩 만났고, 나는 그 은밀하고 불온한 만남의 자세한 내용이 몹시 궁금해서 엄마가 하는 이야기의 단어 하나하나에 매달렸다. 가끔 엄마 베개에, 뉴욕에서 돌아오면 곧바로 나를 깨워달라는 쪽지를 남겨놓기도 했다. 엄마는 그렇게 했고, 우리는 내 침대에서 한밤중이 될 때까지 엄마가 벤을 얼마나 사랑하는지 이야기를 나누었다. 브로드웨이 공연을 보러 갔다거나 메트로폴리탄미술관에 간 이야기, 파크 애비뉴를 산책했다는 이야기는 단 한 번도 없었다. 쇼핑에 흥청망청 돈을 쓴 흔적도 전혀 없었다. 내가 아는 한, 엄마와 벤은 함께 있는 시간 내내 삶의 가장 신성하고 관능적인 듀엣에만 몰두한 것이었다. 내겐 다행스럽게도 엄마는 섹스보다는 음식 이야기를 더 하고 싶어했지만, 종종 엄마의 수줍은 미소에 덜 순수한 기억이 묻어나왔다.

일요일이 엄마의 드레스룸에서 통째로, 나는 엄마의 부드러운 침대에서 베개로 몸을 받치고 말라바는 화장대 스툴에 앉은 채, 사라질 때도 있었다. 엄마가 벤 이야기를 하는 것이나 벤이 했다는 그 모든 달콤한 약속에 대한 의미를 따져보는 건 아무리 들어도 지루하지 않았다. 언젠가 그들이 함께할 미래를 상상하는 것보다 엄마가 더 좋아하는 건 없었다. 여행에 관해서는 특히 그랬다.

"신혼여행에 대해 이야기해보자, 레니." 엄마가 말하면, 우리는 최상위 후보지를 검토하곤 했다. 이탈리아에서 즐기는 호화 공연, 아프리카 사파리, 터키 해안선을 도는 요트 여행. 나는 늘 사파리─모든 동물은 얼마나 굉장한가─에 더 끌렸지만, 부드러운 고급 시트나 트러플 오일이 취향에 맞는 엄마는 이탈리아의 향락 문화에 더 끌렸다. "지구상에서 더 로맨틱한 곳이 있니?" 엄마가 말했다.

하지만 벤은 이런 공상에 빠지는 걸 별로 좋아하지 않아서 엄마는 속상해했다. 그는 이 관계에서 지킬 엄격한 원칙, 도덕적으로 모호한 상태를 요령껏 통과하면서도 들키지 않는 최선의 방법을 규정해놓았다. 집에 놀러오는 계획은 다음 차례 한 번에 대한 것만 세운다거나, 두 부부의 우정에 관련된 공식적인 일이 아니면 집에서는 전화하지 않고, 자신의 감정을 절대 종이에 쓰지 않는 것이 포함되었다.

벤은 모든 것을 가진 듯했다. 좋아하는 릴리와는 만족스러운 가정을 꾸리고, 사랑하는 말라바와는 멋지고 로맨틱한 삶을 즐기고, 그렇게 시간을 쪼개 두 사람을 나누어 관리하는 역량을 발휘했다. 그것이 엄마를 몹시 화나게 만들었다. 엄마는 자신이 둘의 관계에 모든 열정을 쏟아붓듯 그도 그렇게 하기를 바랐다. 그리고 나 또한 거기에 모든 열정을 쏟아붓게 만들었다. 나는 완전히 빠져들어 모든 이야기를 맛있게 받아먹었다.

"내가 벤의 원칙을 어떻게 하고 싶은지 알아?" 엄마가 내게 물었다. 나는 답을 알았지만, 그 질문에 대답할 기회는 결코 주어지지 않았다. "하나씩 모조리 깨버리고 싶어."

위반의 힘은 그 자체로 유혹적이었다.

"하지만 참아야 해, 레니." 엄마가 참는 데 큰 소질이 없다는 건 우리 둘 다 알았지만 엄마는 거듭 그렇게 말했고, 그건 내게 하는 말이기도 했지만 엄마 자신에게 하는 말이기도 했다. "이 게임을 오래할 필요가 있으니까."

우리가 일요일에 이런 대화를 나눌 때 찰스는 어디 있었는가? 대체로 서재 구석에서 안락의자에 앉아 있었는데, 그는 무릎 위에 큰 책을 놓고 둘째 손가락으로 짚어가며 책을 읽었고, 등뒤로 세워진 램프는 그가 읽고 있는 책을 비추었다. 의붓아버지는 돈을 버는 로맨틱하지 않은 일을 해야 하는 운명—그의 아버지와 할아버지에 의해 정해진 것이었다—이었지만, 한편으로 미국 초기 역사와 바다에서 사라진 배들에 관한 이야기에 몰두하는 비현실적인 몽상가였다.

엄마가 지금 벤에게 빠져 있는 것처럼 찰스에게 빠져 있던 시기가 있었음을 밝힐 필요가 있겠다. 엄마는 찰스의 지성에, 특히 필그림과 그들이 플리머스에서 창조한 문화에 대한 그의 오랜 관심에 매력을 느꼈다. 엄마는 찰스가 집안에서 물려받은 재산이 있다는 사실을 좋아했지만, 그가 재산을 더 모으겠다는 욕망이 아니라 열정에 이끌리는 사람이라는 점을 존경했다. 그는 배꼽시계가 울리는 여섯시경까지 책을 읽거나 사색에 잠겼다가, 그 시간이 되면 활기찬 모습으로 평화로운 성역에서 밖으로 나와, 엄마에게 자신이 최근에 강박적으로 몰두하고 있는 생각을 듣기만 해주면 칵테일을 만들어주겠다고 했다. 벤과 그런 사이가 되기 전에는 엄마도 기꺼이 그렇게 했다.

하지만 벤과 사랑에 빠지면서 말라바의 우선순위가 뒤집혔다. 엄마는 더이상 예전만큼 찰스의 똑똑한 두뇌, 고고학과 역사에 대한 강박적인 관심, 다정한 매너에 감동하지 않았다. 여전히 저녁에는 남편과 술한잔을 마셨지만, 엄마는 이제 다른 종류의 자극을 갈망했고, 찰스가 말할 때 벤에 대한 공상에 빠져 있을 게 분명했다. 벤은 외향적이었고, 몸이 잘 발달했으며, 지나칠 정도로 자신만만했다. 엄마는 그를 원했다.

엄마가 집을 비울 때마다—명목상 줄리아를 돌봐주러 갔지만 사실은 남편의 가장 친한 친구와 함께 호텔방에 있었다—찰스를 보살피는 건 내 일이었다. 그 일은 어렵지 않았다. 내가 하는 일이라고 해봤자 엄마가 미리 준비해놓은 식사를 데우고, 와인병을 따고, 셔츠 소매 단추를 풀 때 도와주는 것뿐이었다. 섬세한 운동기능이 요구되는 일은 더이상 그에게 가능하지 않았다. 그에게 정말로 필요한 것은 평화, 진한 칵테일, 읽고 생각할 수 있는 조용한 공간이었다. 찰스의 이런 점이 의붓아버지로서는 참 좋은 면이지만 아마도 친자식들은 그래서 그를 그저 그런 아버지로 생각했을 것이다. 그의 양육 방식은 선의의 방임이었다. 그는 피터와 나를 양육하는 것, 지저분한 원한관계, 타고난 경쟁심, 자신의 시간과 에너지를 요구하는 일 같은 것에 관심이 없었다.

찰스를 돌볼 때 유일하게 힘든 부분은 거짓말을 해야 한다는 것이었다.

나는 말라바의 알리바이를 확인해주는 사람이 되어야 했고, 침묵을 지켜서라도 엄마가 꾸며낸 이야기에 협조해야 했다. 처음엔 그게 간단한 일로 느껴졌다. 하지만 시간이 지날수록 침묵은 무거운 짐이 되었다. 거짓말을 자주 하면 실제 진실보다 더 진실로 느껴질 뿐 아니라, 사랑하는 사람에게 거짓말을 하게 되면—그리고 나는 정말로 찰스를 사랑했다—중요한 단 하나, 진실한 관계를 맺을 가능성을 잃는다. 거짓말이 처음으로 내 입술을 통해 나온 그날, 나는 찰스와 진실한 관계를 맺을 가능성을 상실했다.

시간이 지나면서, 나는 나 자신과 진실한 관계를 맺을 가능성도 잃어갔다.

10학년 2학기 무렵부터 배가 자꾸 아팠다. 엄마가 나를 병원에 데려갔고, 의사는 배 아픈 게 스트레스와 관련있을 거라고 했다. 엄마를 진료실에서 내보내고, 의사는 내게 무슨 과외 활동을 하는지, 친구들과의 관계는 어떤지 물어보았다. 학교 친구는 많니? 나는 그렇다고 대답했지만, 사실 나는 밀턴 아카데미에서 특별히 어울리는 무리가 없었다. 친한 친구보다는 그냥 아는 친구였고, 팀 스포츠는 하지 않았으며, 방과후 활동에도 딱히 참여하지 않았다. 남자친구는 있니? 의사가 알고 싶어했다. "너처럼 예쁜 여자애라면 쫓아다니는 남자애가 많을 것 같은데." 그녀가 말했다.

없었다. 하지만 내 연애 에너지의 많은 부분을 엄마에게 쓰고 있단 사실을 밝히면 안 된다는 것 정도는 나도 알았다.

"어, 뭐, 누구를 좋아한 적은 몇 번 있어요." 나는 솔직하게 말했고, 그 말에 의사는 안심한 것 같았다. "하지만 제 학년 남자애들 대부분은 어려요. 게다가 저는 학업에 신경쓸 필요가 있고요."

"성적은 어떠니?" 그녀가 물었다.

"거의 A예요." 내가 말했다.

의사가 알겠다는 듯 고개를 끄덕였다. "그게 문제 같구나. 너는 완벽주의자야. 기준을 좀 느슨하게 할 필요가 있겠어. 마음을 좀더 편히 가지렴."

엄마가 진료실로 다시 들어왔을 때 의사는 밀턴의 학업 분위기에서 요구하는 것들이 내 스트레스의 원인일 수 있다고, 종양이 생길 수도 있다고 말했다. 그리고 탄산음료나 카페인, 맵고 신 음식은 삼가야 한다고 했다.

"정말 고맙습니다." 엄마가 안도의 한숨을 내쉬며 의사에게 말했다. "모든 게 제 잘못이었군요. 레니가 말했겠지만, 제가 붉은 고추를 좀 많이 쓰는 경향이 있거든요." 엄마가 웃으며 나를 쳐다보았다. "그리고 꼬마 아가씨, A를 받는 덴 신경 좀 덜 쓰고 밖에 나가서 더 많이 놀아야 할 것 같구나. 솔직히 인생은 너무 짧단다!"

차를 타고 집으로 돌아오는 길에, 나는 최근에 과제로 읽은 너새니얼 호손의 『주홍글씨』를 생각했다. 나는 엄마가 헤스터 프린이 느낀 수치심을 조금이라도 느꼈는지, 벤은 아서 딤스데일이 느낀 죄의식에 마음이 괴로웠는지, 아니면 내 아빠가 그랬듯이 두 사람도 그걸 시답잖은 청교도 소설이라고 치부해버렸는지 궁금했다.

엄마는 자신은 불륜에 대해 조금도 죄의식을 느끼지 않는다고 말했다. "너는 이렇게 생각할 필요가 있어, 레니." 엄마가 말했다. "벤과 나는 사랑에 빠지려고 했던 게 아니야. 그냥 그렇게 된 거였어. 중요한 건, 우리가 찰스와 릴리를 우선순위로 둔다는 거야. 우리 중 누구도 그들이 다치는 걸 원하지 않아. 너도 그건 알고 있지, 응?"

나는 고개를 끄덕였다.

"우리가 떠난다면 그들의 인생은 만신창이가 될 거야. 이혼은 복잡하고 힘들어. 누구도 그건 원하지 않아. 게다가 찰스와 릴리는 건강이 좋지 않고. 이 사실을 알리면 그들의 상태는 더욱 나빠질 거야. 그러니까 정말이지, 지금 벤과 내가 하는 행동은 이타적이라고 할 수 있어. 네가 그러는 것처럼, 사랑하는 딸." 엄마가 내 허벅지를 톡톡 두드렸다. "너는 우리가 올바른 일을 하도록 돕는 거야. 우리 계획은 혼인서약을 지키는 거고. 죽음이 우리를 갈라놓을 때까지. 이해되니?"

그랬다. 오, 나는 엄마가 내게 이런 식으로, 여자 대 여자로 말하는 게 정말로 좋았다. 우리 사이에 신뢰와 솔직함 말고는 단연코 아무것도

없었다. 마침내 나는 엄마와 벤의 희생이 얼마나 큰지 이해했다. 계획
은 릴리와 찰스가 죽기를 기다리는 것이었다. 그것이 그들이 합의한 내
용이었다. 당시 나는 그것이 고결하고, 심지어 따뜻한 결론이라고 생각
했다.

6

찰스와 벤의 오랜 우정을 엄폐물 삼아, 엄마는 벤의 아내인 릴리의 환심을 사려고 했다. 릴리는 영국식 꽃 정원을 풍요롭고 튼튼하게 관리하는 것으로 유명했다. 너른 잔디밭 양옆으로 길게, 그리고 집 건물이 둘러싸이게 꽃을 심었다. 그 모든 일을 혼자서 했다. 몇 시간씩 허리를 굽히고 흙을 파고 식물을 심고 비료를 주고 잡초를 뽑았다. 정원은 흠 잡을 데가 없었다. 엄마는 달콤한 말을 늘어놓으며 릴리에게 찬사를 쏟아냈다. 하지만 내게는 그런 야단법석이 이해되지 않는다고 털어놓았다. "줄을 반듯하게 세우고, 줄기를 튼튼하게 관리하고, 색깔까지 신경 쓰지. 하지만 정말로, 창의성은 어디에 있지?"

엄마가 릴리의 근면한 모습에서 보기로 한 것은 상상력 부족과 경직된 모습, 통제하고 명령을 내리려는 태도였다. 엄마는 릴리가 결혼생활에서도 이런 식일 거라고 추정했다. "벤은 야생 짐승 같은 사람이야." 엄마가 그렇게 말했다. 나는 이제 정원이라는 주제에서 벗어난 걸 알아차렸다. "남자에겐 정글이 필요해." 내 생각은 우리 소유지의 둑을 따라 뒤엉키며 퍼져 자란 손질하지 않은 들장미 열매 덤불과 그 아래 평평한 모래밭에서 만찬을 즐기는 넓적부리황새에게로 옮겨갔다. 나는 벤이 이곳에서 행복해하는 모습을 상상했다.

엄마는 또한 벤과 릴리의 두 자녀인 잭과 해나에 대해서도 관심을 보였다. 불륜이 시작됐을 때 그들은 이십대 초반이었다. 아직 사우더 부부의 자녀들을 만나본 적은 없지만, 나 또한 그들에게 흥미가 생겼다. 잭은 여름에는 캘리포니아에서 인명구조원으로 일했고, 겨울에는 콜로라도에서 스키장을 순찰했다. 매사추세츠에 사는 해나는 말을 타는 기수였다. 엄마는 MIT를 졸업하고 사업가 아버지를 둔 그들이 이런 직업을 가진 건 좀 실망스럽다고 했다. 릴리는 아이들의 어린 시절을 가죽 장정 일기장에 기록했는데, 거기에는 아이들의 기질, 활동, 음식에 대한 호불호 같은 것이 길게 적혀 있었다. 말라바는 감탄하며 릴리와 함께 그 내용을 열심히 읽어나갔지만, 나하고 둘이 이야기할 때는 빈정거렸다. "완두콩 퓌레 하나 만드는 데 그렇게 시간이 많이 걸리다니!"

그렇게 말했지만, 말라바도 우리—크리스토퍼와 피터와 나—의 육아 앨범에 거의 똑같이 해놓았다. 엄마는 우리가 좋아하는 것과 싫어하는 것을 유머러스하게 써놓았고, 검은색 페이지에는 우리의 하야스름한 금발 타래를 테이프로 붙여놓았으며, 우리의 입 벌린 모습을 그려넣고 거기에 화살표를 그어 언제 어느 이가 났는지 알 수 있게 날짜를 써놓았다. 우리가 각각 한 살 아기일 때의 핵심적인 특징을 포착하려는 시도에서, 사진에 재미있는 설명을 달아 우리가 잘하는 것과 싫어하는 것을 나열해놓았다. 크리스토퍼: 앞뒤로 기고, 신문지를 갈가리 찢고, 뭐든 다 잡는다! 피터: 성질이 못됐고 제멋대로 하려 든다! 레니: 재능이라곤 없고 식탐뿐이다.

그리고 릴리의 일기장엔 사우더 부부의 여행 기록도 있었다. 그 모든 여행 중 먼 곳으로 간 것만도 수십 번이었는데, 중국과 인도로, 갈라파고스로, 멕시코로, 아르헨티나로, 유럽 전역—스코틀랜드, 덴마크, 프랑스, 스페인—으로, 아프리카로, 아메리카 전 지역으로 떠난 여행이 포함돼 있었다. 벤은 보스턴에서 회사를 운영했고, 30개국에 지사가 있었다. 출장차 떠난 것도 많지만, 그냥 놀러간 것도 그만큼 많았다. 엄마는 깜짝 놀란 얼굴로 잭과 해나가 아기였을 때 릴리가 벤과 함께 신나게 돌아다니느라 육아 일기장에 일주일, 심지어 한 달 분량이 비어 있더라고 말했다. "어떤 엄마가 자기 자식을 그렇게 오래 떠나 있을 수 있다니?" 말라바가 노골적으로 어이없어 했다. "어쩜 그런 짓을 한대?"

나도 엄마의 감정을 즉각 내 것으로 받아들여 덩달아 깜짝 놀랐지만, 사우더 부부의 여행이 엄마의 질투를 끌어낸 진짜 이유란 걸 알아챘다. 벤은 은퇴했으나 여전히 여러 위원회에서 활동하고 있었고, 낚시와 사냥을 중심으로 자신의 삶을 이끌어나갔다. 엄마는 자기 아버지가 의붓어머니인 줄리아와 함께 누렸던 것처럼 여행하는 삶을 갈망했다. 줄리아는 베티 포드 센터*를 드나들던 시기에, 센터에서 나와 있는 동안에는 늘 할아버지와 이국적인 나라의 멋진 호텔에서 지내곤 했다. 찰

---

* 알코올이나 약물 중독자가 거주하며 치료받을 수 있는 시설로, 캘리포니아에 있다.

스는 엄마에게 편안한 삶을 제공했지만, 그가 세계를 돌아다니던 시절 이야기는 이제 먼 과거의 일이 되었다.

중요한 건 릴리마저 말라바를 매력적으로 본다는 사실이었다. 누가 말라바를 탓할 수 있겠는가? 엄마의 빛이 당신을 향하고 당신을 환하게 비출 때, 당신이 엄마의 관심을 받고 있고 당신이 엄마를 즐겁게 해준다고 느낄 때, 그런 순간에 다른 곳을 쳐다보는 건 거의 불가능했다. 말라바는 강렬한 카리스마를 지닌 존재였고, 한 모금의 상쾌한 공기 같았으며, 엄마의 똑똑함과 불손함이 합쳐진 모습은 누구도 저항하기 힘들었다. 릴리도 거기에 매료됐다. 곧 두 부부는 더 많은 시간을 함께 보내게 되었고, 사우더 부부는 케이프코드에 있는 우리 여름 별장을 가장 자주 찾는 손님이 되었다. 그들은 꾸준히 찾아왔고, 그 덕분에 엄마와 벤의 로맨스는 거의 드러내놓고 빠른 속도로 진행될 수 있었다.

하지만 그것만으로는 결코 충분하지 않았다. 엄마는 벤과 함께 보내는 시간에 몹시 굶주려 있었다. 몇 주, 가끔은 몇 달 동안 만나지 못할 때도 있었는데, 그럴 때면 엄마는 풀죽어 지냈다.

"레니, 내가 이걸 더 견딜 수 있을 것 같지 않아." 한번은 벤과 릴리가 다가오는 주말에 집에 오기로 해놓고 미룬 적이 있는데, 엄마는 거의 제정신이 아니었다.

"왜 미뤄졌어요?" 내가 물었다.

"릴리한테 꽃과 관련된 일이 생겼다나 뭐라나. 플리머스에 있는 정원을 구경하는 단체 투어가 있는데, 릴리의 정원이 거기 포함됐대."

우리는 늦은 9월 어느 주말을 케이프코드로 가서 보냈다. 걷어놓은 해먹, 끌어올려놓은 보트, 황금 갈색으로 변해가는 습지의 풀 등 이전의 즐거운 기억을 떠올리게 하는 것들로 가득한 달콤씁쓸한 시간이었다. 엄마와 벤은 그들의 1주년을 막 기념한 참이었다. 나는 열여섯 살을 앞두고 있었다.

"생각해봐, 레니. 생각을 좀 해볼 필요가 있어. 사우더 부부를 케이프 코드로 더 자주 오게 할 방법이 없을까?" 엄마가 물었다. "벤이 나하고 더 많은 시간을 보낼수록 더 같이 있어야 한다고 느낄 거야."

우리는 평소처럼 부엌에 있었고, 엄마는 다음주 '두어헤드 다이닝' 칼럼에 실을 레시피 때문에 맛있는 가을용 스튜를 시험삼아 만들고 있었다. 엄마는 프렌치 렌즈콩이 담긴 냄비에 훈제 소시지를 한 움큼 던져넣고 화난 듯 저어댔다.

"한입 먹어볼래?" 엄마가 말하고는 숟가락 가득 떠서 후 불었다.

나는 고개를 끄덕이고 입을 벌렸다. 나는 내 기억이 살아 있는 시점부터 엄마 요리를 시식하는 역할을 해왔다. 한입 받아먹고 입안에서 굴렸다. 구운 커민 씨앗, 아직 단단한 렌즈콩, 바탕에 깔린 진한 토마토 맛, 그리고 약간의 향신료 맛이 났다. 킬바슈*는 짭조름하게 맛있었지만, 아직 나머지 재료와 잘 섞이지 않은 상태였다.

"괜찮은데, 맛이 아주 좋진 않아요." 내가 말했다. "뭔가 더 필요한 것 같아요." 나는 엄마에게, 이게 내 위를 괴롭히는 맵고 신맛이 나는 요리라는 말을 상기시키지는 않았다.

"음식에 대해선 이제 입맛이 완전히 고급이 됐네." 말라바가 자랑스

---

* 마늘을 넣은 폴란드의 훈제 소시지.

럽게 말했다. "너라면 스튜에 티베트산 야크를 넣으면 더 좋아할 것 같은데? 아니면 마블링이 완벽한 와규의 귓불 살을 네 취향에 맞게 부드럽게 해서 넣거나?"

갑자기 엄마 표정이 바뀌었다. 쇳가루가 자석에 들러붙듯, 아이디어 조각이 엄마에게 날아가 붙은 것 같았다.

"오, 그래. 맞아, 레니. 바로 그거야." 말라바가 아일랜드 식탁 위로 몸을 숙이고 두 손으로 내 얼굴을 감싸 잡더니 내 이마에 키스를 했다. "레니, 너는 세상에서 가장 똑똑한 아이야."

나는 말라바와 이런 순간을 누리기 위해 사는 것 같았다. 내가 엄마의 문제를 해결하기 위해 무슨 말을 하고 무슨 행동을 했는지 정확히 알지는 못해도, 내가 도움이 된 걸 아는 것만으로 충분했다. 엄마에게 떠오른 그 대단한 생각을 들으면서, 나는 흥분되어 심장이 두근거렸다. 우리는 어느 때보다 독창적인 계획을 꾸며냈다.

그리고 몇 주 뒤 우리는 한 아이디어의 로켓을 발사시켰다. 엄마와 벤은 어쩌다 한번씩 전화로 이야기를 나눴는데, 엄마가 그때 벤에게 구체적인 내용을 말해주었고, 두 사람 다 내 협조가 가장 중요하다는 데 동의했다.

10월 초순이라 항구에는 가장 무모한 바닷가재잡이 상선을 제외하면 배 한 척 보이지 않았다. 그 배들도 머지않아 들어올 테지만 말이다. 벤은 해마다 캘리포니아주 산펠리페 목장에서 하는 검은 꼬리 사슴 사냥에 참여했는데, 거기서 방금 돌아온 참이라 사슴 스테이크 고기와 표면이 반지르르한 간 500그램을 가지고 릴리와 함께 왔다. 엄마는 즉시 껍질을 벗기고 얇게 썬 뒤 핏물을 제거하기 위해 재료를 버터밀크가 담긴 접시에 담갔다. 찰스는 셰이커나 휘젓개 같은 조리기구가 놓인 바에서 가장 가까운, 늘 앉는 높은 스툴에 앉아 사랑하는 친구들의 모습을 내려다보며 기분이 좋아진 것 같았다. 벤이 곧바로 자기 이야기를 시작했는데, 버번 한 병을 5분의 1쯤 마시고 픽업트럭에서 굴러떨어졌어도 친구들이 알아차리지 못했다는 이야기였다.

"그런 의미에서, 벤, 모두에게 칵테일 한 잔씩 만들어주는 건 어때요?" 엄마가 제안했다.

찰스는 말 한마디 없이 주인의 의무를 양보했고, 벤은 엄마가 간으로 요리를 만드느라 분주한 동안 모두에게 칵테일을 만들어 돌렸다. 엄마는 허브 정원에서 오레가노와 세이지 잎을 조금 따와, 버터와 마늘을 넣은 팬에서 재빨리 볶았다. 자극적인 향기가 부엌에 가득 퍼졌다. 다음으로 엄마는 샬럿 양파와 다른 채소를 설탕에 졸였고, 반질반질한 간을 기름 두른 다른 팬에서 재빨리 튀겼다.

우리가 재킷을 입고 선선한 가을공기 속으로 나가 덱 테이블에 반원형으로 둘러앉았을 때, 엄마는 여전히 부엌에 있었다. 이 계절에는 테이블 중앙에 세워둔 파라솔을 접어 가운데 부분을 끈으로 묶어두었다. 우리 뒤로 해가 지면서 항구를 가로질러 긴 햇살을 펼쳐냈는데, 수면 아래서 금색이 불그스름하게 일렁이며 습지의 풀이 불타는 듯한 환각을 일으켰다. 안에서 쿠진아트가 윙 돌아가는 소리가 나는 걸 보니, 엄마가 간과 채소를 블렌더에 넣고 가는 모양이었다. 당연히 부드러운 버터와 플레이크 소금을 가미했을 것이다. 거센 바람이 부는 만 저멀리 제비갈매기 소리가 끼룩끼룩 들리더니, 갑자기 우리 눈앞에 수십 마리가 나타나 교란이 일어난 물속으로 다이빙했다. 이어 수면 위에서 요동 치는 지느러미가 보이더니—아빠는 그것을 '게르치의 공세'라고 불렀 다—수천 마리 피라미가 아래에서 저들을 사냥하는 물고기를 피해 도 약했다. 하지만 위에서 검은 모자를 쓴 듯한 제비갈매기의 부리에 낚아 채일 뿐이었다.

벤이 대학살을 지켜보는 동안, 나는 그를 관찰했다. 남자들이 풋볼 경기를 보면서 패스된 공을 잡는 사람이 자기라고 상상할 때 그러는 것처럼, 그의 몸이 움찔거렸다. 그는 당장에라도 막대기를 집어들고 물 가로 달려갈 것 같았지만—아빠나 피터라면 그렇게 했을 것이다—슬 라이드식 유리문을 톡톡 두드리는 소리가 들리자, 그러는 대신 엄마를 도우러 갔다. 엄마는 유리문 반대쪽에서 크고 둥근 서빙 보드를 들고 서 있었고, 엄마가 그를 스쳐지나갈 때 두 사람은 서로를 보며 환하게 웃었다.

새들은 흩어졌고, 그것들의 광적인 잔치가 끝나면서 우리의 잔치가 시작되었다.

말라바는 예술적으로 장식한 음식을 식전 요리로 내놓았는데, 종이 처럼 얇게 썬 붉은 루비색 사슴고기 카르파초 위에 고추냉이 생크림을 약간 얹은 것, 그릇에 담아낸 쪼글쪼글하고 짭조름한 올리브, 껍질이 부드러워지고 눅은 속이 흘러내릴 만큼 과숙성된 삼각 모양 치즈 두 쪽, 접시에 담은 오이 절임과 양파 절임 옆에 더할 나위 없이 부드러운 사슴고기 파테가 곁들여져 나왔다. 보는 것만으로도 아름다웠고, 각각 의 별미는 엄마의 허브 정원에서 따온 로즈메리 잔가지로 구분하고 릴 리의 한련꽃으로 장식했다.

말라바는 자신의 솜씨에 감탄했고, 크게 웃음을 터뜨렸다. "이 도마에 있는 뭔가가 우리를 죽이지 않는다면 뭐가 그럴 수 있는지 모르겠네요." 그러고는 잔을 높이 들어올렸다. "살모넬라균을 위하여!"

"레지오넬라균을 위하여." 찰스가 건배했다.

나는 잔을 들고 진저에일을 크게 한 모금 들이켰다.

"박테리아하고 한번 붙어보죠!" 벤이 말라바의 한 손을 잡으며 말했다. 엄마는 손끝이 스키 끝부분처럼 휘는 길고 가는 손가락을 갖고 있었다. 엄마는 손톱을 열 개의 작은 칼처럼, 끝이 늘 날카로운 상태를 유지하도록 손질했다. 벤이 손바닥에 키스를 했다. "말라바, 당신한테 독살당하는 것보다 더 멋진 죽음의 방법이 떠오르지 않는데."

얼음처럼 차가운 진저에일이 목구멍으로 내려가다 자책 덩어리가 되어 걸렸다.

릴리가 내 쪽으로 눈동자를 굴려 내 불편한 마음을 읽더니 어떤 표정을 지어 보였다. 나는 그걸, 난 괜찮아, 그러니 너도 걱정하지 마, 이 바보 늙다리들에게 신경쓰지 마, 하는 뜻으로 받아들였다. 릴리가 신경쓰지 않는 걸 보고 나는 긴장이 조금 풀렸다. 하지만 내 얼굴에 뭔가 걱정스러운 기색이 드러나 있었다. 나는 릴리가 그것을 봤을까봐 속이 울렁거렸다. 바보, 나 자신을 질책했다. 벤과 말라바에게 티 좀 덜 내라고 부탁해야 할 것 같았다.

엄마는 버터를 펴 바른 얇은 프렌치토스트에 사슴고기 파테를 넉넉히 올리고 영성체 할 때처럼 우리 손바닥에 그것을 하나씩 놓아주었다. 우리는 그것을 통째로 입안에 집어넣었다. 휘핑크림과 사냥 고기 맛이 겹겹으로 얹힌 요리가 서서히 존재감을 드러내면서 그 향미와 질감이

혀 위로 내려앉았다.

"맛이 기가 막힌데." 벤이 입안 가득 요리를 넣은 채 웅얼거렸다.

찰스가 고개를 끄덕였다.

"잠깐! 여러분, 아이디어가 있어요." 엄마가 극적으로 선언하듯 말하고는 두 손을 테이블 위에 올렸다.

나는 귀를 쫑긋 세웠다. 그게 큐 사인이었다. 엄마와 나는 벽돌을 하나씩 쌓아올리듯 연습해서 스토리라인을 만들었는데, 찰스와 릴리를 걸려들게 하는 게 중요했다. 이 대화가 오로지 엄마와 벤의 것이 되면 곤란했다. 그러면 좋아 보이지 않으니 내 역할이 아주 중요했다.

말라바는 입안을 헹굴 목적으로 파워팩을 한 모금 천천히 마셨다. 사람들이 엄마의 말을 들으려고 몸을 앞으로 기울였다. "이런 걸 해볼까 하는데요." 엄마가 잠시 극적인 효과를 위해 말을 멈추었다. "사냥 고기*를 주제로 한 요리책."

나는 진저에일을 또 한 모금 마시고 한 박자 기다렸다.

찰스가 생각해보는지 눈썹을 치켰다. 내년에는 시식용으로 저녁식사에 어떤 요리가 나올지 생각하는 게 분명했다. 그는 말라바가 '두어헤드 다이닝' 칼럼을 쓰느라 들인 노력의 결과를 줄곧 누려왔지만, 실상 늘 그렇지만은 않았다. 결혼 초기에 엄마는 피터와 내가 다니는 중학교에서 자선 활동 차원에서 요리책을 묶어 내는 데 동의했다. 요리에는 전혀 세련된 취향이 아닌 학부모들이 레시피를 내놓았고, 긴긴 한해 동안 말라바는 젤리 같은 단품 캐서롤을 만드는 실험을 계속했다.

---

* 원문은 wild game으로, 사냥해서 잡은 야생동물을 뜻한다.

찰스는 저녁에 집에 돌아와 엄마가 독서대에 눈에 띄는 빨간 공책을 올려놓고 레인지 위로 허리를 숙인 모습을 보면 풀이 죽었다. "여보, 안 돼. 시식의 밤은 그만하자."

"사냥 고기가 정확히 뭔가요?" 그 순간 내가 물었다. "좀 구역질나요. 고기에 고기에 또 고기를 말해요?"

"오, 레니. 그런 게 전혀 아니야." 엄마가 말했다. "우리 요리책은 우리가 원하는 대로 만들면 돼. 해산물은 반드시 들어가야지. 바깥에 해산물이 얼마나 많은데. 그리고 채소도. 마음대로 뜯어먹는 그런 종류로. 릴리, 버섯 재배에 대해 가르쳐줄 수 있어요?"

릴리가 자신에게도 역할이 생겼다는 생각에 미소를 지었다.

"하지만 누가 그런 책을 사겠어요?" 내가 어른들은 시대가 변한 걸 모른다는 듯 악마의 변호인 역할을 자처하며 말했다. "주변 사람 중에 사냥을 즐기는 사람이 몇 명이나 되겠어요. 여기 있는 분들은 일반적이지 않고 예외적인 거죠. 이 모든 게ー" 나는 애피타이저가 담긴 쟁반을 가리켰다. "평범한 것과는 거리가 멀잖아요."

"평범한 건, 맙소사." 엄마가 더없이 제왕 같은 목소리로 말했다. "내가 결코 바라는 게 아니야."

"그래요, 알겠어요. 엄마는 평범하지 않아요. 하지만 학교 애들 중에서 꿩고기나 토끼고기를 먹는 애는 하나도 없어요. 그 책을 살 사람이 열 명은 될까 몰라요."

"내 생각은 달라, 레니." 릴리가 말했다.

나는 숨을 내쉬었다. 릴리가 미끼를 문 것이다.

"오늘날 식품 산업과 이 나라에서 가축을 사육하는 방법에 점점 실망하는 사람들을 생각해봐." 그녀가 말을 이었다. "화학물질, 살충제, 사육 환경."

완전히 걸려들었다.

엄마는 내 쪽을 향해 사랑한다는 의미로 눈을 깜박했다. 모스부호로 신호를 보내듯, 벤이 테이블 아래서 자기 무릎으로 내 무릎을 톡톡 쳤다.

"멋진 아이디어야, 여보." 찰스가 엄마에게 말했고, 그의 아이들도 모두 낚시와 사냥을 좋아한다고 우리에게 일깨워줬다. "나도 찬성이야."

"나도요, 말라바." 릴리가 말했다. "재미있겠는데요."

벤이 두 손을 뒤통수에 대고 앉은 자리에서 몸을 뒤로 조금 젖혔다. "잠깐 기다려봐." 그가 함박웃음을 지으며 말했다. "서두를 거 없잖아. 인세 문제도 논의하지 않았고. 내 생각엔 수렵과 채집을 담당하는 부부가 요리와 먹기를 담당하는 부부보다 더 많이 가져가야 할 것 같은데."

"오, 벤." 릴리가 웃었다. "그런 소린 당장 그만."

"제목은 지었어?" 찰스가 물었다.

벤과 엄마는 잠시 침묵했다. 그러고는 제목이 하늘에서 떨어지기라도 할 듯 고개를 들었다.

"단순한 이름 어때요?" 말라바가 말했다. "'와일드 게임' 어떨까. 독자가 내용을 짐작할 수도 있고, 모험을 떠나는 느낌도 들고."

"완벽해요." 릴리가 말했다.

벤이 자기 잔을 엄마 잔에 살짝 부딪쳤다. "우리의 와일드 게임을 위하여, 말라바."

7

케이프코드에 있는 우리집은 와일드 게임이 펼쳐지는 우주의 본부가 되었다. 아메리카 원앙은 건조 숙성을 위해 헛간에 걸어두었고, 토끼는 도살해 튀겼다. 홍합, 조개, 랍스터를 해초와 번갈아 포개 올린 것은 해변에 판 큰 구덩이 속에서 숯불로 느리게 익혔다. 구덩이를 파고, 불을 피우고, 고깃덩이에 올리브오일과 로즈메리와 으깬 마늘을 발랐다. 비계가 숯불 위로 똑똑 떨어질 때 들리는 지지직거리는 최면적인 소리는 거의 모든 식사의 배경음이 되었다. 어떤 동물의 고기를 가져와도 먹을 수 있는 걸 모조리 가려내는 데 전문가인 말라바는 아주 큰 법랑 더치오븐—밑이 시커메졌다—을 레인지 뒤쪽 화구에 항상 올려놓고, 질긴 고깃덩이는 삶고 반드르르한 비계는 녹이고 골수가 들어 있는 뼈는 뭉근히 익혔다.

벤은 작은 체구의 릴리를 뒤에 데리고 우리집 문을 벌컥 열고 들어올 때마다, 늘 다음 저녁식사 때 쓰기로 합의한 동물 고기에 더해 뭔가 예상치 못한 것—연못에서 잡은 녹색 개구리나 우리집에 서둘러 오다가 차로 친 다람쥐—을 들고 왔다. 그들이 도착하면 엄마는 가벼운 요리를 만들었고, 다음날 저녁 만찬은 어떻게 할지, 어떻게 하면 최고의 요리를 만들 수 있을지 함께 머리를 모았다. 종종 내가 먹지 않는 고기—들소나 앨리게이터나 홍머리오리—도 등장했지만, 벤은 그래도 그 맛을 설명하면서 나에게 아이디어를 내보라고 했다. 고기 밑에 버터와 사철쑥 잎을 깔면 어떨까요? 살점이 뼈에서 떨어져나올 때까지 천천히 굽는 건요? 소스에 무화과나 건포도 같은 달콤한 걸 넣으면 어때요?

벤은 우리 중 사냥 고기를 가장 많이 먹어본 사람이었다. 60그램짜리 검은 뜸부기부터 6톤짜리 코끼리까지 자신이 잡은 짐승은 전부 먹어봤다고 으스댔다. 그는 심지어 맛이 고약하기로 악명 높은 짐승까지 먹어봤다고 했다. 우리 지역에서 스컹크 헤드로 알려져 있으며 생선 비린내가 나는 바다오리도 기름기를 제거하고 잽싸게 튀기면 맛이 좋을 거라고 주장했다. 그러고는 엄마에게 레시피를 개발해보라고 했다.

"와일드 게임을 생존주의자*의 성명서 같은 걸로 만들 생각은 없어요, 벤. 이건 미식가를 위한 요리책이 될 거예요." 엄마가 말했다. 엄마는 릴리 쪽을 보고 고개를 내저으며 화난 척했다.

"말라바, 이 정도는 아무것도 아니에요." 릴리는 친구의 공감에 흐뭇해하며 말했다.

---

* 전쟁 등의 위험에서 살아남기 위해 대비하는 사람.

돌이켜 생각하면, 찰스와 릴리가 그들 눈앞에서 일어나는 일을 보지 못했다는 게 이해되지 않는다. 엄마가 만든 음식을 먹으려고 자리에 앉을 때마다 그런 조짐을 냄새 맡지도, 맛보지도 못했단 말인가? 프랭크 시나트라의 〈송스 포 스윙잉 러버스!Songs for Swingin' Lovers!〉 음반에 담긴 곡들이 식사실에 울려퍼지며 그들의 머리 위로 둥근 아치를 그리는데도? 그들의 배우자가 접시를 주고받을 때마다 서로 손가락을 스치는데도? 그들의 시선이 맞닿아 머무는데도? 말라바의 웃음소리가 방 안에 있는 사람들에게 자기 마음을 짐작해보라고 부추기는데도?

엄마와 벤은 함께 굴을 까고, 청둥오리 깃털을 뽑고, 다루기 까다로운 숲속 동물의 내장을 꺼냈다. 두 사람이 쏟아내는 말에는 그들이 구운 사냥 고기에 대한 포르노그래피적인 중의적 표현이 가득했다. 살살 녹는 엉덩이살, 감미로운 가슴살, 야들야들한 허벅지살. 그들의 모든 몸짓이 야하고 관능적으로 느껴졌다. 조갯살을 껍데기에서 스릅스릅 파먹는 것이나, 뼈를 씹어 골수를 쪽쪽 빨아먹는 것이나, 접시에 남은 소스에 새끼손가락을 담그는 방식만 봐도 그랬다. 그들이 음음거리며 즐겁게 먹을 때 그 소리가 내 위를 뒤틀리게 만드는 바람에 내가 2층으로 뛰어올라가 소화제 텀스를 한 움큼 집어삼켜야 한들 그게 무슨 대수겠는가.

그 모든 시간 동안 찰스와 릴리는 소극적으로 참여하면서 음식물을 씹거나 맛보고, 이게 다른 것보다 더 촉촉하다거나 향미가 좋다는 등의 타당한 이유로 엘크나 민물송어나 들꿩 고기 중 하나를 성심껏 골랐다. 그들은 시식자 역할을 진지하게 받아들였다. 릴리는 심지어 작은 스프

링 노트에 느낌을 기록하기도 했다. 찰스는 릴리와 입맛이 일치하면 기분이 좋아 보였다. 벤과 엄마의 가짜 논쟁이 가열되거나 그들의 생각이 너무 엉뚱하게 흘러가는 것 같으면, 찰스와 릴리는 일종의 암묵적인 동맹을 맺어 이성의 목소리, 어른의 목소리를 냈다.

"말라바." 벤이 눈빛을 반짝거리며 말했다. 르코르돈블루에 다닌 여자가 어떻게 고기를 도살하는 법을 하나도 모를 수 있죠?"

릴리는 대번에 나서서 말라바를 옹호했다. "오, 그만, 벤. 바보같이 굴지 마. 고기를 누가 도살하면 어때. 도살자는 널렸어."

"'르코르동블뢰'." 엄마가 벤의 발음을 고쳐주었다. 몇 달 동안 엄마가 벤에게 비시수아즈vichyssoise*의 마지막 s 발음법을 가르쳐온 터라, 그의 발음이 훨씬 세련되게 들렸다. 엄마는 뼈를 바르는 용도의 날카로운 칼끝을 벤 쪽으로 내밀었다. "내가 아니었으면 당신이 잡아온 사냥고기는 신발 가죽처럼 질겼을걸요."

"이제 포기해, 벤." 찰스가 친구에게 충고했다. "말라바하고 싸워봤자 절대 못 이겨." 그러고는 엄마를 감탄 어린 눈빛으로 바라보았다. "하지만 그보다 더 달콤한 패배는 없지. 와인 한 잔 더 어때?"

단서는 바닷가에 널브러진 해초처럼 어디에나 흩어져 있었다. 벤이 엄마를 '달링'이라고 부른 게 어쩌다 나온 말이었을까? 엄마가 그들이 뤼테스에서 먹었던 그 소스를 다시 만들어보자고 제안한 걸 들은 사람이 아무도 없었나?

그들이 갑자기 사라져버리는 건 또 어떻고?

---

* 감자 크림수프라는 뜻.

"벤, 부탁이 있는데," 엄마가 청어 알 덩어리를 가볍게 양념한 밀가루에 묻히면서 말했다. "숯 좀 갖다줘요. 지하실 안쪽 구석, 정원용 기구 근처에 있어요."

"말라바," 몇 분 뒤 벤의 목소리가 바닥 판자를 뚫고 올라왔다. "좀 도와줄래요? 안 보여요."

엄마는 손을 앞치마나 가까이 있는 행주에 닦고, 릴리를 향해 기분 나쁘지 않은 짜증과 동지애가 섞인 교묘한 표정을 지어 보였다. 남자들이란, 그런 의미로. 그러고는 벤을 도와주러 잽싸게 지하실로 내려갔다.

나는 그 순간이 다른 어떤 순간보다 더 두려웠다. 시간이 느리게 흘러갔다. 속이 불타는 것 같았고, 들키는 사람이 나인 것처럼 귓속에서 맥박 뛰는 소리가 들렸다. 나는 이런 때 내 역할이 뭔지 알았다. 내가 그 자리에 있는 건 주의를 다른 데로 돌리고 나머지 사람들을 즐겁게 해주기 위해서였다. 벤과 엄마가 그 자리에 없다는 사실을 감추려면 이러는 게 필요하다는 듯이, 쉴새없이 수다를 떨고 농담을 던지고 지그 춤을 췄다. 할 수 있는 최대한 재즈 핸즈*를 하고 재잘거리면 재깍재깍 흘러가는 괘종시계 소리와 두 어른이 5킬로그램짜리 숯 자루를 찾는데 시간이 그렇게 많이 걸릴 수 있다는 사실에서 사람들의 관심을 돌릴 수 있다는 듯이.

5분, 6분, 혹은 7분이 지나면 마침내 발걸음소리가 쿵쿵 올라왔다. 그 시간이 영원 같았다.

"내가 말한 자리에 정확히 있었어." 엄마가 당당히 말했다.

---

* 손바닥을 사람들 쪽으로 향하게 하고 손가락을 놀려 춤추는 동작.

나는 엄마의 헝클어진 머리, 번진 립스틱, 흐트러진 옷매무새를 꼼꼼히 점검했다. 하지만 내가 흘러내린 머리 한 가닥을 제자리에 돌려놓거나 옷깃을 펴주면, 엄마는 고마운 만큼 성가시다는 듯 내 손을 찰싹 때리는 시늉을 했다. 엄마는 이런 순간에 시선이 마주치는 것을 소심하게 피하지 않았고, 부엌에서 부산스레 움직이지도 않았다. 오히려 엄마의 눈빛과 들어올린 턱에서는 도발적인 분위기가 감돌았다. 엄마는 벤의 작은 부분, 자신의 미래에 비칠 밝은 햇살 중 지금 누릴 수 있는 어둑한 빛에 대한 권리만큼은 자기 것이라고 느꼈다. 그리고 그건 단연코 누구도 엄마에게서 빼앗아갈 수 없는 것이었다.

40년 가까이 벤과 결혼생활을 해온 릴리가 남편이 바람둥이이긴 해도 말썽을 일으키진 않으리라 믿으면서 이런 일에 초연하다는 게 가능할까? 찰스는 가장 오랜 친구이자 아들의 대부인 벤이 자기 아내와 바람피우는 건 고사하고 사랑에 빠진다는 것 자체를 상상할 수 없었으리라. 나중에 안 사실이지만, 엄마와 찰스가 결혼하기 전에 벤 사우더는 엄마의 의도를 의심한 몇 사람 중 하나였다고 한다. 벤은 당시 보스턴에서 가장 괜찮은 신랑감 중 하나였던 찰스에게 말라바와 성급하게 결혼하지 말라고 충고했다.

그래서 증거가 쌓이고 엄마와 벤의 기류가 공기를 변화시키는데도 찰스와 릴리는 이 우정을, 혹은 지금 집필중인 사냥 고기에 관한 요리책을 흔들림 없이 지지했다. 아마 그들 또한 내가 그랬던 것처럼, 가슴속 깊은 안쪽에서는 이 불륜이 모두에 대한 최선의 이익을 염두에 두고 진행된다는 것을 알고 있었을 것이다.

하지만 말라바는 점점 조급해지고 있었다. 마음 한쪽에 잠복한 불만과 다른 한쪽에서 외치는 찰스의 죽음을 그녀가 어떻게 다스렸을까? 간단했다. 말라바는 상처를 무디게 만들고 죄의식을 잠재우기 위해, 셰이커에 얼음을 채우고 버번을 부은 뒤 알코올이라는 담요로 자신을 감싼 채 자신이 원하는 삶, 손닿지 않는 황금의 원 주변을 끝없이 돌고 돌았다. 말라바는 파워팩, 즉 다른 맛을 섞은 드라이한 맨해튼을 만들다 잠시 동작을 멈추고 셰이커 안의 내용물을 생각하더니 위스키를 한 숏 더 추가했다.

맨해튼을 만들 때 오랫동안 나도 똑같이 했다.

8

내 나이 열일곱, 말라바가 비밀을 털어놓는 상대이자 공모자로 산지 3년째 됐을 때, 나는 멀리 달아나고 싶은 욕망에 강하게 사로잡혔다. 느꼈으나 인식하지는 못한, 나를 갉아먹는 죄의식은 계속 심해졌고, 배가 아픈 것도 마찬가지였다. 당시 나는 내 방랑벽의 뿌리를 엄마나, 독립을 원하는 십대의 전형적인 욕망을 넘어서는 다른 뭔가와 연결짓지 못했다. 1983년 봄, 고등학교 졸업식을 앞두고, 대학에 가기 전 한 해를 쉬어야겠다는 충동적인 결정을 내렸다. 밀턴 아카데미에서 열심히 공부했으니 휴식을 취할 자격이 있다고 나 자신에게 말했다. 내 꿈을 좇아 떠나도 될 만큼 1년을 번 것이다. 내가 여행을 하고 싶다는 데 누가 트집을 잡겠는가?

컬럼비아대학교에서 받은 입학 허가 통지서를 책상 서랍 안에 고이 넣어둔 채, 나는 부모님이 반대하진 않을지 궁금해하며 입학을 1년 연기했다. 부모님이 내게 뭔가 의미 있는 일을 하면서 그 시간을 보내라고, 이를테면 해비타트 운동에서 자원봉사를 하거나 해외에 나가 영어를 가르치거나, 무엇이든 조금이라도 생산적이거나 교육적이거나 이타적인 일을 하라고 권할 수도 있다는 생각을 했다. 하지만 쓸데없는 걱정이었다. 우리 가족에겐 특별히 받은 것을 갚는다거나 지역사회를 위해 봉사한다는 개념이 없었다. 나는 내 성취는 전적으로 내가 이룬 것이며, 내가 이를 악물고 노력한 결과라고 생각하도록 키워졌다. 우리가 우리의 행운과 관련된 일에 특권 운운하는 일은 아예 없었다.

따라서 말라바는 나 없이 어떻게 해나갈지 우려를 드러냈지만, 마우이섬에서 시작해 미국을 탐험한다는 내 무분별한 발상에는 눈도 깜짝하지 않았다. 우리는 예전에 할아버지와 줄리아와 함께 몇 번 그곳으로 가족 여행을 갔다. 나필리 카이에 줄리아가 물려받은 아름다운 콘도미니엄이 있는데, 공동 소유자가 돌아가며 이용하는 곳이어서, 나에게 6월 중순부터 쓰라고 제안했다. 그 이후는, 누가 알겠는가? 나는 닥친 일만 계획했다.

"우리 심리 치료 시간은 절대로 빼먹으면 안 돼." 엄마가 말했다. 그 말은 비용이 가장 저렴한 건 말할 것도 없고 엄마가 만나본 최고의 심리 치료사가 나라는 뜻으로 우리끼리 하는 농담이었다. "매주 전화한다고 약속해. 우리는 온전한 전체의 반반이야, 레니. 너하고 오래 떨어져 있는 건 참을 수 없어."

아빠는 내가 엄마와 떨어져 있어야 할 필요성을 육감적으로 느꼈는지, 날짜가 지정되지 않은 하와이행 왕복 비행기표를 졸업 선물로 주었다. 말라바와 나의 관계에 대해 아빠와 직접적인 대화를 나눈 적은 없지만, 엄마의 어머니가 엄마에게 그랬듯 엄마도 내게 경계를 두지 않는다는 것을 아빠는 본능적으로 알았던 것 같다.

나는 가족에게 작별을 고했고, 여덟 살 때부터 살던 에식스 100번지에도 마지막 인사를 했다. 마침내 이 집을 사겠다는 괜찮은 구매자가 나타나, 엄마와 찰스는 비컨 힐에 사놓은 아파트로 이사할 예정이었다. 피터는 코네티컷주 하트퍼드에 있는 트리니티칼리지에 다니고 있었다. 내가 돌아오면 예전과 같은 것은 아무것도 없을 터였다.

내 계획은 시작부터 틀어졌다. 그해 봄, 줄리아는 누구에게도 알리지 않고 또다시 신나게 여행을 떠나버렸고, 내가 도착하는 시간에 맞춰 콘도미니엄을 예약해두는 걸 잊어버렸다. 그래서 열일곱 살인 내가 그 섬에 도착했을 때 가진 것이라곤 데님 더플백뿐, 지낼 곳이 없었다. 나는 떠돌이 생활이 내 모험의 핵심이라 결론 내리고, 처음 며칠 동안은 별이 흩뿌려진 검은 하늘 아래 해변에서 잠을 청했다. 내 인생에서 처음으로 나 자신이 독립적이며 강하다고 느낀 순간이었다.

상황은 곧 자리를 잡아갔다. 나필리 빌리지에 원룸 아파트를 빌렸고, 호노아필라니 고속도로에서 8킬로미터 내려간 곳에 있는 카아나팔리에서 일자리를 구했다. 펄팩토리라고, 화려해 보이는 보석가게였다. 그 가게에서는 쇼핑객이 큰 수조에서 양식용 굴을 고르곤 했다. 사람들이 모여 있는 가운데, 나는 선택된 연체동물을 극적으로 들어올려 그들에게 원하는 게 정말로 이게 맞는지 물었다. 이어, 지켜보는 사람들 위로 정적이 내려앉은 가운데 칼을 밀어넣고 껍데기를 벌렸다. 그리고 호들갑스러운 감탄사를 내지르며 은색 집게로 그 안에 들어앉은 무지개색

굴을 떼어내고, 알로하! 하며 그것을 즐겁게 반겼다.

하와이 토착민이 아닌 사람을 하울리라고 부르는데, 잘생긴 금발의 하울리가 우리 가게에 나타나기 시작했다. 원래 캔자스 출신인 애덤은 내가 보스턴에서 알던 어떤 남자와도 같지 않았다. 그는 하루치를 넘어서는 계획을 거의 세워본 적이 없었다. 그는 카아나팔리의 흰 모래밭을 느긋이 돌아다니거나 가게와 호텔 사이로 구불구불 이어지는 포장 보도를 돌아다니며 관광객에게 작은 봉지에 든 마리화나를 팔았다. 하지만 매일 저녁 낭랑한 호각 소리가 이제 곧 해 질 시간임을 알리면—지역 전통이기도 하지만, 휴가객에게 칵테일 시간이 되었음을 알리는 의미가 더 컸다—애덤은 속에 피냐 콜라다를 채운 코코넛을 들고 펄팩토리 앞에 나타나곤 했다. 그러면 우리는 어디론가 사라져 목적 없이 해변을 거닐면서 우리 삶에 대해 이야기했다.

로맨스는 몇 주, 몇 달에 걸쳐 이어졌고, 우리는 호텔 앞 바닷가를 따라 펼쳐진 모래밭을 지나, 화산 작용 때문에 물결 모양 골이 진 해안선의 한적한 장소까지 걸어갔다. 마우이의 외진 구석, 그 어둡고 은밀한 동굴에서 뭔가 새털처럼 가벼운 것이 내 안에서 풀려났고, 그 새로운 신체감각에 지금껏 내가 알아온 모든 것이 지워졌다. 나는 처음으로 사랑에 빠지고 있었다. 경이로운 일들이 예견되어 있었다.

애덤은 숨겨진 폭포, 메네후네*가 남긴 돌무지, 물속에 잠긴 용암동굴을 뚫고 올라온 물과 수증기의 폭발로 만들어진 구멍 등 마우이에서 가볼 수 있는 여러 즐거운 장소로 나를 데리고 가주었다. 그는 또한 내

* 하와이 신화에 나오는 소인족으로, 하와이의 깊은 숲이나 계곡에 산다.

게 마리화나―섬에서는 파칼롤로라고 불렀다―를 가르쳐주었다. 예전에 몇 번 시도한 적이 있지만, 정말로 즐긴 적은 한 번도 없었다. 애덤은 하와이에서 피우는 마리화나는 다를 거라고 장담했다. 부드럽고 긴장을 풀어준다면서. "이걸 하면 네 속도 좀 잠잠해질걸." 그가 말했다. 그의 말이 맞았다. 그게 내 속을 진정시켜주었다. 하지만 나는 여전히 흥분하는 느낌이 좋지 않았다. 그걸 하면 자의식이 과잉됐다. 배가 고프고 멍청해졌으며, 내가 배고프고 멍청하다는 사실에 편집증적이 되었다. 내 원룸 아파트에는 애덤의 주식인 캡앤크런치 상자가 여기저기 어질러져 있었다. 우리는 그것을 우유에 타지 않고 그냥 한 움큼씩 집어먹었다.

우리는 마리화나를 피우며 하루를 시작했고, 쥐라기 정글 같은 하나마을*을 구경하면서 마리화나를 나눠 피웠으며, 이미 흥분한 상태로 멀리서 들려오는 아릿하고 이국적인 고래의 노래에 맞춰 헤엄치거나 물속에 잠수해 만화경 같은 산호초를 내려다보며 스노클링을 했다. 내가 마약쟁이**라면 이게 내 삶이 될 테지, 나는 그게 지금 내 삶이 아닌 것처럼 자조하는 마음 없이 그렇게 생각했다. 마우이에서 나는 종종 극장의 먼 발코니석 마지막 줄에서 내 삶을 그린 공연을 보는 느낌이었다. 나 자신이 연기하는 이 걱정 없고 자유분방한 젊은 여자를 관찰하면서.

엄마는 이런 삶을 어떻게 생각할까? 나는 그 생각을 하고 또 했지만, 신경쓰지 않으려고 애썼다.

---

* 마우이섬의 동쪽 끝에 자리한 마을로, 이곳에 가려면 84킬로미터의 좁고 구불구불한 절벽 해안 도로를 달려야 하는데, 훼손되지 않은 아름다운 풍경을 즐길 수 있다.
** 원문에 쓰인 pothead에는 흑고래라는 뜻도 있다.

나는 말라바가 나 없이 힘든 시간을 버텨나가는 걸 알았고, 더 도움이 되어주지 못해 죄의식을 느꼈다. 하지만 연락을 더 자주 하지는 않으려고 노력했다. 일주일에 전화 한 통, 그게 내가 약속한 거였고, 내가 해줄 수 있는 전부였다. 애덤이 아무리 내게 부적절한 상대였다고 해도, 나는 사랑에 빠져 있었고 내겐 첫사랑이었다. 그 감정에 굴복함으로써 나는 말라바와 진정한 정서적 거리를 둘 수 있었다. 게다가 이러는 게 재미있었다. 엄마의 불륜에서 내 역할을 수행하느라 내 안에 좌절돼 있던 십대의 억압된 에너지가 이제 빠른 속도로 분출하고 있었다. 마침내 나는 섹스, 마약, 모험을 실험하는 사람이 되었다. 내 인생을 마음껏 즐기는 사람이 된 것이다.

어느 날 아침, 그날 처음 피운 마리화나를 이미 재떨이에 비벼 끈 뒤 내 집의 덱에서 커피를 마시는데 애덤이 불쑥 물었다. 무엇으로부터 달아난 거냐고.

"달아나다니?" 나는 그 질문에 깜짝 놀랐다.

내 아파트에서는 바다가 보이지 않았지만, 소리를 들을 수는 있었다. 바닷가를 찰싹이는 파도의 리듬은 마치 세상이 숨쉬는 듯한 느낌을 주었다.

"모두 뭔가로부터 달아나려고 이곳에 와." 그가 무덤덤하게 말했다.

"네가 먼저 말해봐." 내가 말했다.

"공장에 다니는 삶." 그건 나도 이미 알고 있었다. 애덤은 캔자스주 오자키에서 자라나 열여섯 살에 고등학교를 중퇴하고 아버지와 형이 일하는 인쇄 공장에서 일했다. 돈은 괜찮게 벌었지만, 단조로운 작업과 화학물질 냄새가 참기 힘들었다.

나는 지금까지의 내 삶을 생각해보았다. 사립 고등학교, 케이프코드, 조만간 다닐 아이비리그 대학교, 그 모든 특권이 부끄럽게 느껴졌다. 난 무엇으로부터 달아날 수 있을까? THC*로 흐릿해진 내 뇌는 아무 대답도 내놓지 못했다. 나는 그 질문에 어떻게 대답해야 할지 알 수 없었다.

애덤이 우리 컵에 다시 커피를 채운 뒤 담배에 불을 붙이고 기다렸다.

뭉게뭉게 피어오른 구름이 우리 아래로 제 그림자를 이끌며 잔디밭을 가로질렀다. 검은 그림자가 땅 위로 빠르게 이동하는 것을 눈으로 좇다가 불쑥 엄마 이야기가 튀어나왔다. 내 비밀을 공개적으로 이야기하니 후련한 기분이 들었다. 이 사실은 분명히 밝혀둬야겠다. 사실 그때 나는 엄마의 불륜이 내가 지금 마우이에 와서 지내는 이유라고 생각하지 않았다. 그럼에도 애덤에게 말라바 이야기—사실상 우리의 이야기—를 했고, 내가 경험한 순간과 감정을 압축된 이야기 속으로 끝없는 물살처럼 흘려보냈다. 키스, 이국적인 식사, 건강 산책. 그리고 거짓말. 아주 많은 거짓말. 이야기가 막바지에 이르고 마침내 더이상 할 말이 없어졌을 때, 내 양손은 꼭 쥔 채 허벅지 사이에 놓여 있었다.

"젠장!" 애덤이 길고 나지막한 한숨을 내쉬며 말했다.

내가 예상했던 반응이 아니었다.

"젠장." 그가 한 번 더 말했다. "도대체 어떤 인간이 그런—"

그런 뭘? 나는 궁금했다. 무슨 소린지 알아들을 수가 없었다.

"어떤 인간이 자기 딸에게 그런 짓을 하지? 그것도 남편의 가장 친한

---

* 마리화나의 주성분인 테트라히드로칸나비놀을 말한다.

친구하고? 맙소사. 너네 엄마도 어지간하다."

나는 어리둥절했다. 갑자기 마음의 평정이 무너졌다. 애덤이 이 이야기를 전부 오해한 것이다. 그는 말라바를 희생자가 아니라 가해자로 보고 있었다. 나는 내가 상황의 복잡성을 전달하는 데 실패한 거라고 결론 내렸다. 하지만 단어가 떠오르지 않으니 엄마의 비극적인 삶을 어떻게 설명하겠는가? 나는 너무도 몽롱한 상태였다.

"그건 오해야." 내가 말했다. 분노의 감정이 내 안에서 솟구쳤다. "그런 게 아니야."

나는 더 자세히, 찰스와 릴리는 둘 다 아프고 각자의 배우자에게 전혀 합당한 상대가 아니라는 사실을 설명하려고 애썼다. 벤과 엄마가 각자의 배우자 옆에 남기로 선택한 것은 사실상 영예로운 행동이라고. "모두 그렇게 하진 않아." 내가 힘주어 말했다. "엄마가 없으면 찰스는 5분도 살아갈 수 없을 거야." 나는 그 말이 그에게 스며들 수 있게 잠시 기다렸다. "찰스는 엄마에게 전적으로 의존하고 있어. 그리고 엄마는 찰스를 사랑해. 정말로 사랑해. 여전히 정말로 잘해주고. 찰스의 모든 욕구를 살펴줘."

그 말을 하는데 기억 하나가 수면 위로 떠올랐다.

내가 일곱 살 때 엄마, 피터와 함께 찰스를 병문안 간 적이 있다. 그는 뇌졸중으로 쓰러졌다가 회복하는 중이었고, 언어능력과 오른쪽 몸의 동작능력을 되찾으려 애쓰고 있었다. 그는 자신이 너무도 사랑하는 사람이자 약혼자인 내 엄마를 보자 얼굴이 환해지며 한쪽이 비뚤어진 미소를 지었다. 우리는 전날 밤 그가 좋아하는 쿠키를 만들었다. 반죽을 판판하게 만들어 동그란 모양으로 자르고 그 위에 시나몬 슈거를 뿌렸다. 엄마는 병원에 있는 이동식 탁자를 찰리의 배에 바짝 끼워놓고 그 위에 쿠키를 세 개씩 나란히 놓았다.

"먹고 싶은 만큼 먹어도 돼." 엄마가 그에게 말했다. "하지만 오른손을 쓰는 조건이야."

결심이 섰는지 찰스의 표정이 바뀌었다. 2주 동안 병원 음식을 먹은 뒤라, 그는 말라바가 가져온 쿠키가 먹고 싶은 모양이었다. 그가 목표물 위로 반쯤 마비된 오른팔을 들어올렸다 쿠키 쪽으로 손을 낮춰 그것을 탁자 가장자리로 끌었다. 엄지가 더이상 다른 손가락과 맞닿지 않아서 엄지로 잡으려 하니 쿠키가 떨어질 듯 불안했다. 쿠키가 하나 또 하나 가슴과 배 위로 떨어졌다. 엄마는 계속 새 쿠키를 탁자 위에 놓아주었고, 찰스는 계속 시도하고 실패하기를 반복했다. 마침내 지치고 누가 봐도 실의에 빠져 찰스는 무릎에 오른팔을 툭 내려놓았다. 그의 손이 떨어진 쿠키 위에 놓였다. 얼굴에 미소가 떠올랐다. 그는 쿠키를 잡으려는 대신, 손바닥으로 쟁기질하듯 쿠키를 퍼와서 배와 가슴 위로 끌어올린 뒤 쭉 내민 혀로 가져갔다. 나는 승리감에 젖은 찰스의 얼굴과 아주 기뻐하던 우리 모습이 지금도 생생하다.

내가 애덤에게 그 장면—엄마가 찰스를 사랑한다는 증거, 엄마의 속 깊은 인류애의 증거—을 설명하는데, 병원 침대 시트에 덮여 둔덕처럼 보이던 찰스의 발이 생각났다. 두 개의 발, 그 두 개의 유령을 생각하니 눈물이 솟구쳤다. 그런데 나는 도대체 왜 우는 거지? 나는 아래를 보았다. 이야기를 이어갈 수가 없었다.

"내 말을 믿어줘." 내가 다시 마음의 평정을 되찾으며 말했다. "벤도 엄마도 서로 사랑에 빠질 마음 같은 건 없었어. 엄마는 찰스의 마음을 다치게 하는 일을 절대 하지 않을 거야. 절대. 엄마가 찰스에게 얼마나 마음을 쓰는데."

애덤이 나를 멀뚱히 쳐다보았다.

"누구하고 사랑에 빠질지는 통제할 수 없어, 안 그래?" 내가 엄마가 하고 또 하는 말을 반복했다.

"그렇겠지." 애덤이 마지못해 동의했다. 그리고 호기심 어린 표정을 지었는데, 편집증적 상태에 있던 나는 그것을 바로 나 자신의 DNA, 즉 말라바에게 묶여 있는 그 모든 염색체에 대한 평가라고 받아들였다. "하지만 감정과 행동은 별개지. 그리고 자식이 관여될 때는 분명히 선을 그을 수 있고."

나는 그를 한 대 때려주고 싶었다.

"지금 여기서 정확히 누가 높은 도덕적 잣대를 들이대는 거지?" 내가 마약상인 남자친구에게 그렇게 물었다. 나는 엄마에게 신의를 지키지 못했다는 생각에 견딜 수가 없었다. 애덤은 엄마에게 평생의 사랑이던 찰스가 하룻밤 사이 활기찬 사람에서 늙은이가 되어버린 걸 지켜보는 게 어떤 경험이었을지는 물론이고, 말라바의 외로운 어린 시절에 대해서도, 사랑하는 첫아이가 눈앞에서 죽는 걸 지켜보는 게 어떤 느낌이었을지도 전혀 몰랐다. 엄마는 내가 아는 누구보다 행복할 자격이 있었다.

애덤이 입을 열고 말하려는데, 내가 막았다. "그냥 잊어. 우리가 이런 대화를 나눈 사실 자체를 잊어. 네가 다 오해하잖아. 다시는 너하고 이런 이야기 안 할 거야."

"미안해." 애덤이 상황이 나쁘게 흘러간 걸 알아차리며 말했다. 그가 내 팔을 잡았고, 나는 뿌리쳤다. "화나게 할 생각은 없었어. 그런 이야기는 여태 들어본 적이 없어서 무슨 말을 해야 할지, 어떻게 도와줘야 할지 모르겠어." 그가 자신이 한 말을 철회하며 말했다. 그의 얼굴에 떠오른 표정이 진지했다. "나는 네 가족을 몰라. 하지만 누구의 이야기도 간단하지 않다는 건 알아. 그리고 하나의 이야기가 진실을 다 말해주지는 않아. 그들의 문제가 뭔지 모르겠지만, 그들도 내 문제를 이해 못할걸."

절제된 표현이란 게 있다면 그런 것이었다.

애덤은 발코니 옆에 있는 나무에서 잘 익은 파파야 하나를 따가지고 들어왔고, 그러는 동안 내게 잠시 마음 추스를 시간을 주었다. 그는 돌아와서 내 앞에 접시를 내려놓았다. 반으로 잘라 검은 씨앗을 파낸, 유리처럼 반짝이는 오렌지색 파파야가 놓여 있었다. 평화의 제물이었다.

"미안해, 자기."

나는 과일을 물끄러미 쳐다보았다. "우리가 이 대화를 나눈 사실을 그냥 잊으면 안 될까?" 내가 물었다.

"어떤 대화?" 공모자처럼 그렇게 말하며 그의 얼굴이 환해졌고, 안도감으로 눈가에 잔주름이 잡혔다.

나는 가슴이 찡해지며 그를 향해 깊은 애정을 느꼈다. 우리의 첫번째 싸움을 무사히 넘긴 것이다. 마치 시공의 바깥에 서 있는 기분이었다. 나는 갈 곳도 없고, 할일도 없고, 보살필 사람도 없었다. 파파야 한 스푼을 파먹었는데 흙 맛과 잘 익은 맛이 났고, 아침의 입냄새 같으면서도 달콤했다. 햇살은 아름다웠다. 커피 맛은 진했다. 중요한 게 뭔지, 사람들이 그러는 이유가 뭔지 이해할 필요가 사라졌다. 애덤과 함께 있으면 순간순간 전에는 결코 알지 못하던 만족감을 느꼈다.

*

내가 제멋대로 이어간 이 모험의 남은 시간을 하와이를 떠나 다른 곳에서 보내기로 결심했을 때, 애덤이 따라오겠다고 나섰다. 남은 여섯 달 대부분을 애덤과 나는 미국 본토의 수려한 자연경관을 구경하며 돌아다녔다. 콜로라도에서는 신들의 정원을, 뉴멕시코에서는 칼즈배드 동굴을, 애리조나에서는 그랜드캐니언국립공원을 보러 갔다. 친구와 가족에게 엽서를 보내며 애덤과 나는 겁 없는 여행자이자 아메리카의 삶을 연구하는 떠돌이라고 썼다. 우와, 우리는 사실 인류학자나 다름없었다.

내 일기장에 적혀 있는 내용은 진실에 가까운 뭔가를 드러낸다. 우리는 마우이에서 지낼 때처럼 뭘 하든 목적과 방향성이 없었고, 계획하고 간 것만큼이나 우연히 역사적인 건물이나 기념비적인 장소에 도착한 적도 많았다. 고속도로 옆 모텔에 묵었고, 지저분한 바에서 당구를 쳤으며, 마리화나를 사려고 미심쩍은 사람들을 따라 뒷골목으로 들어갔다. 나는 매일매일 진짜 위험에서 머리칼 한 올 차이로 아슬아슬한 상황을 맞았고, 이러다 잘못 디딘 발걸음이―대학이 그러하듯―내 미래의 지도를 바꿀 수도 있다는 생각을 어렴풋이 받아들이고 있었다. 누구도 알지 못할 뭔가를 찾아 내가 소도시를 이리저리 헤매 다닌 이유는 과거의 삶에서 달아나고 싶은 욕구와 새로운 삶에 붙들린 현실 사이의 긴장 때문이었다.

엄마와 나는 일요일 오후마다 대화를 나누었다. 기쁨이 깃든 엄마의 목소리―"레니!"―를 듣는 순간 나는 대번에 매사추세츠로 돌아가 엄마와 함께였고, 곧바로 익숙한 친밀감에 이끌려 엄마의 삶에 존재하는 비밀과 숨겨진 위험을 만끽했다. 내가 한 그 모든 위험한 행동에도 불구하고, 말라바의 불륜은 여전히 내 가슴을 뛰게 하고 강한 흥분을 일으켰다. 엄마의 어리석고 위험한 행동이, 길을 떠도는 내게 일어난 어떤 일보다 더 흥미진진했다. 게다가 내가 엄마와 아무리 멀리 떨어져 있어도, 엄마는 상황이 나빠지면 내게 조언을 구했다. 나는 아드레날린이 솟구치는 순간을 위해 살았다. 말라바에 관한 한 나는 여전히 공모자이자, 엄마가 뛰쳐나오는 순간 언제라도 차를 출발시킬 수 있게 도주 차량의 운전대를 잡은 채 은행 밖에서 시동을 걸어놓고 기다리는 공범자였다.

"이번주에 큰일날 뻔했어." 엄마가 전화기에 대고 조용히 소곤거렸다. "너라면 죽으려고 했을 거야. 팬트리에서 벤하고 키스를 하고 있는데, 난데없이 릴리가 그의 뒤로 출입구에 나타났지 뭐니."

"하나도 빼놓지 말고 다 말해주세요." 내가 말했다. 아마 엄마는 파스타를 놓아두는 선반에 한 손을 짚고 몸을 지탱했겠지. 엄마의 몸이 이뤘을 각도까지 생생하게 그려졌다. 나도 그들과 함께 팬트리에 있는 것과 다름없었다.

"키스하는 걸 릴리가 본 것 같진 않아." 엄마가 말했다. "하지만 벤의 손이 분명 내 얼굴을 잡고 있었어."

"어머나," 나는 벌렁거리는 심장박동을 늦추려고 숨을 깊이 들이마셨다. "그래서 어떻게 됐어요?"

"음, 믿을지 모르겠지만, 나는 완전히 얼어붙었지." 엄마가 말했다. "하지만 벤이 처신을 잘했어. 내 머리를 뒤로 살짝 젖혀서 릴리에게 내 눈에 뭐가 들어갔다고 한 거야. '당신이 불빛을 막아서 안 보이잖아, 릴리.' 그렇게 말했어. 그러니까, 레니, 그 사람이 짜증난 척 배짱을 부린 거야." 엄마가 웃었다.

"그래서 어떻게 됐어요?"

"벤이 릴리에게 안구 세척액을 찾아달라고 했고, 릴리는 그가 시킨 대로 찾으러 갔지. 릴리 알잖아, 그 순종적인 아내." 엄마가 경멸조로 말했다.

"찰스는요?" 내가 물었다. 팬트리는 그가 앉아 있었을 자리에서 고작 5미터쯤 떨어져 있었다.

"오, 찰스는 괜찮아. 늘 책에 파묻혀 있잖아. 아무것도 못 봤어."

나는 그가 무슨 소리를 들은 건 아닐지 궁금했다. "왜 두 분만 있을 때까지 못 기다려요?" 내가 준엄하게 물었다. "진지하게요, 엄마."

"불은 공기가 필요한 법이야, 사랑하는 딸." 엄마가 말했다. "게다가 나는 기다리는 게 점점 힘들어. 이 생활을 벗어날 필요가 있어." 그리고 한참 있다 덧붙였다. "네가 보고 싶어. 그만 집에 오면 좋겠어."

나는 공중전화에서 길 건너에 있는 애덤을 보았다. 헝클어진 머리카락에 입에는 말보로 레드를 물고 낡은 블루진에 오래된 티셔츠 차림으로 차에 기대선 남자친구는 금발의 제임스 딘처럼 보였는데, 단지 좀더 꾀죄죄할 뿐이었다. 그는 스물다섯이고 나는 열여덟 살이었다. 그는 오랫동안 진짜 직업이라곤 가져본 적 없는 고등학교 중퇴자에, 시시한 마약상이었다.

적어도 나는 내가, 엄마가 그런 것처럼 누군가에게 구조되기를 바라는 사람은 아니라고 생각했다. 애덤은 돈도, 사회적 위치도, 심지어 미

120

래에 대한 조금의 희망도 없었다. 하지만 나는 그와 사랑에 빠져 있었다. 그렇게 생각하자 내가 말라바보다 더 우월한 것 같고 내가 더 순수한 사랑을 할 수 있는 사람 같았다. 애덤은 내게 해줄 수 있는 게 아무것도 없다. 내가 지금 이 사랑에 빠진 건 오로지 사랑을 위해서라는 증거다. 나는 그날 밤 일기장에 그렇게 썼다.

엄마와 벤이 그런 관계로 지낸 지 3년이 넘었으나, 어느 쪽 배우자도 아직 낌새를 채지 못한 것 같았다. 하지만 몇 달 전 찰스에게 뇌동맥류라는 진단이 내려졌다. "언제 터질지 모르는 폭탄 같은 거야." 엄마는 그렇게 표현했다. 하지만 수술이 위험해서, 엄마와 의사는 기다리면서 지켜보기로 했다. 찰스는 그 사실을 전달받지 못했다. 어느 시점에 동맥류가 무시할 수 없을 만큼 심해지겠지만, 당분간 의붓아버지는 뇌졸중으로 쇠약해졌으나 여전히 나름대로 활기찬 지금 같은 상태를 유지할 것이다. 그리고 이렇게 표현해도 된다면, 릴리가 쇠약해지고 있다는 표시는 거의 없었다. 릴리의 목소리는 분명히 계속 거칠어지고 약해졌지만, 그걸 빼면 40년 내내 가슴속에 박혀 있는 방사선 알갱이가 장기를 유린한 셈치고 겉으로 보이는 증거는 많지 않았다. 어느 쪽의 죽음도 임박한 것 같지 않았다. 그건 확실했다. 긴 게임에서 엄마의 인내심은 바닥나고 있었다.

"곧 집으로 돌아갈게요, 엄마." 내가 약속했다.

"잘 생각했어." 엄마가 말했다. "기억해. 우리는 온전한 전체의 반반이야. 난 너 없이는 완전하지 않아. 내 가장 좋은 친구가 돌아와주면 좋겠어."

나는 애덤을 쳐다보았다. 애덤은 지도를 자동차 후드 위에 펼쳐놓았다. 나는 우리가 어디서 밤을 보낼지 궁금했다. 독한 술이 마시고 싶었다. 엄마가 예민한 감각을 둔하게 하기 위해 만들 법한 술, 내려가면서 목안을 홧홧하게 태우고 팔다리에 힘이 풀리게 하고 정신을 흐리게 만들어줄 그런 술.

9

1984년 7월, 케이프코드의 집으로 돌아왔을 때 나는 열여덟 살이었고, 떠난 지 1년이 조금 넘은 시점이었다. 그사이 엄마와 나 사이에 의도적인 거리를 뒀는데도 집에 도착해 뒤쪽 포치에서 나를 기다리고 있는 엄마 모습이 보이자, 나는 시동도 끄지 않고 조수석에 앉아 있는 애덤의 존재도 잊은 채 허둥지둥 차에서 내렸다. 나는 덥석 안겨 엄마의 어깨에 머리를 얹었고, 엄마 품안에서 시간은 무너져내렸다. 집으로 돌아왔다는, 안전하고 익숙한 성역에 돌아왔다는, 뭐라 표현하기 힘든 감정을 느꼈다.

"다시는 이런 짓 하지 마, 레니. 네가 없으니 팔 하나가 없는 것 같았어." 엄마가 소곤거리며 뺨, 코, 이마 할 것 없이 얼굴 여기저기에 키스를 퍼부었다. "1년을 꼬박? 대체 무슨 생각을 했던 거니?"

"엄마가 많이 보고 싶었어요."

나는 우리 몸이 여전히 예전과 똑같이 잘 들어맞는다는 사실에 안심했다. 내 키는 173센티미터로 정점을 찍었고, 엄마는 나보다 조금 더 커서, 엄마 팔이 내 어깨를 감싸면 내 팔은 엄마의 허리를 편안하게 감싸안는 모양새였다. 이렇게 엄마는 여전히 엄마, 안아주는 사람이었고, 나는 여전히 아이, 안기는 사람이었다.

"다 괜찮아요?" 내가 여전히 두 팔로 엄마를 감싸안은 채 물었다. 엄마를 놓아주고 싶지 않았다. "찰스는 어때요? 벤과는 충분한 시간을 보내고 있어요?"

엄마가 몸을 움직였는데, 더 무거워진 느낌이었다.

"점점 힘들어해." 엄마가 목멘 소리로 말했다. "어떤 땐 잘될 거라고 믿는 것도 잘 안 돼."

벤과 엄마가 첫 키스를 한 뒤로 4년이 지났다. 1500일, 3만 5000시간, 1200만 초 넘게 엄마는 자신의 남자가 될지 확실히 알지도 못하는 사람과 깊은 사랑에 빠져 있었던 것이다. 가망 없어 보이는 일이었으나 희망을 버리지 않으면서, 엄마는 뻔한 앞날과 가능성 사이 가느다란 선 위를 걷고 있었다.

"괜찮을 거예요, 엄마." 서로를 놓아주기 전에, 내가 엄마를 마지막으로 한번 꼭 끌어안으며 말했다. "그럴 거라는 걸 그냥 알아요. 엄마하고 벤은 서로 함께할 자격이 있어요."

"너는 늘 내게 필요한 말만 해주는구나, 레니. 고맙다." 엄마가 한 걸음 뒤로 물러나 내 모습 전체를 바라보며 말했다. 나는 내가 예전과 거의 같은 모습일 거라고 생각했다. 금발에 건강하고, 체중은 아마 길가

식당에서 사 먹은 음식 때문에 몇 킬로그램 늘었을 것이다.

애덤이 다가와 엄마에게 어색하게 인사했다. 그는 내가 차를 가지러 잠시 보스턴에 들렀던 그 짧은 시간에 엄마와 만난 적이 있었다. 엄마는 그때도 그에게 대단한 인상을 받지 못했는데, 지금도 똑같이 시큰둥해 보였다. "차에서 짐 좀 내려줘." 내가 그의 팔을 꽉 잡으며 말했다.

엄마와 나는 포치 위 벤치에 자리를 잡고 시간이 전혀 흘러가지 않은 것처럼 이야기에 열을 올렸다. 엄마는 그사이 피터와 찰스에 관한 이야기를 해주고 내 쪽으로 몸을 기울였다. "자, 화내지 마, 사랑하는 딸." 엄마가 말했다. "네가 없는 사이 몇 사람한테 더 말했어. 어쩔 수 없었어. 네가 여기 없으니 미쳐버릴 것 같았거든. 나도 이야기할 사람이 필요했어."

나는 그 말을 듣자마자 깜짝 놀랐다. 말라바는 그 비밀을 나나 엄마의 가장 친한 친구 브렌다를 제외한 누구에게도 털어놓지 않겠다고 약속했다. 우리 둘 다 그 범위를 넓히는 데에는 잠재적 위험이 있다는 걸 알고 있었다.

나는 배 속이 뒤틀리는 듯한 익숙한 감각과 함께 슬슬 배가 아프기 시작했다. "뭐라고요? 무슨 뜻이에요? 또 누가 알아요?"

엄마는 이름을 대기 시작했다. 엄마의 대학 시절 룸메이트인 데버라, 타임라이프북스출판사에서 만난 전 동료 맷, 샌프란시스코에 사는 친구 레이첼, 체스트넛 힐에 사는 이웃 여자 낸시, 옛 남자친구 스티븐, 사촌 수잰……

나는 그만하라고 손을 들어올렸다.

내가 떠돌아다니는 동안 엄마와 찰스의 생활이 달라졌다. 그들은 에식스 100번지에서 비컨 힐에 있는 타운하우스의 꼭대기 두 개 층으로 이사했다. 다행스럽게도 찰스를 위해 엘리베이터가 있었다. 찰스는 이제 겨우 육십대 중반이었지만 적어도 10년은 더 늙어 보였고, 걸음걸이는 영원히 질질 끄는 모양새가 되었으며, 아직 본인은 모르는 뇌동맥류가 그를 조금씩 위협해오고 있었다. 치료를 받지 못하면 결국 동맥류가 터져 그는 대번에 죽을 것이다. 하지만 심장이 약해 수술을 받는 건 굉장히 위험했다. 이럴 수도 저럴 수도 없는 상황이었다.

엄마는 케이프코드에 마음대로 가거나 벤과의 밀회를 즐기려고 보스턴에서 찰스를 돌봐줄 헤이즐이란 여자를 고용했다. 헤이즐은 중년의 노바스코샤 출신 여자로, 엄마가 전해주기론 음울한 인상에 군턱이 있었다.

"미련한 여자야, 정말로, 레니." 엄마가 불평했다. "하지만 파트타임 일을 원하는 사람이 많지 않으니 어쩌겠어. 괜찮아. 그리고 찰스는 그 여자라도 개의치 않는 것 같고. 하루에 몇 시간 청소하고 요리만 해주면 되니까."

*

오빠는 엄마와 나의 재회를 경계하는 눈빛으로 보았고, 나는 피터와 나 사이에 새로운 간극이 생긴 걸 알아차렸다. 피터는 내가 없는 사이 모습이 달라졌다. 그는 마지막 성장의 박차를 가해 키가 이제 190센티미터가 다 될 만큼 쑥 자라 영원히 나를 내려다보는 사람이 됐다. 그는

소년에서 남자로 성장했고, 상당한 매력이 생겼을 뿐 아니라 새로운 몸
짓이라는 강력한 무기까지 장착했다. 그리고 아주 드물게 그 매력을 나
를 향해서도 발산했다. 우리 아빠처럼 피터도 예쁜 여자를 잘 꼬드겼는
데, 일부는 내 친구들이었다.

의붓아버지인 찰스는 나를 따뜻이 환영해주고 언제나처럼 다정히
대했다. 하지만 그의 잘생긴 얼굴에는 내가 기억하는 것보다 더 깊은
주름이 생기고 병색이 완연했다. 그는 자신의 호기심을 끄는 세계에 더
깊이 침잠해 있었고, 그의 상상을 사로잡은 유령 난파선 위더호에 강박
적으로 빠져 있었다. 그 배는 1717년에 케이프코드를 벗어난 어느 곳
에서, 북동쪽에서 불어오는 기만적인 강풍에 붙들려 침몰했다. 여러 해
동안 우리 셋―말라바와 피터와 나―은 안락의자의 보물 사냥꾼 찰리
의 이야기를 별 관심 없이 들었고, 그는 첫 출항을 나선 배를 포획한 해
적과 바다에서 소실된 약탈품 이야기를 장황하게 늘어놓았다. 배가 어
디쯤에서 가라앉았고 물살에 떠밀린 약탈품은 어디로 흘러갔을지, 그
에겐 자기만의 이론이 있었다. 그는 그 배에 관한 책을 여러 권 구해 읽
고 자세한 내용을 공유하여 우리 안의 열정을 점화시키려 했지만 소용
없었다. 우리는 그의 강박적인 관심사가 매력적이라고는 생각했지만
가볍게 무시했다. 어쨌든 보물 사냥꾼과 해난 수색대와 '문커서'―밤
중에 위험한 해안에 좌초된 배를 약탈하는, 육지에 기반을 둔 해적―
가 이 꿈을 250년 넘게 좇아온 것이다. 발견할 보물이 있다면, 당연히
벌써 발견되었을 것이다.

찰스도 엄마도 애덤을 편하게 해주려고 특별히 노력하지는 않았다.
그는 이곳에 오래 머물지 않을 것이며 투자할 가치가 없는 사람이란

걸 이미 아는 것 같았다. 애덤 또한 냉담했다. 그는 내 제2의 본성이 되어버린 매일의 거짓말이나 침묵에 가담하려는 마음이 전혀 없었다. 애덤과 내가 도착하고 몇 주 지나지 않았을 때 엄마가 애덤에게 집을 빌려 나갈 것을 제안했다.

"길에서 같이 사는 건 그렇다 쳐도, 내 집에서 그러는 건 다른 문제지." 말라바가 이웃이 어떻게 생각할지 걱정스럽다며 강하게 말했다.

애덤은 우리의 주거 형태를 수정하라는 요구에 안도감을 느꼈다. 그는 주방에서 설거지하는 일을 구했고, 첫 급료를 받자마자 크리스털 레이크에 허름한 원룸 집을 구했다. 우리집에서 몇 마일 거리였는데, 개구리가 밤새 합창하고 매일 아침 백합이 피는 곳이었다. 나는 케이프코드에서 보낼 수 있는 남은 시간을 쪼개 두 가정과 두 집 사이를 왔다갔다했다. 내가 평생 해오던 일이었다. 그리고 타운에서 꽤 인기 있는 해산물 레스토랑인 샐리스클램 바에서 종업원으로 일했다.

여름이 지나면서 애덤과 나 사이는 식었다. 잘 지내려고 노력했지만, 내 홈그라운드로 돌아오니 우리의 차이가 극명히 드러났다. 우리는 마음이 아팠지만, 둘 다 묘하게 어서 8월이 오기를, 내가 대학 입학을 위해 뉴욕으로 떠나기를, 우리 관계가 마지막 안식처에 가닿기를 바랐다.

*

영원한 탈출이 되리라 생각하며 대학으로 떠나기 며칠 전, 사우더 부부가 주말에 와일드 게임을 위한 올여름 마지막 시식을 하러 우리집에 왔다. 그들은 내가 여행하는 동안에도 꾸준히 만나 성공적인 레시피를 모으고 있었다. 엄마의 절친 브렌다도 오곤 했다. 브렌다는 나 말고 처음으로 벤에 대해 알게 된 사람이었다. 뉴욕에 사는 브렌다도 나처럼 그 이야기에 푹 빠져, 말라바와 애인 벤이 밀회를 즐기는 인터콘티넨털 호텔에서 종종 같이 만나 술을 마셨다. 브렌다와 엄마는 둘이 이십대 초반일 때 블루밍데일 백화점에서 같이 일하며 알게 됐다. 말라바가 아빠와 결혼할 때 들러리를 섰고, 찰스를 만나고서 결혼이 와해되는 동안 엄마 편이 되어주었다.

내가 뒤쪽 포치에서 컬럼비아대학교 핵심 교과 과정을 위한 독서 과제를 훑어보며 학교 기숙사 방에서 『일리아드』와 『향연』에 관한 심도 있는 토론이 벌어지는 상상에 빠져 있는데, 사우더 부부가 우리집 진입로로 들어오는 소리가 들렸다. 내가 대학 안내 책자를 내려놓자마자, 벤이 쿵쿵 계단을 올라와 곰처럼 나를 끌어안았다.

"우리는 네가 보고 싶었단다, 레니." 그가 말했고, 나는 '우리'라는 말이 그와 그의 아내를 가리키는 게 아니란 걸 알았다. 벤은 나를 엄마와의 불륜 관계를 구성하는 일부, 숨겨둔 둘째 딸처럼 생각했다.

릴리가 내 뺨에 가볍게 입맞춤을 했다. "네가 집에 무사히 돌아온 모습을 보니 좋구나." 그녀가 말했다. "네 엄마 기분이 달나라로 날아간 것 같겠어."

나는 릴리의 모습을 찬찬히 보면서 건강이 나빠지고 있다는 표시 같은 게 있는지 살폈다. 지난번에 봤을 때보다 더 약해졌나? 새 같고 부서질 것 같았지만, 내 눈으로 보기에 전보다 더 나빠지지는 않았다. 그 순간 나는 내가 뭘 하고 있는지 깨달았고, 수치심에 얼굴이 뜨거워졌다.

나는 집을 통과해 맞은편으로, 만이 바라보이는 앞쪽 포치로 사우더 부부를 데려갔다. 비치파라솔을 편 테이블에 찰스와 엄마가 앉아 있었다. 하얀 피부를 머리부터 발끝까지 가리는 옷을 입은 브렌다는 집을 빙 두른 덱을 따라 놓인 화분에서 시든 꽃을 잘라내느라 여념이 없었다.

"안녕하신가!" 벤은 방충문에 이르기 한참 전 이미 우렁찬 목소리로 자신이 왔음을 알렸다.

벤이 브렌다에게 가서 엄청나게 큰 모자챙을 들어올리고 빠르게 키스했다. "브렌다, 이 답답한 옷을 벗어던지고 햇볕 좀 쬐지 그래요." 그가 말했다. "유령 같아 보여요."

"브렌다, 저 사람 말은 무시해요." 릴리가 유쾌하게 말했다. "구제불능이라니까."

찰스는 한숨을 쉬며 일어섰다. 그리고 왼손으로 악수하며 옛친구를 맞았지만, 시선은 친구 뒤에 있는 릴리를 향했다. 찰스는 그녀를 따뜻하게 반겼다. "어서 와요, 릴리." 그는 모두에게 앉으라고 손짓한 뒤 자기 의자에 무겁게 몸을 내려놓았다.

엄마가 싱싱한 민트와 레몬 장식으로 멋을 낸 얼음이 가득 담긴 키 큰 유리잔 여섯 개와 긴 젓개용 스푼이 놓인 쟁반을 들고 나왔다. 그리고 잔마다 방금 내린 차를 따르고 시럽과 스위튼로 중에서 각자 고르게 했다.

"음, 이러니까 옛 시절로 돌아간 것 같은데." 벤이 말하고 큰 손으로 내 무릎을 감싸 잡았다. 그가 차를 한 모금 마셨다. "너를 되찾으니 우리가 얼마나 행복한지 모르겠구나."

해변 위쪽으로 둑을 따라 자란 열매 맺은 들장미와 인동덩굴이 산들바람에 고개를 까딱거렸다. 바닷물이 빠지고 있었다. 그리고 끊임없이 형태를 바꾸는 모래밭이 바다 쪽을 향해 조금씩 더 나아가고 있었다. 내가 떠나 있던 한 해 동안 수로가 달라졌다. 이제 썰물 때 바닷가재잡이 배는 바다를 곧장 가로지르는 대신 얕은 곳을 피해 크게 빙 돌아가야 했다. 5년 전 거실을 수리했을 때만 해도, 엄마는 북향인 벽면을 특별히 슬라이드식 유리문으로 처리해, 액자에 담긴 풍경을 보듯 바닷물이 해변을 찰싹찰싹 때리며 항구를 채우는 멋진 장면이 바라보이게 했다. 하지만 자연은 말라바의 작품을 멋지게 무시해 그 바다 풍경을 북쪽으로 이동시켰고, 그와 더불어 엄마가 만든 완벽한 전망도 사라졌다.

"네가 없으니 시식의 밤이 예전 같지 않았단다." 벤이 말을 이었다. "그런데 네 심장을 훔쳤다는 그 젊은 신사는 어디 있니? 언제 만날 수 있지?"

말라바는 애덤과 내 관계가 파탄 직전이란 걸 벤에게 알리지 않았던 것이다. 엄마가 그 상황을 어떻게 전달했는지 잘 몰라서 나는 얼버무렸다. "오늘은 일하는 날이에요."

"안타깝구나." 벤이 말했다. "너를 발견했으니 그 청년은 행운아야. 하지만 내가 그러더라고 전해라." 그러고는 목을 비트는 시늉을 했는데, 그가 비둘기를 어떻게 죽이는지 보여준, 그 첫날 밤에 보여준 동작이었다. "까딱 잘못하면 끝장이라고." 벤이 싱긋 웃고는 차를 크게 한 모금 홀짝인 다음 내게 윙크했다. "게다가 네 상대로 꽤 오래 점찍어둔 놈이 있거든. 난 네가 열여덟 살이 되기만을 기다리고 있었단다."

나는 얼굴을 붉혔다. 누굴 말하는 거지?

"벤." 엄마가 화제를 바꾸며 말했다. "보아하니 오늘은 빈손 같네요. 이번 주말엔 정확히 뭘 시식하죠? 공기?"

벤이 웃었다. 그는 이 순간을 기다리고 있었다. "음, 레니가 돌아오고 브렌다도 왔으니, 우리가 새로운 도전을 할 때라고 생각했죠. 이번엔 당신이 잡은 걸 먹는 주말로 하면 어때요?"

브렌다의 입이 놀라서 쩍 벌어졌다. 뉴저지에서 태어나 맨해튼에서 자란 브렌다는 도시 여자 중의 도시 여자였다. 원예용 장갑을 끼고 엄마의 관목 가지를 치고 있지 않았다면 손가락에 굵은 은반지가 줄줄이 끼워져 있을 터였다. 브렌다가 진흙에서 조개를 캐거나 바위에서 홍합을 떼어내는 도구로 자신의 부드럽고 예쁜 손을 사용할 사람이 아니란 건 벤도 알고 있었다.

"자, 달링," 벤이 엄마에게 과장된 어투로 말했다. "뭘로 하시겠습니까? 바닷가재? 줄무늬농어? 홍합? 백합? 언제나처럼 당신이 원하는 걸 대령합죠."

나는 이런 대담한 대화가 이어지는 동안 찰스를 관찰했다. 벤이 늘 이렇게 대놓고 수작을 부렸나? 의붓아버지의 왼쪽 입가에 어중간한 미소가 떠올라 있었다. 우리 시선이 마주쳤고, 찰스가 내 시선을 받았다. 그 순간 나는 확신했다. 그가 알고 있다는 것을. 아니면 적어도 의심한다는 것을. 그가 갑자기 아래를 보며 고개를 가로저었다. 그는 내가 알고 있다는 사실도 알까?

"알았어요." 말라바가 투지만만하게 말했다. "오늘밤 칵테일 시간에 뱅어 같은 게 있으면 좋겠어요. 내일은 당신이 뭘 잡아오든 그걸로 부야베스*를 만들어보죠."

---

* 생선 수프.

"말라바, 최고예요." 릴리가 말했다.

"합의한 겁니다." 벤이 말했다.

*

엄마와 나는 지하실 구석으로 가서, 있는 줄도 몰랐던 이런저런 용구 더미에서 비바람에 닳은 해변용 의자, 낡은 바람막이, 부러진 낚싯대 같은 것을 꺼냈다. 그 아래 뱅어를 잡는 데 쓰는 오래된 어망이 처박혀 있을 거란 생각에서였다.

"벤하고 저하고 둘이서만 뱅어를 잡으러 가는 게 좋겠어요." 내가 말했다. "엄마는 오늘 오후 찰스랑 릴리와 함께 집에 계세요. 찰스가 좀 시무룩한 것 같아요. 뭔가 이상해요."

"그럴 리 없어. 나도 가고 싶어." 엄마가 말했다. "브렌다가 두 사람하고 놀아주면 돼."

"혹시 엄마가 제게 말해주지 않은 일이 있나요? 찰스가 알아요?" 내가 물었다. 내 공포는 뭔가가 가슴에 눌러앉은 것처럼 신체감각으로 느껴졌다.

"당연히 없었지." 엄마가 스티로폼 서핑보드를 끌어내며 말했다. "찰스는 아무것도 몰라." 어망이 서핑보드 뒤에 있었다. "여기 있네!"

3.7미터 길이에 90센티미터 높이로 양쪽 끝에 막대가 하나씩 달린 직사각형 어망이 깔끔하게 돌돌 말린 채 구석에 세워져 있었다. 우리는 구멍난 곳이나 썩은 데가 없는지 보려고 그걸 펼쳤으나 몇 년 동안 사용하지 않고 축축한 지하실에 방치한 셈치고는 상태가 양호해 보였다.

우리는 서로 손가락이 맞닿을 때까지 그것을 다시 말았다. 내 검지를 엄마 검지에 올리고 꾹 누르며 말했다. "엄마 말이 맞으면 좋겠네요."

엄마가 내게 한쪽 막대를 넘겨주고 끄집어냈던 것을 다시 쌓았다.

"찰스가 우울해 보여요." 내가 말했다. "엄마와 벤의 일을 알고 있는 것 같아요."

"레니, 네가 모든 걸 알진 못한다는 생각 못 해봤어? 찰스가 우울해하는 건 자기 건강이 걱정돼서야."

"찰스는 자신의 뇌동맥류에 대해 모르는 걸로 아는데요." 내가 말했다.

"그거야 모르지. 하지만 그게 자기 건강 상태가 나쁘단 걸 모른다는 뜻은 아니야. 늙는다는 건 끔찍이 싫은 일이야. 네가 너무 어렸을 때라 기억 못 하겠지만 찰스가 뇌졸중으로 쓰러지기 전에는 얼마나 달랐는데." 엄마는 내게 등을 돌린 채 해변에서 쓰는 잡다한 물건을 정리하느라 분주했다. "자기가 곧 죽을 거란 사실을 직면하는 건 정말 무서운 일이야."

"엄마, 그만해요. 저 좀 쳐다보세요, 네?"

엄마가 나를 보았고, 나는 공포를 보았다. 나는 처음으로 엄마가 찰스의 죽음을 두려워하는지도 모르겠다는 생각이 들었다. 무엇보다 엄마를 벤의 품에 안기게 만든 건 혼자 남겨진다는 생각—젊은 나이에 남편을 잃는다는 생각—때문이었는지도 몰랐다. 나는 엄마가 처음 찰스를 만났을 때 진심으로 사랑했고 지금도 좋아한다는 것을 알고 있었다.

"두 분이 생각하는 것보다 티가 더 많이 나요. 집을 오래 떠나 있다 왔더니 상황이 좀더 분명히 보여요. 진지하게 말씀드리는데, 찰스가 의심하고 있어요. 제발 좀더 조심해주세요." 내가 간곡히 말했다. "그리고 제발, 제발 부탁인데, 다른 사람에게 말하지 마세요. 이미 너무 많은 사람이 알고 있어요."

"음, 네가 이곳저곳 떠돌아다닌다고 그렇게 모질게 하지만 않았어도," 엄마는 이렇게 말해서 웃어넘기려고 했다. "내가 새로 털어놓을 사람을 찾을 필요는 없었을 거야."

"그만해요." 내가 다시 말했다. "걱정돼서 그래요. 찰스는 바보가 아니에요. 찰스의 감정을 생각해야 해요."

"알았어." 엄마가 말했다. "나 빼고 뱅어 잡으러 가."

*

발목까지 오는 따뜻한 물에서 벤과 나는 각각 막대를 하나씩 잡고 어망을 펼쳐 팽팽히 당겼다. 그물 바닥에는 작은 추가 줄줄이 달려 있고, 위에는 부표가 달려 있었다. 우리는 몇 걸음 더 걸어 물이 허벅지까지 닿는 데로 갔다. 모래에 막대를 꽂고 아래쪽에서 잡느라, 내 한쪽 어깨가 물에 잠기고 머리도 한쪽으로 기울어 뺨이 물에 스치듯 닿았다. 벤역시 구부정한 자세로 막대를 바닥에 짚고 모래를 긁으며 나를 중심으로 큰 반원을 그렸다. 둘 사이에서 어망이 돛처럼 부풀었다.

그가 180도보다 조금 더 이동한 뒤 말했다. "됐다."

우리는 셋을 센 다음 막대를 수면과 수평을 이루도록 눕혔다가 어망을 걷어올려, 바다가 뱉어낸 작은 물고기 수백 마리를 건져올렸다. 그물에 걸린 물고기가 무력하게 팔딱거렸고, 작은 아가미가 벌어졌다 닫혔다 했다. 우리는 바닷물을 가득 채운 들통을 놓아둔 바닷가로 돌아갔다.

"엄청나게 잡혔는데." 벤이 유쾌하게 말했다. 그가 무릎으로 바닥을 짚고 은색 뱅어와 다른 물고기를 가려내기 시작하더니, 앞엣것은 들통에 담고 뒤엣것은 어깨 너머로 다시 만에 던졌다. "수면 아래에서 뭐가 돌아다니는지는 아무도 모르지."

"벤, 한 가지 궁금한 게 있어요." 나는 집을 떠나 있던 그 한 해 동안 좀더 당당해졌다. 내 목소리는 강했고, 떨리지 않았다.

그는 계속하라고 고개를 끄덕였지만, 하고 있는 일에 완전히 몰입해 고개도 들지 않았다.

"찰스가 아저씨와 엄마에 대해 알고 있어요?"

벤의 작업 리듬에 변화가 생기더니, 속도가 느려졌다. 아마 내 질문을 생각해보느라 시간을 버는 중이었을 것이다. 분류를 마치자, 그는 두 발을 짚고 일어서서 빈 어망을 다시 바다로 가져갔다. 그리고 내게 같이하자는 손짓을 했다. 나도 합세해 같이 어망을 완전히 펼쳤다가 확 뒤집었다. 항구의 물속에 양쪽 면을 담가 들러붙은 해초를 제거하기 위해서였다.

"사실은 말이다," 벤이 천천히 말했다. "찰스가 봄에 나한테 정면으로 부딪쳐왔어."

나는 심장이 덜컹했다. "무슨 일로 의심하게 된 건가요?"

"그건 말하지 않더라." 벤이 어깨를 으쓱하며 말했다. "뭔가 낌새를 챘겠지."

우리는 다시 해안으로 걸어갔다.

"당연히 아니라고 했지. 찰스는 내 말을 믿었어. 그건 확신해." 벤이 그물 끝을 내 쪽으로 감으면서 갈색 찌꺼기 같은 것을 조금 떼어냈다. "사실은 그러고 난 뒤 찰스가 그렇게 물어본 걸 미안해하면서 사과했어. 가벼운 의심이라곤 절대 말할 수 없어."

나는 그 말을 이렇게 받아들였다. 벤은 가장 친한 친구가 그런 끔찍한 결론에 이를 수 있었다는 데 상처받았고, 찰스는 그런 의혹을 제기한 것에 대해 죄의식을 느꼈다는 식으로. 두 남자 다 진실을 알고 있었지만 거짓을 열렬히 선호한 것이다.

"엄마한테 그 이야기 했어요?"

벤이 고개를 가로저었다.

피터가 이제 막 데이트를 시작한 상대인 내 가까운 친구와 함께 우리 뒤로 다가왔다. 그들은 오후에 배를 타고 나가 습지를 돌고 와서, 나중에 바깥 해변에서 모닥불을 피우고 요리를 해 먹을 계획이었다.

"뭘 잡았어?" 친구가 들통 안을 들여다보며 물었다. 우리는 친구가 나를 포함시키지 않고 피터와 오후 계획을 세운 것이 전혀 이상하지 않은 듯 행동했다.

"뱅어." 내가 말했다. "먹어봤어?"

친구의 코에 주름이 잡혔다. "너무 작아. 내장은 어떻게 제거해?"

"안 해. 통째로 먹는 거야. 내장, 머리, 뼈, 전부. 노셋식 프렌치프라이지." 피터가 나 대신 대답했다. 그러고는 얼른 바다로 나가고 싶은지, "가자" 하고 말했다.

나는 그들이 먼저 피터의 고무보트에 탔다가 이어 그의 배로 옮겨 타는 모습을 지켜보았다. 피터는 배 뒤쪽에, 친구는 앞쪽에 자리잡았다. 나는 피터도 엄마와 벤의 사이를 눈치챘는지 궁금했다. 그런 거라면 내가 집에 돌아온 뒤로 그가 왜 전보다 더 서먹하게 구는지, 왜 내게 무뚝뚝하게 말하고 늘 속에 희미한 분노가 부글거리는 것 같은지 납득할 것 같았다.

모래밭에 주저앉자 외로움이 사무치게 밀려왔다. 나는 왜 친구들과 이런 모닥불을 피우며 놀지 않는 거지? 애덤이 우드셰드에서 파나마, 더 저지, 더 프리처—내가 좋아하는 지역 술집에서 연주하는, 내가 좋아하던 지역 밴드—의 연주를 보러 가자고 했는데, 왜 나는 같이 가지 않았지? 대신 나는 집에 있으면서 엄마를 도와주기로 했다. 내가 지금 살고 있는 삶과 살고 싶은 삶의 간극을 깨달은 최초의 순간이었다. 나는 더이상 이런 제스처 게임의 의미를 이해할 수 없었다. 모두 말라바의 비밀을 알고 있는 것 같았다. 브렌다는 물론이고, 내 실수였지만 애덤도 알았다. 피터도 아마 알 것이다. 그리고 지금 최악은, 찰스도 알고 있다는 사실이다. 릴리만 아직 모르는 걸까? 표면적으로는 자신의 품위를 지키기 위해 친구가 부인하는 걸 그대로 받아들이기로 한 모양이지만 말이다.

며칠만 있으면 집을 떠나 대학에 갈 거야, 나는 그 사실을 상기했다. 다음 탈출구가 바로 눈앞에 다가와 있었다.

내 뒤에서 벤은 한 손에는 들통을, 다른 손에는 어망을 든 채 이미 우리집으로 들어가는 계단을 절반쯤 올라와 있었다. 잠시 뒤면 말라바에게 우리가 잡아온, 들통 안에서 미친 듯이 팔딱거리는 그 많은 뱅어를 보여줄 테고, 엄마는 순수한 기쁨을 표현할 것이다. 그건 엄마가 즐겨 만드는 요리였다. 간단하고 드라마틱했다. 칵테일 시간이 되자마자 엄마는 스튜 냄비에서 뜨거워진 오일과 버터를 저을 것이다. 그러고는 여전히 꼬물거리는 뱅어를 한 움큼 집어 양념한 밀가루를 입힌 뒤 지글 지글 뜨거워진 팬에 고르게 흩뿌릴 것이다. 뱅어는 바싹하게 구워지며 황금색 C자 모양으로 꼬부라질 것이다. 속도가 핵심이었다. 뱅어는 소금을 곁들여 아주 뜨겁게 낼 때 맛이 가장 좋았다.

바다로 나간 피터는 모터를 내리고 밧줄을 세게 잡아당겼다. 엔진이 털털거리며 살아났다. 열네 살 때 구입한 카나리아 색 소형 보트는 그가 소유한 것 중 가장 아끼는 거였다. 그는 조심조심 계류장을 빠져나가 깊이가 낮은 수역을 통과해 수로로 접어들면서 속도를 냈다. 균형을 잡기 위해 한 발을 살짝 앞으로 내밀고 충격을 흡수하기 위해 무릎을 구부린 채 탄탄하게 근육이 잡힌 두 다리를 벌리고 선 오빠의 모습은 멋져 보였다. 회전할 때마다 몸을 이쪽저쪽으로 기울였고, 발밑으로는 금속 선체를 통해 전해지는 해류의 당기는 힘을 느꼈다. 바다로 나가면 그의 내면에서 뭔가가 꿈틀거리는 것 같았다. 시간 밖에 서서, 시간을 완전히 잊고, 완전한 자유와 평화를 얻은 그의 모습.

오빠가 뒤돌아보지 않고 속도를 내며—나로부터, 엄마로부터, 우리 집에서 일어나는 이 모든 미친 계략으로부터—빠르게 멀어질 때, 내 오랜 친구는 바보같이 손가락을 꼼지락거리며 손을 흔들었다. 문득 내가 실패한 일에 피터는 용케 성공했다는 사실에 깊은 부러움과 쓰라린 아픔을 느꼈다. 그는 이 미친 상황과 자신 사이에 건강한 거리를 둔 것이다. 그는 성장했고 여자를 사귀었고 다음 단계로 넘어갔지만, 나는 여전히 어린 시절의 혼란에 붙들려 있었다.

그 순간 피터의 배가 방향을 틀었고, 오후 햇살이 배가 지나간 자리에 반짝거리는 빛을 튕기며 배 뒤쪽을 비추었다. 그러자 거기, 뱃고물에 강력한 단어 하나가 검고 진한 글씨로 나타났다. M A L A B A R.

나는 만으로 물살을 헤치고 나아갔고, 게가 허둥지둥 이동하고 불가사리가 바위에 들러붙어 있는, 거머리말이 잔뜩 있는 곳을 지나 마침내 급경사 지점에 이르렀다. 거기서 숨을 크게 들이마시고 단단한 바닥을 향해 잠수했다. 수면이 어떻든 아래는 늘 더 잔잔했다. 바닷물이 내 귀를 압박하며 집요한 침묵을 만들어냈다. 나는 책상다리를 하고 바닥에 앉으려고 해보았다. 어린 시절부터 해온 놀이였다. 부력과 싸우려고 손을 부채처럼 펴고 폐 속 공기도 내뱉었지만, 지는 싸움이었다. 몸이 기우뚱 떠오르기 시작하는 걸 느끼며, 나는 바닥을 차고 수면으로 올라왔다. 얼마 뒤면 나는 이곳에 없어, 나는 생각했다. 구름처럼 흩어진 머리카락을 헤치고 햇살을 향해 솟구치면서.

10

1984년 가을, 나는 인생을 새롭게 시작할 마음의 준비를 하고 컬럼비아대학교에 도착했다. 애덤과의 관계는 타당한 결말에 이르러, 뉴욕에 몇 번 오기도 했지만 곧 그는 집이 있는 캔자스로 돌아갔다. 대학에 간 나는 스스로에게 완전히 새로운 정체성을 부여해 과거의 내 모습, 엄마로 인해 너무 소모되어 엄마가 어디서 끝나고 내가 어디서 시작하는지도 잘 모르는 여자애였던 나 자신과 거리를 둘 작정이었다.

대학 생활에서는 나를 중심에 둘 것이다. 나는 학업에 열중하고 우수한 학생이 될 것이다. 집을 떠나 지낸 한 해 동안 새로운 경험도 하고 다른 관점도 갖게 됐지만, 집으로 돌아오자마자 나는 예전의 패턴으로 돌아갔다. 다시는 그렇게 해선 안 된다. 이번에는 내가 어떤 사람이 되고 싶은지, 누가 되고 싶은지 알아내 그 원대한 삶을 진지하게 시작해볼 것이다. 내 앞에 마련돼 있는 인생에 대해 알고 싶어 못 견딜 지경이었다. 다른 사람을 즐겁게 해주려는 노력은 더이상 없다. 엄마가 내 손에 배턴을 넘겨주기만을 기다리며 엄마의 트랙을 빙빙 달리는 일은 더이상 없다. 대학에 가면 과거는 과거로 남기고, 나는 새롭게 시작할 것이다.

*

8월 어느 더운 아침, 말라바의 도움을 받아 나는 존제이 홀 건물 11층으로 이사했다. 우리는 가방을 풀었고, 좁은 침대와 평범한 책상과 동전만한 세면대가 있는 작은 직사각형 공간을 정리했다. 114번가를 내다보는 하나 있는 창문으로, 세인트루크병원으로 달려가며 비명을 지르는 구급차 소리가 끊임없이 들렸다. 내 오른쪽 방에는 머리를 길게 기른 트리니다드 출신 남학생이 살았는데, 그애 방에 있는 장식은 끈 비키니를 입은 여자 셋의 뒷모습을 찍은 포스터뿐이었다. 연한 청록색 바다 앞에 기도라도 하듯 나란히 앉아 있는 그들의 엉덩이는 모래 한 알 붙어 있지 않을 만큼 깨끗했다. 복도 맞은편 방에는 스프레이로 앞머리를 세워 올린 텍사스에서 온 시끄러운 여학생이 살았는데, 짝이 맞는 이불과 시트, 보색으로 구비된 수건들을 갖추고 있었다. 몇 방 옆으로는 전투복을 자랑스레 입고 다니는 험상궂은 젊은 남자가 살았는데, 그 방에는 거의 아무것도 없었다.

내 방은 뭐라고 단정지을 수 없었다. 엄마가 집에서 가져온 작은 동양풍 러그, 종 모양 갓이 달린 스탠딩 조명, 놋쇠 커튼 봉, 케이프코드의 풍경을 담은 유화 한 점이 있었다. 썰물에 낚싯배가 뭍에 올라온 장면을 그린 것이었다. 우리는 낡은 꽃무늬 시트를 침대에 깔고, 그 위에 녹색 줄기와 탐스러운 오렌지색 튤립이 날염된 퀼트를 덮었다. 죽은 이의 소장품을 판매하는 곳에서 발견한, 손바느질로 만든 고풍스러운 것이었다. 방은 할머니 집에 증축한 방, 혹은 가정부가 쓰던 방치된 숙소, 혹은 완성되지 않은 사무실 같았다.

"이른 식사 괜찮아?" 엄마가 매트리스를 덮은 퀼트를 반듯하게 펴며 물었다. 엄마는 지쳐 보였지만, 그날 하루를 끝내고 늙은 남편이 있는 빈 둥지로 돌아갈 생각은 없어 보였다. 엄마는 이미 이곳과 가까운 어퍼웨스트사이드에 사는 브렌다와 밤을 보낼 계획을 세워두었고, 다음 날 아침에 찰스를 보살피러 매사추세츠로 돌아갈 예정이었다. 말라바는 내가 같이 가기를 망설인다는 사실을 눈치챘다. 같은 층을 쓰는 다른 애들은 피자를 주문해 휴게실에서 먹을 예정이었다.

"진심이야, 레니? 나하고 마지막으로 저녁식사를 한다고 해서 죽기라도 해?" 엄마는 그날 나를 위해 한 일을 전부 나열했다. 나를 뉴욕으로 데려왔고, 옷봉과 연장 전선, 그리고 복도를 지나 욕실로 갈 때 샴푸를 담아갈 플라스틱 통을 사주었다. 내가 물건을 배치하고 정리하는 걸 도와주었다. "여기 사는 처음 보는 애들하고는 올해 내내 같이 보낼 거잖아." 엄마가 말했다. 그러고는 목소리를 누그러뜨렸다. "미안해. 네가 벌써 보고 싶어서 그래."

우리는 브로드웨이에서 인도 레스토랑을 발견했다. 나달나달해진 차양에 가네샤*가 만화로 그려져 있어 좀 미심쩍어 보였지만, 괜찮을

---

* 코끼리 머리를 한 인도의 신으로, 장사를 잘되게 해준다고 한다.

것 같기도 해서 여기로 정했다. 남자 종업원이 주문을 받으러 오자, 엄마가 자신은 뭄바이와 델리에서 자랐기 때문에 진짜 매운 것도 먹을 수 있다고 했다. "우리는 진짜를 경험하고 싶어요. 빈달루를 가능한 한 맵게 만들어주면 좋겠어요." 엄마가 말했다.

나는 아닌데. 내 머릿속에는 벌써 그걸 먹고 배가 아픈 모습이 그려졌다. 나는 고를 수 있는 빵 종류를 살펴보았다. 난, 로티, 푸리가 있었다.

그리고 말라바는 평소의 속사포 스타카토 말투로 파워팩을 주문했다. "드라이한 맨해튼도 한 잔. 스트레이트 업*으로 가니시 올려서. 얼음 없이, 과일 빼고." 종업원이 무슨 말인지 모르겠다는 듯 고개를 갸웃하자, 말라바는 짜증난다는 듯 한숨을 내쉬더니 정확히 같은 속도로 주문을 반복했다. 나는 타지마할 맥주를 주문했다.

양고기를 한입 베어먹자마자 눈물이 나기 시작했다. 엄마의 윗입술에도 땀방울이 맺힌 걸 보니 기분이 좋았다.

엄마는 물을 벌컥벌컥 마셨고, 우리 둘 다 웃기 시작했다. 누구든 주방에서 말라바를 이기는 건 드문 일이었다. 종업원이 엄마의 말을 들은 그대로—진짜 매운 것도 먹을 수 있다고—받아들였거나, 주방에서 우리에게 한 방 먹인 뒤 한바탕 신나게 웃었을 것이다. 우리는 후자가 아닐까 생각했다.

"행복해 보여요, 엄마." 내가 말했다.

"음, 너를 다시 잃게 됐는데 그럴 리가 있겠니." 엄마가 얼굴을 찡그리며 말했다. "하지만 이제 적어도 뉴욕에 올 때 더 좋은 핑계가 생긴

---

* 완성된 칵테일을 얼음을 걸러 따르지 않고 스트레이트 잔에 바로 따라주는 것.

셈이야." 엄마는 난에 고기를 올려 싼 빈달루를 앙증맞게 베어 물었다. "상황이 좀 좋아지는 것 같아. 헤이즐이 집에 오니 사는 게 훨씬 편해졌어. 찰스 걱정을 하지 않고도 이럴 수 있고. 하룻밤 나와서 자는 것 말이야."

"엄마가 밤에 타운에 없을 땐 헤이즐이 거기 있어요?" 내가 물었다.

"아니. 아직 찰스가 그 정도로 도움이 필요하진 않아." 엄마가 말했다. "헤이즐은 찰스가 퇴근하기 전에 와서 집을 치우고 저녁식사를 만들고, 찰스가 약을 잘 먹었는지 다시 확인하는 것만 해. 헤이즐 덕분에 살았어."

보스턴을 주소지로 하는 새 아파트는 예전 집보다 찰스의 사무실과 더 가까웠지만, 하루가 끝나면 T자형 삼거리에서 더 고된 걸음으로 언덕을 올라야 했다. "진실은 이거야. 헤이즐이 찰스에게만큼이나 내게 도움이 된다는 것. 헤이즐의 존재가 내게 마음의 평화를 주거든. 옆에 도움을 줄 사람이 없을 때 찰스에게 무슨 일이 생긴다면 결코 나 자신을 용서하지 못할 거야."

"찰스는 어떻게 생각해요?" 내가 물었다.

"헤이즐에 대해 말이니?" 엄마는 그런 질문을 생각해본 적도 없다는 듯 잠시 어리둥절해 보였다. "뭐라고 말하기 어렵네. 용인하는 것 같은데. 헤이즐이 찰스의 친구가 되려고 오는 건 아니잖아."

"요리는 괜찮게 해요?"

엄마는 어깨를 으쓱하고 미소를 지었다. "식탁에 먹을 걸 내려놓을 수 있는 건 분명하지. 하지만 솔직히, 요리에 관해서라면 내가 기준이 좀 높잖니, 응?"

나는 말라바가 어느 정도 안심시켜주기를 바랐지만, 말라바는 좀처럼 그럴 생각이 없는 것 같았다. "전반적으로 찰스는 이 모든 것에 만족한다, 맞아요?" 내가 물었다.

"너도 찰스를 알잖아. 불평하는 사람이 아니야. 하지만 솔직히 그가 그 문제로 말할 게 많진 않지. 내가 매일 밤 집에서 직접 돌봐주면 찰스가 더 좋아할 게 틀림없지만, 나는 그럴 수 없어. 그럼 난 미쳐버릴 거야." 엄마가 종업원을 불러 세우고 와인을 한 잔 주문했다. "네가 너 하고 싶은 대로 하느라 또 집을 떠나 있는 동안엔 안 돼."

나는 미끼를 물면 안 된다고 속으로 혼잣말을 했지만, 물지 않을 수 없었다. "대학에 가는 게 저 하고 싶은 대로 하는 거라고 생각하세요?" 내가 물었다.

"오, 레니, 유머 감각을 좀 가져봐." 엄마가 말했다. "오늘밤엔 신경 곤두세우지 말자."

긴장의 구름이 드리워졌고, 나는 엄마와 눈 맞추는 걸 피했다. 엄마가 음식으로 장난치는 사람을 싫어하는 걸 알고 있어, 나는 양고기를 집어 쟁기질을 하는 것처럼 카레에 길을 냈다. 요리가 치워지자, 엄마는 내게 한 잔 더 주문해도 괜찮겠냐고 물었다. 질문이라기보다 예의상 한 말이었다. 나는 엄마에게 기숙사로 돌아가고 싶다고, 소심하게 의견을 냈다. 엄마는 언짢은 게 분명했으나 내 말을 받아들였고, 우리는 에어컨이 켜진 레스토랑에서 밖으로 나와 맨해튼의 후텁지근한 황혼 속으로 들어섰다.

택시에 타기 전 말라바는 나를 꼭 끌어안아주었다. "레니, 늘 말하진 않아도, 네가 나를 위해 해준 모든 일에 고마워하고 있어. 네가 몹시 그리울 거야. 사랑해."

"나도 사랑해요, 엄마." 내가 말했다.

엄마는 택시에 탄 뒤 창문을 내렸다. "너하고 나는 온전한 전체의 반 반이라는 거 절대 잊지 마."

나는 택시가 스무 블록도 떨어지지 않은 브렌다의 아파트로 달려가는 걸 지켜보았다. 나는 어디선가 인간의 몸에 있는 모든 세포는 7년마다 교체된다는 이야기를 들었다. 그게 사실이라면 나는 열네 살 때 엄마가 깨웠을 때의 나와 이미 거의 완전히 다른 사람인 것이다. 과거와 같은 사람이 아니라면, 내가 말라바의 반쪽일 리는 절대 없었다.

기숙사로 돌아온 나는 엄마가 책상에 남기고 간 선물을 보았다. 작은 가죽 틀 액자에 넣은 우리 둘의 사진이었다. 나는 그것을 골똘히 쳐다보았지만 언제 찍었는지, 누가 찍었는지 전혀 기억나지 않았다. 우리는 말라바의 덱에 나란히 서서 마지막 오후 햇살의 작은 조각을 잡으려고 경쟁이라도 하듯 몸을 앞으로 내밀고 있다. 엄마가 오른손으로 손차양을 한 걸 보니, 당연히 먼저 낚아챈 모양이었다. 나를 감싼 엄마의 왼팔은 내 등뒤로 사라져 보이지 않는데, 그 때문에 엄마의 팔 하나가 없는 것처럼 보였다. 마치 햇볕을 받으려고 경쟁하다 한쪽만 헐벗은 소나무처럼.

11

대학 생활이 시작되자 나는 대번에 정신없이 바빠졌다. 기숙사 친구들과 친해지고, 보고서를 쓰고 벼락치기로 시험공부를 하고, 2주에 한 번씩 소방훈련을 받았다. 훈련 때는 기숙사에 사는 학생 전체가 새벽이 오기 전 안뜰에 모였다.

입학하고 한 달이 채 안 된 어느 날 늦은 밤에, 전화벨소리에 잠에서 깼다.

"레니." 내가 전화를 받자마자 엄마가 말했다. 격앙된 목소리를 들으니 분명 울지 않으려고 애쓰는 것 같았다. 나는 어리둥절한 상태로 침대에서 일어나 앉았다. 처음에는 내가 악몽을 꾸고 있는 걸까 생각했다.

"듣고 있니, 레니?"

나는 눈을 비볐다. "네, 듣고 있어요. 뭐가 잘못됐어요? 찰스는 괜찮아요?"

"찰스 때문이 아니야. 찰스는 잘 지내." 엄마가 소곤거렸다. "내 문제야. 어떡하지, 딸. 내가 궁지에 빠졌어."

나는 엄마의 거친 숨소리를 들으며 기다렸다.

"네 도움이 필요해. 어떻게 해야 할지 모르겠어." 그러고는 울음을 터뜨렸는데, 그건 드문 일이었다. 달래도 소용없고 몇 분 동안 울기만 했다. "난 끝났어."

"무슨 일인데요?" 내가 물었다. "무슨 일인지 몰라도, 우리가 해결할 수 있어요." 나는 엄마를 어떻게든 안심시켜야 한다고 느꼈다. 하지만 엄마의 흐느낌 소리만 들릴 뿐이었다. "괜찮을 거예요. 하지만 엄마, 무슨 일인지 모르면 도울 수가 없어요."

"그 경멸스러운 여자가—" 엄마가 말했다. 잠시 분노가 엄마의 절망을 뚫고 나타났다.

"숨을 쉬세요, 엄마. 심호흡을 세 번 해요."

엄마가 숨을 들이쉬고 내쉬며 마음을 진정시켰다.

"릴리 때문이에요? 릴리에 관한 건가요?"

"아니야, 그런 거." 엄마가 또 울기 시작했다. "헤이즐이," 엄마는 거의 말도 제대로 하지 못했다. "그 못된 년이 벤에 대해 알아냈어. 그리고 이제 나를 협박하기 시작했어. 정말 끔찍하고 지독한 년이야. 진짜로. 우리집에 와서 일하기 시작한 뒤로 줄곧 내게 앙심을 품고 있었어. 내가 그렇게 잘해줬는데. 믿고 집을 맡기고. 믿고 남편도 맡기고."

내 몸속에서 아드레날린이 치솟았다. 윙윙거리는 그 오래되고 익숙한 느낌.

"헤이즐이 정확히 뭘 알아냈어요?" 내가 목소리를 가라앉히며 물었다. "어떤 증거를 갖고 있는데요?"

"그게 중요해?" 말라바는 신경질적이 되었다. "만 달러를 내놓지 않으면 찰스와 릴리에게 다 말해버리겠대. 내가 그 돈을 마련한다고 해도 그쯤에서 악몽이 끝난다는 보장이 있어? 더 요구하지 않게 만들 방법 없을까?"

나는 만난 적이 없었지만, 헤이즐이 엄마의 말처럼 똥멍청이가 아닌 건 분명했다. "중요해요. 실제로 뭔가 증거를 가졌을까요?"

"그런 것 같진 않아. 몰라! 내가 뭘 어쩌면 되지?" 말라바는 잠시 침묵을 지키다 다시 말을 이었다. 낮고 단호한 목소리로. "그 여자가 내게서 벤을 뺏어가게 두지 않을 거야. 벤은 내게 전부야. 절대적인 전부. 그를 잃으면 나는 살아갈 가치도 없어."

대학 신입생이던 나는 그 순간조차 엄마가 가장 좋아하는 사람, 피터나 크리스토퍼, 심지어 벤보다 더 사랑하는 사람은 나라는 생각에 여전히 사로잡혀 있었다. 좋든 싫든, 내가 그걸 바라지 않았다 해도, 말라바는 내게 그런 사람이었다. 내 삶의 가장 중심에 있고 가장 중요한 사람. 엄마의 외도가 이어지는 동안 '우리'란 내게 늘 엄마와 나를 말했다. 벤과 말라바가 아니라. 벤이 엄마의 전부라면, 그럼 나는 뭐였지? 나 또한 엄마가 살아갈 가치를 주는 존재 아니었나?

"알았어요. 진정하세요. 생각해보자고요. 방법을 알아낼 수 있을 거예요." 내가 말했다. "무엇보다 엄마의 삶은 그 자체로 절대적으로 살아갈 가치가 있는 거예요. 제발 그런 말 하지 마요, 속상하니까. 엄마는 지금 어디 있는데요?"

"부엌." 엄마가 소곤거렸다.

엄마가 양쪽 팔꿈치를 벌려 대리석 상판에 올리고 스툴에 앉아 있는 모습이 그려졌다. 얼음조각 부딪치는 소리와 기울인 병에서 액체가 콸콸 쏟아지는 익숙한 소리가 들렸다.

"가서 주무세요." 엄마가 분명 이미 술을 많이 마신 것 같아 나는 그렇게 말했다. "방법을 생각해볼게요. 약속해요."

"오, 레니. 사랑해." 말라바가 말했다. 엄마가 느리고 어눌하게 말했다. 엄마는 마지막 한 모금을 더 마신 뒤 취해서 뻗을 것이다. 내가 뭐라고 말하기도 전에 딸깍 소리가 들리고, 이어 신호음이 들렸다.

내가 알기로, 내가 집에 없을 때 종종 그러듯이, 엄마는 거기서 비틀비틀 통로를 걸어가 내 침대로 가서 누울 것이다. 나는 개의치 않았다. 사실 나는 엄마가 거기서 잠을 잔다는 사실에 위안을 얻었다. 나는 거기서 잔 적이 거의 없다. 새 아파트는 결코 내 집이 되지 못할 것이다. 내 침대 옆 협탁 서랍 안에는 엄마의 수면제 병이 들어 있었다. 엄마는 얼굴을 베개들 사이에 파묻고 열 시간 동안 죽은 사람처럼 내리 자기 위해 수면제 두 알—엄마의 화학적 자장가를 담당하는—을 삼킬 것이다. 나는 엄마에게 최초로 불면의 원인이 되었던 크리스토퍼를 생각했다. 날짜가 같은 우리 생일이 지난 게 얼마 전이었다. 나는 열아홉 살이 되었고, 크리스토퍼는 살아 있다면 스물세 살이 될 것이다.

전화를 끊고, 나는 대학 생활을 시작한 뒤로 처음 밤을 새웠다. 작은 방을 앞뒤로 서성이며 헤이즐 문제를 여러 각도에서 살펴봤다. 그 여자가 증거를 갖고 있다면 우리는 그걸 별것 아닌 것으로 만들어야 할 것이다. 갖고 있지 않다면 그 주장에 허점을 만들어야 할 것이다. 헤이즐,

151

만난 적도 없는 그 간병인이 내 적이 되어버렸다. 나는 헤이즐의 말을 믿지 못하게 만들 방법을 생각해내서 그 여자가 정신적으로 이상하고 질투가 심하고 탐욕스러운 사람인 걸 보여줘야 했다.

새벽 네시, 한 가지 아이디어가 떠올라 완전한 모습을 갖췄다.

*

그날, 나는 찰스가 출근한 사이 전화를 걸어, 엄마에게 아파트를 샅샅이 뒤져 헤이즐에게 단서를 제공했을 만한 게 있는지 찾아보라고 했다. 엄마가 책상 위 타원형 벨벳 통에 모아둔 편지 뭉치를 뒤지는 동안 나는 계속 전화기를 들고 있었다. 없었다. 우리 두 사람의 침대 옆 협탁에 들어 있는 것도 살폈다. 없었다. 엄마의 화장대 서랍도 살폈다. 없었다.

나는 현관에 걸려 있는 가족사진을 생각했다. 피터와 나의 성장기에 케이프코드에서 찍은 사진, 엄마와 찰스가 여기저기 여행을 다니면서 찍은 사진, 내 의붓형제, 조부모, 다른 먼 친척의 사진. 벤이 나온 사진은 딱 한 장뿐이었다. 사우더 부부네 집 잔디밭에서 찍은 것으로, 벤이 죽인 엄청나게 큰 악어 박제와 그 뒤로 같은 길이의 카누가 보였고, 그 뒤에 벤과 엄마가 나란히 바다에 무릎을 대고 몸을 일으킨 자세를 하고 있었다. 그들은 몸을 앞으로 내밀고 카메라를 보며 환하게 웃고 있었는데, 아니나다를까 무릎이 은밀하게 닿아 있었다. 찰스는 한쪽 옆에 서서 자신의 신발을 내려다보고 있었는데, 표정을 읽기 어려웠다. 릴리가 사진을 찍은 모양이었다. 그 불륜에 대해 이미 알고 있지 않다면 그 사진으로 알 수 있는 건 없었다. 그걸 가족사진 벽에 붙인 건 확실히 이상했지만, 그렇다고 그걸 증거로 볼 수는 없었다.

"계획이 있어요. 하지만 계획대로 하려면 헤이즐이 뭘 알고 있는지 알아야 해요." 내가 말했다. "뭐든 생각나는 게 있어요?"

긴 침묵이 흐른 뒤 말라바가 말했다. "오 맙소사, 레니. 헤이즐이 뭘 봤는지 정확히 알겠어."

"뭔데요?"

"내가 그렇게 멍청한 짓을 했다니 믿을 수가 없어."

"엄마?"

"잠시만 기다려." 엄마가 말했다.

나는 엄마가 수화기 내려놓는 소리를 들었고, 잠시 뒤 엄마는 다른 방에 가서 다른 수화기를 들었다.

"내가 바보라고 생각하겠지."

"아니에요." 나는 마음을 단단히 먹고 엄마를 안심시켰다. "그냥 뭔지만 말하세요."

"내가 파일을 만들었어."

"파일이라니요?" 내가 말했다. "무슨 뜻이에요? 엄마와 벤에 대한 파일요?"

나는 금속 서랍이 열리는 소리를 듣고 대번에 이해했다. 엄마 작업실 책상 옆에는 서랍 세 개로 된 특징 없는 파일 캐비닛이 있었다. 나는 거기에 뭐가 들었는지 잘 알고 있었다. 맨 위 서랍에는 여행이나 음식과 관련된 정보—말라바가 쓰려고 하는 글에 관한 메모, 잡지에 실린 글을 오려낸 것, 엄마가 가고 싶어하는 휴양지의 리조트 팸플릿—가 있었다. 가장 최근에 갔을 때 엄마는 자랑스럽게 자신이 서명한 글로브 피쿼트출판사와의 계약서를 보여주었다. 이듬해 거기서 엄마의 '두어 헤드 다이닝' 칼럼을 묶어 책으로 펴내기로 했다. 그 파일에 엄마는 와일드 게임에 활용할 메모와 시식용 레시피도 보관했다.

나는 두번째 서랍은 굳이 열어보지 않았는데, 거기에는 따분한 금융 기록—입출금 내역서, 부동산 감정서, 지난 소득세 신고서—이 들어 있었기 때문이다. 맨 아래 서랍은 정보의 금광이었다. 그 안에는 우리 가족 구성원 전부에 대한 파일이 알파벳순으로 정리되어 있었다. 크리스토퍼의 사진, 출생증명서, 많은 위로의 편지. 찰스의 성혼선언문, 플리머스 플랜테이션에 관한 정보, 건강 기록. 피터와 나에 대해서도 비슷한 자료—출생증명서, 성적표, 어렸을 때 그린 그림, 엄마에게 써 보낸 사랑의 편지—가 각각의 파일에 정리되어 있었다. 말라바는 또 부모 각각에 대한 파일, 친구들과 주고받은 편지를 모아둔 파일도 만들었다. 엄마가 쓴 줄도 몰랐던, 발표되지 않은 엄마의 단편을 모아놓은 파일도 하나 있었다. 그리고 가장 안쪽에, 벤과의 연애와 관련된 스크랩북을 만들려고 자료를 모으는 중인 파일이 숨겨져 있었다.

"거긴 찰스의 손도 미치지 못할 거라 생각했는데." 엄마가 말했다. "찰스가 행여라도 뒤져본다는 말은 아니지만."

엄마 말이 맞았다. 찰스는 훔쳐보는 부류가 아니었다. 그는 그런 사람이 아니었다. 그가 허리를 굽힐 수 있다거나 쉽게 무릎을 꿇고 앉을 수 있는 것도 아니었다.

"다른 누가 본다는 생각을 한 번도 해본 적이 없어." 엄마가 말했다.

"그 안에 뭐가 있는데요?" 나는 목소리에서 애써 공포를 감췄다.

"전부." 말라바가 말했다.

나는 내용물이 바스락거리는 소리를 들었다. "인터콘티넨털호텔 객실 비품. 우리가 레스토랑에 갈 때마다 챙겨온 성냥. 칵테일 냅킨. 암트랙 승차권. 델타 셔틀 영수증." 그리고 엄마가 말을 멈췄다. 엄마의 목소리에서 빙그레 떠오른 미소를 들을 수 있었다. "연애편지."

"벤은 자기 감정을 종이에 쓰지 않는다고 생각했는데요." 내가 말했다.

"내가 꼭 한 번 그래달라고 부탁한 적이 있어." 엄마가 인정했다. "이름은 안 쓰고, 이름 첫 글자만 썼어. 'M., 진심으로 사랑해. B.' 이렇게."

나는 벤이 이런저런 위원회 회의에 갈 때 엄마가 동행한 날짜도 헤이즐이 대조했는지 궁금했다. 엄마는 달력에 물고기 그림으로 그 날짜를 표시하고 있었다.

"또 다른 건요?" 내가 물었다.

이어지는 침묵이 너무 길어, 나는 엄마가 수화기를 내려놓은 줄 알았다.

"폴라로이드 사진 여섯 장." 말라바가 마침내 말했다. "벤한텐 없앨 거라고 해놓고 그러지 않았어."

"얼마나 심각해요?"

"아주."

그래서 헤이즐은 엄마와 벤의 불륜과 관련된 모든 자료를 보게 된 것이었다.

"뭔가 사라진 게 있어요?"

"그런 것 같진 않아." 엄마가 말했다. 종이를 뒤적거리는 소리가 들렸다. "없어. 사라진 건 없어. 여기 다 있어."

*

우리의 계획은 이것이었다. 엄마가 헤이즐에게 돈을 마련하려면 적어도 일주일은 필요하다고 말한다. 우리는 그 시간에 세부적인 작전을 완성한다. 엄마는 헤이즐인 척하면서 벤의 두 여동생을 포함해 릴리가 아는 범위에 있는 일부 기혼 친구들에게, 말라바가 그들의 남편과 외도를 하고 있다는 혐의를 제기하는 편지를 보낸다. 우리가 바라는 바는 터무니없이 제기된 외도 의혹의 쓰나미 속에서 진짜가 드넓은 바다에 일어난 잔물결처럼 잦아드는 것이었다.

나는 며칠 동안 수업을 빼먹었다.

말라바와 통화하면서, 편지를 시작하는 완벽한 문구를 찾으려고 고심했다. 우리는 간통 혐의를 심각하지 않은 방식으로 제기할 방법은 없다고 결론 내리고, 그 문구를 이 사실을 알려드리게 되어 유감입니다, 로 정했다. 두번째 문구는 받는 사람에 따라 달라지겠지만, 기본 골격은 구체적인 내용을 쓰고 시나리오를 제시하는 식이었다. 말라바가 당신의 남편과 함께 포시즌스호텔에서 나오는 걸 봤습니다…… 뉴욕행 주말 항공편 영수증이 있습니다…… 댁의 남편과 말라바가 함께 찍은 사진을 말라바의 침대 옆 협탁에서 찾았습니다. 끝맺는 말은 많은 고민이 필요했다. 헤이즐이 진실을 주장하는 것처럼 보여야겠지만, 그와 동시에 제시된 시나리오에 결함이 있어야 했다. 혐의에 대한 신뢰를 떨어뜨리고 반박할 만한 사실이 포함되어야 했다. 우리는 말라바의 연인으로 지목된 사람이 밀회 현장에 있는 걸 불가능하게 하는 철통같은 알리바이가 만들어지는 날짜—생일이나 기념일처럼 중요한 가족 행사가 있는 날—를 고르는 것으로 그 일을 완수했다.

말라바가 헤이즐의 필체를 흉내내 편지 초안을 쓰고 고치고 다듬었다. 엄마가 전화로 그 내용을 읽어주었고, 최종 결과물에 자신이 없으면 다시 썼다. 다 끝내자 엄마는 그것을 봉투에 넣고 보스턴, 케임브리지, 뉴턴 각지를 돌며 각기 다른 우체국에서 부쳤다.

깜짝 놀란 친구들에게서 전화가 걸려왔고, 나는 말라바가 부엌에서 수화기를 붙잡고 벽에 몸을 의지하며 서 있는 모습을 상상할 수 있었다. 엄마는 처음에 불안했겠지만, 이내 자신의 리듬을 찾아내리란 걸 난 알았다. 우리 계획은 엄마가 이런 전화를 며칠 동안 받은 척하는 것이었다.

그게 말이 돼요? 나는 말라바가 길고 우아한 손가락에 전화선을 빙빙 감으며 이렇게 말하는 걸 상상했다. 이 일로 잠시라도 마음의 고통을 준 것 같아 정말 미안해요.

친구가 좀더 질문하는 동안 엄마는 잠시 말을 멈출 것이다.

그럼요, 당연하죠. 지난주에 해고했어요, 말라바는 계속 진지하게 답할 것이다. 하지만 솔직히 어느 정도로 피해를 일으켰는지 누가 알겠어요?

그리고 대화가 좀더 오간다.

또 누구한테 그런 편지를 썼는지, 누가 그런 거짓말을 믿을지 알 수 없다는 게 정말 악몽이에요. 그 여잔 분명 내 평판을 망가뜨리고 싶었을 텐데. 그냥 순수하게 미쳐서 그런 거라고 생각할 수도 있지만.

마침내 대화가 끝나면, 말라바는 어려운 부탁이 있는데 들어줄 수 있느냐고 말을 꺼내기 좋은 입장이 된다. 자신이 입은 피해를 처리하는 일—신용카드를 해지하고 통장 잔고를 확인하고 이 모든 전화를 받아 해명하는 일—에 너무 정신없다고, 릴리도 이 편지를 받았을지 모른다는 우려를 표명하면서 릴리에게 전화를 걸어 무슨 일이 일어났는지 말해주면 좋겠다고 하는 것이다. 그런 전화 몇 통이면, 릴리는 헤이즐에게 어떤 소리를 듣더라도 가짜라고 결론 내리리란 걸 말라바는 알고 있었다.

나는 전화통화를 거듭할 때마다 엄마가 조금씩 본래 모습을 회복해가면서 자신감과 카리스마를 뿜어내는 모습을 상상했다.

불쌍한 찰스가 많이 당황하지 않았다면 그게 오히려 이상하지. 헤이즐 추천서를 다시 살펴봤는데, 그 여자가 그만큼 미쳤다는 말을 한 사람은 아무도 없었어요! 말라바는 아마 웃고 있을 것이다. 애인이 열두 명이에요. 그 사람 모두와 저녁식사를 하고 여행을 하고…… 내가 그걸 어떻게 다 감당하고 매주 칼럼을 쓸 수 있겠어요?

친구들도 같은 생각을 할 것이었다. 침착하고 우아한 말라바 말고 누가 이런 재앙에 가까운 상황을 우아하고 유머러스하게 다룰 수 있겠는가. 그들 모두가 엄마의 가장 친한 친구가 되고 싶어하겠지만, 그 탐나는 자리는 이미 내 것이라고 나는 생각했다.

12

헤이즐은 쫓겨났고, 릴리는 여전히 남편의 불륜에 대해 몰랐다. 거세지던 혼란스러운 폭풍은 빠르게 소멸되었고, 벤과 엄마의 관계는 다시 유사 평정 상태로 되돌아갔다.

나는 아니었다.

그 일이 있기 전까지만 해도 나는 엄마의 외도에서 조력자 같은 역할을 했지만, 이번에는 가짜 편지 쓰는 일의 주동자가 됨으로써 선수들을 지휘하는 감독의 위치가 되었다. 그 경험은 분명 짜릿하고 위험하고 전율을 일으켰으며, 소수의 관중인 엄마와 벤의 극찬을 받았다. 내 계획에 어안이 벙벙하던 벤은 완벽한 결과에 뛸 듯이 기뻐했다.

"넌 정말 똑똑해." 엄마가 인터콘티넨털호텔에서 술을 마시며 내게 말했다.

"정말로." 벤이 맞장구를 쳤고, 내 계략의 성공을 축하하며 건배했다. "엄마 판박이야!"

처음에는 작은 칭찬 하나하나가 도파민이 투여된 것처럼 청소년기의 내 뇌에 화학적 보상이 되었지만, 지금은 흥분 상태에서 금세 아래로 떨어졌다. 이번 거짓말은 다른 거짓말과 다르게 양심을 짓눌렀다. 나는 일기장에 자기혐오로 가득한 통렬하고 장황한 글을 썼고, 단음절 단어를 자꾸 되뇌다보면 서서히 무의미한 소리로 변해가는 것처럼, 나 자신을 인식하지 못할 때까지 거울에 비친 내 모습을 한참 바라보았다. 거짓말은 내게 반사 반응이 되어 있었다.

나는 우리가 다른 사람이 바람을 피웠다고 무고하게 비난한 것이 어떤 결과를 낳았을지 궁금했다. 그 일에 끌려들어간 부부들은 우리가 바라던 반응을 보였지만—양심을 품은 피고용인이 일으킨 말라바의 골치 아픈 상황에 공감했다—우리는 그들의 결혼생활이라는 우물에 적지 않은 독을 푼 셈이었다. 그리고 가장 최근에 한 이 거짓말은 단순한 비방 차원을 넘어섰다. 이번 일은 이미 엄마의 불륜에 얽혀든 사람들로 이루어진 복잡한 그물을 더욱 확장시키고 복잡하게 만들었으며, 그로 인해 나는 거미처럼 더욱 긴장해 소동이나 교란의 순간을 감지해야 하는 처지가 되었다. 나는 늘 엄마와 벤이 저지른 도덕적인 죄의 공모자라고 느꼈지만, 이제는 더욱 중한 범죄의 공범이 된 것 같았다.

게다가 나는 그 사건의 전모를 알지 못해 불안했다. 헤이즐의 동기가 정말 단순히 탐욕이었을까? 나는 헤이즐에게 무슨 일이 있었는지, 그 일이 어떻게 잠잠해졌는지 알고 싶었지만, 엄마는 말하려 하지 않았다. 나는 그 여자가 꼬리를 다리 사이에 넣고 슬그머니 사라져 그냥 자기 인생을 계속 살아가는 건지 어떤 건지 전혀 알 수가 없었다. 엄마가 분명 어떤 형태로든 복수를 감행한 것 같았다.

자세히 알려달라고 해도 엄마는 거부했다. "너는 헤이즐이 우리 인생에서 사라진 것만 알면 돼. 그 끔찍한 여자는 두 번 다시 생각하기 싫구나." 엄마가 말했다. "내 말을 믿어. 넌 모르는 게 최선이야. 호기심이 고양이를 죽인다는 속담도 있잖니, 호기심 많은 딸."

호기심의 위험에 대해서라면 나도 모든 것을 알고 있었다. 이카로스와 태양, 판도라의 상자, 이브와 앎에 대한 욕망. 나는 말라바가 뭔가 감추고 있다는 것과 스무 살이 다 된 내게 이제 와서 나를 보호한답시고 갑자기 부모의 권위를 내세우는 게 싫었다. 엄마는 오래전에 그 권리를 포기했다. 우리는 친구였고, 동등했다. 노력해서 그 자리를 차지한 것이니, 나는 일어난 모든 일을 알 자격이 있었다. 어쨌거나 엄마를 위해 이 엄청난 문제를 해결한 사람도 나였다. 하지만 집요하게 캐물을수록 말라바는 더욱 완강하게 나왔다. 엄마는 꿈쩍도 하지 않았고, 헤이즐의 터무니없는 협박이 불러온 가장 큰 결과는 아이러니하게도 말라바와 나 사이에 입을 쩍 벌린 간극이었다.

며칠이 한 주가 되고 두 주가 되었다. 두 주가 다시 쌓여 한 달이 되었다. 또 한 달이 시작되려는 참이었고, 우리 앞에는 명절이라는 벽이 가로놓여 있었다. 엄마도 내게 전화하는 일이 거의 없었고, 나도 거의 하지 않았다. 이야기를 나누면, 우리의 대화—지나치게 예의와 격식을 갖추었다—는 우리의 침묵보다 더 가슴 아팠다.

나는 크리스마스 동안 뉴욕에 남아 있기로 했다. 결투 장갑을 던진 뒤 곧바로 다시 집어오고 싶었지만, 그러지 않았다. 새해가 시작되고 얼마 지나지 않아 엄마 친구 브렌다가 말라바에게서 중요한 소식을 들었다며, 차를 마시고 이야기를 나누자고 나를 초대했다. 브렌다와 내가 같은 도시에 살고 있어서 우리는 엄마와 별개로 우정을 쌓고 있었고, 엄마와 벤의 일에 내가 개입한 것을 브렌다가 어떻게 생각할지 궁금했다. 하지만 지금은 그 이야기를 꺼낼 때가 아니었다. 우리의 만남은 내가 줄곧 기다리고 있던, 말라바가 내미는 올리브 가지*였다. 엄마를 그리워하는 마음이, 보이지 않는 탯줄이 나를 서서히 잡아당기는 것처럼 몸으로 느껴졌다. 결국 유전자는 유전자, 핏줄은 핏줄인 것이다. 침묵이 그 사실을 바꿀 수는 없었다.

"엄마한테 당장 전화해." 브렌다는 나를 보자 간단히 말했다. "이 말도 안 되는 상황을 끌 만큼 끌었어. 말라바는 네가 필요해."

브렌다의 아파트에서 존제이 홀까지 열다섯 블록을 걸어서 돌아오며 지금 어떤 일이 일어나고 있을지 곰곰이 생각해보고는 슬슬 걱정이 밀려왔다. 지금은 이른 2월, 크리스토퍼의 기일이 며칠 지난 때였다. 부모님이 날짜를 말해준 적도 없고, 우리 가족이 그날을 기념하지도 않았지만, 어렸을 때 캔버스 장정으로 된 크리스토퍼의 낡은 사진첩을 보면서 기억해두었다. 마지막 페이지에는 말린 붉은 장미 한 송이와 함께 이 말이 적혀 있었다. 끝—1964년 2월 2일. 언제나 마음을 다해.

그 부서질 것 같은 장미꽃—줄기와 꽃의 색깔은 희미해진 지 오래였고, 바스러진 잎과 꽃잎 조각이 앨범이 접히는 부분에 모여 있었다—을 만질 때마다, 나는 내가 이 세상에 존재하기 전까지 34년을 살

---

* 화해의 시도를 뜻한다.

아온 여인, 나는 모르는 그 여인과 시공의 경계에서 접촉하는 느낌이었다. 그 시절 어디쯤에서 그 여인은 죽은 아들의 앨범 마지막 페이지에 그 말을 써넣고 장미꽃을 꽂은 뒤 앨범을 덮은 것이다.

나는 적어도 그 장미에 백 번은 손을 댔고, 그럴 때마다 똑같은 반응이 일어났다. 눈꺼풀 안쪽이 따끔거렸고, 목구멍이 막힌 것 같았으며, 갑자기 가슴이 텅 비면서 숨이 잘 쉬어지지 않았다. 어린 나는 그런 신체 반응이 내가 크리스토퍼와 다른 세계에서 연결되어 있기 때문이라고 믿었다. 어쨌거나 우리는 생일이 같았고, 우리가 장미라는 비밀의 문을 통해 산 자와 죽은 자의 세계를 갈라놓는 경계를 건널 수 있다고 상상하는 게 좋았다. 하지만 이제 내가 늘 느껴온 연결감이 엄마와의 것이지, 크리스토퍼와의 것이 아니란 걸 깨달았다. 나는 지난 몇 달 동안 감정적으로 인색하게 군 것이 후회되었고, 기숙사로 돌아가면 바로 엄마에게 전화하겠다고 브렌다에게 말했다. 즉시 데탕트*에 접어들면서, 서로 사과의 말을 쏟아냈다. 우리가 10월 이후 말하지 않은 게―정말로 말하지 않았다―이해되지 않을 정도였다.

그 순간 엄마가 조용히 말했다. "찰스가."

"찰스가 왜요?" 내가 물었다.

최근에 찍은 뇌혈관 촬영도―혈관에 염색약을 투입한 뒤 엑스레이를 이용해 혈류를 평가하는 검사―에서 밝혀지기로, 찰스의 뇌동맥류가 치명적인 수준에 이르렀다고 했다. 심장 전문의는 수술이 필요하지만 찰스의 심장이 약해서 아주 위험하다고 엄마에게 말했는데, 그건 우

---

* 국제적인 긴장 완화, 특히 냉전시대 동서 진영 간의 긴장 완화를 뜻한다.

리가 이미 알고 있는 사실이었다. 수술을 받지 않으면 결국 동맥이 파열되고, 그러면 찰스는 몇 분 안에 숨지게 될 것이었다. 의사는 그것을 100퍼센트 확신했다.

"찰스는 어떻게 생각해요?" 엄마에게 그 얘기를 들은 뒤 내가 물었다.

"그는 아직 몰라. 의사들이 알리지 말라고 강하게 말했어." 엄마가 말했다. "나도 의사들이 맞다고 결론 내렸어. 말한다고 좋을 게 뭐가 있어? 알게 되면 삶을 즐기지도 못할 거야. 하루하루가 자신의 마지막 날일 수 있다는 사실에 공포스러울 거야."

나는 과연 이야기하지 않는 게 더 좋은지 생각했다. 그에게 누군가와 관계를 회복하고 작별인사를 나눌 마지막 기회를 주는 건 어떤가? 내가 찰스라면 알고 싶을 것 같았다. 게다가 그는 한편으로 이미 알고 있을 거라고 나는 결론 내렸다. 이렇게 자신을 속이는 데 화가 날 수도 있을 것 같았다.

"수술 날짜는 가을로 잡았어." 엄마가 깊은 한숨을 쉬며 말했다. "찰스가 당장 위험해지지 않고 아름다운 여름을 즐기기만 바랄 뿐이야."

"그러면 언제…… 그 이야기를 할 거예요?"

"가을에. 종강하면 곧바로 집으로 돌아오면 좋겠구나. 우리가 찰스와 보내는 마지막 여름이 될지도 모르니까."

13

찰스는 1985년 여름에 충분히 행복해할 이유가 있었다. 언젠가는 위더호의 잔해가 발견될 거라는 그의 믿음—우리 가족은 전부 그럴 가능성이 없다고 무시했었다—이 입증됐다. 고고학자 배리 클리퍼드가 우리집에서 30킬로미터도 떨어지지 않은 곳, 찰스가 예전부터 최후의 무덤일 거라고 추정한 그곳에서 난파선의 잔해를 발견한 것이다. 이제 검의 자루, 18세기 스페인 은화, 온전한 형태의 대포 등 그곳에서 발굴된 유물에 대한 보도가 꾸준히 나왔다. 여름 내내 의붓아버지는 관련 기사를 찾아 지역 신문을 샅샅이 뒤지며 그 배의 정체를 확인해주는 증거를 기다렸다. 증거가 발견되면 지금까지 진짜였음이 밝혀지는 최초이자 유일한 해적 난파선이 되는 거였다. 자신의 오명을 씻은 게 기뻐서, 찰스는 반지, 스푼, 은화, 금화 등 발굴된 약탈물을 열거한 기사를 소리 내어 읽었고, 우리가 이미 알고 있는 위더호에 관한 사실을 쏟아냈다. 그 배는 1717년에 첫 출항해 자메이카를 떠난 뒤 해적에 피랍되었다. 해적 대장은 새뮤얼 '블랙 샘' 벨라미였다. 배 길이는 무려 30미터가 넘었다. 화물 적재실에 아프리카 포로를 실어날랐다.

"위더호가 침몰했을 때 얼마나 많은 보물이 실려 있었을지 생각해봐." 날씨가 더없이 화창한 7월 어느 아침, 의붓아버지는 내가 머그잔에 타온 생커 커피를 홀짝이며 골똘히 생각에 잠겼다. 말라바는 아직 일어나기 전이었다. "그 배가 바하마제도에서 여기로 오는 동안 약탈했을 모든 배를 생각해봐."

나는 인간 화물이 어떻게 되었을지가 더 궁금했다. "해적이 데려간 노예들은 어떻게 됐어요?" 나는 아일랜드 식탁 부엌 쪽에서 바닷가재잡이 배들이 지름길로 이동하는 걸 바라보고 있었다.

찰스는 해적의 전형적인 행동은 배의 죄수들을 석방하는 거라고 말해주었다. 일부 죄수는 잃을 것이 없으니 자신을 풀어준 사람들과 해적기를 올리는 일에 동참했다. 해적은 무법자에 도덕적으로 타락한 자라고 여겨졌지만, 석방한 노예를 자기 선원과 똑같이 다루었다는 아이러니가 마음에 와닿았다.

하지만 찰스를 매혹한 건 보물이었다. "위더호가 나포되고 꼭 두 달 뒤, 그 배는 모래밭에 좌초되었고, 큰 파도에 부서졌어. 시속 110킬로미터 강풍이 부는 아주 맹렬한 폭풍우였지. 해적들은 아마 모두 술에 취해 있었을 거야." 찰스는 그들의 어리석음에 고개를 내저었다. "배리 클리퍼드가 제대로 찾은 거라면, 그 근처에서 쉰 척이 넘는 다른 배도 약탈했을 거야. 그 모든 약탈물을 생각해봐. 산탄, 스페인 금화, 은제 스푼……"

"해적 두목이 왜 여기까지 온 걸까요?" 내가 물었다.

"블랙 샘 말이니?" 의붓아버지는 내 순진한 질문에 미소를 지었다. "남자가 바보짓이나 위험한 행동을 왜 할 것 같니? 여자 때문이지. 사랑 때문이지. 늙은 새뮤얼 벨라미에게는 웰플리트에서 그를 기다리는 여자가 있었어."

그 여름이 지나는 동안 찰스는 내가 이미 말했잖니, 라는 말을 한 번도 하지 않았다. 그러는 대신 그 사실이 자연스럽게 알려지게 했다. 위더호라는 단어가 들어간 찢어낸 신문 기사가 거실 테이블과 안락의자에 색종이 조각처럼 흩어져 있어, 우리가 귀담아듣기만 했다면 우리 것이 될 수 있었을 그것을 상기시켰다.

*

나는 작년 여름에 일하던 곳에서 다시 일자리를 구해, 샐리스클램 바에서 서빙을 했다. 얼음처럼 차가운 맥주와 함께 튀긴 조개나 찐 바닷가재를 내갔다. 주문과 동시에 음식을 만드는 비싼 음식점이었고, 종업원은 손님을 빠르게 맞고 내보냈으며, 우리의 푸른색 앞치마는 팁으로 두둑해졌다. 나는 샐리스클램 바에서 평생의 친구가 된 키라를 만났다.

처음 온 날, 키라는 모터 자전거를 타고 레스토랑 주차장으로 들어왔고, 발꿈치로 탁 쳐서 다리 받침을 내렸다. 짧은 갈색 머리칼을 흔들자 시선을 끄는 은회색 머리칼이 이마 위로 내려왔고, 그녀는 안내대 쪽으로 여유롭게 걸어왔다. 키라는 3분의 1은 나쁜 여자, 3분의 2는 옆

집 여자 같은 이미지였고, 그녀의 존재는 내가 수맥 찾는 막대라면 물처럼 내게 다가왔다. 내 내면이 일렁이기 시작했다. 나는 그녀에게 이끌렸고, 친구가 되고 싶다는 강렬한 감정에 사로잡혔다. 어른이 되고 경험해보지 못한 감정이었다.

여름이 지나는 동안 키라와 나는 바깥 해변에서 모래언덕에 앉아 긴 풀이 바닷바람에 아치 모양을 그리며 출렁이는 것을 지켜보거나 모래밭에 원을 그리며 서로의 복잡한 가족사를 이야기하면서 시간을 보냈다. 나는 키라에게, 우리 보스인 샐리의 남자친구 행크와 눈이 맞은 부적절하고 어처구니없는 일을 털어놓았다. 이른 여름에 나는 걸어들어가는 아래층 큰 냉동실에서 벌게진 손으로 치즈케이크 한 조각을 슬쩍 꺼내다 행크에게 들켰다. 행크가 나보고 냉동실에서 나오라고 했고, 우리의 팔이 스치는 순간 예기치 못하게 찌르르 전류가 흘렀다. 그다음 이어진 일은 이상한 슬로모션의 순간이었다. 낙하산 매단 사람을 문밖으로 뛰어내리게 할 것 같은. 하마터면 키스할 뻔했어, 내가 키라에게 말했다.

"그러지 마." 그녀는 지금 내 앞에 결정의 순간이 놓인 것처럼 경고했다.

"안 했어." 나는 계단을 내려오는 샐리의 목소리를 듣고, 우리가 정신이 번쩍 들었던 것을 회상하며 솔직하게 말했다.

키라는 유일하게 내 라이벌이 될 만큼 가족사가 복잡했다. 이혼한 부모, 해외에 사는 엄마, 새 가족에 빠져 지내는 아빠. 나는 키라에게 나 자신에 관한 모든 것─거짓말과 이중적인 면 전부─을 털어놓았고, 키라는 애덤과 달리 평가 없이 들었다. 나는 처음으로 누가 내 말을 들고 이해해준다고, 덜 외롭다고 느꼈다.

여름이 끝나갈 무렵, 키라가 우리집에 저녁을 먹으러 왔다. 말라바가 피터 친구나 내 친구와 같이 식사하는 일이 드물어서 나는 긴장되었다. 엄마는 늘 우리 친구들에 대해 장점보다 흠 찾아내기를 더 잘했다. 하지만 키라는 모든 면에서 잘 대응했다. 술(물론 시작은 파워팩이었다)에 대해서도, 엄마가 만든 이국적인 요리(마늘을 넣은 브로스에 홍합, 케일, 초리조를 넣은 요리는 맛이 있었으나 모두의 입맛에 맞지는 않았다)에 대해서도. 초반에 키라가 비터스를 넣으면 칵테일 맛이 더 좋아질 것—키라의 아버지는 맨해튼을 이렇게 마시는 것을 좋아했다—이라고 제안한 건 거의 치명적인 실수였지만, 엄마의 정물화 컬렉션에 관심을 돌림으로써 키라는 그 순간을 재빨리 모면하고 상황을 만회했다. 키라는 어느 한 작품을 유심히 보았는데, 말라바가 최근에 야드세일*에서 손에 넣은 것으로, 신선한 딸기가 한곳에 쏟아져 있는 그림이었다.

"이 그림 마음에 들어요, 말라바." 키라가 말했다. "딸기가 얼마나 달콤하고 과즙이 많은지 실제로 느껴질 정도예요."

내가 입을 벙긋거렸다. 계속 아부해.

키라가 싱긋 웃더니, 붓질과 반사된 빛 이야기를 하며 더 많은 찬사를 쏟아냈다. 키라는 귀 기울여 들을 줄 아는 사람이자 매력적인 대화 상대여서, 말라바와 함께 예술과 음식에 대해 충분히 편안하게 대화를

* 개인이 집 앞뜰에서 하는 중고 가정용품 판매.

나누었다. 그리고 자신의 특기인 남부 지방 음식―고비, 튀긴 그린토마토, 굵게 빻은 옥수수, 그 밖의 지역 별미―에 관한 이야기로 엄마를 즐겁게 해주었다. 놀랍게도, 키라가 가보겠다고 일어서자 엄마가 다시 오라고 초대했다. 이런 일은 처음이었다. 그리고 내 가장 친한 친구에게서 가정식 복숭아와 블루베리 코블러*를 만들어 오겠다는 약속을 받아냈다.

나는 키라가 엄마의 마음을 사로잡은 것에 감탄하면서, 차를 세운 곳까지 그녀를 바래다주었다. 철사를 이용해 시동을 걸어야 하는, 빌려온 폴크스바겐 소형차 비틀이었다.

"엄청 쉬워." 그녀가 말했다. "네 어머니는 그냥 외로우신 거야."

나는 어안이 벙벙했다. 말라바는 거의 매주 주말에 저녁 파티를 했다. 두 남자를 가지고 저글링을 한 게 벌써 여러 해였다. "엄마는 외롭지 않아." 내가 말했다.

"네가 잘못 알고 있는 거야." 키라가 말했다. "외로움은 주변에 사람이 얼마나 많은지와 상관없어. 누군가와 진정한 연결감을 느끼느냐 아니냐가 중요한 거지. 그리고 자기가 자기 자신일 수 있는지 없는지와 관련된 거고."

나는 어떤 말을 해야 할지 알 수 없었다. 말라바가 말라바이면서 말라바가 아니다?

"무슨 뜻인지 너도 알 거야." 키라가 덧붙여 설명했다. "외로움이란 감정은 나를 아는 사람이 없다고 느낄 때 찾아오지."

―――――――――

* 밀가루 반죽을 두껍게 씌운 과일 파이의 일종.

*

긴 여름 낮이 점점 짧아지고 오후 햇살이 기울면서 가을이 바짝 다가왔음을 알렸다. 나는 키라를 언제 다시 볼 수 있을지도 모르겠고, 눈앞에 닥친 찰스의 수술이 겁나기도 하고, 엄마가 스트레스 때문에 쓰러지지 않을까 걱정도 되어, 케이프코드를 떠나려니 마음이 편치 않았다.

나는 그해 가을 10월의 긴 주말을 보스턴에 와서 지냈다. 내 생일을 축하하고 찰스의 수술이 잘되기를 바라는 두 가지 목적에서였다. 엄마는 마침내 의붓아버지에게 그의 상태에 대해 알렸지만, 당면한 수술의 심각성은 줄여서 말했다. 자신의 병을 직면한 찰스에게서 용감한 모습은 찾아볼 수 없었다. 그는 혼자 있기 싫어했고, 공공연히 병원 생활의 불편함에 대한 불만을 드러냈다. 그의 두려움은 당연한 것이었다. 우리 모두 그가 뇌졸중 이후 어떤 시간을 보냈는지, 몇 달에 걸쳐 얼마나 열심히 싸워왔는지 알고 있었다.

뉴욕으로 돌아가는 날 아침에, 나는 의붓아버지와 협상을 맺었다. 우리는 다음 여름에 여러 해변을 돌아다니기로 약속했다. 적어도 위더호에서 나온 금화나 유물을 하나는 찾기로 했다. 나는 그에게 작별의 포옹을 했고, 내가 그를 얼마나 사랑하는지 말해주었다.

*

나는 수술 당일 엄마의 전화를 기다리며 마음을 졸였다. 마침내 오후에 전화가 왔다.

171

"찰스가 해냈어." 엄마가 말했고, 목소리에 안도감이 역력했다. "의사가 뇌동맥류를 고쳤어."

나는 행복해서 울었다. "통화해도 돼요?"

"아니, 사랑하는 딸. 지금은 집중치료실에 있어. 깨어났는지도 아직 몰라."

"회복하는 데 시간이 얼마나 걸려요?" 나는 엄마가 다시 쿠키를 구워 갈 건지 궁금해서 그렇게 물었다.

"상태를 지켜봐야 해. 의사는 모든 게 순조롭게 진행되면 2주 안에 퇴원할 수 있을 거래." 엄마가 말했다.

"알겠어요." 내가 말했다. "오늘밤에 다시 전화드릴게요. 엄마가 찰스에게 가본 뒤에요."

"사실," 엄마가 목을 큼큼 풀었다. "난 다른 일정이 있어."

말라바가 보스턴에서 혼자 돌아다닐 일은 흔치 않고 플리머스에서 차로 보스턴까지 오기는 쉬워, 벤이 핑계를 만들어 둘이 이곳에서 데이트하기로 한 것이었다. 나는 엄마의 목소리에서 그 결정을 후회하는 것을, 자신이 잘못 생각했다고 느끼는 것을 알 수 있었지만, 그렇다고 엄마가 벤과의 약속을 취소할 리는 없었다. 말라바는 원피스를 대강 걸쳐 입고 미소를 지으며 골치 아픈 감정은 뭐든 눌러버릴 것이었다.

외로움이란 감정은 나를 아는 사람이 없다고 느낄 때 찾아와.

"새 소식이 있으면 알려줄게, 딸." 엄마가 약속했다.

*

10월 20일, 수술이 끝나고 며칠 지나지 않아 찰스는 중증 뇌졸중으로 병실에서 혼자 숨을 거두었다. 그때 엄마는 벤과 함께 있었다.

나는 다음날 보스턴에 도착했고, 말라바는 내가 생각했던 것보다 더 서럽게 울었다. 수십 년 전에 자신을 보호하기 위해 장착한 배출구와 뚜껑문이 오작동해서 평생 치의 감정이 쏟아져나오는 것 같았다. 엄마는 슬픔과 죄의식을 피해갈 수 없었다. 찰스에 대해 느끼는 엄마의 절망은 내가 상상할 수 있는 것 이상이었다. 찰스의 죽음이 엄마가 궁극적으로 바라던 것이었다고 해도, 엄마가 벤과 함께 누리리라 상상한 더 나은 삶을 위한 선행조건이었다 해도, 엄마가 느낀 슬픔의 크기는 엄마 자신에게도 그리고 우리 모두에게도 놀라웠다.

"혼자 죽게 해선 안 되는 거였어." 엄마 침대에 함께 누워 있을 때 엄마가 말했다. "찰스가 내게 얼마나 잘해줬는데, 레니. 그런데 내가 그 사람에게 한 걸 생각해봐. 최악이었어."

그건 맞는 말이라고, 나는 생각했다. 엄마는 정말로 그랬으니까.

2부

삶은 뒤돌아볼 때만 이해되나, 우리는 앞을 보며 살아야 한다.

키르케고르

14

내가 대학으로 돌아간 뒤, 그리고 찰스가 죽고 2주가 지나지 않은 시점에, 나는 해난 구조자들이 웰플리트의 어느 해변과 가까운 지점에서 청동 종을 발견했다는 소식을 들었다. 두껍게 녹슨 청동 종에서 녹을 긁어내자, 270년 동안 모래와 파편이 압착돼 바위처럼 단단히 굳은 덩어리 아래 난파선의 정체를 밝히는 글자와 함께 과거가 수면 위로 떠올랐다. 새겨진 글자가 드러났다. THE WHYDAH GALLY 1716.

나는 찰스가 살아서 그 헤드라인, 그가 오랫동안 최후를 궁금해하던 해적선의 증거를 보지 못했다는 사실에 눈물이 났다. 의붓아버지는 내게 잘해주기만 했다. 그는 다정한 사람이었고, 그의 유머와 너그러움이 집안 분위기를 좋게 만들었다. 나는 고통의 무거운 담요를 두른 채 겨울을 났다. 사람들을 피했고, 매일 오래 잠을 잤으며, 끊임없이 먹어서

두꺼운 보호막을 만들었다.

　나는 엄마의 맹렬한 목적을 따르겠다고 서약한 오래전 그해 여름에, 내가 실수를 저질렀다는 걸 깨달았다. 시간의 흐름 너머에 무엇이 잠복하고 있는지, 바늘구멍만한 전조도, 어두운 암시도 크게 느끼지 못했다. 찰스가 죽고 난 지금 그에 관한 생각을 멈출 수가 없었다. 그는 너무도 친절했으나, 나는 그 친절을 받을 가치가 없었다. 엄마의 불륜을 돕기로 동의했을 때 내가 돌진한 상황이 어떤 것이었는지, 나는 이제야 이해하기 시작했다. 나는 모래톱에 좌초된 채 수면 아래에서 보이지 않는 상태로 끊임없이 밀려오는 파도를 맞는 데 지쳐 있었다.

*

　엄마 역시 죄의식과 후회로 탈진해 있었다. 전화통화에서 엄마는 마지막 몇 년 동안 찰스에게 짜증내고 성질부리고, 그를 배신한 것에 대해 스스로 비난하면서 울고 또 울었다. 더욱이 그의 죽음은 엄마가 고대하던 벤과의 삶을 가져오지도 않았다. 릴리가 살아 있는 한 엄마는 두번째, 즉 정부情夫에 불과했다. 찰스의 신탁 재산에서 나오는 연간 수입이 있었지만, 엄마는 돈과 자신의 미래에 대해 끊임없이 걱정했다.

　그리고 1년쯤 지나자 후회는 밀려왔던 때만큼이나 갑자기 사라졌다. 예전의 말라바로 되돌아왔다.

　엄마가 자기 일에서 잘나간다는 사실이 분명 도움이 되었을 것이다. 1986년에 말라바는 독창적인 레시피로 구성된 최초의 요리책 『두어헤드 다이닝』을 출판했고, 헌정사에 찰스의 이름을 올렸다. 내가 받은 책에는 더없이 사랑스럽고 소중한 기니피그이자 조력자이자 심리 치료사이자 친구에게, 라고 쓰여 있었다. 후속작은 1년 뒤 『두어헤드 엔터테이닝』이라는 책으로 출간됐는데, 엄마의 부모와 피터, 그리고 내게 헌정되었다. 하지만 거기에는 계략이 숨어 있었다. 엄마의 아버지와 벤은 마침 이름의 첫 글자들이—비록 순서는 달랐지만—같았고, 말라바는 전체 이름 대신 첫 글자들을 씀으로써 그 책을 벤에게 헌정할 수 있었던 것이다. 인쇄상 실수라고 할 수도 있었을 것이다. 오자라고.

있을 법한 일 같지 않지만, 찰스가 살아 있는 동안 엄마가 벤과 릴리 부부와 나눈 우정은 찰스가 죽은 뒤에도 계속되었다. 나는 세 사람의 역학관계가 어떻게 이어졌는지 지금도 모르지만, 벤과 릴리는 엄마가 혼자된 외로움을 극복할 수 있게 도와주었을 것이고, 엄마는 보답으로 그들에게 뭔가 중요한 것을 제공했을 것이다. 그것이 그들의 불편한 결혼에서 기분전환이 되는 정도였다 하더라도. 그들은 서로 꾸준히 방문했고, 이따금 같이 여행을 갔다. 벤과 엄마는 여전히 뉴욕 인터콘티넨털호텔에서 밀회를 즐겼다. 시간이 될 때는 나도 그들의 방이나 호텔 바에 가서 같이 파워팩을 마셨다.

그리고 내가 대학 3학년이 됐을 때 엄마는 두 가족을 자식들까지 포함해 모두 불러모은다는 꾀를 냈다. 말라바는 다 같이 떠나는 가족 여행을 성사시키겠다고 단단히 결심하고서 바하마제도의 하버섬에서 크리스마스와 새해를 포함한 2주를 통째로 쓸 수 있는 큰 집을 구했다. 엄마는 사우더 부부가 그 계획을 아주 반긴다고 말했다. 그들은 부모가 경비를 다 대는 열대 섬에서의 명절 여행이 두 아이의 마음을 끌어, 삼십대 초반인 잭과 해나가 그들과 함께 휴가를 보내기를 바랐다. 그러기로 되었다. 엄마는 가족을 다 불러모았을 뿐 아니라, 심지어 피터와 내게 사귀는 사람이 있으면 데려오라고까지 했다. 내 경우에는 샐리와 끝내라고 몰아붙여 8월에 내 남자친구로 만든, 클램 바에서 만난 행크가 될 터였다. 말라바는 정확히, 자기가 가족 휴가를 어떻게 성공적으로 이끌 수 있는지 벤에게 보여줄 작정이었다. 엄마는 사우더 부부가 앞으로 하버섬 여행에 대해 계속 이야기할 수 있도록 많은 추억─이국적인 음식, 해양 레저 활동─을 버무려내겠다고 마음먹었다.

*

  나는 마이애미국제공항에서 잭 사우더를 만났다. 공항 터미널에서 이번 여행의 선발대─각각 보스턴, 뉴욕, 샌디에이고에서 왔다─가 모여 식사하기로 되어 있었다. 나머지는 다음주에 개별적으로 합류할 예정이었다. 그러니 48시간 동안은 말라바와 벤, 릴리, 잭, 그리고 나, 이렇게 다섯일 터였다. 잭은 입술이 두껍고 더부룩한 연갈색 머리칼에 건장했다. 나중에 알고보니 윗몸일으키기, 팔굽혀펴기, 스쿼트를 날마다 철저히 해온 결과였다. 팔짱을 끼고 편안한 자세로 서 있는 모습에서 자신감이 느껴지고 자연스러운 남성성이 엿보였다. 나보다 열 살 더 많았고, 국제 정치에서 환경에 이르기까지 다양한 주제에 관해 해박한 지식을 갖고 있었다. 그리고 그의 아버지를 포함해 사람들을 '팰'이나 '팰리'*라고 불렀는데, 그 호칭은 상황에 따라 친근하게도, 잘난 척하는

---

* 친구라는 뜻이다.

걸로도 느껴졌다. 공항 바에서 저녁을 먹을 때 나는 잭이 내 새우 칵테일에 눈길을 주는 것을 알아챘다. "하나 먹어봐요." 내가 말했다. 그리고 큰 새우를 고추냉이 소스에 찍어 그의 입안에 직접 넣어주었다. 그 행동에 우리 둘 다 놀랐다.

다음날 아침 우리는 나소로 날아갔다. 거기서는 수상 택시가 우리를 태우고 맑고 푸른 바다를 가로질러, 파스텔 색조의 집과 부티크호텔이 점점이 들어선 타운 근처 부두에 내려주었다. 선창 부근에서 지역 주민들과 신속한 협상을 통해 골프 카트를 구했고, 거기에 짐을 싣고 앞으로 2주 동안 우리의 집이 될 크고 노란 집으로 이동했다.

짐을 다 풀고 나자, 벤과 잭은 스노클링을 하러 나갔고, 릴리는 이 섬의 역사에 관한 좋은 책을 찾아보겠다며 시내로 나갔다. 엄마와 나는 부엌을 정리했다. 말라바가 2주 동안의 저녁식사를 계획했으므로 그건 작은 일이 아니었다. 엄마는 엄청나게 큰 스티로폼 아이스박스에 냉동 고기를 가득 채워왔고, 와인 한 박스와 바스마티 쌀, 이탈리아 파스타, 양념, 엑스트라 버진 올리브오일을 담은 박스 하나를 배송시켰다. 게다가 엄마는 후추를 가는 전용 기구 없이는 절대 여행을 떠나지 않았다.

모든 걸 제자리에 정리하고 나자, 엄마는 내게 베란다로 나가 느긋하게 쉬면서 밀린 이야기를 하자고 했다. 베란다에는 푸크시아가 격자 세공 구조물을 기어오르며 자라고 있었고, 종 모양의 노란 꽃을 피우는 엘더 관목이 알싸한 향기를 내뿜고 있었다. 엄마는 내가 아이스티 두 잔을 만들어오는 동안 옷을 갈아입겠다고 했다. 엄마는 햇볕을 가려주는 세련된 모자와 아주 큰 선글라스를 쓰고 대담한 무늬의 비키니 위에 속이 비치는 시프트 원피스를 입고 나타났다. 그리고 긴 비치 체어에 몸을 쭉 뻗고 누워 한쪽 무릎을 세웠는데, 꼭 이런 휴가 사진을 찍을 때 취하는 포즈 같았다. 엄마는 만족스럽게 숨을 내쉬며 주변을 둘러보았다. 집과 섬 모두 엄마의 기대 이상이었고, 몇 주 동안 계획하고 준비했으니 이제 시간이 흘러가게 두기만 하면 되었다.

하지만 엄마가 완전히 긴장을 늦춘 게 아님을 나는 알 수 있었다. 엄마는 위에 입은 원피스의 술 장식을 손으로 만지작거리며 허벅지에 대고 펴고 또 폈다. 여기선 이 모든 사람과 식사를 신경써야 하니 잘못될 가능성도 크다는 걸 나는 알고 있었다. 말라바는 모두에게 즐거운 시간을 만들어주고 싶어했고, 특히 벤에게 그랬다. 엄마는 자기가 그의 가정생활을 얼마나 조화롭고 재미있게 만들어줄 수 있는지 보여주고 싶어했다. 말라바가 그의 곁에 있다면 자식들이 휴가 때마다 오겠다고 아우성칠 터였다. 그걸 가능하게 하려면 지금 그들에게 좋은 인상을 남길 필요가 있었다. 나는 엄마가 특히 잭을 궁금해하는 걸 알았다. 집을 떠나 아주 먼 곳으로 간 뒤 좀처럼 돌아오지 않는 신비로운 아들. 벤의 딸도 며칠 뒤면 도착하겠지만, 엄마는 해나에게는 별로 관심이 없었다. 말라바의 관심사는 남자였다.

엄마가 사람들에게 느끼는 첫인상이 호의적일 때가 별로 없어서, 나는 엄마의 기분을 맞추며 잭을 어떻게 생각하냐고 물었다.

"잭에 대해선 아직 미지수야." 엄마가 솔직히 말하고는 싱긋 웃었다. "'팰리'라고 부르는 건 확실히 마음에 안 들어. 하지만 기회를 줄 생각이야. 너는 어떠니?" 엄마가 물었다.

나도 엄마에게 싱긋 웃어주었다. "음, 좀 거만한 건 확실해요. 하지만 좋아하지 않을 게 뭐예요? 똑똑하고 재미있고 잘생겼고…… 꼭 자기 아빠 같아요." 벤에 관한 부분은 엄마 듣기 좋으라고 덧붙인 거였다. 잭과 그의 아버지는 솔직히 서로 닮지 않았다. 하지만 선이 굵게 잘생긴 점은 비슷했다.

"어쨌거나 이번 휴가에서 잭이 즐거운 시간을 보내야 해." 엄마가 말했다.

시야에서 꼬리가 어른어른하는 게 느껴져 돌아보니, 섬에 사는 도마뱀붙이가 집 건물 외벽에 붙어 꼼짝 않고 있었다. 그 파충류 동물이 너무 가만히 있어서 얇은 눈꺼풀이 셔터처럼 닫혔다 열리기 전까지는 진짜 살아 있는 것으로 보이지도 않았다.

엄마도 그걸 봤는지 음 하는 소리를 냈다. "섬의 바퀴벌레."

"귀여운데요." 내가 말했다.

"냉혈동물이 싫지 않으면 그럴 수 있겠지." 말라바는 말소리가 들리는 거리에 아무도 없는지 확인하려고 어깨 너머 정원으로 통하는 문을 흘끗 돌아보았다. "그애들 입양된 거 알지, 응? 잭과 해나 둘 다." 엄마는 그 주제가 금기라는 듯 소곤거렸다.

내가 알고 있었냐고? 단연코 몰랐다.

"릴리한테 문제가 있었어." 엄마가 말했다. "물론 모두 벤의 문제라고 생각했지만." 엄마가 말을 멈추었다. "그건 남자가 견디기에 끔찍한 낙인이지."

나는 그때 깨달았다. 말라바의 관점에서 보면, 릴리가 벤 사우더에게 아들을 낳아주지 못한 것은 릴리가 아내 역할을 제대로 하지 못한 또 하나의 예라는 것을. 벤의 부계 혈통은 손을 맞잡은 형태로 연결되는 종이 인형처럼, 무수한 세대를 거슬러올라가 메이플라워호의 갑판까지 이어졌다.

"무슨 뜻이에요? 왜 사람들이 벤 때문이라고 생각해요?" 내가 물었다.

엄마는 답이 너무 분명해서 내가 왜 그런 질문을 하는지조차 이해되지 않는다는 듯 어리둥절한 표정을 지었다. "뭐야, 레니. 뻔하잖아? 사람들은 벤의 혈통 정도면 아이를 낳아주지 않는 아내와 결혼생활을 끝낼 거라고 생각할걸. 그러니까, 그는 직계 후손이잖아. 너하고 나는 그걸 바보 같다고 생각하겠지만, 어떤 사람들은 메이플라워호에 관련된 문제를 아주 심각하게 받아들이거든."

엄마는 벤이 그의 남성성에 대한 부당한 공격과 더불어 이 오해를 바로잡으려고 아내의 문제를 폭로하지 않은 게 얼마나 품위 있는 일인지 말했다.

나는 듣는 둥 마는 둥 하며 이 섬의 감각적인 즐거움에 꿈결처럼 빠져 있었다. 이틀 전만 해도 나는 추운 회색빛 뉴욕에서 시험공부를 하고 있었는데, 지금은 이곳에서 따뜻함과 색깔에 둘러싸여 있었다. 큰 화분에 심긴 노란색과 빨간색 히비스커스가 베란다 여기저기에 피어 있었다. 멀리 해변에서 돌아오는 가족들의 웅성거리는 목소리, 자전거 벨 소리, 노래하는 새 소리가 아련히 들려왔다. 머리 위로 종려나무 잎사귀가 사각거렸고, 터무니없을 만큼 달콤한 향기가 미풍에 실려 은은하게 퍼졌다.

나는 엄마가 짙은 색 선글라스 뒤에서 나를 지켜보고 있음을 알아차렸다.

"내가 그 사람에게 적절한 후계자를 낳아줄 수 있다면 더 바랄 게 없을 텐데." 엄마가 말했다.

눈을 볼 수 없어도, 나는 엄마가 어떤 표정을 하고 있을지 알 수 있었다. 말라바의 머릿속에서 뭔가 꿍꿍이가 펼쳐지고 있는 것이다.

"음, 네가 그 문제를 도와줄 수 있을 것 같은데." 엄마가 말을 던졌다.

나는 엄마 팔을 때리는 시늉을 했다. "진심이에요, 엄마? 구역질나요."

엄마가 웃었다. "뭐라고? 네가 우리의 대리모가 될 수 있어, 레니."

나도 엄마와 같이 웃음을 터뜨렸다. 처음에는 소심하게, 이어서 좀더 큰 소리로. 우리 둘 다 그 말이 농담인 걸 안다는 사실에 다행스러워하며. "그러면 나는 그 아기한테 뭐가 돼요? 내 동생의 엄마가 되는 거예요? 웩, 완전 소름 돋아요."

"맞아, 그렇게 되지." 엄마가 말했다.

하지만 나는 엄마의 제안을 따져보았고, 엄마의 본심이 뭔지 생각했다. 엄마는 정말로 벤의 아이를 낳고 싶은 건가? 말라바는 이제 오십대 중반이었고, 아이를 낳을 최적기를 넘긴 지 오래였다. 벤은 엄마보다 열네 살 위였다. 아니, 그건 불가능했다.

한동안 침묵이 흘렀다.

"벤과 나는 손주면 만족할 것 같아." 엄마가 물러섰다.

나는 몸을 뒤로 기대고 눈을 감았다. 오후 햇살이 숨어 있던 주근깨를 불러냈고, 아이스티가 담긴 긴 유리잔에는 물방울이 맺혀 흘러내렸다. 엄마는 계속 사우더 부부에 대해 이러쿵저러쿵 이야기했고, 나는 시큰둥하게 들으면서 벤과 잭을 따라 드라이브나 갈걸 그랬다고 생각했다. 입양했건 아니건 잭은 기질적으로 아버지를 닮았다. 그는 자신만만하고 건강했다. 자신이 속한 세상의 모든 면에 흥미가 있었고, 행동 욕구가 왕성했다. 그에게는 뭔가가 있었다.

"둘 사이가 가깝진 않아." 엄마가 벤과 잭에 대해 말했다. "그래서 벤이 많이 속상한가봐. 그는 너와 나 사이를 틀림없이 부러워할 거야."

나는 그들 사이에 뭔가 특별한 문제가 있는지, 아니면 그저 소원하다가 서서히 관계가 멀어진 건지, 아니면 서로 반대편 해안에서 떨어져 살다보니 자연스레 그리된 건지 궁금했다. 잭은 콜로라도에서 대학을 졸업한 뒤 샌디에이고로 갔고, 그뒤로 줄곧 거기서 살았다. 그 도시에서 그는 정직원으로, 대규모 인명구조팀 팀장으로 일하고 있었다. 플리머스로 본가를 찾아오는 일은 드물었다.

엄마는 그 간극을 릴리의 타고난 모성 부족과 연관시켜 생각했다. 그리고 양육에 관련된 책들이 아직도 그들의 집 서재에 여봐란듯이 꽂혀 있는 것을 증거로 들었다. "솔직히, 레니, 좋은 엄마가 되는 법을 가르치는 책을 볼 필요가 있다면," 말라바가 경멸조로 말했다. "그 일에 적합하지 않은 거야."

때마침 앞문이 삐걱 소리를 내며 릴리가 문을 밀고 들어왔다. 시내에 가서 파파야와 햇볕으로부터 목덜미를 보호해줄 긴 챙이 펄럭거리는 캔버스 소재 모자를 사왔다. 그리고 섬의 역사와 여러 명소에 관한 얇은 책도 사왔다.

"말라바," 그녀가 책을 들어올리며 말했다. "소라고둥 레시피예요!" 그녀의 목소리는 내가 그녀를 알게 된 뒤로 서서히 쇠약해져, 이제는 거의 쉰 소리로 속삭이는 것 같았다.

"또 책을 샀어요, 릴리?" 엄마가 놀렸다. "정말로? 이 섬은 탐험을 해야죠, 책을 읽을 게 아니라."

릴리가 어깨를 으쓱했다. 기분이 나빴을지 몰라도 내색하지 않았다.

릴리는 말라바의 심기를 건드리는 일을 절대 하지 않았다. 그녀는 안락의자를 그늘로 끌어당기고, 그 못생긴 모자를 쓴 뒤 책을 펴고 엄마 옆에 나란히 누웠다. 스칼렛 오하라 옆에 누운 멜라니 윌크스처럼.

*

벤과 잭은 스노클링을 하며 섬의 산호초 주변 모랫바닥에서 소라고둥 찾아오는 일을 맡았다. 하버섬에 머무는 동안 엄마는 요리하는 사람으로서 완벽한 소라고둥 튀김을 만드는 게 목표였다. 남자들은 우리를 실망시키지 않고 크고 아름다운 소라고둥 두 마리를 들고 돌아왔다. 광택이 흐르는 오렌지 빛 분홍색 살이 꼭 다문 갈색 문의 보호를 받고 있었다. 당면한 문제는 커다란 달팽이 모양 고둥을 껍데기에서 어떻게 꺼내는가였다. 비록 잭이 전복을 다룬 경험이 있고, 엄마와 벤은 동부에서 잡히는 모든 종류의 연체동물을 취급해봤지만, 우리 무리 중 소라고둥을 다뤄본 사람은 없었다.

릴리는 책에 답이 있을 거라고 했다.

"오, 릴리, 하지만 그러는 게 뭐가 재미있어요?" 엄마가 말했다.

우리는 안으로 들어갔다. 말라바는 럼 펀치를 가득 채워놓은 잔에 마지막으로 럼을 조금 따른 다음 잔마다 가장자리에 신선한 파인애플을 끼워 장식했다. 엄마는 목선이 깊게 파인, 섬사람들이 입는 밝은색 카프탄을 입고 있었다.

릴리가 잔을 들어 건배했다. "행복을 위하여."

우리 모두 즐겁게 잔을 부딪치며 외쳤다. "행복을 위하여."

달콤한 술이 우리 목안을 타고 내려가며 화한 감각을 일으켰다. 몇 모금 마시고서 엄마와 벤은 평소처럼 일부러 싸우는 척 야단을 떨었다. "이놈들에게 열을 좀 가해야겠어." 엄마가 소라고둥 한 마리를 들어올리며 선언했다. "뜨거운 김을 잠시 쐬면 해결될 거야. 그럼 근육의 긴장을 풀고 떨어져나올 거야. 그러면 속살을 꺼낼 수 있는 거지."

"틀렸어." 벤이 말했다. "차갑게 해야 할걸. 적어도 15분은 냉동실에 둬야 해요." 그는 엄마의 둘째손가락을 톡톡 쳤다. "그러고 나서 숨문으로 칼을 쓱 밀어넣어 속살을 꺼내는 거지."

"인상적인 단어네요, 아빠." 잭이 거실에서 대화에 끼어들며 말했다. "망치를 쓰는 건 어때요."

옥신각신이 이어졌다.

그날 어떤 방법이 이겼는지는 이제 기억나지 않지만, 우리가 럼 칵테일을 두 잔째 비웠을 때 그 매끈한 세입자는 성공적으로 퇴출되었고, 말라바는 또하나의 기억할 만한 순간을 만들어냈다.

곧 잭과 나는 술에 취한 채 칼을 들고 생산 라인 한 부분에 들어가 말라바의 정확한 지시에 따라 소라고둥, 양파, 마늘, 파슬리를 썰었다. 엄마는 재료를 섞고 붉은 고추, 소금, 후추로 간을 해 그걸 밀가루, 달걀, 우유를 푼 반죽에 넣었다. 그리고 그것을 동그란 숟가락으로 떠서 충분히 뜨거워진 기름에 넣었다. 그러자 반죽이 깐닥거리면서 지글지글 기름이 튀었다. 엄마가 그걸 나무 숟가락으로 이리저리 밀고 뒤집으면서 황금 갈색으로 고르게 익혔다. 우리는 아주 뜨거운 튀김을 톡 쏘는 라임 마요네즈 디핑소스에 찍어 먹었다.

벤, 릴리, 그리고 나는 말라바의 쇼에 익숙했지만, 잭은 감동한 것 같았다. 왜 그러지 않겠는가? 방금 몇 시간 전에 바다 밑바닥에서 따온 생물로 만든 고급 애피타이저를 먹은 것이다. 우리가 마시는 술은 신선한 파인애플과 라임 주스를 넣은 것이었다. 엄마는 심지어 감자칩도 만들었다.

지금 떠오르는 생각은, 그날 밤 잭과 내가 서로에게 진지한 이성적 관심이 생기지 않았다면 잭이 나의 엄마와 자기 아버지 사이에 뭔가 있다는 걸 눈치챘을지도 모른다는 것이다. 나는 그날 말라바를 흉내내어 평소 입는 깡충 자른 청바지나 티셔츠가 아니라, 청록색 밀랍 염색을 한 밴도톱*과 거기 어울리는 사롱을 입었다. 엄마와 경쟁한다기보다는 나란히 달리기를 하는 기분이었다. 엄마가 늘 즐기는 듯한 그런 재미를 나도 좀 즐기고 싶었을 뿐이다. 럼을 마셔 머리가 좀 어지러운 채로, 나는 잭의 시선이 내 드러난 배와 허리를 훑는 것을 느꼈고, 그의 시선과 더불어 보이지 않는 물살이 나를 잡아당기는 것 같았다.

잭의 목소리는 낮고 울림이 컸다. 뭔가를 긁는 듯한 자기 어머니의 작은 목소리와는 완전히 정반대였다. 저녁이 사위어가면서, 잭은 어머니가 얼마나 쇠약해졌는지 알아차렸다. 그는 릴리가 벤의 주의를 끌려고 벤의 팔을 몇 번이나 잡아당기는 걸 목격했고, 그들의 역동에 생긴 변화에 놀란 듯했다. 잭이 기억하기로 아버지는 청력이 좋지 않았는데, 사냥을 좋아해서 뇌진탕을 일으킬 만큼 강력한 총성에 평생 귀를 노출시켜 그럴 가능성이 컸다. 잭은 몇 년 동안 집에 오지 않아, 쇠약해진 부모의 신체 기능—릴리의 목소리와 벤의 청력—이 그들의 의사소통

---

* 브래지어 끈이 없는 비키니 상의.

능력을 빼앗아가고 있음을 알려주는 점진적 신호를 관찰하지 못했다.

"이런 상태가 두 분께 정확히 어떤 영향을 미치나요?" 잭이 물었다.

우리는 이제 거실로 옮겨, 소파와 의자에 자리를 잡고 앉아 와인을 마시고 있었다. 말라바는 아일랜드 식탁으로만 분리된 부엌에서 저녁을 준비하고 있었다. 케이준 양념과 볶은 마늘의 톡 쏘는 향이 거실로 솔솔 흘러들기 시작했다.

"크게 문제가 되진 않아." 벤이 잭을 안심시켰다.

"어떻게 그럴 수 있어요?" 잭이 물었다.

"음, 우선 입 모양을 읽는 강의를 들었어." 벤이 말했다.

"정말로요?" 잭이 말했다.

"정말 들었어." 릴리가 말하고는 눈을 흘겼다. "네 아버지가 입 모양 읽는 법을 가르치는 강의를 딱 한 번 들으러 갔는데, 강사가 재능을 타고났다고 말한 걸 강의를 다시 들으러 올 필요 없다는 말로 받아들인 거지."

잭은 고개를 가로젓고 웃었다. 냉소적인 느낌이 묻어나는 껄껄 웃음이었다. "팰리, 입 모양 해독할 줄 모르는 거 아시죠?" 그가 아버지에게 말했다. "엄마가 오늘밤에 말씀하신 거 거의 다 못 알아들으셨어요."

분위기가 묘하게 답답하고 조용해졌다.

엄마는 칵테일 냅킨을 집어올렸고, 얼굴에서 미소를 닦아내는 듯 보였다. 잭이 끼어든 것에 맥박이 뛸 만큼 불쾌해진 것 같았다. 나는 입 모양을 읽을 수는 없었지만, 엄마의 생각이 부글거리는 것은 알 수 있었다. 벤이 내 말은 잘 알아듣는데.

점점 긴장되어가는 분위기를 가볍게 만들려고, 나는 당장 입 모양

읽기 테스트를 해보자고 제안했다.

"해보자." 벤이 유쾌하게 대답했다. "아주 괜찮은 애라고 내가 말했지?" 그가 잭에게 말했다.

나는 얼굴을 붉히고 잭을 쳐다보았다.

"그 말씀이 맞네요." 잭이 대답하며 내게 윙크를 했다. 나는 아까처럼 내면의 물살이 잡아당기는 감각을 다시 느꼈고, 내 몸 안의 모든 분자가 그에게로 쏠리는 것 같았다.

벤과 나는 의자를 서로 마주보게 놓았고, 나머지 사람들도 내 입 모양을 읽을 수 있게 그의 뒤에 가서 섰다.

"준비됐어요?" 내가 물었다.

벤이 고개를 끄덕였다.

오늘. 기분. 어때요? 나는 입을 과장되게 벙긋거렸다.

잭과 릴리, 엄마가 동시에 고개를 끄덕여 내 간단한 문장을 이해했다는 표시를 했다.

하지만 벤은 잠시 혼란스러운 듯 보였다.

그러더니 수줍게 싱긋 웃었다. "너는 나를 원한다?"

저녁을 먹은 뒤 나는 건강 산책을 하러 가고 싶은 사람이 있는지 물었다. 그 질문은 이 시점에 거의 자동반사 같은 것이 되어 있었다. 사우더 부부와 식사하는 날 그렇게 제안하지 않은 적이 없었다. 긴장이 풀어지고 약간 취한 나는, 늘 그렇지는 않았지만, 오늘밤 정말로 산책을 하러 가고 싶었다. 해변으로 나가 파도 소리를 듣고 싶었다.

"나도 갈래요." 잭이 말했다.

엄마와 나는 서로 놀라서 바라보았다. 우리는 다른 누가 끼어드는 상황에 전혀 준비가 되어 있지 않았다. 지금까지는 따라오겠다고 나선 사람이 없었다.

"너희끼리 재미있게 놀려무나." 벤이 말했다. "우리 늙은이들은 이만 가서 자야겠다."

문밖으로 나서자마자, 나는 잭의 손을 잡고 섬 저편 바닷가 해안으로 그를 이끌었다. 훈훈한 바람, 별이 가득한 하늘, 해안에 찰싹이는 매혹적인 파도 소리가 어우러져 완벽한 분위기를 자아냈다.

잭과 함께 산책하면서 남자친구 행크는 떠오르지도 않았다. 아니, 내마음은 오로지 이 모든 것—따뜻한 밤, 내 손을 감싸 잡은 잭의 손, 발밑에 느껴지는 부드러운 모래의 감촉—이 얼마나 완벽한가에 쏠려 있었다. 완만한 곡선을 그리는 해변을 따라 횃불 등이 목걸이처럼 이어져 있었다. 기대감, 별처럼 무리를 이룬 욕망의 짜릿한 감각. 나는 바로 이 남자와의 이 순간을 기다리고 있었던 것만 같았다.

이런 걸 두고 사람들은 운명이나 숙명이라고 말하는 걸까? 전능한 존재가 꼭두각시 인형의 끈을 움직여 모든 것을 지휘하는 느낌이란 게 바로 이런 건가? 아니야, 나는 생각했다. 그리고 내 머릿속에서 이 상황은 내가 만든 게 아니라고 말하는 목소리를 잠재웠다. 당연히, 벤의 아들과 사랑에 빠진 건 우연이었다. 난들 어쩌라고.

그리고 나는 잭에게 키스하며 그를 모래밭으로 떠밀었다.

30년 전 그 해변에서 일어난 일을 돌아보면서, 내 동기가 뭐였는지 묻지 않을 수 없다. 매력적이고 똑똑한 잭에게 끌렸다는 사실엔 의심의 여지가 없다. 하지만 내 연애 경험 전반을 봤을 때, 나는 단 한 번도 먼저 접근한 적이 없었다. 어떤 남자에게 다가서기 전, 아무리 모호해도 상대에게서 표정, 떠보기, 만지기 등 암시가 주어졌고, 나는 그것에 반응했다. 하지만 잭의 경우는 달랐다. 공항에서 처음 본 순간부터, 인사를 하며 서로의 손이 맞닿은 그때부터, 나는 그에게 이끌리는 것을 느꼈다. 잭은 생기 넘치는 내 모습을 반겼고 신속한 반응을 보였지만, 시작은 나였지 그가 아니었다. 공항 바에서 입속에 새우를 넣어주며 손끝으로 그의 입술을 느꼈을 때, 내가 경고 사격을 한 셈이었다. 잭이 내게 다가선 게 아니라, 내가 다가선 것이었다.

*

행크가 도착할 때까지 잭과 내가 보낼 시간은 이틀뿐이었고, 우리는 시간을 허비하지 않았다. 잭과 나는 48시간 만에 관계의 기반을 다지는 공사를 마쳤고, 잘못된 지반 공사가 앞으로 다가올 시간에 쌓아 올려질 층마다 어떤 영향을 미칠지는 미처 생각지 못했다. 우리는 아침에 달리기를 했고, 낮에는 섬의 산호초를 탐험했으며, 밤에는 별이 만든 차양 아래 해변에 드러누웠다. 우리는 부모의 삼각관계에 새로운 차원을 보태, 가족관계를 더 뒤엉키게 만들었다. 당시에는 절대 아니라고

했겠지만, 나는 그게 정확히 말라바가 원한 것임을 알고 있었다.

의붓할머니인 줄리아, 찰스의 누이와 조카, 해나, 피터와 피터의 여자친구, 그리고 당연히 행크까지, 나머지 사람들이 하버섬에 도착하자, 나는 말라바의 생각이 하나 더 맞다는 걸 알게 됐다. 은밀한 사랑은 찌릿한 전류를 일으킨다는 사실. 몰래 만나는 것이 기쁨을 배가시켰다. 한순간 나는 벽에 붙여 세워져, 내 목에 닿는 잭의 따스한 숨결을 느끼고, 내 몸에 눌러지는 그의 몸을 느꼈다. 그리고 발걸음소리—들킬지 모르는 달콤한 기회—가 들리면 우리는 서로를 놓아주고 반대 방향으로 돌아서서 아무렇지 않게 사람들에게로 돌아갔다. 아무도 우리를 보지 않았으리라 확신하며, 마치 방에 립밤이나 소설책을 가지러 들어갔던 것처럼. 그러고는 기회가 날 때마다 몰래 서로 몸을 건드렸다. 테이블 밑에서 서로 무릎을 붙이고, 접시를 건넬 때 손가락을 스쳤다. 우리 부모가 우리 앞에서 그러는 것처럼, 우리는 암시 가득한 언어로 말했다. 그 모든 것이 짜릿했다. 나는 행크를 속이고 있을 뿐 아니라, 엄마를 능가한 것이다. 진실로, 나는 내가 말라바를 뛰어넘었다고 믿었다.

이번에도 내가 잘못 알았다.

15

바하마제도에서 휴가를 보낸 뒤, 나는 행크를 찼다. 그리고 잭과 커플이 되었다. 우리 관계는 비밀에 붙이기로 했다. 우리 스스로 더 확신이 설 때까지 부모님을 개입시키고 싶지 않았다. 하지만 내가 말하지 않은 비밀은 그것만이 아니었다. 나는 새 남자친구에게 우리 부모님이 서로 사랑하는 사이이고 오랫동안 불륜 관계를 이어오고 있다는 말을 하지 않았다. 말해야 한다는 생각도 하지 않았다.

나는 대학교 3학년이었고, 학교를 마치려면 아직 1년 반이 남아 있었다. 그래서 잭과 나는 장거리 연애를 했다. 내가 몰래 샌디에이고로 가거나, 그가 뉴욕으로 왔다. 잭이 두번째로 맨해튼에 왔을 때, 우리는 아빠의 웨스트빌리지 아파트에서 주말을 보냈다. 아빠는 글 쓰는 데 필요한 조사를 하느라 타운을 떠나 있었다.

말라바를 역할 모델로 삼고 자란 터라, 내가 잭을 위해 만들어줄 첫 번째 요리를 놓고 엄청 고민한 사실은 아마 놀랍지 않을 것이다. 그가 좋아하는 링귀니 봉골레로 정했는데, 간단하면서도 풍부한 맛을 내는 요리였다. 성공은 재료의 신선함과 올리브오일의 품질, 조개를 너무 많이 익히지 않는 것에 달려 있었다. 하지만 나에겐 또한 요리를 특별하게 만들어줄 비장의 무기 같은 아이디어가 있었다.

부엌에서 잭은 와인을 한 병 따 두 개의 잔에 따르고 스툴에 앉아 내가 조리대에 올려놓은 마늘과 파슬리를 썰기를 기다리고 있었다. 하지만 나는 그러는 대신 아주 큰 도마를 꺼내 그 위에 밀가루를 쏟아 산처럼 만들었다. 돔 모양을 이룬 밀가루에 손가락 두 개로 우물을 파고 그 안에 계란 세 개와 올리브오일 한 테이블스푼을 넣었다. 그런 다음 나는 쩍쩍 들러붙고 찍찍 찢어지는 그것을 울퉁불퉁한 덩어리가 될 때까지 손가락으로 섞었다.

잭이 지켜보다, 내가 어떤 생각을 하는지 깨닫고는 얼굴이 환해졌다. "잠깐." 그가 말했다. "우리가 지금 파스타 면을 만드는 거야?"

"당연하지." 내가 태연하게 말했다. "뭘 그래, 그렇게 대단한 일도 아닌데."

나는 그 덩어리를 대충 같은 크기가 되도록 두 개로 나누고, 도마 위에 동시에 탁 내려놓았다. 잭이 하나를 집어들고 흙 냄새를 맡더니 그게 플레이도 점토라도 되는 것처럼 손가락 사이로 질질 흐를 때까지 꽉 쥐어짰다.

"그게 아니야." 그러고는 내 손을 그의 손에 얹고 제대로 반죽하는 법을 가르쳐주었다. 손바닥 끝으로 반죽을 세게 누르고 납작해진 덩어리

196

를 접어 돌린 뒤 다시 누른다. 나는 그의 옆에 자리를 잡았고, 우리는 갤리식* 부엌에서 어깨를 나란히 하고 반죽이 말랑말랑해질 때까지 주물렀다.

다 끝내자 그는 두 팔로 나를 감싸안고 내 목에 키스했다.

"그렇게 빨리는 안 돼." 나는 손잡이를 돌려 파스타를 뽑아내는 옛날식 기계를 가져와 조리대 위에 탕 내려놓았다. "아직 할 게 남았어." 잭을 손잡이 쪽에 서게 해, 내가 스테인리스 스틸 롤러에 첫번째 덩어리를 통과시키면 그걸 돌리게 했다. 처음에는 조금 버벅댔지만, 우리는 곧 리듬을 탔다. 두 번 통과시킬 때마다 눈금을 하나씩 줄였고, 롤러들의 간격은 1밀리미터씩 더 가까워졌다. 몇 분 지나자 반죽은 파스타 면 모양을 갖추기 시작하면서 길고 얇고 윤기가 흐르고 탄력이 생겼다. 얇아진 반죽의 길이가 150센티미터쯤 되자, 나는 그것을 커팅 롤러에 통과시켰고, 잭은 반대쪽에서 뱀처럼 구불구불 빠져나오는 링귀니 면을 받았다. 그것이 그의 품안에 휘장처럼 모이자, 우리는 식사실 안을 돌아다니며 그걸 의자 등받이에 걸기도 하고 스탠드 전등의 금속 가로막대에 걸치기도 하고 식사실 테이블에 평평하게 놓기도 하는 식으로 잘 펴서 한 번에 몇 가닥씩 말렸다. 두번째 반죽 덩어리도 같은 과정을 반복하고 나자 아빠의 식사실은 로맨틱 코미디 세트장처럼 보였다.

밀가루를 뒤집어쓰고 와인에 알딸딸하게 취한 채, 잭은 마르고 있는 파스타의 혼란에서 나를 빼내 침실로 데려갔다. 우리는 또 한번의 긴 이별 뒤 다시 함께 있게 된 것이 기뻐서 한동안 방안에 있었다. 잭이 뭔

---

* 적당한 공간을 사이에 두고 양옆으로 길게 조리 시설이 설치된 부엌.

가 말하려다 중간에 멈췄다. 그가 내 위에서 자기 팔꿈치로 몸을 받친 채 움직였다. 그리고 다시 말하려 했다. 눈에 눈물이 그렁그렁했다.

"무슨 일이야?" 내가 손을 뻗어 그의 얼굴을 만지며 말했다.

"너를 사랑해서 그래." 그가 말했고, 눈물이 넘쳐흘러 내 눈에 쏟아 졌다.

*

우리의 부모님이 이 일을 알아내기까지는 많은 시간이 걸리지 않았 다. 잭이 가족의 친구에게 뉴욕에서 누군가를 만나고 있다는 말을 한 뒤로 벤이 상황을 종합해 사실을 알아냈다. 그 소식은 빠르게 말라바의 귀에 들어갔는데, 말라바가 전혀 놀라지 않은 것은 물론이고 그보다 더 기뻐할 수가 없었다. 엄마 관점에서, 우리가 사랑에 빠진 것은 벤에 대 한 엄마의 사랑이 지극히 올바른 일임을 확인해준 것이나 다름없었다. 내 관점에서는, 잭과 내가 우리의 연애를 몇 달 동안 감출 수 있었던 것 이 다행스럽게 느껴졌다. 우리가 사랑에 빠졌으나 말라바가 몰랐다는 사실은 배를 조종하는 사람이 나라는 믿음을 주었고, 엄마가 기뻐하는 것이 내가 엄마를 기쁘게 하려고 애쓰는 것과는 전혀 상관없는 일이라 는 생각에 안심이 되었다.

나는 스물한 살이었고, 내가 바라는 대로 가정을 꾸리기에 충분한 나이였다. 그렇다면 나는 왜 엄마가 바라는 형태의 보금자리를 모방하 려 애쓰고 있었던가? 물론 이건 내가 당시 나 자신에게 던진 질문이 아 니었다. 어쨌거나 잭은 자신감 있고 안정적이었다. 젊은 여자가 엄마의 애인의 아들과 사랑에 빠지는 것에 이상한 점은 없다. 남자친구의 신뢰보다 엄마의 비밀을 우선시하는 건 이상한 게 아니다. 나는 종종 나 자신에게 이런 거짓말을 했고, 그게 진짜라고 믿었다.

*

나는 컬럼비아대학교에서 학사학위를 받고 몇 주 뒤 잭과 같이 살기 위해 샌디에이고로 갔다. 대학에서도 공부를 잘해 고등학교 때처럼 우등으로 졸업했지만, 진정한 배움은 이제부터일 것이다.

나는 책을 탐독하고 깊이 사유하고 내가 이끌고 싶은 삶이 뭔지 고민하는 사람이 되어야 했다. 나는 성실하고 능력 있었지만, 내 학위가 가장 저항 없이 받아들여지는 길을 선택하고자, 복수 전공으로 도시학—정치학, 역사학, 사회학, 인류학을 종합한 것—을 택했다. 그 전공은 이미 쌓은 학점을 활용할 수 있고, 깊이 있는 공부를 요구하지도 않았다. 샌디에이고로 가겠다는 결심도 같은 식으로 한 거였다. 내겐 계획이 없었다. 내가 캘리포니아를 선택한 건 잭과 사랑에 빠졌기 때문이었다. 내 안의 어떤 부분도 멈추거나 고민하지 않았다. 왜 잭이지? 왜 샌디에이고야? 나는 돌이킬 수 없는 결정이란 없다고 여전히 믿고 있었다.

나는 큰 더플백을 들고 양쪽 앞발에 발가락이 하나씩 더 있는 늙은 장모종 캘리코 고양이를 데리고 퍼시픽 비치에 도착했다. 대부분의 고양이처럼, 그 고양이도 방금 사랑스럽다가 금세 냉담하게 굴었다. 잭의 아파트는 튀지 않는 편안한 색조로 꾸며진 단정한 직사각형의 독신남 아파트였다. 가벼운 나무 테이블, 미색 소파와 의자, 바닥이 완전히 덮이는 베이지색 카펫이 있고, 소파 앞에는 커다란 텔레비전이 있었다. 2층에는 침실이 두 개 있었는데, 하나는 주인용이고 또하나는 손님용이었다. 두 방 다 한쪽 벽면에 거울이 붙은 슬라이드식 문이 달려 있었는데, 그 안쪽이 벽장으로 쓰는 넓은 공간이었다. 아래층에는 거실과 식사실 겸용 공간, 부엌, 세면대와 변기만 있는 욕실이 있었고, 집 안쪽에는 스테어마스터 운동기구와 큰 바벨을 놓아둔 운동실 겸 사무실이 있었다.

새집에 들어간 지 30분도 채 되지 않아 고양이가 옅은 색 카펫에 겨자색이 도는 갈색 헤어볼을 토했다. 잭이 내쉰 크고 긴 한숨엔 걱정이 요란하게 배어 있었다. 놀랍지 않았다. 잭은 고양이를 좋아하는 사람이 아니어서, 내가 고양이를 데려오는 걸 마지못해 동의했었다. 15년 전 대학에 가면서 집을 떠난 뒤로 그는 동물을 키우지 않았다. 그는 개들과 함께 성장했다. 플리머스에서 보낸 어린 시절 내내, 잭의 가족은 레트리버와 세터종 개를 한 마리씩 키웠다. 이름은 토어와 탭이었다.

나는 토어와 탭을 몇 번 만나봤기 때문에, 잭이 잘못 말한 거라고 생각했다. 어쩌다 어린 시절에 키우던 개의 이름으로 지금 키우는 개의 이름을 말한 거라고. 하지만 아니었다. 잘못 안 사람은 나였다. 잭이 설명해주기로, 사우더 집안에서 키운 모든 레트리버종 개는 이름이 토어였고, 적어도 세터종 두 마리는 탭이었다.

"그거…… 이상한데." 내가 말했다. "좀 오싹해."

"토어와 탭이 많았어." 잭이 과장하여 말했다. 경악하는 내 반응을 재미있어하는 것 같았다. "해나와 나를 입양하기 전에 이미 한 쌍이나 두 쌍이 있었을 거야."

"이해가 안 돼. 왜 개들에게 각기 다른 이름을 지어주지 않는 거지?"

잭이 어깨를 으쓱했다. 그 문제를 생각해본 적이 없는 모양이었다.

"진짜 궁금해." 내가 말했다. "왜 그랬을까?"

"모르지." 잭이 말했다. "토어와 탭이 아빠가 최초로 키운 사냥개였대." 잭이 동물에게는 한 음절로 된 이름을 지어준다는 아버지의 철학에 대해 설명했다. "아버지 말씀은 그렇게 하면 개들이 더 잘 알아듣는다는 거지."

내가 자랄 때 에식스 100번지에도 작은 테리어 두 마리가 있었다. "시끄러운 사냥개들." 아빠는 개들이 그의 차에 덤비고 그의 발목을 보며 짖어대면 경멸조로 그렇게 말하곤 했다.

"아빠의 견해는 개들을 훈련시켜 말을 잘 듣게 해야 한다는 거였어." 잭이 말을 이었다. "토어와 탭은 일하는 동물이었어. 바깥에서 지내고 차고에서 잠을 잤지."

"지금도?" 분명 벤도 나이가 들면서 이런 문제에 부드러워졌을 것이다. "겨울에도?"

잭이 고개를 끄덕였다. "우리 아빠 알잖아."

내가 정말 아는지, 나는 궁금했다.

*

내 진짜 직업이라고 말할 수 있는 첫번째는 선출된 지역 관리의 법률 사무 보조원이었다. 내가 전문적으로 알아야 하는 분야는 토지 사용과 환경이었다. 내가 샌디에이고에서 정치적 커리어의 사다리를 타고 올라가는 동안, 아빠도 그곳에서 삶을 꾸려나가기 시작했다. 내가 책과 사랑에 빠진 것과 거의 같은 시기에 폴 브로더는 라호이아* 출신의 마고라는 여자와 사랑에 빠졌다. 반발심에서 내 첫 의붓어머니와 잠시 결혼생활한 것을 제외하면, 내 매력적인 아빠는 흥미롭고 매력적인 여자 친구들을 꾸준히 사귀어왔지만, 20년을 독신으로 지냈다. 아빠가 이제 정착하려 한다는 사실이 나는 놀라웠다. 마고의 첫인상은 사랑스러웠으나 개성이 없었다. 아버지보다 10년 정도 연하로, 활기차고 안경을 썼으며 금발이었다. 책을 좋아할 것 같은 외모 이면에 관습적이지 않고 날카로운 위트가 있었으며, 정서를 구조지질학에 비유해 말하자면 지진학자였다. 마고는 예술과 작은 보물을 알아보는 감식안이 있었고, 부엌에서는 엄마와 견줄 수 있는 상대였으며, 경마장으로 잘 알려진 멋진 소도시인 델마에서 예쁜 독립 서점을 운영하고 있었다.

그녀는 내게 아주 좋은 친구가 되었고, 시간이 지나면서 내가 속을 터놓을 수 있는 사람이 되었다. 나이도 많고 지혜롭고, 말라바와는 다른 방식으로 엄마처럼 느껴졌다. 나를 알기 위한 질문을 했고, 내 대답을 집중해서 들어주었다. 내게 그런 사람은 처음이었다.

마고와 아빠는 다양한 분야에서 활동하는 친구들—작가, 예술가, 그밖의 지성인—을 초대해 저녁 파티를 열었고, 내가 그들의 집에서 나올 때면 내 손에는 늘 마고가 찔러준 책이 들려 있었다. 대체로 소설이었다. 마고는 내가 『뉴요커』 작가의 딸임에도 적절한 문학 교육을 받지 못한 것을 직감적으로 알아차린 모양이었다. 내가 밤에 책을 읽으려고

___

* 캘리포니아주 샌디에이고 북서쪽에 있는 주택 지역.

이불 밑에서 몰래 손전등을 켜는 그런 아이는 아니었음을 알고 있었던 것처럼 말이다. 에식스 100번지에 살 때는 침대에서 손만 뻗으면 닿는 거리에 텔레비전이 있었고, 매일 밤 귀신이 나올 것 같은 지지직 소리를 들으며 잠이 들었다.

"책이 네 인생을 변화시킬 거야, 레니." 마고가 『자기만의 방』을 건네며 내게 말했다. (나는 나중에 마고의 가슴속에 버지니아 울프가 특별한 자리를 차지하고 있다는 걸 알게 된다. 마고는 중요한 초판본 컬렉션과 학술 자료를 소장하고 있었다.) "타인의 삶에 빠져볼 때 자신에 대해 깨달을 수 있는 게 얼마나 많은지 넌 모를 거야." 마고가 말했다.

나는 그녀에게 미소를 지어 보였고, 무슨 말인지 완전히 이해하지는 못했으나, 조금은 알 것 같은 느낌이 들었다. 핑, 작은 올리브 씨가 내 의식의 벽을 향해 날아온 느낌이었다.

"책을 읽으면 자신에 대해 완전히 새로운 이야기를 써볼 수 있어." 마고가 약속했다.

*

처음 만난 그해 여름 이후 키라와는 계속 친하게 지내며 꾸준히 전화통화를 했는데, 키라에게 마침내 말라바와 건강한 거리를 둘 수 있게 됐다고 말했다.

"5000킬로미터는 짧은 거리가 아니야." 내가 으스대듯 말했다.

키라가 웃었다.

"왜 웃어?" 내가 말했다.

그녀가 웃음을 멈추었다. "저기, 그거 농담이지?"

"아닌데. 왜?"

"그냥, 됐어." 그녀가 말했다.

"말해줘." 내가 고집을 부렸다.

"옆을 돌아봐, 레니. 네가 지금 누구하고 같이 살고 있는지 보라고."

고양이가 소파 위에, 뉴스를 보고 있는 잭 옆에서 몸을 웅크리고 있었다.

오, 그 말이구나. 나는 얼굴이 빨개지는 것을 느꼈다. "말도 안 돼." 내가 말했다. "그 두 사람은 아무런 관계가 없어."

8년이 지나면서 더욱 확고해진 엄마와 벤의 로맨스는 또하나의 현실이자 내 성장 환경이었다. 나는 완전히 익숙해져, 그게 조금도 이상하게 느껴지지 않았던 것 같다. 나는 줄곧 그들의 조수이자 주요 협력자로 있으면서, 위기일발 상황이나 의심하는 배우자들, 협박의 위협을 무사히 넘기도록 도왔다. 이젠 엄마의 친구들도 그들의 불륜과 거기서 내 역할을 알게 되었지만, 누구도 내 개입의 적절성에 의문을 제기하지 않았다. 나는 키라가 왜 그 우연에 꽂혔는지 이해할 수 없었다. 키라는 그 문제를 그냥 넘어가지 않으려고 했다. 아주 많은 사람이 알지만, 잭은 모른다는 사실. 나는 그게 걱정되었던가?

그렇지만 한편으론 그렇지 않았다. 그 생각이 끊임없이 내 마음속에 흙탕물을 일으켰다. 바다의 파도에 붙잡힌 돌멩이처럼. 나는 잭에게 말하지 않음으로써 그를 보호하는 거라고 믿었고, 그가 가족에게 특별한 관심이 없다는 사실에서 위안을 찾았다. 그는 누이와 연락하지 않고 지냈고, 서로 아무런 공통점이 없다고 느꼈다. 부모님에 대해서도 특별히 가깝게 느끼지 않았고, 생물학적 뿌리를 알아보는 데는 흥미가 하나도 없었다. 전혀 없었다. 당시 나는 그가 호기심이 없다는 사실이 흥미롭게 느껴졌다. 사람이 어떻게 자신이 어디서 왔는지 알고 싶어하지 않을 수 있지? 나는 전혀 이해되지 않았다.

"생물학적 형제가 있는지 생각해본 적 있어?" 내가 잭에게 물었다. 우리는 이른 저녁에 잭이 좋아하는 장소 중 하나인 퍼시픽 비치의 판자로를 걸으며 산책하고 있었다. 자신을 만든 유전자가 다른 누군가에게서는 어떻게 발현되었는지 당연히 알고 싶을 것 같았다.

나는 길게 펼쳐진 회색 풍경—판자로, 쐐기 모양의 칙칙한 모래밭, 어두운 바다—을 바라보면서, 여기가 노셋 비치보다 못하다는 생각을 하지 않을 수 없었다. 모래언덕과 물떼새, 그리고 왜가리가 얕은 물에서 한쪽 다리로 균형을 잡고 서 있는 작고 아늑한 만이 그리웠다. 올리언스와 달리, 이곳에서는 색깔이 크게 두 가지였다. 도시 해변을 규칙적으로 순찰하는 오렌지색 인명구조 차량, 롤러블레이드를 타고 우리 앞을 획획 지나가는 사람들이 입은 형광색 수영복. 한여름이었고, 나는 케이프코드가 그리웠다. 다행인 건 우리가 곧 동쪽으로 떠난다는 사실이었다. 최근에 엄마가 피터와 내게 여름 동안 2주씩 게스트하우스를 사용해도 좋다고 말했다. 말라바는 자식들이 집에 오기를 원했고, 나는 그 선물의 혜택을 오롯이, 지금도 앞으로도 영원히 누리고 싶었다.

"왜 알지도 못하는 사람들에 대해 알고 싶어해야 해?" 잭이 말했다.

나로서는 그의 반응을 이해할 수 없었다. 어떻게 알고 싶어하지 않을 수가 있지? 나는 내가 모르는 내 집안사람 전부에 대해 끊임없이 이끌리고 있었다. 걸음마를 뗀 뒤 성홍열로 죽었다는 할머니의 자매, 부모님의 감춰진 의붓형제(부모님 각자 한 명씩 있었고, 이른 나이에 그 사실을 알았다고 했다. 나는 엄마의 의붓형제는 만난 적이 있지만, 아빠의 의붓형제는 아빠와 이름이 같지만 끝까지 모르는 존재로 남을 것이었다). 그리고 물론 크리스토퍼가 있었다. 늘 크리스토퍼였다. 그가 살았다면 어떤 사람이 됐을까? 그랬다면 우리 모두의 삶은 어떻게 달라졌을까? 호기심이란 그냥 인간 본성 아닌가?

나는 다른 식으로 접근해보았다. "당신의 생물학적 부모가 어리고, 아이를 포기하는 것 말고는 다른 방법이 없었다면 어떨까. 엄마가 아팠을지도 모르고. 적어도 그건 알고 싶지 않아?"

"엄마는 암이었어. 너도 알잖아." 잭이 자신에게 어머니는 릴리 한 사람밖에 없다는 것을 일깨워주며 말했다. 그리고 릴리는 호지킨 림프종에서 살아남았다. "엄마는 치료를 받은 것 때문에 지금 목소리가 안 나오는 거야. 임신할 수 없는 것도 그 때문이고." 그는 인내심을 끌어내려고 한숨을 쉬었다. "저기, 레니. 나는 잘 자랐어. 네가 어머니와 친한 것처럼 부모님과 내 사이가 가깝지는 않지만, 나는 불만 없어. 부모님은 좋은 분들이야. 최선을 다하셨고. 내게 상처를 줄지도 모르는데 내가 왜 그걸 찾아다녀야 하지? 이유를 모르겠어."

자신을 보호하려는 잭의 본능은 내가 접해본 것 중 가장 낯선 것이었다. 내게는 반복적으로 파고들어가지 않은 상처─정서적이거나 신체적이거나─가 없었다. 바로 그 순간 나는, 엄마가 선택할 수 있었다면 나를 크리스토퍼와 바꾸었을지가 천번째로 궁금했던 것 같다.

잭은 나와 반대였다. 그는 모든 위기 상황에서 차분하고 침착했다.

그게 그가 받은 보상이었다. 그는 최근에 승진해서 지금은 이 도시의 응급서비스 기관 세 곳 중 하나인 샌디에이고 인명구조팀을 맡고 있었다. 어느 순간에라도 그는 수영하다 겁먹은 사람을 끌어내기 위해 위험한 파도 속으로 뛰어들어야 할 것이고, 법의 집행이 필요한 사건에서 자연 재앙에 이르기까지 모든 혼란스러운 상황에서 구조원들에게 명령을 내려야 할 것이며, 희생자 가족에게 나쁜 소식을 전하면서 그 내용이 마음 찢어질 듯 아프더라도 달래고 안심시키는 목소리로 전달해야 할 것이었다. 나는 그와 함께 레스토랑에 갔다가, 그가 다른 테이블에서 식사하던 사람에게 심폐소생술하는 것을 보았고, 그 사람의 목숨을 구하러 달려갔다가 5분 뒤 우리가 대화를 멈춘 바로 그 지점에서 대화를 재개하는 것을 보았다.

잭은 감정적인 드라마를 좋는 사람이 아니었다. 전에 여자와 동거한 경험도 전혀 없었다. 그는 우리의 관계가 그가 지금껏 가져본 가장 진지한 관계라고 했다. 하지만 내가 샌디에이고에 정착하고 우리가 함께 있기 위해 더이상 서사적인 거리를 이동할 필요가 없어지니, 그가 크나큰 사랑의 말을 해주던 것이 그리웠다. 우리는 이제 확실한 커플이었고, 잭은 정서적으로 내게서 물러나 자신의 일상으로 되돌아가려 하고 있었다. 신문을 읽고, 체조를 하고, 부드러운 모래가 있는 해변으로 달리기를 하러 가는 등 그가 날마다 습관적으로 하는 일이 그를 단단히 지탱해주었다. 그는 윗몸일으키기와 팔굽혀펴기를 하는 사람, 무슨 일이 있건 일주일에 두 번씩 안쪽 방에 틀어박혀 엄청나게 무거운 바벨을 힘겹게 들어올리는 사람이었다. 짧은 무산소 운동을 하는 내내 고통스럽게 끙끙거리고 욕설을 내뱉었고, 15분 뒤 땀에 흠뻑 젖어 혈관이 부풀고 불끈거리는 채로 나타났다. 샌디에이고에서 잭은 오로지 한 끼만 먹었다. 저녁만.

정해진 일과를 반드시 지키려는 그의 모습에 질투가 나서, 나는 그것을 파괴하려고 애썼다. 그를 다른 방향으로 유도하려고 끊임없이 노력했지만, 실패였다. 나는 엄마가 벤에 대해 그랬듯 그에게서 큰 제스처를 갈망했고, 잭의 열정에 불을 붙여 그에게서 즉흥적인 행동을 끌어내고 싶었다. 그가 일요일 아침에 늦잠을 자고 침대에서 한동안 뭉그적거리고 싶어한 적이 있던가? 아니었다. 이번 한 번만 아침을 먹는 건 어떤가? 같이 신문을 읽는 동안 베이글에 크림치즈를 발라서? 그것도 아니었다. 아니면 아침에 달리기 대신 같이 하이킹을 하러 가는 건? 꿈쩍도 하지 않았다.

하지만 잭이 매일 달리기를 하는 바로 그 해변을 우리가 같이 산책하는 동안, 나는 문득 삶에 정서적인 구멍이 생기는 것을 피하려는 잭의 성향이 내게는 기회가 된다는 생각이 떠올랐다. 어쩌면 그는 우리 부모님의 불륜에 대해 알고 싶어하지 않을 수도 있다. 나는 내 생각을 시험해보기로 했다.

"할 이야기가 있어." 나는 그가 걸음을 멈출 만큼 심각한 어조로 말했다. "비밀인데, 오랫동안 간직하고 있던 거야."

우리는 바다 쪽을 향해 모래밭에 나란히 앉아, 한동안 조용히 파도를 바라보고 있었다. 해가 바다 위로 떨어지고 있었는데, 웨스트코스트로 옮겨온 뒤부터 그 장면을 보면 나는 방향 감각을 잃은 느낌이었다. 케이프코드에서는 당연히 해가 바다에서 떠올랐고, 사실 나는 매일 아침 해가 대서양 위로 그리는 궤적에 익숙했다. 북쪽이 왼쪽이었다. 여기서는 온 세상이 거꾸로인 듯 느껴졌다. 내가 늘 잘못된 방향으로 움직이는 것 같았다.

"네 비밀이 우리하고 관련있어?" 잭이 물었다. 그의 목소리에서 두려움이 느껴졌다.

"그렇기도 하고 아니기도 해." 내가 방어벽을 쳤다. "우리보다는 부모님과 더 관련있어. 하지만 우리에게도 영향력을 미칠 수 있어. 조금은." 그에게 그 말이 흡수될 때까지 잠시 기다렸다. "꽤 큰 비밀이야, 잭."

그가 바다를 바라보며 내 눈에는 보이지 않는 것—격랑이나 역류—을 살폈다.

"알고 싶어?" 내가 물었다.

잭이 나를 보았다. 확신이 드는지, 그의 푸른 눈이 투명해졌다. 그가 고개를 가로저었다. "나는 너를 사랑해, 레니. 너도 나를 사랑하고. 중요한 건 그것뿐이야."

나는 안도감이 밀려오는 것을 느꼈다. "진심이야?"

그가 고개를 끄덕였다.

잭은 알려고 하지 않았다.

잭이 이런 대화를 나눈 것을 기억하지 못한다는 사실을 언급할 필요가 있다. 거의 30년 전 일이고, 또 그 비밀은 나의 것이지 당시 그에게는 그 무게가 느껴지지 않았기 때문일 것이다. 왜 그렇지 않겠는가? 내가 우리 부모님의 불륜을, 내 삶의 가장 중심이 되어온 그것을 말하려 한다는 건 나만 알고 있었으니까. 잭으로선 내가 지나치게 감정적인 뭔가를 또 그에게 던지려 한다고만 생각했을 거고—우리가 함께한 짧았

던 그 시간 동안 나는 그에게 그런 걸 상당히 많이 했다—그걸 피하려
고 최선을 다한 것뿐이다. 잭은 삼십대 초반이었고, 드라마 같은 상황
을 멀찍이 피해갔다. 스물두 살의 나는 그 방향으로 돌진했다.

어느 쪽이건, 내가 잭과 사귀기 전에는 엄마에 관한 비밀에서 엄마
가 핵심이었지만, 내가 잭에게 처음 다가갔을 때는 그것이 바뀌었다.
내 안에서 뭔가 다른 것이 가동되었고, 인정하기 싫지만 말라바의 비밀
은 또한 내 비밀이 되었다. 그것은 아픈 기억이다. 나는 그날 저녁 퍼시
픽 비치에서 잭에게 진실을 말하겠다고 끝까지 주장할 용기가 있었다
면 좋았을 거라고 생각한다. 내가 그 비밀을 어둠 속에서 꺼내고 환한
조명을 밝히기만 했어도 우리는 관계를 진실하게 시작할 기회를 얻었
을 것이다. 아니면 그 자리에서 모든 것을 끝냈거나. 하지만 나는 그러
는 대신 그 비밀이 곪도록 내버려두었다.

16

말라바에게 힘든 시절이었다. 찰스가 가버린 지금, 엄마와 벤의 관계
는 기존의 균형을 잃었다. 벤은 여전히 결혼한 상태였다. 엄마는 남편
을 잃었다. 벤은 그들의 사랑을 감춰야 했으나, 엄마는 지붕 위에 올라
가 소리치고 싶은 심정이었다. 인내심은 엄마가 지닌 덕목이 아니었다.
엄마는 점점 릴리와 그녀의 건강에 대해 강박적이 되어갔고, 벤의 아내
는 병약했지만 죽음이 임박했다는 신호가 보이진 않았다. 엄마는 벤에
게 어떻게 좀 해보라고, 같이 더 많은 시간을 보낼 방법을 찾아보라고
말했지만, 두 사람이 영원한 뭔가를 하는 것은 각자의 배우자가 죽은
이후라는 게 그들의 합의 사항이었다. 그렇게 협상했다.

"릴리가 실제로 이 일을 알아내고 사실을 직면하면 어떤 일이 벌어
질지 정말 궁금해." 주말마다 하는 우리의 통화에서 엄마는 한번은 이

런 말을 했다.

"릴리가 잠재의식 수준에선 이미 알고 있을 거라고 확신해요." 내가 말했다. 그렇지 않다곤 상상할 수 없었다. 엄마와 벤의 관계는 어떻게 봐도 은근하지 않았다.

나는 갤리식 부엌에 서서 아래층 전화로 통화하고 있었고, 머리 위에서는 잭이 쿵쿵 돌아다니는 소리가 들렸다. 해안은 맑았다.

"그럼, 릴리는 알고 있어. 알겠지. 당연히 알 거야. 마음 깊은 곳에선." 엄마가 말했다. "하지만 그 사실을 정면으로 맞닥뜨리면 어떤 식으로 나올지 궁금해. 그 모든 일이 공개된다면 말이지."

엄마는, 벤이 릴리와 엄마 사이에서 어쩔 수 없이 결정을 내려야 한다면 당연히 엄마를 선택할 거라고 수없이 말했다고 했다. 그의 한결같은 후렴구는 "당신 없이 산다면 나는 죽을 거야"였다.

나는 조리대에 몸을 기댔다. "엄마, 지금 그 말을 하는 의도가 정확히 뭐예요?"

잭이 옆구리에 신문을 끼고 계단을 내려왔다. 그는 바벨이 기다리고 있는 안쪽 방으로 가면서 내게 미소를 지어 보였다. 다 괜찮아? 그가 입을 벙긋거렸다. 나는 고개를 끄덕였다. 잭의 바벨 운동은 적어도 15분은 걸릴 테고, 늘 문을 닫고 했다. 나는 전화를 끊고 싶었다.

"뭘 하자는 게 아니야." 엄마가 짜증난 목소리로 말했다. "그냥 생각을 말한 것뿐이지. 릴리가 자기 남편이 나하고 사랑하는 사이라는 걸 분명히 알면 무슨 일이 생기지 않겠니? 어떻게든 상황이 달라지겠지?"

"위험할 것 같은데요." 내가 조용히 말했다.

"음, 레니. 변화를 일으키려면 릴리의 관점에서 생각해봐야 해." 엄마가 정색하며 말했다. "혹시 모르잖아. 벤이 다른 여자를 사랑하지만 자기 곁에 머문다는 사실이 릴리에게 엄청난 안도감을 줄지도 모르고. 찰스는 가고 나는 혼자가 됐으니, 릴리는 벤이 언제라도 훌쩍 자기를 떠날 거라는 두려움 속에 살고 있는지도 몰라. 어쩌면 릴리는 진실이 공개적으로 밝혀졌을 때 안도감을 느낄지도 모르지. 그러면 자신의 결혼 생활이 안전하다고 느낄 거고, 그러면 나는……"

"엄마는 뭐요? 엄마는 뭘 다르게 해볼 수 있어요?"

"음, 우선, 나는 그 사람과 더 많은 시간을 보낼 수 있지."

"그건 모르겠는데요." 내가 말했다. 나는 금속이 맞부딪치는 소리를 들었다. 바벨이 프레임에서 들어올려지는 소리였다. "지금은 이 대화를 계속할 수 없을 것 같아요."

"알겠다." 엄마는 한숨을 쉬었다. "하지만 이건 알아둬. 조만간 내가 방아쇠를 당겨야 할지도 모르겠어."

*

잭은 1년이 되지 않아 내 고양이의 매력에 굴복했다. 아침에 계단을 내려가면 고양이가 소파 위에, 신문을 읽는 잭의 옆자리를 차지하고 앉아 갸르릉거리고 있었다. 잭은 사람에게 말을 걸듯 고양이에게 말을 걸었고, 고양이의 욕구를 충실히 살폈다. 귀 뒤를 긁어주고, 스테인리스스틸 그릇에 건사료를 담아주었다. 심지어 고양이의 소화를 돕기 위해 검지에 물고기 냄새가 나는 연고를 발라 고양이가 핥아먹게 했다. 내 고양이는 잭과 그의 일상 사이에 나보다 더 효과적으로 끼어들었다.

이미 나이가 많은 우리 고양이는 1989년 여름에 몹시 쇠약해졌다. 끊임없이 잠을 잤고, 음식물을 삼키기도 힘들어했다. 수의사에게 마지막으로 데려갔을 때, 고양이는 고개도 잘 들지 못했다. 잭과 나는 고양이의 부드러운 털에 손을 얹었고, 의사는 고양이에게 펜토바르비탈 주사를 놓았다. 고양이는 가르랑거리면서 잠이 들었고, 몇 분 되지 않아 숨졌다. 집으로 돌아오는 길에 우리 둘 다 울었다. 그날 내내 울고, 며칠 더 울었다. 내가 잭의 정서적인 역량을 의심했었다면, 그것은 사라졌다. 잭은 나를 위로하는 것 이상이었다. 그의 상실감 또한 나만큼이나 크게 느껴졌다.

그 주 후반에 케이트세션스공원의 비탈진 풀밭에 서로 기대앉아 있는데, 잭이 주머니에 손을 넣더니 돌아서서 내 앞에 무릎을 꿇고 약혼반지를 내밀었다.

"사랑해, 레니. 너하고 평생 함께하고 싶어." 그는 말하며 울컥 목이 멨다. 나도 울기 시작했다. "나하고 결혼해줄래?"

청혼이 그렇게 놀라운 일은 아니었다. 잭과 나는 함께 약혼반지를 구경하러 다녔고, 캐럿과 투명도에 대해 알게 됐으며, 디자인을 상의했다. 하지만 어떤 것도 현실감 있게 다가오지 않았다. 지금까지는 그랬다.

잭의 어깨 위로 드넓은 풍경이 펼쳐져 있었다. 만과 바다, 시내 빌딩, 저 너머 코로나도 다리까지. 지붕이 빨간 타일로 된 호텔 델코로나도는 멀리서 보면 동화에 나오는 성 같았다.

나는 스물세 살이었고, 결혼식에 대해 대단한 환상 같은 건 없었다.

지금껏 가까이에서 목격하기로, 존경심이 들 만큼 삶의 장애물을 극복하고 성공적으로 이어나간 결혼생활은 단 한 번도 보지 못했다. 오십대 후반인 내 부모님만 봐도 각자 두 번 결혼했고, 이제 세번째 배우자를 찾고 있었다. 내가 보기에 결혼이란 지속 가능하거나 이상적인 제도가 아닌 것 같았다. 그럼에도 잭이 청혼했을 때 나는 망설임 없이 수락했고, 약혼반지는 어렵지 않게 내 손가락에 끼워졌다.

*

나는 집에 오자마자 엄마에게 그 소식을 전했다.

"오, 딸." 엄마가 말했다. "정말 멋져. 이보다 더 행복할 수는 없을 것 같구나."

나는 가능하면 다음 7월에 케이프코드의 엄마 집에서 결혼식을 하면 좋겠다고 말했다.

"당연히 그래야지." 엄마가 말했다. "앞쪽 잔디밭에서 하자. 간소하게. 노셋 베이가 어느 교회보다 더 멋지지." 그리고 말라바는 잠시 침묵했다. 나는 엄마가 머릿속에서 메뉴를 구성하고 있거나 신랑 아버지와 춤추는 장면을 상상하고 있을 거라고 생각했다. "내가 무슨 생각 하는지 알아?" 엄마가 말했다. 엄마가 침을 꼴깍 삼키는 소리가 들렸고, 나는 기다렸다.

"결심했어."

엄마는 극적인 순간을 좋아했고, 이번엔 뜸을 한참 들였다.

"뭔데요?" 내가 물었다. "뭔데 그러세요?"

"네게 가보인 목걸이를 주려고. 내가 늘 말했잖아. 네 결혼식 때 하라고. 이제 그렇게 해." 감정이 북받치는지 엄마의 목소리가 꺽꺽거렸다.

"오, 엄마." 내가 깜짝 놀라 말했다. "정말로요?"

"그럼. 내 딸 결혼식에 주는 선물이야. 네 할머니도 좋아하실 거야."

나는 평생 엄마가 그 목걸이를 내게 주는 순간을 기다렸다. "그게 어떻게 생겼는지 다시 말해주세요." 내가 말했다. 목걸이를 못 본 지 오래였다.

"그걸 어떻게 잊을 수 있어?" 그건 말라바가 은혜를 모르는 사람에게 즐겨 쓰는 표현이었다. "고마워할 줄 모르는 아이를 갖는다는 건 뱀의 이빨보다 더 날카롭구나."

"당연히 기억하죠, 엄마." 나는 이 순간을 이미 엉망으로 만든 게 속상해서 이렇게 말했다. 그리고 솔직히 나는 목걸이의 모양을 생생히 기억하고 있었다. 알이 굵은 루비와 다이아몬드와 에메랄드가 패널에 얹혀 있었는데, 직사각형 패널 각각은 수십 개의 정교한 배 모양 다이아몬드로 둘러싸여 있고 담수 진주로 장식돼 있었다. "엄마가 그걸 묘사하는 걸 다시 듣고 싶어서 그래요."

내가 어렸을 때부터 말라바는 그 목걸이의 가치는 계산할 수 없는 거라고 한결같이 말했다. 십대 때 나는 왜 감정을 받지 않는지 물어서 엄마를 화나게 했다.

"값을 매길 수 없는 거니까." 엄마가 억양 없는 목소리로 말했다. "감정받는 게 불가능하거든." 그게 대화의 끝이었다.

하지만 말라바가 해준 그 신화적인 목걸이 이야기는 소녀였던 나의 상상을 사로잡았다.

"시크교도였던 마하라자*가 성대한 결혼식을 올리면서 신부에게 하사한 거야." 엄마는 소곤거리면서, 마하라자라는 단어가 주는 이국적인 어감을 음미했다. "금색 머리장식을 한 코끼리도 있었고, 정교하게 수놓은 옷을 입힌 낙타도 있었어……"

엄마의 묘사가 어찌나 생생한지, 천 년도 더 전에 열린 이 화려한 행사에 엄마도 참석했다는 생각이 들 정도였다.

엄마가 드물게 그 목걸이를 꺼낼 때면 나는 황족의 색깔인 자주색 벨벳 상자를 만지작거렸고, 어느 여자아이라도 그랬을 것처럼 그 목걸이에 마법의 힘이 있는지 궁금해하며 반짝거리는 다이아몬드를 물끄러미 바라보곤 했다. 마법의 힘이 있을 거라고, 나는 확신했다.

"마하라자가 보석을 하나하나 직접 골랐대." 엄마가 말했다. "상상해봐…… 수천 개나 되는 토파즈, 사파이어, 다이아몬드 중에서 하나하나 손으로 골라내는 모습을."

그 이야기는 할 때마다 조금씩 달라졌지만, 그것을 받은 사람―무굴 제국의 황후, 라지마타**, 공주…… 그리고 언젠가는 내가 될 것이다― 이 누리는 큰 행운은 결코 바뀌지 않았다.

그리고 무엇보다 엄마는 아버지가 그 목걸이를 어머니에게 비밀로 한 부분을 좋아했다. 내 할머니인 엄마의 어머니는 인도 여행 때 그 목걸이를 보고 반해 몹시 갖고 싶어했지만, 할아버지는 코웃음을 쳤다. 어리석은 소리 하지 마, 비비언, 너무 비싸잖아. 하지만 그는 할머니 몰래

---

* 산스크리트어로 '대왕'이라는 뜻.
** 인도에서 황족 수장의 어머니.

그걸 사서, 보석상에게 만약 멤사힙*에게 한마디라도 하는 날엔─여기서 엄마는 늘 극적인 효과를 위해 잠시 말을 멈췄다─그 불쌍한 남자의 혀를 잘라버리겠다고 을렀다.

하지만 우리 모두는 원하는 것을 얻으려면 종종 대가가 따른다는 것을 알고 있다. 비비언의 삶은 다시 한번 남편에 의해 뒤집히는데, 그는 다른 여자들과 여러 차례 바람이 났고, 비밀스럽게 혼외 자식을 낳기도 했다. 말라바가 대학을 졸업했을 때 할머니는 멋을 잔뜩 부린 제스처로 엄마에게 그 목걸이를 주었다. 할머니는 눌러진 벨벳 상자를 더 큰 상자 안에 넣고 그 상자를 선물용으로 포장하고, 포장한 상자를 다시 더 큰 상자에 넣고 그것도 포장하고, 그렇게 계속해서 열 개의 상자가 큰 상자 안에 둥지를 틀게 했는데, 마지막 상자는 텔레비전을 담을 만큼 컸다. 젊은 날의 엄마가 상자를 하나씩 열고 또 열 때, 그 안에 뭐가 있을지 감히 예상했을까? 나는 그랬으리라 생각한다.

어린 시절 후렴구처럼 들었던 오래된 말이 내 머릿속에서 메아리쳤다. 레니, 무슨 일이 있어도 이 목걸이를 팔거나 줘버리지 않겠다고 내게 약속해.

절대 안 그래요. 나는 대답했다.

내가 그 말을 믿어도 될지 모르겠구나. 또하나의 후렴구.

믿어도 돼요. 나는 늘 그렇게 말했다.

이 목걸이를 박물관에 기증해야겠어. 거기선 안전하게 보관되고 제대로

---

* 인도에서 '마님'의 뜻으로 쓰는 호칭.

평가받을 거야.

영원히 소중하게 간직할게요. 내가 약속했다.

언제까지나?

언제까지나.

그렇다면 좋아. 엄마가 말했다. 네가 아주아주 착하게 행동하면, 네 결혼식 날 이 목걸이를 하게 해줄게.

그 일이 마침내 일어나려 한다는 걸, 나는 믿을 수가 없었다.

17

전화는 늦은 2월 일요일 아침에 걸려왔다. 서던캘리포니아에서는 2월에 눈에 띌 만한 계절의 변화가 없었다. 낮이 짧아지고 약간 서늘해졌지만, 샌디에이고는 대체로 여느 때와 다르지 않았다. 환하고, 햇볕 좋고, 온화했다. 잭이 수화기를 들고 여보세요, 하고 말했을 때 우리는 침대에 누운 채였다. 이제 다섯 달밖에 남지 않은, 곧 다가오는 결혼식 이야기를 하고 있었다.

지금까지는 계획이 순조롭게 진행되고 있었다. 단순하고 우아하게 만든 청첩장은 이미 도착해 주소만 쓰면 끝이었다. 잭의 들러리들은 케이프코드에서 일주일을 보낸다는 사실에 열광했고, 내 쪽 들러리도 모두 정해 놓았다. 키라와 다른 친한 친구 세 명이었는데, 한 명은 어린 시절 친구고, 두 명은 대학 친구였다. 엄마는 케이터링 업체를, 아빠는 재즈 콰르텟을 알아보았고, 목사인 친척 아주머니가 예식을 집전하기로 했다. 두 달 안에 결혼 전 마지막으로 매사추세츠를 방문해 잭과 함께 메뉴를 시식하고 와인을 시음하고 춤추는 시간에 쓸 공식 음악을 고르고 꽃에서 테이블보, 결혼식 케이크, 결혼식 서약에 이르기까지 모든 것을 정할 예정이었다.

딱 하나 작은 문제가 있었다. 주초에 지역 뉴스를 보다가 결혼식 드레스를 구입한 라호이아 웨딩 부티크의 경영자가 파산 신고를 하고 달아난 사실을 알게 되었다. 그 바람에 드레스가 없어진 신부 수십 명이 생겼다. 다행히 시간은 내 편이었다. 나는 기분이 상하고 준비가 번거로워졌지만, 지금부터 7월까지면 다른 드레스를 구할 수 있을 것이었다.

무엇보다 나를 놀라게 한 것은 그들이 나를 속였다는 사실이었다. 그 가게에 들어간 게 바로 몇 주 전이었는데, 대번에 집에 온 듯한 편안함을 느꼈다. 엄마의 목걸이에 잘 어울리는 드레스를 찾으려고 목걸이 사진을 가져갔었다. 가게 주인은 당당하고 나이 지긋한 여자였는데, 내게 충분한 시간을 내주었다. 물려받은 목걸이의 사진을 유심히 보더니 그녀는 포트레이트* 스타일의 네크라인이 목걸이를 가장 빛내줄 거라고 결론 내렸다.

나는 드레스를 여러 벌 입어보고, 빙 둘러 큰 거울이 있고 하얀색 주름 천을 스커트처럼 입힌 단에 올라서면서 몇 시간을 보냈다. 그사이 그녀는 드레스를 한 벌씩 모두 내놓으면서 진주 단추, 위치가 잘 잡힌 러플 주름, 정교한 레이스 등 각각의 특징에 대해 자세히 설명했다. 나

---

* 얼굴과 목선과 쇄골이 돋보이게 판 목선.

는 모든 각도에서 내 모습을 볼 수 있었다. 그러는 동안 그녀는 딸에게 하는 것처럼 드레스를 갈아입을 때마다 내가 어때 보이는지 말해주면서 야단을 떨었다—세련돼 보여요, 천진난만해 보여요, 왕족 같아 보여요. 내가 장식 없이 플리츠 주름이 잡힌 실크 드레스를 입자 그녀가 말했다. "이거네요."

그녀의 말이 맞았다. 드레스는 완벽했다.

"이걸로 내가 할 일은 끝났네요." 그녀가 말했다. "이 드레스를 입으면 눈부시게 아름다울 테고, 목걸이는 반짝반짝 빛날 거예요." 그녀가 내게 구두와 베일, 다른 신부용 장신구를 보여주면서 결혼생활에 관한 몇 가지 조언을 했다. "한꺼번에 다 구입할 때 가격이 가장 좋아요. 이런 문제를 다시 생각하지 않아도 된다면 기분이 아주 좋을 거예요."

나는 그녀의 친절함에 감사했고, 총액의 50퍼센트에 달하는 높은 예약금을 기쁘게 지급했다. 물론 모든 게 사기였고, 내게서, 그리고 의심 없는 다른 신부들에게서 돈을 갈취하기 위한 정교한 술책이었다. 가게 주인은 분명 그러는 내내 파산한 사실을 알고 있었을 것이다.

"여보세요." 잭이 수화기에 대고 다시 말했다.

나는 전화선 반대쪽에서 릴리가 꺽꺽 갈라지는 쉰 목소리로 그에게 안부를 묻는 소리를 들었다. 하지만 인사하는 단계는 금세 지나갔다. 잭의 어머니는 뭔가 긴급하게 전할 소식이 있었다.

"천천히요, 엄마." 잭이 엄마를 진정시키며 말했다. "잘 안 들려요. 좀 천천히요." 그가 부드럽게 말했다. 그는 당황한 듯 보였다. 릴리에게 심장병이 있으니, 나는 혹시 릴리의 건강에 대한 안 좋은 소식은 아닌지 궁금했다.

그 순간 느닷없이 전화기에서 벤의 목소리가 들렸다.

"무슨 일이에요?" 잭이 물었다. "엄마가 왜 그렇게 흥분했어요?"

나는 스피커폰으로 통화하는 것처럼 벤의 목소리를 분명히 들을 수 있었고, 이게 그 대화란 걸 깨닫기까지 세 단어면 충분했다. 그 일이 마침내 일어나려 하고 있었다. 그 순간이 왔다. 엄마와 나는 천 가지 다른 방법으로 이 장면이 펼쳐지는 걸 상상했는데, 바로 지금 내가 벤의 아들과 침대에 앉아 있는 이 순간에 그 일이 내 앞에서 펼쳐진 것이다.

심장이 빠르게 뛰기 시작했다. 나는 벌떡 일어나 앉아 잭을 쳐다보았고, 잭은 어안이 벙벙해서 무슨 말인지 못 알아듣겠다는 눈빛으로 나를 쳐다봤다.

나는 고개를 끄덕이고, 표정으로 그야말로 모든 것을 전달하려 했다. 내 머릿속은 이 생각 저 생각 바쁘게 움직였다. 그래, 이게 내가 당신한테 말하려고 했던 그 비밀이야…… 미안해, 내가 직접 말해야 했는데…… 내겐 선택지가 많지 않았어…… 내 잘못이 아니었어…… 이런 일에 로드맵은 없어…… 엄마 애인의 아들과 사랑에 빠졌을 때 뭘 어쩔 수 있겠어?

하지만 그 순간 나는 그 말이 말 그대로 다 핑계임을 깨달았다. 잭은 이제 자신의 가족을 파괴한 내 엄마를 미워할 게 분명했고, 그 이야기를 비밀로 간직한 나를 비난할 것이다. 그의 어머니는 이 불륜에서 내가 맡은 역할 때문에 나를 결코 용서하지 않을 것이다. 이제 우리 관계는 끝날 것이다.

이 순간 벤이 우리가 10년 동안 잘 숨겨온 비밀을 폭로하고 있었지만, 대화는 엄마와 내가 상상한 대로 흘러가지 않았다. 벤은 사과의 말을 쏟아냈다. 그랬다. 내 귀에 들리는 말은 그것이었다. 벤은 잭에게 가족 앞에 놓인 험난한 길을 해명하고 있는 게 아니었다. 아들에게 잭의 어머니인 릴리를 깊이 생각하지만 다른 누군가, 즉 내 엄마 말라바와 사랑에 빠졌다고 말하는 것이 아니었다. 벤은 45년 동안 이어진 결혼생활을 이제 그만하려 한다는 말을 단연코 하지 않았다.

아니, 뭔가 다른 일이 일어나고 있었다. 벤은 자신이 저지른 '끔찍한 실수'에 대해 사과하고 있었다. 이 '배신 행위', 이 '불륜'이라고, 그는 표현했다. 전화선 반대쪽에 있는 사람은 내가 알던 사람이 아니었다. 자신감 넘치고 으스대기 좋아하던 사람은 어디 갔는가? 사슴고기 손질에서 회사 인수까지 모든 것을 아는 자신만만하던 남자는 어디 갔는가? 그의 목소리가 절박하게 들렸다. 그가 애원하고 있었다. 이 남자는 엄마를 언제까지나 사랑하고 보살펴주겠다고 약속한 그 사람이 아니었다.

그 벤은 대체 어디로 갔는가?

전화선상의 남자는 아내에게 용서를 구하고 있었다. 아들의 용서를 바라고 있었다. 그렇게 해달라고 간청하고 있었다. 이 남자, 전화선상의 이 낯선 남자는 누가 봐도 아주 위태로운 상황에 처해 있었다.

"정말 미안하다―" 그 목소리가 말했다.

벤이 이미 엄마에게 전화했을까? 나는 궁금했다. 아니면 말라바는 버터 바른 토스트에 신선한 잼을 곁들여 늦은 아침의 차 한 잔을 음미하면서, 벤 사우더가 언제라도 릴리가 아니라 자신을 선택하리란 생각에 빠져 있을 수 있는 마지막 순간을 즐기고 있을까? 나는 침대 옆 협탁에 놓인 시계를 흘끗 보았다. 이스트코스트 시간으로 거의 정오였다.

내 걱정은 즉각 잭 앞에 떨어진 재앙에서 엄마에게 쏟아져내릴 재앙으로 옮겨갔다. 나는 이미 엄마의 슬픔 속에서 허우적거리고 있었다.

"너와 네 엄마, 네 누이에게 이런 일을 겪게 해서 몹시 부끄럽다." 벤이 말을 이었다. "언젠가 네가 나를 용서해주기 바란다."

나는 고통받는 이들의 명단에 포함되지 않았다. 이 낭패에서 좋은 사람과 나쁜 사람이 있다면, 나는 명백히 나쁜 쪽에 있었고, 릴리도 그걸 알았다. 나는 속이 메슥거렸고, 손이 떨리기 시작했다.

하지만 잭은 여느 때처럼 침착했다. 그는 충격과 믿기지 않는 심정, 분노를 풀쩍 뛰어넘어 이성이라는 단단한 땅에 착지한 것 같았다.

"이해해요, 아빠." 그가 수화기에 대고 말했다. "네, 이해해요." 그가 다시 말했다. 나는 그의 고개가 눈에 띄지 않을 만큼 올라갔다 내려오는 것을 보았다. "이해는 되지만, 받아들일 수는 없어요."

내 약혼자가, 아버지가 10년 동안 외도를 지속해왔다는 사실—상대 여자는 자기 대부의 아내, 어머니의 친구, 가장 믿기지 않게는 곧 장모가 될 사람이라는 사실에 전혀 개의치 않고—과 타협하는 속도에 나는 어떤 식으로도 놀라서는 안 됐을 것이다.

(그 뒤로 몇 주, 몇 달 동안 잭은 종종 이해는 되지만 받아들일 수는 없다는 뜻의 말을 엇비슷하게 되뇌곤 했다. 그 말은 만트라처럼 이후 10년간 내가 이미 한 짓을 포함해, 우리가 기만의 세월을 보내는 동안 끊임없이 씹어 삼키려고 한 압축된 진실 한 조각이 되었다.)

어쨌거나 이 전화통화는 아직 끝나지 않았다. 벤은 마지막으로 한마디, 한 가지 약속할 게 있었다. 그는 잭에게 자신이 아끼는 모든 것을 걸고 앞으로 내 엄마를 절대 보지 않을 것이며 말도 섞지 않겠다고 맹세했다.

잭과 나는 7월에 결혼식을 올릴 예정이었다. 벤의 약속은 당연히 지키기 어려울 것이고, 우리 모두 그걸 알고 있었다. 다른 가족 행사도 있을 것이고, 언젠가 손주도 태어날 것이다. 우리의 결합 때문에 두 가족은 앞으로도 얽히게 될 것이다.

"미안해, 정말 미안해." 잭이 전화를 끊은 뒤 내가 조용히 말했다. 눈에 눈물이 따갑게 느껴졌다.

"알고 있었구나. 너는 알고 있었어." 잭이 말했다.

내가 고개를 끄덕였다.

"왜 말하지 않았어?" 잭이 물었다.

"말하려고 했어." 내가 말했다. "정말로 하려고 했어." 나 자신도 이해하지 못하는 것을 설명하기는 쉽지 않았다. 나 자신을 설득했던 이야기―잭에게 진실을 말하려고 했으나 그가 알고 싶어하지 않았다는 것―가 갑자기 바보 같은 소리로 느껴졌다. "나는 겨우 열네 살이었어." 나는 그렇게 말하고, 다시 사과했다.

"저기, 레니. 그건 네 잘못이 아니야." 잭이 말했다.

오, 하지만 내 잘못이 맞아, 나는 생각했다. 어쩌면 한편으로 나는 줄곧 이런 재앙을 갈망하고 있었을 것이다. 적어도 마침내 잭은 이제 내 참모습을 보게 될 것이다. 분별을 잃어 뭐가 옳고 뭐가 그른지 구분하지 못하고, 자기감정과 엄마의 감정을 구분할 줄도 몰랐던 여자. 어쩌면 이 감정을 분리시키고 내 뒤엉킨 이야기를 풀어낼 수 있다면, 우리는 상황을 바로잡고 새로 시작할 수 있을지도 몰랐다. 그는 내가 어떤 짓을 했는지 알고서도 나를 사랑할 것이고, 나는 내가 지고 살아온 어마어마하게 무거운 짐에서 자유로울 수 있을 것이다.

"그건 그들의 잘못이야." 잭이 강하게 말했다. "내 아빠. 네 어머니. 두 사람은 내가 아는 사람 중에서 도저히 믿을 수 없을 만큼 자기중심적이야. 찰스는 내게 대부님이야. 아빠의 가장 친한 친구고. 도대체 누가 가장 친한 친구의 아내하고 잔단 말이야? 그리고 내 엄마를 생각해봐. 내 엄마가 어떤 감정을 경험하고 있을지 넌 상상할 수 있겠어? 자신이 누군가를 사랑하고 잘 안다고 생각했는데, 그 사람이 자기를 속이고 있었던 걸 알게 되면? 솔직히 이 모든 게 부끄럽고 비난받을 일이야."

나는 울기 시작했다. 그게 정확히 내가 잭에게 한 일 아니었나? 그가 모르게 내버려둔 것. 그리고 나는 릴리가 어떻게 느낄지 한 번도 상상해본 적이 없었다.

"그리고 너는," 잭이 내 얼굴을 두 손으로 감싸며 말했다. "너는 그저 어린애였어. 그게 여기서 가장 참을 수 없는 부분이야."

나는 내가 공모자였다고 나서고 싶은 충동을 억눌렀다. 나도 잭의 관점에서 상황을 보고 싶었다. 그 안에서 나는 내가 만들지도 선택하지도 않은 드라마로 끌려들어간 순진한 아이였을 뿐 이 일에 책임이 없었다.

"아빠는 도대체 어떻게 너를 개입시켜 줄곧 그럴 수 있었지? 그리고 네 엄마는. 그 여자는一"

"엄마는 그저一" 나는 말라바가 사랑에 빠지는 게 불가피했다는 말을 하려고 했다.

"그만." 잭이 내 말을 막았다. "내가 말라바에 대해 무슨 생각을 하는 지는 차마 말하고 싶지도 않아."

18

몇 주가 지나, 나는 잭과 함께 매사추세츠로 향했다. 부모님들을 찾아가 결혼식 준비를 마무리하기 위해서였다. 벤이 릴리 곁에 남기로 선택했기 때문에 엄마는 절망적으로 비참한 상태에 빠져 있었다. 우리가 무슨 대화를 해도, 혼란에 빠진 엄마는 "그 사람이 어떻게 나한테 이럴 수 있지, 레니?"라는 말로 끝냈다. 하지만 나는 아직 실연당한 엄마의 마음을 돌볼 여력이 없었다. 우리는 먼저 플리머스로 사우더 부부를 찾아갔다. 보스턴 로건공항에서 회전문을 밀고 나가 훅 다가오는 소금기 밴 뉴잉글랜드의 공기를 들이마시자마자, 내 얼굴을 후려치는 릴리의 분노가 느껴졌다. 릴리가 있는 곳에서 아직 65킬로미터쯤 떨어져 있었지만, 그녀의 고통이 캘리포니아에서보다 더 생생하게 느껴졌다. I-93 고속도로를 타고 케이프코드와 부근 섬들을 향해 갈 때는 잭이 그쪽으로 차를 몬다기보다 우리가 뭔가 보이지 않는 힘에 의해 집으로 끌려가는 느낌이었다.

우리는 잭의 부모님과 이틀을 보내고, 그 주의 나머지는 내 엄마와 보낼 예정이었다. 아빠가 마고와 함께 샌디에이고에 있지 않을 때는 케이프코드에 와서 지내는 아빠와 같이 저녁을 먹을 계획이었다. 이런 일정은 늘 엄마에게 더 많은 시간이 할애되어 다시 한번 내가 공정하지 않다는 걸 상기하게 되었고, 또 한번의 이혼으로 느껴졌다.

잭의 발이 가속페달을 무겁게 눌렀고, 오후 햇살이 고속도로를 따라 늘어선 나무 사이로 알록달록한 무늬를 리듬감 있게 최면적으로 만들어내, 나는 나도 모르게 내 머릿속에 담겨 있던 독백의 끊어진 조각을 뚝뚝 풀어내고 있었다.

죄송해요, 릴리. 저는 겨우 열네 살이었어요. 아주머니 마음을 다치게 할 생각은 단연코 없었어요. 아드님을 사랑합니다. 사랑한다고 약속해요. 죄송해요. 죄송해요. 죄송해요.

잭이 그 전화를 받고 하루이틀 지난 뒤, 나는 시어머니가 될 그녀에게 내가 그 일에 관여됐던 것을 사과하는 편지를 써 보냈다. 사과하는 게 올바른 일 같았고, 이 상황에서 어떻게 반응하는 게 옳은지는 누구라도 알았을 것이다. 나는 또한 그 일을 내 관점에서 어떻게 보는지 공식적으로 알리고 오해를 바로잡고 싶었다. 지금 기억에, 내가 그 편지에 쓴 모든 것은 사실이었지만, 나 자신을 보호할 필요가 있는 부분에서는 좀 두루뭉술하게 용납될 수 있는 여지를 남겼다. 엄마가 속을 털어놓는 친구이자, 잭의 약혼자이자, 뒤죽박죽 혼란에 빠진 젊은 여자인 나는 나 자신을 여전히 좋은 사람으로 느끼는 게 절실히 필요했다.

"괜찮아?" 잭이 차 안에서 내 허벅지에 손을 얹으며 물었다.

모든 게 전혀 괜찮지 않았다. 나는 릴리의 얼굴을 쳐다볼 자신도 없었다. 벤에 대해서도 마찬가지였다. 엄마가 실연한 마음을 버번으로 달래고 있을 모습이 자꾸 떠올랐다. 내 피부 위로 보이지 않는 개미들이 기어가고 있었고, 좌석 벨트가 내 목을 조여왔다. 나는 머리 위로 긴 V 자를 그리며 날아가는 기러기 떼에 정신을 집중했다.

"기억해둬. 그건 그들 문제지, 우리 문제가 아니야." 잭이 말했다.

어떻게 그가 그렇게 믿을 수 있는지는 몰랐지만, 그 점을 따지고 드는 건 내게 이득이 되지 않을 터였다. 우리의 문제가 아니라 그들의 문제라고 못박아두는 게 훨씬 더 쉬웠다.

내가 이 비밀을 잭에게 알리지 않은 것에 대해 그가 분노하고 염려했다 해도, 그는 그것을 표현하지 않았다. 잭은 그 비난을 벤과 말라바의 어깨에 분명히 내려놓았다. 그는 우리의 부모에게 분노했다. 나는 그의 분노와 관점을 이해했으나, 내가 경험한 게 부당한 일이었다고는 전혀 느끼지 않았다. 오히려 나는 죄의식에 사로잡혀 나 자신이 한 일을 포함해 모두의 행동을 변명했다.

한 번의 키스 이후 말라바와 벤은 헤어날 길 없는 사랑에 빠졌다. 그게 그렇게 잘못된 건가? 내가 나 자신에게 계속했던 질문이다. 말라바는 누구도 다치게 할 마음이 없었다. 그저 약속된 해피엔드를 바랐을 뿐이다. 그런데 왕자가 대본에서 사라져버렸으니, 이제 말라바는 어떻게 할 것인가? 엄마의 실연이 내 일처럼 느껴졌다. 릴리와 벤에게는 여전히 서로가 있었다. 그들은 삶을 같이했고, 집을 공유했으며, 그 모든 해외

여행을 함께했다. 말라바에게는 결국 남은 게 없었다.

나는 이 드라마와 함께 성장했고, 지금 그 상황을 어른의 눈으로 보기 시작했다고 해도 여전히 엄마에게 충성스러운 딸이었다. 엄마의 고통이 다른 모두의 고통을 덮어버리는 것 같았다. 나는 또한 이 사실도 알았다. 만약 잭과 나의 입장이 바뀌었다면 나는 그를 기꺼이 용서하지 못했을 테고, 대상을 잘못 찾은 충성이라는 근본적인 문제도 그냥 넘기지 못했으리라는 사실을. 나는 평생을 함께하겠다고 약속한 사람보다 엄마에게 더 밀착되어 있었다. 근본적인, 참으로 엄청난 배신이었다.

우리는 침묵 속에서 플리머스까지 남은 길을 달렸다.

아직 5월이었지만, 릴리의 정원은 시선을 사로잡을 만큼 아름다웠다. 사우더 부부의 집 진입로를 따라 벚나무가 꽃을 피우고 있었고, 튤립과 수선화도 더 많은 꽃을 약속하며 활짝 피어 있었다. 가혹한 뉴잉글랜드의 겨울을 보낸 뒤라 그건 작지 않은 약속이었다. 집 앞쪽 잔디밭의 밝은 녹색 언덕에서 흰 비둘기 무리가 동시에 날아올랐다. 아름다워, 나는 생각했다. 잭이 내 마음을 읽은 것처럼, 그게 저녁식사가 될 거라고 알려주었다. 집 맞은편에 비둘기 축사와 벤이 비둘기 목을 가른 뒤 피를 받는 들통이 있었다.

벤의 모습이 나타나기 전에 목소리부터 들렸다.

"어서 와라!" 그가 달려나오며 우리를 맞았다.

벤과 잭이 잠시 서로의 등을 두드렸고, 이어 벤이 내 쪽으로 다가왔다. 어딘가에서 우리를 보고 있는 릴리의 시선이 느껴졌다. 아마 커튼 뒤일 것이다. 내가 부엌 창문을 흘끗 올려다보았지만, 거기엔 없었다.

벤이 나를 꼭 끌어안고 놓지 않았다.

"미안하다, 정말로." 그가 내 귓가에 속삭였다. 그의 어깨가 내 어깨에 맞닿아 들썩이는 것이 느껴졌다. 그의 뺨은 부드러웠고, 면도 크림 향이 났다. "너를 아주 많이 사랑한다. 그리고 언젠가 네가 용서해주길 바란다. 내 행동을 얼마나 후회하는지 너는 절대 모를 거다."

그러니 드디어 나도 사과를 받은 것이다. 하지만 이 맥락에서 미안하다는 말은 무슨 의미지? 벤이 그 여파를 깊이 생각해보지도 않고 어린 나를 끌어들인 걸 후회한다는 건가? 아들에게, 그리고 그 연장선상에서 내게 일으킨 고통에 대해 미안하다는 건가? 아니면 내 엄마에게 하는 말인가? 나보고 엄마에게 전해달라는 은밀한 메시지로? 그것도 아니면 아내의 반응이 어떨지 크게 오산했다는 것에 미안하다는 말인가? 릴리가 알게 된 건 그래서였다고, 나는 나중에 들었다. 간단히 말하면, 결국 벤이 그 사실을 털어놓기로 결심한 것이었다.

그는 아내가 느끼는 우울감이 심장이 약해져서가 아니라, 찰스가 죽은 뒤 그와 말라바의 관계에 대해 직감적으로 느끼는 정도가 커졌기 때문이라고 추정했다. 벤은 그렇다고, 내 엄마와 사랑하는 사이라고, 하지만 이 결혼을 깰 생각은 전혀 없다고 말해 릴리를 안심시키면 릴리의 불안이 덜어지고 두려움이 줄어들 거라고 생각했다. 나는 전화로 엄마와 이 주제에 관해 대화를 나눈 게 기억났다. 엄마는 그 잠재적인 결과에 대해 얼마나 오산했던가?

릴리는 어디 있지? 나는 궁금했다. 그녀가 이 재회 장면을 다 지켜보고 있다는 걸 나는 알고 있었다. 그녀의 존재를 느낄 수 있었지만, 얼굴은 보이지 않았다.

벤은 본채를 지나 지붕이 덮인 포치로 둘러싸인 작은 별채로 우리를 데려갔다. 그는 좀 쉬다가 한잔할 준비가 되면 오라고 말한 뒤 우리를 떠났다. 잭은 대학 시절 별채에서 여름을 보낸 적이 있지만, 우리가 커플로 거기 머무른 적은 없었다. 내가 본채에서 추방된 건가? 방 하나로 된 그곳은 크기가 2제곱미터쯤 되고, 벽을 빼곡히 채운 짐승의 머리나 크고 작은 뿔이 없었다면 아늑하게 느껴졌을 것 같았다.

"엄마가 집에 두는 전리품을 열 개로 제한했어." 잭이 말했다. "나머지는 다 이곳에 두고."

나는 짐을 푼 뒤, 발을 차서 신발을 벗고 침대로 바꿔놓은 소파 겸용 침대 위에 길게 드러누웠다. 위를 올려다보자 거대한 턱이 베개 위까지 쑥 나와 있는 엘크의 콧구멍이 보였다. 그리 오래전 일은 아닌데, 엄마를 도와 벤이 죽인 엘크 고기를 간 적이 있었다. 생고깃덩이를 구식의 고기 가는 기계에 집어넣으면 옆으로 스파게티 같은 가닥이 빠져나왔다. 엄마는 그 고기로 라자냐를 만들었고, 사냥 고기 특유의 냄새를 줄이기 위해 리코타 치즈를 조금 더 넣었다. 그 순간 와일드 게임 요리책이 떠올랐다. 벤과 말라바에게 함께하는 시간을 만들어주려고 짜낸 계략은 영원히 빛을 보지 못할 것이다. 잭은 모로 누워 나를 쳐다보고 있었다.

"이상한 소린지 모르겠는데, 혹 당신이 예전에 아버지가 피 흘리는 오리를 당신 얼굴에 대고 문질렀다는 이야기를 해준 적 있었나?" 우리가 처음 데이트하던 시절에 잭이 그런 심란한 이야기를 해준 게 희미하게 생각나서 내가 물었다.

"맞아." 잭이 말했다.

잭은 아버지와 달라서 사냥이나 낚시를 좋아하지 않았다. 그는 추위도 싫어했고, 그런 활동에 요구되는 인내심도 없었다. 그럼에도 잭이 꼬마였을 때, 벤은 종종 새벽이 오기 전에 잭을 꾀어 토어와 탭을 데리고 함께 오리 사냥을 하러 갔다. 그러던 어느 날, 열 살쯤 되었을 때 마침내 잭이 총으로 오리를 쏘아 맞히는 데 성공했다. 잭이 처음 짐승을 죽였다는 사실에 몹시 기뻤던 벤은 토어가 오리를 물고 돌아와 그의 발치에 떨어뜨렸을 때 환호성을 질렀다. 벤은 오리를 집어들고 깃털을 벌려 총 맞은 자리를 드러냈고, 흥분해서는 잭에게 오라고 손짓했다. 잭이 더 자세히 보려고 허리를 숙이자, 벤이 목덜미를 잡아 오리의 피 묻은 등에 아들의 얼굴을 대고 문질렀다. 사냥의 통과의례 같은 것이었다.

나는 잭과 얼굴을 마주볼 수 있게 옆으로 돌아누웠다. 잭은 감정 언어에 능숙하지 않았지만, 표정에 사랑이 가득했다. "준비됐어?" 그가 물었다.

누가 이런 일에 준비될 수 있겠어, 나는 생각했다.

"준비됐어." 내가 대답했다.

*

우리가 부엌으로 들어갔을 때 모든 것이 얼마간은 예전 그대로인 듯 보였다. 하지만 방안에는 불안한 고요가 감돌았다. 우리는 토끼처럼 귀를 쫑긋 세우고 코를 씰룩이며 바짝 긴장했다. 릴리가 조리대에 기대서 있었다. 예전에 봤을 때처럼 마르고 부서질 것 같았지만, 험악한 분위

235

기가 새로 감돌고 있었다. 그녀는 철사 같은 팔을 교차해 팔짱을 끼고 있었다. 이곳은 그녀의 부엌, 그녀의 집, 그녀의 가정이었다. 나는 지금 그녀의 영역에 들어왔으니 새 규칙을 따라야 했다. 잭을 보더니 그녀의 얼굴이 부드러워졌고, 그녀는 미소를 지으며 두 팔을 벌렸다. 잭이 내 옆을 스쳐 걸어가 어머니를 끌어안을 때 릴리는 아들의 어깨 너머로 나를 쳐다보았다. 다정하지 않은 표정은 아니었지만, 잭이 내 것이기 이전에 그녀의 것이고 그녀가 나를, 이 만남의 순간을 기다리고 있었다는 것을 깨닫게 만드는 표정이었다. 아마 이번이 그녀가 자신의 적수를 가장 가깝게 대면할 수 있고, 자기가 하고 싶은 말을 할 수 있는 유일한 기회일 터였다.

그 순간 내 뇌의 두꺼비집에서 새 회로의 스위치가 올라가고 갑자기 켜져 한 인간으로서의 릴리를 비춰주는 것 같았다. 그때까지 나는 그녀를 오로지 말라바의 눈으로만 보았다. 특별한 남자를 붙잡고 놔주지 않으면서 그가 마땅히 누려야 할 삶을 살지 못하게 막는 평범한 여자. 나는 자랄 때 릴리를 엄마가 만든 모습으로만 보았다. 책을 좋아하고 소박하고 지겨울 정도로 현실적인 여자. 하지만 지금 내 앞에 서 있는 그녀는 막강한 힘의 소유자로 보였다. 호지킨 림프종과 불임, 그리고 지금은 남편의 외도를 이겨낸 여자였다. 하버섬에서 내가 그녀를 잘못 본 거였다. 릴리는 이 이야기에서 멜라니 윌크스가 아니었다. 스칼렛 오하라였다. 싸우지 않고는 물러서지 않았다.

마흔다섯 살 된 남편이 릴리에게 그녀가 친구로 생각했던 내 엄마와 관계를 가져왔고 계속 그렇게 하고 싶다고 말했을 때, 그녀는 그 생각을 번개 같은 속도로 바로잡아주고 순식간에 그가 홱 끌려올 만큼 그의 발목에 묶인 사슬을 힘껏 끌어당겼다. 벤은 이곳 매사추세츠주 플리머스에서 자랐고, 여기서 그는 지역사회의 기둥이었다. 성공적인 사업가였으며, 메이플라워호의 주목받는 후손이었다. 그리고 가정이 있는 남자였다. 그가 그 모든 걸 포기하고 자기 이름을 진흙탕 속으로 끌고 들어갈 준비가 되었던가?

결국 그는 그런 사람이 아니었다.

나는 여전히 릴리가 내 개입에 대해 얼마만큼 아는지 확신이 없었다. 벤이 전부 말했을까? 릴리가 과거의 시간을 어디까지 되돌려보았을까? 말라바와 벤의 첫 키스 바로 다음날, 열네 살이던 나는 조개를 잡으러 가자고 분위기를 잡았다. 열다섯 살이 됐을 때는 숱한 저녁 그들의 손을 잡고 문밖으로 나가 그들을 산책길로 이끌었다. 열여섯 살에는 와일드 게임 요리책에 관여했고, 열일곱, 열여덟, 열아홉, 스무 살에는 이 연애 사건에 지능적으로 전면 개입했다. 릴리가 저녁식사 후의 산책을 모두 표로 만들었을까? 내가 대학에 다니는 동안 인터콘티넨털에서 벤과 말라바를 만나 같이 술을 마셨다는 이야기도 전해들었을까? 가짜 편지를 쓰자고 선동하고 조종한 사람이 나였다는 것을 알아냈을까?

그런 내가 지금 그녀의 아들과 결혼하려는 것이다. 릴리는 내가 잭을 사랑한다는 것—나는 확신했다—을 알았지만, 또한 내 엄마의 영향력이 내게 미친 깊이를 알고 있었고, 내게는 여전히 보이지 않는 뭔가를 볼 수 있었다.

내 심장은, 벤이 키우는 비둘기 한 마리가 가슴팍에 박혀 있는 것처럼 빠르게 팔딱거렸다.

"술 마실 사람?" 내 미래의 시아버지가 물었다.

우리 모두 마시겠다고 했다.

술이 따라지고, 비워지고, 다시 채워졌다. 릴리는 테킬라, 잭은 맥주, 나는 레드와인이었다. 벤은 진토닉을 만들어 마셨는데, 전에 그런 모습을 본 적이 없었지만, 알고 보니 그가 좋아하는 칵테일이었다. 왜 엄마하고 있을 때는 한 번도 마시지 않았을까? 말라바가 진을 싫어하기 때문이었다.

저녁식사는 잭이 좋아하는 것으로, 뉴잉글랜드 전통 요리인 바닷가재 찜과 옥수수였다. 물이 담긴 엄청나게 큰 냄비의 뚜껑이 레인지 위에서 덜컹거리기 시작했다. 벤이 개수대 안에 있던 바닷가재 네 마리를 한 손에 두 마리씩 잡아 꺼냈다. 릴리가 뚜껑을 들어올렸고, 바닷가재가 냄비 안으로 들어갔다. 벤이 뚜껑을 탕 소리 나게 덮고, 뜨거운 김이 바닷가재를 영원히 잠재우기까지 그것들이 잠시 요동치는 동안 누르고 있었다. 그러는 동안 릴리는 몹시 뜨거워진 주물 냄비를 오븐에서 꺼내 레인지에 올렸다. 그리고 기름 한 방울과 계량스푼으로 측정한 소금을 조금 넣고, 그녀의 특기인 옥수수빵을 만들기 위해 반죽을 냄비에 부었다. 반죽이 바닥에 떨어지면서 지글지글 소리가 났다. 릴리의 집안에서 전해내려온 이 레시피는 엄마의 '두어헤드 다이닝' 칼럼에도 실렸다.

우리는 부엌에 있는 작은 직사각형 테이블에 앉았다. 벤은 평소 앉는 식탁 머리에 앉았고, 잭은 맞은편 창문 아래 빌트인 가죽 벤치에 앉았다. 그렇게 하여 릴리와 나는 얼마 안 되는 거리를 두고 마주앉게 되었다. 두 걸음밖에 되지 않았다. 테이블 위로 손을 뻗으면 서로 닿을 만큼 가까웠고, 그녀가 원하면 나를 때릴 수도 있었다.

벤이 레스토랑에서 그러는 것처럼, 각각의 타원형 접시에 바닷가재를 놓고, 집게발 사이에 옥수수자루를 하나씩 놓았다. 그리고 살을 발라내는 도구—호두 까는 기구, 부엌 가위, 칵테일 포크, 고기 써는 큰 칼 하나—를 나눠준 뒤 횡설수설 사과의 말을 시작했다. 그는 자신의 죄를 인정했고 릴리의 마음을 아프게 하고 우리 모두를 힘든 상황에 몰아넣은 데 대한 후회를 드러냈다. 하지만 그의 자책은 두루뭉술하고 의무적인 것으로 다가왔고—느껴서 하는 말이라기보단 연기를 하는 것 같았다—우리가 어색하게 접시를 응시하는 사이 그의 독백은 잠잠해졌다.

릴리가 바닷가재의 긴 꼬리 부분을 떼어낸 순간 육즙과 껍데기가 발사되어 테이블을 가로질러 내 뺨을 때리면서 침묵이 깨졌다. 그녀는 개인적인 복수라도 하듯 바닷가재를 뜯어 발겼다. 다리 열 개를 전부 잡아 뜯고, 픽 소리가 날 때까지 집게발을 비틀고 몸통에서 꼬리를 떼어냈다. 회녹색 간이 소방차 색깔의 빨간 알과 함께 그녀의 접시로 흘러내렸다.

바다와 살육의 냄새가 코를 가득 채워, 나는 구역질이 올라오는 걸 느꼈다. 잭과 벤이 바닷가재를 본격적으로 먹기 시작했다. 작은 다리를 뜯어내고, 이로 그 부드러운 껍데기를 쩍 눌러 입안으로 살을 손쉽게 빨아들였다. 살이 비워진 다리는 식탁 중앙에 있는 나무 그릇 안에 던져 넣었다. 빈껍데기가 툭 둔탁하게 속이 빈 소리를 내며 떨어졌다. 잭의 턱에 버터와 육즙이 묻어 반짝거렸다.

"이제 결혼식 이야기를 해보자." 릴리가 말했다.

릴리의 목소리를 들을 때마다 이보다 더 가녀릴 수는 없다고 생각했지만, 그 목소리조차 번번이 줄어들었다. 릴리의 말은 입 밖으로 나오자마자 수증기처럼 날아갔다. 이 부부가 어떻게 싸움을 했을까? 릴리는 목소리를 낼 수 없고, 벤은 들을 수 없는데? 나는 릴리가 분한 마음을 종이에 휘갈기고, 그것을 읽은 벤이 그르렁거리며 대답하는 것을 상상했다.

"결혼식이 정확히 어떻게 진행될지 알고 싶구나." 릴리가 말했다.

나는 잭을 쳐다보고, 주섬주섬 기본적인 내용을 말하기 시작했다. "결혼식은 네시 반에 시작될 거고요." 내가 말했다. 원래는 다섯시로 계획했지만, 말라바가 분침이 위로 올라가는 삼십분에 시작하는 게 행운을 안겨줄 거라고 말했다.

릴리는 결혼식의 흐름을 알고 싶어했다. 누가 신부를 데리고 들어갈 것인지? 자신은 하객의 인사를 받는 줄 어디에 설 것인지? 벤은 어디에 설 것인지? 나는 릴리가 매 순간 내 엄마의 위치와 비교해 자신과 벤의 위치가 어떻게 되는지 확인하고 싶어한다는 것을 알아차렸다. 그들이 엄마를 멀리서만 볼 수 있을까? 목표는 릴리와 벤이 늘 말라바와 신중한 거리만큼 떨어져 있게 하는 것이었다. 그들 사이에 어떤 소통도 허용해서는 안 됐다.

잭은 현악 4중주단이 하객에게 시작을 알릴 거라고 설명했다. 결혼식을 하는 곳은 엄마의 집 앞마당이 될 테고, 피로연을 하는 장소는 바로 옆 게스트하우스의 넓은 앞쪽 잔디밭이었다. 잭이 어머니를 위해 지도를 그린 뒤 집 건물과 나란히 텐트를 세울 곳에 별표를 했다. 나는 벤과 말라바의 건강 산책이 이 게스트하우스에서 끝난 적이 얼마나 많았는지 릴리가 과연 알고 있을지 궁금했다. 나는 아빠가 피로연을 위해 찾아낸 재즈 밴드 이야기를 꺼내며 화제를 게스트하우스에서 다른 곳으로 돌리려 했다.

"춤추는 곳은 저녁식사를 하는 텐트 아래 임시로 만들 거예요." 내가 말했다.

춤을 언급하자 릴리 안의 뭔가가 발끈했다. 그녀의 두 손이 바닷가재의 가장 큰 집게발에 물려 있던 호두 까는 기구를 감싸 잡았다. 릴리가 그것을 힘껏 누르자, 집게발은 펑 소리를 내며 쪼개졌고, 그 안에 응고되어 있던 바닷가재의 하얀 핏덩이가 접시에 흘러나왔다.

"춤은 추지 않아." 그녀가 말했다.

"네?" 나는 릴리가 우리 결혼식에서 춤을 추지 말라고 명령하는 것을 믿을 수가 없어서, 그렇게 말했다. 나는 어딘가에 선을 그어야 했다. 릴리의 마음이 괜찮기를 바랐지만, 어쨌거나 이건 우리 결혼식이었다.

"내 말 들었겠지. 벤과 말라바가 춤을 추는 일은 결코 없어." 그녀가 집게발 전체를, 살과 나머지 전부를 쓰레기 그릇에 던져넣으며 말했다. "이 결혼식에서 신랑 아버지와 신부 어머니는 춤을 추지 않아. 내 말 똑똑히 알아들었니?"

벤은 귀가 먹어서 우리의 대화를 알아듣지 못했겠지만, 분명 눈으로 볼 수는 있었을 것이다. 어떤 상황인지 다 드러나 보였다. 내가 그를 쳐다보았다. 아내에게 내 엄마와 춤추지 않겠다고 안심시키는 것은 벤의 일이지, 내 일이 아니었다. 그는 나와 눈을 마주치지 않았다. 나는 잭에게 도움을 청하는 눈빛을 보냈다. 잭도 가만히 있었다. 오로지 나 혼자였다.

"부탁하는 게 아니야, 레니. 그렇게 하라는 말이야." 릴리는 부드럽게 말을 이어갔지만, 분노는 맹렬한 고요와 함께 더욱 커졌다. 그리고 이어지는 폭풍의 눈. "이 결혼식 날 내 남편과 멀리 떨어져 있으라고 네 엄마에게 전해."

나는 이 상황과, 벤과 잭의 침묵과, 우리 결혼식이 아직 완결되지 않은 마지막 결전의 무대가 된다는 생각에 몹시 화가 났다.

"알겠습니다." 만신창이가 된 바닷가재에 시선을 떼지 않은 채 내가 말했다.

19

나는 엄마의 상심한 모습을 직면하는 순간을 전혀 기다리지 않았다. 5000킬로미터 떨어진 거리에서도 감당하기에 충분히 벅찼다. 말라바가 고통받고 있다는 사실은 부인할 수 없었다. 벤이 릴리 곁에 남기로 결심한 것을 알게 된 이후 며칠, 몇 주, 몇 달이 지나면서 엄마의 주된 감정은 상심에서 분노로, 믿기지 않는 심정에서 절망으로 바뀌었다.

"두 사람을 다 잃었다는 게 믿기지 않아. 처음엔 찰스를, 이제 벤까지." 엄마는 전화로 이야기하면서 울었고, 실연한 사람들이 그러듯 같은 말을 반복했다. "나는 이제 무엇을 위해 살지?"

엄마가 느끼는 극심한 고통은 몇 차례 분노의 발작과 함께 줄어들었다. 예전에는 릴리가 스르르 잠들어 다시는 깨지 않으면 좋겠다고 조용히 바랐다면, 이제는 경쟁자의 죽음, 즉 엄마의 삶을 영원히 행복한 것으로 만들어줄 본질적인 부분을 적극적으로 꿈꾸는 식이었다. 엄마는 벤이 이별을 통보하는 전화를 걸어왔을 때 릴리가 같은 방에서 남편이 전화로 하는 말을 들으면서 그가 합의된 대본대로 말하고 있는지 감시했을 거라고 확신했다.

"그건 벤이 할 법한 말이 아니야, 레니." 엄마가 고집스레 말했다. "나는 벤을 너무 잘 알아."

그리고 엄마는 통화가 시작되고 몇 분 지나지 않아 종료 버튼을 누름으로써 그들의 마지막 작별인사를 중간에 끊어버린 것도 릴리의 손가락이었을 거라고 확신했다. "영원히 그를 사랑할 거라고 말하던 중이었어." 엄마가 말했다. "내가 말하는 도중에 벤이 전화를 끊었을 리 없어. 괴물만이 사람에게 그런 짓을 할 수 있지. 릴리만이."

불면증이 말라바의 밤을 괴롭혔다. 말라바는 평소보다 술을 더 많이 마시고 음식을 더 적게 먹어, 볼이 쑥 들어가고 배는 푹 꺼진 모습으로 자신의 고통을 보란 듯이 드러냈다. 엄마가 잘못한 쪽이라는 건 나도 알고 있었지만, 내가 보기에 엄마는 자기 삶에서 이미 충분히 고통을 겪었다. 모든 것이 부당해 보였다. 나는 결혼을 앞두고 있었다. 벤과 릴리는 새로 적대감이 생긴 상황이긴 했지만, 그래도 서로가 있었다. 결국 말라바만 혼자였다. 나는 엄마가 자살하지 않을까 걱정됐다. 작정하고 목숨을 끊을 용기는 없다 해도, 우연히 어느 날 밤 수면제를 한 움큼 집어삼키고 술을 잔뜩 마신다면 그렇게 될 수 있을 것 같았다.

벤의 사랑이 수년 동안 말라바를 버티게 해주었다. 그게 아니라면 말라바가 뭘 기대할 수 있었겠는가? 엄마는 오십대 후반이고, 남자 없는 인생은 의미 없다고 느끼며 자란 세대와 계급에 속했다. 회복력이 있고 단호한 엄마가 다시 튀어오르지 못할 만큼 탄력성을 잃은 시점에 이르렀다고 보는 것도 가능했다. 이 착오, 벤의 철통같던 약속에 대한 이 오산 때문에 말라바는 영원히 대가를 치를 수도 있었다.

올리언스로 가는 길에 나는 잭에게, 우리가 도착했을 때 상황이 좋지 않을 수도 있다고 경고했다. 엄마가 힘들어하니, 어쩌면 엄마와 둘만의 시간이 필요할지도 모르겠다고 말했다. 잭은 얼굴을 찡그렸지만, 반대하지 않았다. 불륜 관계가 폭로된 이후 잭과 나는 말라바에 관한 이야기를 조심스럽게 다뤘다. 나는 엄마의 고통에 대한 이야기를 신중하게 피했다. 잭은 그의 어머니만이 동정받아 마땅한 사람이라 생각했고, 나는 그 생각을 이해했다. 조수석 창문에 머리를 기대고, 말라바의 케이프코드 집에 가까워지면서 풍경이 달라지는 것을 바라보았다. 자작나무 위로 날아다니던 찌르레기 무리가 소나무와 졸참나무 위로 날아다니는 갈매기에게 자리를 내주었다. 내 마음은 말라바와 내가 만나는 장면을 끊임없이 상상했다. 외로운 엄마는 낮인데도 커튼을 무겁게 드리운 침실에서 버번을 따른 텀블러 잔을 손에 들고 베개에 몸을 받친 채 침대에 기대앉아 있고, 나는 벤 없는 미래를 그려보는 엄마를 도우려고 애쓰는 장면을.

잭이 차를 오른쪽으로 돌려 우리집 진입로로 들어서고 보도가 자갈길로 바뀌자, 나는 심호흡을 하며 마음의 준비를 했다. 그가 렌트한 차를 몰고 중앙에 있는 원형 뜰을 천천히 돌았다. 그 뜰을 중심으로 진입로가 고리 모양으로 뻗어 있고, 거기서 정원사가 발치에 식물이 심긴 모종판을 놓은 채 열심히 잡초를 뽑고 있었다. 픽업트럭 두 대가 진입로 가장 넓은 쪽에 주차돼 있었는데, 한 대는 앞문이 열려 있고 라디오에서는 옛날 록 음악이 시끄럽게 흘러나오고 있었다. 윗옷을 입지 않은 일꾼이 건물 외벽에 기대어 놓은 사다리 위에서 균형을 잡고 서서 외부 장식에서 페인트를 긁어내고 있었다. 밀색 작업 부츠를 신고 반바지를 입은 두 남자가 새 널에 탕탕 못을 박아넣고 있었다.

이런 일들이 이루어지는 가운데, 말라바는 아주 큰 선글라스를 쓴 채 포치에 놓인 캔버스 접이의자에 앉아 우리를 기다리고 있었다. 지금 벌어지는 이 모든 일을 보아하니, 엄마는 자기 인생이 거기에 달려 있는 것처럼 곧 다가올 우리 결혼식을 준비하고 있었다.

1년도 채 지나지 않은 일인데, 내가 잭과 약혼하고 몇 달 뒤 엄마는 성대한 결혼식은 어리석은 돈 낭비라고 분명하게 말했다. 우리를 열심히 설득할 필요도 없었다. 잭도 나도 일을 크게 벌이는 걸 원하지 않았고, 결혼식의 세부 문제를 신경쓰는 데는 더더욱 관심이 없었다. 협상이 이루어졌다. 우리가 결혼식을 간소하게 하는 데 동의하면, 번거로운 준비는 엄마가 알아서 하겠다고 했다. 결혼식은 큰 파티 아닌가? 말라바는 내가 아는 누구보다 파티를 여는 방법을 잘 알고 있었다. 게다가 흰색 테이블보의 미세한 색조를 고르는 일 같은 작은 결정이 내게는 엄청난 스트레스였다. 말라바의 선택은 더할 나위 없이 좋을 것이고, 내가 그 결정을 내리지 않아도 된다는 사실에 나는 안도감을 느꼈다.

말라바는 높직이 자리를 잡고 앉아 우리에게 손을 흔들었다.

"제길, 도저히 믿을 수가 없어." 잭이 말했다.

"레니!" 엄마가 벌떡 일어섰다.

"엄마!" 내가 차에서 내렸다.

잭은 차에서 내렸지만, 차 옆에서 문짝 위로 팔짱을 끼고 서 있었다. "말라바." 그가 이 장면을 눈으로 받아들이고는 고개를 끄덕이며 말했다. 그는 엄마에게 예의를 갖춰 인사하려고 계단 세 개를 올라가는 노력 같은 건 전혀 하지 않았다. 잭의 '이해는 하지만 받아들일 수는 없다'는 만트라가 말라바에게는 적용되지 않는다는 것을 깨달은 순간이었다. 그는 지금 엄마를 몹시 미워하고 있었다. "바쁘신 것 같네요."

나는 엄마를 잭의 무례함으로부터 보호하려고 계단을 뛰어올라 엄마에게로 갔다. 우리는 한참 동안 끌어안고 있었다.

"이제 그사이 하지 못한 이야기를 나눌 시간이겠군요." 잭이 여전히 차에 기대선 채 말했다.

"이게 다 뭐예요, 엄마? 뭘 하는 거예요?"

"네 중요한 날을 위해 이 집 성형 수술을 조금 하는 거지." 엄마가 나를 제대로 쳐다보려고 뒤로 물러서며 대답했다. "네가 여기 오니 정말 기쁘구나, 우리 딸. 아주 많이 보고 싶었어." 엄마는 나를 다시 끌어안았다. "이제 멋진 구경을 하러 가볼까?"

나는 잭이 같이 갈 건지 물어보려고 뒤를 돌아보았지만, 그는 여기 와서 우리 결혼식 날까지 한 주를 보낼 신랑 들러리와 친구들을 위한 잠자리가 잘 준비돼 있는지 보려고 이미 게스트하우스로 이동하고 있었다. 내 약혼자는 엄마와 나의 재회에 끼어들고 싶은 마음이 전혀 없었다.

"새로 깐 자갈은 봤겠지?" 엄마가 말했다. "자갈 세 톤을 썼어."

"간소하게 한다면서요?" 내가 물었다.

말라바가 웃더니 어깨를 으쓱했다. "오, 간소한 건 정말로 내 스타일이 아닌 거 알잖니. 게다가 이편이 더 재미있는 것 같아. 너한테 중요한 날인데 돈을 아낄 수는 없지. 더욱이 이렇게 하면 하객도 더 초대할 수 있고 친구들도 만날 수 있잖아. 가자, 구경시켜줄게."

다음 30분 동안 우리는 우리 소유지의 여기저기를 돌아다녔고, 말라 바는 수리를 하거나 손 보는 모든 부분을 가리켰다. 정원 설계사가 관목이나 화초를 어떻게 하라고 제안했는지 말하고, 문은 슬라이드식 유리문으로 교체할 예정이며 건물 외부 장식은 지금의 청회색보다 한 단계 더 푸르게 할 거라는 말도 했다. 집안으로 들어가서는 덱에 놓을 가구 사진을 보았고, 아치 문은 어떤 것으로 선택할지, 하얀 접이식 나무 의자 견본으로는 뭐가 있는지 보았다. 엄마가 무엇으로 할지 생각해보라며 메뉴와 꽃장식 사진을 꺼냈을 때 나는 엄마를 중단시켰다.

"이건 이따 잭하고 같이해요." 나는 정신을 차릴 수가 없었다.

"잭이 부토니에르*에 대해 확실한 의견이 있을 것 같니?"

"무슨 말인지 알아들었어요." 내가 양보했다. "하지만 좀 천천히 해요. 방금 도착했잖아요. 엄마가 준비한 건 다 고마워요. 하지만…… 음…… 너무 많아요. 그리고 완전히 예상 밖이고요." 엄마의 얼굴에 실망의 표정이 떠오른 걸 보고 내가 덧붙였다. "사우더 아저씨네 집에 갔다 오는 길이라 지쳐서 그래요."

"그러려무나. 이러는 게 네 기분도 좀 좋게 만들어주면 좋겠다. 이렇게 준비하는 게 내겐 멋진 기분전환이 됐거든." 엄마의 목소리가 살짝 흔들렸고, 감정이 더 격해지는 것을 막으려고 엄마는 턱에 힘을 주었

---

* 정장 상의나 블레이저, 턱시도 등의 좌측 상단에 꽂는 액세서리로 결혼식 때 주로 꽂는다.

다. "좋아, 오늘은 아무것도 결정하지 말자."

"고마워요."

"우리 뭔가 재미있는 걸 하면 어때?" 엄마가 제안했다. "드레스 이야기를 할까?"

말라바에게 내 웨딩드레스 사진을 보여준다고 생각하니 마음속에서 흥분과 불안이 동시에 일어났다. 라호이아 웨딩숍에서 겪은 낭패를 엄마는 크게 신경쓰지 않는 것 같았다. 나는 가게 주인을 잘못 믿은 내가 얼마나 창피했는지, 농락당한 나 자신이 얼마나 어리숙하고 부끄럽게 느껴졌는지 이미 전화로 말했다. 엄마는 관심이 없는 듯했고, 내 웨딩드레스 트라우마를 자신의 실연에 비해 가벼운 일로 여기는 것 같았다. 계단을 올라 엄마의 침실로 가면서, 나는 내 드레스에 대한 엄마의 관심을 너무 과소평가한 건지도 모르겠다고 생각했다. 내가 로스앤젤레스에 있는 초대형 웨딩숍에서 똑같은 드레스를 찾아내 그 문제를 해결했다고 엄마에게 말했던가? 말한 것 같았지만, 확신은 없었다.

"드레스 사진은 차에 있어요." 내가 말했다.

"차근차근 하자." 말라바가 침실 문을 열며 말했다. 엄마가 팔을 한번 크게 휘저어 내 시선을 침대로 향하게 했다. 베개로 불룩해진 침대 위, 엄마의 새하얀 깃털 이불 한복판에 그것이 놓여 있었다. 자주색 벨벳 상자가 뚜껑이 열린 채 그 황홀한 내용물을 드러내고 있었다. 나는 그 목걸이를 꽤 오랫동안 보지 못했다. 말라바가 내게 창가 벤치에 앉으라고 손짓했고, 엄마의 아버지가 극적인 두번째 청혼을 할 때 엄마의 어머니에게 그것을 선물한 꿈같은 이야기를 다시 하기 시작했다.

나는 엄마 말을 귀기울여 듣지 않고 있었다. 목걸이에서, 목걸이가 불빛 속에서 반짝거리며 춤추는 듯한 모습에서 눈을 뗄 수 없었기 때문이다. 나는 엄마가 마침내 그것을 내게 준다는 사실을 믿을 수가 없었다. 평생 내 것이 될 거라고 약속받은, 보석이 알알이 박힌 목걸이가 정말로 내 것이 되다니. 아주 착하게 굴면 네 것이 될 거야! 나는 늘 헌신적이고 충성스러운 착한 딸이었지만, 목걸이는 늘 내 손이 닿는 범위 밖에 있다고 느껴졌다.

엄마의 부모님이 엄마를 그렇게 만들었던 것처럼, 정서적으로 방치된 아이들이 종종 사람 대신 물건에 집착한다는 것을 나는 알고 있었다. 아버지 없이 알코올의존증에 군림하려 드는 어머니 손에 커서, 엄마가 가진 물건이 엄마에게 모든 것을 의미했다는 사실이 놀랍지는 않았다. 엄마에게 이 목걸이는 어머니의 사랑을 상징했다. 나는 그것을 이해했다. 사실 나도 똑같이 느꼈다. 엄마는 자신에게 가장 소중한 보물을 내게 주려는 것이었고, 그 생각에 내 심장은 거의 터질 것 같았다. 마침내 나는 엄마의 사랑에 대한 물질적인 증거를 갖게 된 셈이었다.

"눈 감아봐." 엄마가 말했다.

나는 눈을 감았다. 종이봉투가 바스락거리는 소리가 들리고, 익숙하지 않은 흙냄새 같은 것이 훅 끼쳤다.

"됐어, 열어봐." 말라바의 흥분한 목소리가 반짝거렸다.

자주색 박스는 침대 위 아까 그 자리에 그대로 놓여 있었다. 나는 당황해서 다시 엄마에게 주의를 돌렸다. 엄마는 옷감 한 필을 들고 있었다. 고급스러운 천이 엄마 팔에 드리워져 있었다. 천연 실크로, 영롱한 청록색 바탕에 자주색이 은은하게 반짝거렸다. 말라바가 움직이자 색깔들이 변하면서 천이 살아 있는 듯 보였다. 살면서 이보다 더 아름다운 천은 본 적이 없었다.

"정말 멋져요." 나는 그걸 만지려고 의자에서 일어서며 조그맣게 감탄했다. 천을 보고 있으니 신기루를 보는 것 같았다. 여러 색깔이 물결처럼 사라지고 나타나기를 반복했다.

말라바는 블라우스를 벗고 천의 한쪽 끝을 한쪽 어깨에 걸치고 앞에서 주름을 잡아 브래지어처럼 만든 다음 나머지를 반대쪽 어깨로 가져가면서 보기 좋게 구릿빛으로 태운 가슴골을 부각시키는 깊은 목선을 만들었다. "보디스는 몸에 쫙 붙게 하고 스커트는 풍성하게 할 생각이야." 엄마가 한 바퀴 빙그르르 돌자 천은 엄마의 가는 허리에 감겼고, 색깔들이 늦은 오후 햇살 속에서 물결쳤다.

그 순간 나는 깨달았다. 내가 오해했다는 걸. 나는 엄마 침실에 내 결혼식 의상을 이야기하러 온 줄 알았는데, 사실은 엄마가 입을 옷을 이야기하러 온 것이었다. 내 결혼식은 엄마가 벤의 마음을 돌려놓을 마지막 기회가 될 수도 있었다.

"인도산 옷감이야. 나를 위한 특별한 드레스를 만들 거야." 엄마가 말을 이었다. "쳐다보면 숨이 멎을 만큼." 엄마는 패션 잡지에서 뜯어낸 사진 여섯 장을 부채처럼 펼쳐놓고 각각 어디가 멋진지 자세히 말했다.

"그리고 가장 빛나는 건 이거지." 말라바가 자주색 상자에 손을 뻗으며 말했다. 엄마가 조심스럽게 목걸이를 꺼내 나보고 그걸 하게 도와달라는 몸짓을 했다. 나는 엄마의 목 뒤에서 고리를 잠가주었다.

엄마는 목걸이를 한 채 눈물을 글썽이며, 지난달 뉴욕에 갔던 이야기를 했다. 벤이 위원회 회의를 하러 가서 '우리' 호텔에 묵을 것을 알았기 때문이었는데, 말라바가 전화를 걸자 그는 퇴짜를 놓고 아내에게 한 약속을 지켰다. 그래서 만나지 못했다.

엄마가 마음을 가라앉히자 나는 엄마 뒤로 가서 섰고, 우리는 예전에 숱하게 그랬던 것처럼 거울에 비친 엄마의 모습에 감탄했다. 시선을 사로잡는 모습이었다. 보석이 반짝거렸고, 옷감은 달빛에 적셔진 바다처럼, 엄마의 피부를 배경으로 다른 세상인 듯 은은하게 찰랑거렸다.

나는 마침내 깨달았다. 내 결혼식이 말라바의 전장이 되리란 것을. 엄마는 눈부시다는 표현 이상으로 찬란히 빛날 것이다. 엄마는 모든 남자와 춤추면서 벤에게 그가 뭘 놓쳤는지 보여줄 것이다. 엄마는 미소를 짓고, 깔깔 웃고, 남자들과 시시덕거릴 것이고, 건배를 하는 동안에는 눈부시게 늠름한 내 아빠 옆에 서 있을 것이다. 엄마는 그 방에서 가장 화려하고 자신만만한 여자가 될 것이다. 목에는 엄마의 비밀 무기가 걸려 있을 것이고, 나는 엄마가 그 목걸이를 하기를 원했다.

"내 말 잘 들어, 레니." 엄마가 거울에 비친 나를 향해 말했다. "벤 사우더는 내게서 눈을 떼지 못할 거야."

20

1990년 7월 21일은 케이프코드에서 결혼식을 올리기에 그림처럼 완벽한 날이었다. 태양은 찬란했다. 구름 몇 점이 투명하고 푸른 하늘을 빠르게 지나갔다. 부드러운 산들바람이 하루의 열기를 밀며 지나갔다. 우리의 배경이 되어줄 노셋 하버는 반사광으로 눈이 부셨다. 작은 보트들이 계류용 밧줄에 묶인 채 깐닥거렸고, 낚싯배들은 집을 향해 속도를 냈으며, 카누를 타는 사람들은 조용히 늪지를 돌아다녔다.

나는 어린 시절의 침실로 올라가 정교하게 만들어진 흰색 속옷을 입은 채 신부 들러리들에게 둘러싸여, 발코니석 맨 앞줄에서 연극을 보는 것처럼 창밖으로 펼쳐지는 광경을 바라보았다. 곧 내 남편이 될 잭이 내 오빠인 피터와 다른 신랑 들러리들과 함께 싱글거리는 하객을 맞이했고, 엄마의 비옥한 잔디밭을 가로질러 단정히 줄 세운 하얀 의자가 있는 곳으로 그들을 안내했다. 의자는 우아한 월계화가 장식된 아치 문이 바라보이도록 놓여 있었다. 아치 문 저멀리로 만, 모래언덕, 바다, 하늘이 펼쳐져 색색의 띠로 구성된 파노라마를 형성했다.

나는 머리를 틀어올렸고, 화장도 마쳤다. 드레스만 입으면 결혼식 입장 준비는 끝이었다. 나는 엄마가 애인의 귀환을 맞을 준비를 어떻게 하고 있는지 궁금해하며, 창가에서 목을 쭉 빼고 벤과 릴리가 도착했는지 보았다. 그러다 갑자기 현기증이 나서 정신을 차리려고 손으로 책상을 짚었다. 내 상태를 본 키라가 마실 것을 가지러 잽싸게 아래층으로 내려갔다. 다른 들러리들은 자기 단장에 바빴다. 몸을 숙여 거울을 보면서 립글로스를 바르고, 머리에 스프레이를 뿌렸다. 나는 침대 위에 털썩 앉았고, 슬립 안에 입은 크리놀린*이 몸 아래에서 사각거렸다.

레니, 일어나…… 벤 사우더가 방금 내게 키스했어.

나는 엄마가 거의 10년 전에 곤히 잠들어 있던 나를 깨운 그 침대 위에 있었다.

기억은 기이한 큐레이터였다. 내 결혼식 날 내 침대에 앉아, 나는 말라바의 딸이기를 그만두고 공모자이자 속을 터놓는 가까운 친구가 된 그 순간으로 돌아간 것이다. 하지만 시간은 거기서 멈추지 않았다. 오히려 나를 더 앞선 시간으로 데려갔다. 갑자기 나는 그 방에서 크리스토퍼를 느꼈다. 한동안 경험하지 못한 임계의 존재. 이어 찰스도 느꼈다. 돌아가신 세 명의 조부모도 느꼈는데, 모두 젊고 활력 넘치는 모습이었다. 시간이 허물어지고 유령들이 내 주변에서 빙빙 돌며 저들의 해

---

* 여자들이 치마를 불룩하게 보이려고 안에 입는 틀.

묵은 먼지를 휘저었다. 내 안에서 소용돌이치는 그것이 신체적인 감각으로 느껴졌다. 내 아래에서 거센 파도가 출렁이는데 바다에 떠 있는 느낌. 이게 현기증인가? 결혼 전의 불안인가? 아니면 또다른 무엇인가?

며칠 전 나는 일기장에 이런 질문을 써놓았다. '잭과의 결혼은 거짓말에 기반을 둔 것이니 힘들어질까?' 그러고는 밑줄을 그어두었다. 마고가 약혼 선물로 준 릴케 시집에 담긴 시구에 밑줄을 그어놓은 것처럼. "모든 일이 네게 일어나게 하라/ 아름답거나 공포스럽거나/ 그저 계속 나아가라/ 감정에 마지막은 없다." 엄마는, 딸이 자기 애인의 아들과 사랑에 빠지는 놀라운 우연을 생각해본 적이 있는지, 자신이 이런 일에 얼마큼 영향력을 미칠까 의문을 가져본 적이 있는지 나는 궁금했다. 아마 엄마는 그러지 못했을 것이다. 시간은 엄마의 사랑을 왜곡시켜 강박을 만들었고, 나와 잭의 약혼은 엄마에게 생명줄이 되어 엄마를 계속 벤에게 묶어놓고 언젠가 벤이 엄마를 다시 품어 안으리라는 희망을 품게 했다.

말라바가 내 입장에 조금의 의구심이 있었다 해도, 내 여린 가슴을 걱정했다 해도, 결혼식 날에는 그런 우려를 내게 전혀 내색하지 않았다.

*

"괜찮아, 레니?" 키라가 오렌지주스 잔을 들고 방으로 다시 들어오며 물었다.

"응." 내가 말했다. 유령들은 사라졌다. 나는 주스를 한 모금 마셨다.

"준비됐어?" 키라가 웨딩드레스를 내밀었다.

나는 고개를 끄덕이고 드레스 안에 발을 집어넣었다. 속이 비워진 채 채워지기를 기다리는 머랭* 안으로. 숨을 훅 들이마시자 지퍼가 올라와 잠겼고, 드레스의 뼈대가 내 허리를 누르고 자세를 곧추세워주었다. 나는 거울 앞에 섰고, 키라는 내 목에 한 줄로 된 담수 진주 목걸이 고리를 잠가주었다.

"완벽해." 우리 뒤에서 말라바의 목소리가 들렸다. 엄마는 문 입구에 서 있었다. "내 딸, 아름답구나."

나는 거울을 들여다보며 엄마가 내 어떤 모습을 봤을지 보았다.

키라가 웨딩 파티 준비를 마무리하러 아래로 내려가자, 엄마와 나 둘만 남았다. 우리는 침대 위에 앉았고, 엄마가 내 손을 잡았다. 내게 이 순간이 담긴 사진이 있는 걸 보면, 기억에는 없지만 누군가 방안에 있었던 모양이다. 은은하게 반짝거리는 청록색 드레스를 입은 엄마는 멋지고 화려해 보였지만, 내 앞에 선 말라바는 불굴의 존재가 아니었다. 내 어린 시절의 엄마, 나를 위로해주고 밤에 나를 잠재워주던 여인이었다. 나는 엄마라는 존재를 거의 잊고 있었다. 우리 관계에서 나는 아주 오랫동안 어른—충고하고 위로하고 의지가 되는 사람—이어서, 엄마에게 안기는 게 어떤 기분인지도 기억나지 않았다. 하지만 여기에 나를 안아주는 엄마가 있었다. 엄마의 적갈색 머리칼이 커튼인 양 그 뒤에 숨어 엄마의 부드러운 목에 얼굴을 파묻던 어린 나. 아주 잠시, 나는 다시 딸이었다.

---

* 드레스의 모양을 은유적으로 표현한 것.

너무 무서워요, 나는 생각했지만, 소리 내어 말하진 않았다. 그 대신 엄마를 들이마시면서 마음을 편안하게 만들었다. 엄마가 벤을 유혹하기 위해 목에 뿌린 향수에서 바닐라콩과 타피오카 푸딩 냄새가 배어나왔다. 어린 시절의 향기들이 내 뇌의 시냅스 통로에 불을 밝혀 모든 게 괜찮을 거라고 말해주었다.

*

아래층으로 내려가, 나는 아빠의 팔을 잡았다. 아빠는 회색 바지에 밝은색 재킷을 입었고, 옷깃에는 연분홍 장미가 꽂혀 있었다.

때가 되었다.

아빠는 자신의 팔과 따뜻한 몸 사이에 끼인 내 손을 꼭 잡았고, 우리는 함께 포치에서 내려와 잔디밭에 섰다. 내 드레스가 사각사각 풀밭을 쓸었고, 새틴 구두 한쪽 발꿈치가 잔디밭을 살짝 눌렀다. 우리는 바다 쪽에서 집 건물 반대편에 있는 진입로를 마주하고 섰다. 하루 전에 연습한 대로, 우리는 걸음을 멈추고 신호가 떨어지기를 기다렸다. 현악 4중주단의 소리가 그 신호였다. 우리 오른쪽으로, 모퉁이를 돌면 우리에겐 보이지 않는 곳에 하객이 등을 보이고 앉아 있었다. 우리가 입장하는 걸 보려고 목을 빼고 기다리지 않는 사람은 항구를 보고 있을 가능성이 컸다. 항구는 이 시간대가 가장 아름다워서 오후 햇살에 윙크를 하고 있을 것이었다. 이 시간대가, 바닷가재잡이 배들이 배 위로 던져질 밑밥을 기다리며 빙빙 맴도는 갈매기 떼를 거느리고 스노 포인트로 통통거리며 돌아오는 골든아워였다. 갈매기가 가로채지 않은 것은 작은 만의 모랫바닥에 버려져 아래쪽 포식자들의 저녁식사가 될 터였다. 보이지 않는 곳에서 아주 많은 생명이 왕성하게 살아가고 있었다.

결혼 행진곡이 시작되었다.

몇 걸음 나아가다 아빠는 나를 멈춰 세우고 내게 몸을 바짝 기울였다. 지금이 아버지가 딸을 데리고 통로를 걸어들어가는 피할 수 없는 순간이었다. 아빠는 관습적인 사람이 아니었기에 나는 이 순간을 그려본 적이 없었다. 그런 아버지가 아니었다. 십대 때 내 데이트에 대해 아빠의 가장 큰 걱정은 뒷좌석에서 무슨 일이 일어날지 모른다는 게 아니라, 내가 안전벨트를 했는지였다. "열일곱 살짜리 사내애들은 운전대만 잡으면 꼴통이 된다니까." 그 말을 수없이 했다. "완전히 또라이들인 거지." 이런 순간에 나의 아빠 폴 브로더는 부모로서 어떤 지혜를 알려줄까, 나는 상상할 수가 없었다. 진부한 내용은 아닐 것이다. 아빠는 홀마크 기념일 카드에 찍혀 있을 법한 말이 내장되어 있는 사람이 아니니까. 아빠가 신을 믿지도 않으니, 축복의 말도 아닐 것이다. 하지만 나는 이제 곧 결혼하려 하는, 아빠의 하나뿐인 딸이었다. 그러니 아빠가 나를 멈춰 세운 이유가 있을 것이다. 계속되는 현악 연주가 우리에게 모퉁이를 돌아 되돌아올 수 없는 지점을 넘으라고 재촉했다. 잘생긴 아빠 얼굴에 커다란 미소가 떠올랐다. 아빠가 엄마의 소유지 저만치 공유지에 세워놓은 차를 몸짓으로 가리켰다. 주행 기록계에 40만 킬로미터라고 표시된 빨간색 토요타 캠리 스테이션왜건, 아빠의 자랑거리였다.

"사랑하는 딸, 말만 해." 아빠가 말했다. "저 고물차에 날렵하게 올라타, 대신 낚시를 하러 갈 수도 있어."

나는 웃었고―농담이죠, 맞죠?―갑자기 우리 둘 다 웃기 시작했다.

아빠가 의도한 게 바로 그거였을 거다. 우리는 여전히 웃는 얼굴로 몇 걸음 걷고 모퉁이를 돌아 200명의 하객이 우리를 돌아보며 반기는 곳으로 향했다. 모두의 얼굴이 오후 햇살 속에서 환히 빛났다. 모두의 얼굴이—심지어 릴리의 얼굴도—우리에게 행복을 빌어주는 미소를 짓고 있었다. 마고는 내게 신뢰의 미소를 지어주었고, 나는 그녀가 빌려준 레이스 손수건을 꼭 쥐었다. 기쁨 외에 다른 감정을 느낄 이유가 뭐 있겠는가? 젊고 아름다운, 웃고 있는 신부. 늠름한 아버지의 팔에 팔짱을 끼고 있고, 잘생긴 신랑은 저만치서 기다리고 있었다. 이 모든 사랑에 한껏 들떠, 나는 안도감이 밀려오는 것을 느꼈다. 유령은 어디에도 보이지 않았다. 모든 것이 괜찮을 것이었다.

*

결혼식이 끝난 뒤 우리는 모두 잔디밭을 지나 게스트하우스로 갔다. 샴페인, 로 바*, 그리고 여러 별미가 기다리고 있었다. 신부 측 하객이 기념사진을 찍으려고 자세를 잡았고, 이어 우리 소유지의 가장자리, 즉 내가 말라바와 벤을 기다리면서 그토록 많은 저녁 시간을 보낸 롤리팝 나무의 그늘에 줄을 섰다. 우리는 바다를 등지는 쪽으로 자리를 잡아, 줄을 선 하객이 지나가면서 그 전망을 꼭 보게 했다. 그 와중에 아빠는 엄마와 사우더 부부 사이에서 자기도 모르는 완충 역할을 하고 있었다. 나는 샴페인 첫 잔을 두 모금 만에 다 마셨고, 다리까지 타고 내려가는

---

* 살아 있는 조개나 해산물을 제공하는 것을 말한다.

그 느낌을 음미했다.

*

사진에서 우리 모두는 활짝 웃으며 샴페인 잔을 들고 있었다. 신랑의 어머니가 신부의 어머니를 칼날 같은 눈빛으로 쏘아보거나, 신부의 어머니가 신랑의 아버지를 갈망의 눈빛으로 바라보는 모습을 드러낸 솔직한 사진은 단 한 장도 없었다. 모두 처신을 잘했고, 이상하게 보이는 것은 아무것도 없었다. 피로연은 얼음처럼 차가운 체리스톤 조개, 통통하고 짭조름한 굴, 엄지손가락 크기의 등이 굽은 분홍색 새우를 맘껏 먹을 수 있는 시간이었다.

하지만 결혼식 앨범을 잘 보면 어딘가 달라진 부분이 나타난다. 결혼식과 이어진 피로연 사이 어느 시점에 엄마가 슬그머니 빠져나가 목걸이를 하고 돌아온 모양이었다. 결혼식 동안 찍은 사진에서 말라바는 누가 봐도 적절한 모습이었다. 하얀 장갑을 끼고 드레스에 어울리는 재킷을 입은 조신한 모습이 엄마의 우상인 재키 오나시스처럼 품위 있어 보였다. 그러나 이어진 파티에서는 부적에 힘입어 이국적인 인물로 탈바꿈했다. 엄마의 몸매를 숨겼던 장갑과 얌전한 재킷은 사라졌다. 이후 사진들에서 말라바는 어깨를 드러낸 채 찬란하게 빛나는 그 모든 루비와 에메랄드와 다이아몬드로 아름다웠다. 애벌레에서 나비로. 엄마가 그중에서 가장 눈부신 여자였다.

*

저녁 시간이 흘러가고 하늘이 짙은 자주색으로 변해갈 때, 결혼식에
참석한 사람들은 앞쪽 잔디밭에서 게스트하우스 뒤에 세운 새하얀색
텐트로 천천히 이동했다. 저녁식사가 차려지고, 건배사가 있었다. 음악
이 시작되고, 잭과 나는 자연스럽게 첫 순서로 플로어에 나가 우리의
노래 〈아이 온리 해브 아이스 포 유I only have eyes for you〉에 맞춰 춤을
추었다. 부부로서 우리 삶이 시작된 가장 중요한 날, 사실상 우리가 함
께 보낸 시간은 전혀 없었다. 우리 결혼식은 성대한 파티였고, 나는 늘
그렇듯 그와의 진정한 연결감을 느끼는 순간에 굶주려 있었으나 이날
은 쉽지 않았다.

아빠가 끼어들어, 잭과 춤추고 있는 나를 데려갔다. 잭은 이어 릴리
와 춤을 추었다. 릴리는 밝은 노란색 드레스에 그것과 어울리는 구두를
신고 왔고, 이날을 위해 특별히 머리를 예쁘게 했다. 새 노래가 연주될
때마다 더 많은 사람이 플로어로 나와 우리와 함께 춤을 추었다. 어느
시점에 나는 잠깐 빠져나와 옆에서 그 장면을 관찰하기로 했다. 결혼식
테이블의 내 자리에서 아빠가 엄마를 안고 춤추는 것을 보았고, 그들이
함께 있는 모습을 보면서 이혼한 지 20년이 지났는데도 아직 내 마음
에 갈망이 차오르는 것에 깜짝 놀랐다.

가까이에서, 벤이 아내와 춤을 추고 있었다.

그리고 그 순간 그 일이 일어났다.

내 부모님이 플로어 한복판에서 한창 춤을 추고 있는 벤과 릴리와
마주쳤고—눈 깜짝할 사이!—벤과 아빠가 파트너를 바꾸었다. 벤이 엄

마의 팔을 잡았고, 아빠가 릴리의 팔을 잡았다.

내 한 부분은 줄곧 숨을 참고 있었다. 몇 달 전 바닷가재가 올라온 식사 자리에서 릴리가 이런 상황을 용납하지 않겠다고 한 뒤부터 나는 이 순간이 올 줄 알고 있었다.

아빠가 내 시아버지를 끼어들게 해준 것이었을까? 말라바가 아빠에게 그렇게 하도록 부추겼을까? 아니면 찌르레기 떼의 이동처럼 자연스럽게 일어난 일일까?

다행스럽게도, 릴리는 그 상황을 우아하게 잘 처리했다. 그녀는 안 된다고 하거나 소란을 피우거나 벤에게 질책하는 표정을 지어 보이지 않았다. 그러는 대신 내 아빠에게 집중한 채 춤을 추면서 소소한 대화를 나누었다. 릴리의 눈이 분홍색 테 안경 너머로 더욱 크게 보였다.

나는 엄마와 벤에게서 시선을 뗄 수 없었다. 그들의 뺨은 맞닿아 있었고, 한 사람의 입에서 다른 사람의 귀로 따뜻한 속삭임의 말이 건네졌다. 영원을 배경으로 빠른 폭스트롯을 즐기는 그들의 얼굴은 행복으로 달아올랐다.

3부

그리고 봉오리 안에 꼼짝하지 않고 있는 위험이
꽃을 피우는 위험보다 더 고통스러운 날이 왔다.

아나이스 닌

21

잭과 나는 노바스코샤로 신혼여행을 갔다. 이스턴시보드 지방에 위치한 길쭉한 땅인데, 거의 완전히 바다에―펀디만, 세인트로런스만, 그리고 대서양에―둘러싸여 있었다. 우리는 케이프브레턴섬에 있는 어느 웅장한 호텔에 묵었는데, 절벽 위에 지어져 케이프스모키와 잉고니시 비치 해변이 만들어내는 멋진 파노라마를 전망할 수 있었다. 잭은 가볼 만한 곳을 꼼꼼히 조사해 캐벗 트레일 하이킹, 유적지 탐방, 그곳에서 가장 세련된 레스토랑에 가는 것까지 매일매일의 계획을 세웠다. 잭은 느긋이 즐기는 시간도 빼놓지 않아, 우리는 방에서 책을 읽으며 빈둥거리거나 마사지를 받거나 파티오에서 칵테일을 즐기기도 했다. 그곳에서는 매일 저녁 해질녘에 격자무늬 킬트를 입은 사람이 초록 언덕 위로 행진해 백파이프를 불었고, 고래 노래처럼 구슬프고 기이한 소리가 울려퍼졌다.

그리고 무기력한 상태가 시작된 것이 이곳 캐나다에서 이 목가적인 휴가를 즐기는 동안—하루하루 급할 것 없이 음미하며 보내는 시간—이었다. 정말 별것 아닌 선택을 앞두고도 나는 어쩔 줄 몰랐다. 저녁에 고기와 생선 중 뭘 먹고 싶은지도 결정을 내릴 수 없었다. 머리를 올릴 것인가, 풀 것인가? 이러든 저러든. 걷는 게 좋은가, 자전거를 타는 게 좋은가? 둘 다 싫었다. 나는 잠을 자고 싶었다. 사소한 결정을 내릴 때도 내 잘못된 선택으로 문이 영원히 닫힐 것 같았다. 다른 삶의 기회가 사라지는 것이었다. 무엇보다 나는 에너지가 빠져나가는 것을 느꼈는데, 잭과 나 모두 그 증상을 알아차렸다. 신혼여행에서 이야기하기에 가장 감정적으로 재미없는 문제였다.

"당연히 지쳐서 그런 거야." 잭이 내게 말했다. "왜 그렇지 않겠어? 나도 지치는데. 하객 200명 앞에서 결혼식을 올리고 우리 친구 모두를 위해 일주일 동안 파티를 열었는걸."

그가 설명을 내쉬면 나는 그것을 들이마셨다. 입에서 입으로 하는 인공호흡의 한 형태, 친밀하게 구조되는 느낌이었다. 잭의 말은 일리가 있었다. 아주 많은 에너지를 미친 듯이 쓰느라 결혼식이 끝난 뒤 기운이 빠져버린 것이다.

하지만 일기를 쓰면서, 나는 흐릿해지는 내 감정을 어떻게 기술해야 할지 몰라 애를 먹었다. 음식은 맛 자체가 느껴지지 않고, 색깔은 칙칙해 보이고, 생각은 불분명했다. 나는 작은 구름이 머리 위로 드리워져 따뜻한 햇볕이 차단된 기분이라고 썼다. 나는 이 묘하게 우울한 감정, 지속적이고 언뜻 무해한 이 기분을 위협적이기보다 짜증스러운 것으로 이해하려고 했다. 하지만 그게 뭔지 살펴보려고 할 때마다 내가 그 것을 똑바로 대면하지 못한다는 사실을 깨달았다. 내 코의 측면을 쳐 다보려 할 때처럼, 커져가는 내 슬픔은 항상 존재하는 동시에 주변적인 것이었다.

신혼여행 마지막날 밤에 나는 악몽을 꾸었다. 꿈속에서 오빠 크리스 토퍼는 청년의 모습으로 자라, 뉴타운에 있는 아빠 별장 뒤 개울가에서 나를 기다리고 있었다. 부모님이 그의 유골분을 뿌린 바로 그 자리에서 그가 내게 오라고 손짓했다. 오빠는 급하게 할 이야기가 있다고 했는데 나는 그를 만난 것에 흥분해서, 그게 금지된 일인 줄 모르고 그를 끌어 안았다. 갑자기 크리스토퍼의 몸이 액체로 변해 다시 개울로 쏟아져 들 어갔고, 이제 개울은 컴컴해져 넘실넘실 흐르고 있었다. 멀리서 엄마가 손으로 눈을 가린 채 나무에 기대서 있었다. 엄마는 나를 쳐다보지도 않았다. 나는 엄마를 실망시켰다는 자각에 무거운 죄의식을 느끼며 눈 을 떴다.

집으로 돌아가려고 잭과 함께 짐을 꾸리면서, 내 생각은 자꾸 결혼 식 다음날 아침으로 돌아갔다. 벤과 춤을 춘 엄마는 흥분해서 환해진 얼굴로 나를 옆으로 끌어당기고는 벤이 속삭인 말을 내게 해주고 싶어 안달이었다.

"엄마, 제발. 나한테 그런 얘기 그만해요." 내가 말했다.

엄마의 얼굴이 일그러졌다. "왜? 난 네가 기뻐할 줄 알았는데."

"나는 더이상 엄마의 비밀 이야기를 들을 수 있는 사람이 아니에요." 내가 말했다. "나는 벤의 아들과 결혼했다고요. 모르겠어요?" 나는 엄 마에게 이제 브렌다나 엄마를 위험에 빠뜨리지 않을 다른 사람을 찾을 필요가 있다고 말했다. "정말로, 엄마, 미안해요. 하지만 더이상은 그럴 수 없어요."

엄마가 충격을 받고 버림받은 표정을 짓는 걸 보자, 나는 목소리를 누그러뜨리고 내가 죄의식에 지쳤으며 잭과 함께 새로운 발판에서 내 인생을 시작해야 한다고 설명했다. 과거에 그에게 거짓말한 건 그렇다 쳐도, 앞으로 그러는 건 용서받을 수 없을 거라고. 나는 더이상 아이가 아니었다. "엄마, 나는 잭과 결혼했어요. 릴리는 내 시어머니예요." 나는 한 음절씩 또박또박 말했다.

"내가 바보 멍청이인 줄 아니, 레니. 네가 누구와 결혼했는지 정확히 알고 있어." 엄마가 선제공격을 가했다. "내가 누구를 죽여달라고 부탁하는 것도 아니잖니. 그저 너한테 뭔가 다정한 말을 하고 싶었는데. 됐어."

"미안해요, 엄마." 내가 다시 간곡히 말했다. 나는 엄마와 사이가 틀어진 채 신혼여행을 가고 싶지는 않았다. "부탁이에요. 두 분이 다시 시작하더라도 제게 말하지 않겠다고 약속해주세요. 알고 싶지 않아요. 정말로, 진심으로 알고 싶지 않아요. 저는 그럴 수 없어요."

처음에 나는 열네 살 때부터 지고 있던 짐을 내려놓은 데서 해방감을 느꼈다. 오랜 시간 끝에, 엄마와 벤의 불륜이 만들어내는 감정의 줄타기에서 마침내 내 역할이 끝난 것이다. 나는 너무 오랜 시간 접시를 돌리고 있었고, 마침내 모든 접시가 바닥에 떨어져 깨지고 나니 거의 안도감을 느꼈다. 하지만 경계를 늦추지 말아야 했다. 다시 예전의 방식으로 돌아갈 수는 없었다. 말라바는 내게 세이렌과 같은 존재라서 나를 또다시 홀릴 수 있었다. 물론 가슴속 깊은 곳에서는, 내 결혼식 날 밤 금지된 춤을 추는 동안 벤이 엄마에게 어떤 말을 속삭였는지 알고 싶어 죽을 지경이었다. 그가 만나자고 했을까? 엄마에게 기다려달라고 했을까? 나는 벌써 말라바와 우리의 비밀이 몹시 그리웠다. 엄마의 발걸음을 뒤따라온 시간이 너무 길었다. 그것 없이 나아가는 방법을 찾아낼 수 있을지 알 수 없었다.

신혼여행에서 돌아오면서, 나는 샌디에이고로 마음의 구름도 데려왔다. 내 안에서 구름은 몇 달에 걸쳐 더욱 팽창했고, 변덕스러운 날씨처럼 자리잡았다. 많이 슬펐다기보다, 정상적인 범위의 감정을 박탈당한 기분이었다. 모든 감각이 억눌린 것 같았다. 직장에서의 성공도, 음식을 먹는 즐거움도, 힘들어하는 친구들을 보며 마음 아파하는 것도. 나는 미국이 1차 걸프 전쟁을 시작했을 때도 분노할 힘을 내지 못했고, 동료의 남편이 마약 문제를 일으켰을 때도 그에 맞는 공감을 하지 못했다. 내 감정 그래프에서, 기쁨과 슬픔은 점점 중앙값에 가까워졌다. 일에 집중하기가 어려워졌고, 열세 살 때부터 써오던 일기도 쓸 마음이 들지 않았다.

표면적인 삶은 괜찮아 보였다. 잭과 나는 다양한 친구를 알았고, 일과 놀이를 꾸준히 즐겼다. 저녁에 큰 파티를 열기도 하고, 국경 너머 티후아나 남쪽에 있는 타운으로 캐러밴 여행을 가기도 했다. 그곳에 가면 태평양을 바라보는 절벽 측면에 매력적인 호텔이 있었다. 우리는 호텔 레스토랑에 큰 테이블을 예약해, 상큼한 마르가리타를 피처로 마시고 토르티야 칩에, 할라페뇨를 넣은 살사 소스와 고수를 뿌린 밝은 색깔 과카몰리를 곁들여 먹었다. 마리아치 밴드가 단조의 노래를 점점 빠르게 연주하자 슬픈 음조가 행복한 선율로 들렸고, 거기 모인 사람들은 〈베사메무초〉와 〈쿠안도 칼리엔타 엘 솔Cuando Calienta El Sol〉을 시끄럽게 따라 부르면서 대체로 시시한 문제나 지역 가십, 스포츠 화제 등 이런저런 이야기를 나누었다. 그러다 우리는 마침내 저 아래에서 쏴아쏴아 들리는 최면적인 파도 소리와, 구운 고기로 잔뜩 채운 배와, 테킬라로 아무 생각이 없어진 머리에 굴복했다. 하지만 내가 가장 외로운 순간은 여기 이 모든 친구와 강렬한 향미와 활기 넘치는 음악에 둘러싸여 있을 때였다. 나는 마치 위에서 나 자신을 내려다보는 느낌이었고, 주위 사람들이 느끼는 행복을 이해할 수 없었다.

잭은 결혼을 그의 안에 있는 뭔가를 정착시키는 것으로, 앞으로의 인생에서 우리가 꾸준히 달려갈 긴 고속도로를 닦는 것으로 생각하는 듯했다. 잭은 멀리 내다보았고, 그 길을 안내하는 표지—우리의 삼십대, 사십대, 오십대, 그 이후—는 그를 안심시켰다. 무엇보다 계획을 잘 짜는 내 남편은 이미 앞날을 내다보면서 은퇴에 이르기까지의 길을 뚜렷이 그려보고 있었다. 나는 스물네 살이었고, 노망이 드는 나이에 안정된 생활을 하는 것은 가장 나중의 관심사였다. 나는 고속도로를 벗어나 시골길을 달리면서, 여기저기 돌아다니고 은밀한 풀밭을 찾고 별빛 아래에서 섹스를 하고 싶었다. 박물관에서 펜던트를 보면 그 뒤에 숨겨진 사랑 이야기를 상상했다. 길에서 허리가 굽은 노부인을 스쳐지나가면 그녀가 진 인생의 짐은 무엇일지 궁금했다. 나는 소설에 나오는 구절을 읽고 울었고, 시를 암송했다. 잭은 합리적이고 실용적이었으며 안정적인 삶을 갈구했다. 그는 내가 아는 남자 중에서 가장 의지할 수 있는 사람이었지만, 내가 찾는 대상이 의지할 사람인가?

마고와 나는 더 가까워졌다. 그녀는 내가 진지한 독서가로 성장할 수 있게 계속 신경을 써주었고, 문학에 관한 우리 대화는 내 생명선이 되었다. 책이 일상의 중요한 부분이 되었고, 나는 복잡하고 시끄러운 모든 것 아래 더 깊은 것에 귀기울일 수 있었다. 그해 봄, 마고는 아빠의 예순번째 생일에 아빠와 결혼해서 내 의붓어머니이자 내 삶의 영원한 조력자가 되었다. 마고는 내가 정말로 힘든 상태에 처했음을 직감한 최초의 사람이었다. 우리는 처음에 내 절박함이 커지는 것을 직접적으로 이야기하지는 않았다. 그 대신 우리는 그녀가 다니는 서점 근처 카페에서 만났고, 그녀는 항우울제로 소설을 건네곤 했다. 내게 소설책을 주고 또 주었다.『콜레라 시대의 사랑』『그들의 눈은 신을 보고 있었다』『연인』『허영의 시장』. 각각의 이야기에서 주인공은 역경과 잘못된 선택과 가혹한 삶의 공격에 맞섰다.

"책이 우리 삶에 들어올 땐 다 이유가 있단다." 마고가 내게 또다시 몇 권을 건네며 말했다.

당시 나는 그 말뜻을 잘 이해하지 못했지만, 책에 나오는 인물의 삶 속으로 뛰어들어 그들의 동기와 반응을 알아냄으로써 탈출을 열망했다. 소설이 보여주는 직면과 선언과 역전의 순간이 내 마음을 아프게 했지만, 또한 내 흐릿한 생각에 초점을 맞춰주며 명료한 순간들을 가져다주기도 했다. 뭔가에 홀린 사람처럼, 나는 가로 8센티미터, 세로 13센티미터의 메모 카드를 사서 내가 읽은 모든 책에 관한 생각을 강박적으로 정리하기 시작했다. 카드 앞면에는 책에 대한 내 종합적인 감상을 쓰고, 좋아하는 구절을 옮기고, 중요한 주제를 형광펜으로 칠하고 그 주제가 내 이야기와 겹치는 게 있으면 뭐라고 써두었다. 뒷면에는 내가 몰랐던 단어와 그 정의를 기록했다.

마고의 격려에 힘입어 나는 UCSD*에 개설한 창작 글쓰기 워크숍에도 참가했다. 거기서 청소년처럼 소설을 써보겠다는 시도를 했고, 내 잠재의식은 말라바에 대한 여전한 헌신을 드러냈다. 「비둘기 도살자」라는 초기 단편에서 나는, 엄마는 충분히 그런 결말을 누릴 자격이 있다고 생각해 해피엔드로 이야기를 끝맺었다. 그 글은 불행한 결혼생활을 하는 사냥꾼이 낫지 않는 병을 가진 아내를 베개로 질식시켜 죽이고 그 상황에서 해방되어 위대한 사랑을 추구한다는 내용이었다.

낮 동안 내 머리는 여전히 진행중인 엄마의 드라마에 대한 그로테스크한 해결책을 찾느라 바빴고, 밤이 되면 그 엄청난 분노를 내게로 돌렸다. 사기꾼. 거짓말쟁이. 바보. 내 머릿속의 목소리는 가차없었다. 이후 2년 동안 그 목소리는 점점 커지고 마침내 멈출 수 없는 망령이 되어 날마다 나를 침입해왔으며, 내 방어력이 가장 약해지는 동트기 전 시간에 가장 강하게 나를 공격했다. 잠드는 데 도움을 받으려고 레드와인에 의지하기 시작했다. 하지만 그 목소리를 억누를 수는 없었다. 매일 밤 나는 정확히 두시에 소스라치게 놀라며 눈을 떴다. 한 시간, 가끔은 더 오래 나 자신을 질책하는 생각의 끝없는 순환이 끝나기를 기다리며 누워 있었고, 생각은 새벽빛이 침실의 커튼 옆으로 조금씩 들어올 때까지 멈추지 않았다.

이런 장면은 잭이 내게서 고작 한 뼘 떨어진 거리에서 죽은 듯 평화롭게 잠들어 있는 가운데 밤마다 펼쳐졌다. 가끔은 그가 이런 나를 이해하고 설득해 이 괴로운 상황에서 꺼내줄지도 모른다는 생각에 그를

---

* 캘리포니아대학교 샌디에이고 캠퍼스.

깨울까 싶기도 했지만, 그는 불행한 내 모습에 혼란스러워하며 이미 지쳐 있었다. 그는 몇 달째 내가 허물어지는 것을 지켜보며 나를 지탱해주려고 최선을 다하고 있었다. 나를 해변에 데려가 함께 달렸고, 운동이 우울증 치료에 도움이 된다는 기사를 끊임없이 찾았다. 둘 중 하나는 잠을 자야 했다. 잠은 잭이 자게 했다.

나와 가까운 사람 모두가 내가 힘들어하는 것을 알았다.

"내가 뭘 하면 되는지 말해줘." 잭이 말했다. "네게 필요한 거라면 뭐든 할게."

"나도 경험해봤다, 딸." 아빠가 말했다. "너는 회복력이 좋은 아이야. 이겨낼 거야."

"내 심리 치료사에게 전화 걸어볼게." 마고가 말했다. "도움이 되어줄 거야."

"밤에 들리는 목소리에 귀를 기울이지 마." 키라가 전화로 말했다. "그 목소리는 자기가 답을 가진 것처럼 말하겠지만, 자기가 무슨 이야기를 하는지도 몰라."

"마약을 해." 말라바가 말했다. "센 걸로. 이런 문제는 망치로 다스릴 필요가 있어."

한편, 내 우울증은 별것 아니었다. 별것 아니어서 나는 버티고, 설명하고, 돌아다닐 수 있었다. 나는 나 자신이 만든 가혹한 순환에 싫증이 났고, 내가 주변 모두를 싫증나게 만든다고 확신했다. 결국 나 자신을 이렇게 만든 건 나였다. 내가 내려온 결정들이 나를 지금 이 자리에 있게 만들었다. 잘못된 도시에서 잘못된 커리어를 쌓으려 했고, 거의 확실히—이 생각이 가장 힘든 부분이었다—잘못된 남자와 결혼했다. 잭이 무슨 잘못을 했기에 이렇게 고갈된 나에게 속박되어 있는가?

나는 화창한 날씨가 이어지는 나날 속에서 완벽하게 조화로운 주민들과 함께 샌디에이고에 사는 데 염증이 나기 시작했다. 뉴욕의 어수선함과 빠른 속도가 그리웠고, 문학계에서 커리어를 추구하는 것을 상상하기 시작했다. 침대 옆 협탁에 올려져 있던 오래된 정치 잡지가 문학잡지인 『파리 리뷰』와 『그랜타』 최신호로 바뀌었다. 잭이 우리가 함께 동부로 돌아가 사는 삶을 생각해볼 수 있을까? 내 남편은 샌디에이고에서 지내는 게 행복했다. 그는 자신의 직업을, 우리집을, 자신의 일상을 사랑했다. 잭은 기꺼이 가겠다고 말했지만, 우리 둘 다 그에게는 떠나고 싶은 마음이 전혀 없다는 것을 알고 있었다. 게다가 우리 중 누구도 이런다고 그의 희생이 끝나리란 걸 낙관할 수 없었다.

"내가 사랑하는 모든 걸 버리고 떠났는데 결국 당신도 잃게 된다면, 그건 견딜 수 없을 것 같아." 그가 말했다.

*

1992년 늦은 11월, 잭과 결혼하고 두 해가 막 지났을 때 릴리의 심장이 마침내 멈추었다. 레스토랑에서 심장마비로 쓰러져 병원으로 가는 도중에 숨졌다. 벤은 잭에게 그 소식을 무덤덤하게 전했고, 잭도 내게 비슷한 태도로 말했다. 나는 엄마가 없다는 것이 어떤 느낌인지 와닿지 않았다. 그건 잠을 깼는데 해가 없는 것만큼이나 상상할 수 없는 일이었다. 하지만 잭은 무너지지 않았다. 그 소식을 듣고도 울지 않았다. 대신에 유나이티드 마일리지로 보스턴행 비행기표를 사고, 챙겨 갈 짐의 긴 목록을 만들고, 친척에게 전화해 소식을 알리고 그들의 감정을 살피는 등 놀라울 만큼 유능하게 일처리를 하며 그날 저녁을 보냈다.

해가 태평양을 배경으로 지기 전에 말라바가 전화를 걸어왔다. 나는 엄마에게 릴리의 죽음을 알려야 하는지 생각하며 잠시 망설였다. 이어 말이 쏟아져나왔다.

"이미 알고 있어, 레니." 엄마가 말했다. "벤이 먼저 전화해줬어."

나는 벤이 잭이나 잭의 누이에게 알리기 전에 엄마에게 전화했다는 게 정말인지 궁금했다. 아마 말라바는 그렇게 믿어야 했을 것이다. 엄마는 이어 자기는 릴리의 장례식에 가지 않기로 했다고 말했다. 정말로 가는 걸 고민했다고?

나는 옆방에서 잭이 고요한 슬픔에 빠져 서성이는 걸 지켜보았다. 전화선상으로 들리는 엄마의 목소리는 침착했지만, 나는 그 평온함 아래 윙윙 희망이 가동되는 것을 감지할 수 있었다. 말라바는 곧 벤을 만날 것이다. 12년 전 키스 한 번으로 시작된 이 연애 사건이 이제 열매를 맺으려 하고 있었다. 마침내 엄마는 늘 꿈꿔온 삶을 손에 넣을 수 있게 된 것이다.

나는 『허영의 시장』에 나오는 주인공 베키 샤프를 생각했다. 날것 그대로의 야망을 위해 비방을 일삼는 여자. 이 소설에 대한 독서 카드에는 다음 부분을 옮겨놓았다. "우리 중 이 세상에서 행복한 자는 누구인가? 우리 중 소망을 이루는 자는 누구인가?" 그 옆에는 말라바라고 적혀 있었다. 자신이 저지른 모든 잘못에도 불구하고 엄마는 자신이 원하는

1

게 정확히 무엇인지 아는 사람이었다. 나에 대해 그런 말은 아예 불가능했다. 내가 다음으로 옮겨놓은 인용문은 이것이었다. "모두의 삶에는 아무것 아닌 것 같아도, 그럼에도 남은 인생 전부에 영향을 미치는 짧은 시기가 있지 않은가?" 그 옆에 나는 이렇게 써놓았다. 키스.

*

잭과 나는 다음날 플리머스에 도착했다. 춥고 습한, 뉴잉글랜드의 전형적인 늦가을 오후였다. 나무는 잎을 벗었고, 풍경은 회색의 다양한 색조를 보여주었다. 진입로에 차들이 세워져 있었고, 문을 밀어젖히자 집에서 젖은 코트 냄새와 스튜 냄새가 났다. 녹슨 색깔의 손모아장갑이 입구 쪽에 쭉 박아놓은 나무못 하나에 삐죽 걸려 있었다. 잭이 장갑 위에 우리 파카를 걸었다. 각각의 나무못 아래 사우더 가족의 이름 머리글자가 고르지 않은 어린아이의 글씨체로 적혀 있었다. 어린아이였을 때도 내 남편은 질서를 열망한 것이다.

이웃과 친구들이 끊임없이 왔다 갔고, 타운에 사는 남편과 사별한 여자들도 찾아왔다. 그들은 벤의 팔이나 어깨를 꼭 잡아주고 고개를 저으며 위로의 말을 전했다. 조리대에는 캐서롤과 파이가 쌓였고, 바구니에는 카드가 모였으며, 꽃병에 가득 꽂힌 꽃은 집안 구석구석을 밝혔다. 동네 사람들이 위로의 말을 쏟아내며 릴리를 향한 사랑을 입증했고, 모두 벤이 50년 가까이 함께한 아내를 잃어 상실감에 빠져 있을 거라고 생각하는 듯했다.

이른 저녁에 마지막 조문객이 떠나자 벤은 가족인 우리를 돌아보

276

왔다.

"술 한잔할까?" 그가 말했다.

의견 충돌 같은 건 없었다. 그저 하루가 끝나는 모습이었다. 이제 우리 넷뿐이었고—벤, 나, 잭, 잭의 누이 해나—간간이 벤의 형제자매와 그 배우자들이 반갑게 끼어들었다. 그들이 장례식에 관련된 여러 가지 일을 처리하고 있었다. 벤이 우리가 마실 칵테일을 만들었고, 모두의 손에 술잔이 들리자, 벤이 고인이 된 아내를 위해 잔을 들었다. 그가 무슨 말을 했는지는 기억나지 않지만, 낭만적이거나 추억을 불러일으키는 말은 전혀 아니었고, 그저 다정하고 현실적인 말이었다.

"행복을 위하여!" 우리가 합창했다. 릴리가 좋아하는 건배사였다. 우리는 잔을 부딪쳤다.

벤이 자신의 진토닉을 보며 얼굴을 찡그렸다. "이거 맛이 왜 이래." 그렇게 말하고는 계속 홀짝였다.

잭과 해나는 가족여행을 회상했다. 와이오밍과 몬태나로 떠난 배낭여행, 강에서 즐긴 래프팅, 그 밖의 다른 모험 여행들. 그 기억들은 사냥과 낚시를 하고 싶어하는 벤의 욕구를 어머니가 얼마나 기꺼이 들어주었는지를 부각시켰다.

우리가 술잔을 다 비우자 잭이 일어나 두번째 잔을 만들러 갔고, 벤의 칵테일 맛이 왜 이상한지 알아냈다. 마스킹테이프가 슈웹스 토닉 병 바닥 가까이 붙어 있었는데, 아까 벤은 그걸 보지 못했던 것이다. 해골과 교차시킨 뼈, 식물 영양제라고 쓴 글자—릴리의 블록체 글씨였다—가 내용물의 정체를 말해주었다.

잭과 나는 릴리의 장례식이 끝난 뒤 플리머스에서 며칠 더 지내면서, 벤이 릴리의 물건을 정리하고 귀중품을 살펴 간직할 것 한두 개를 고르는 걸 도왔다. 샌디에이고로 돌아오기로 한 날 아침, 나는 새벽이 되기 전에 일어나 욕실로 갔다. 2층 창문에서 내려다보니 잔디밭에 누군가가 나와 있었다. 녹색 파카 차림으로 거무스름한 물체를 굽어보며 구부정하게 혼자 앉아 있는 사람은 벤이었다. 처음에 나는 그가 뭘 하고 있는지 알 수 없었지만, 아내가 떠난 지금 함께한 50년의 세월이 끝난 것을 실감하며 그 슬픔으로 마음을 가누지 못해 허리가 꺾인 거라고 짐작했다. 그를 생각하니 마음이 아팠다.

나는 안경을 쓰고 창문에 얼굴을 바짝 갖다댔다. 저 아래, 벤이 낡은 통을 다리 사이에 낀 채 스툴에 앉아 있었고, 그의 손에는 털이 달린 회색 뭔가가 버둥거리고 있었다. 새들이었다. 벤은 비둘기 새끼들을 한 손 가득, 그 작은 목을 손가락 사이사이에 단단히 끼운 채 잡고 있었다. 한 번에 한 마리씩 목을 비틀고 칼로 가른 뒤 통 위로 몸뚱이를 들고 피가 통 안쪽 가장자리를 타고 흘러내리게 했다.

모든 새가 신속하고 폭력적인 죽음을 겪은 뒤, 벤은 누가 지켜보고 있다는 걸 알아차린 모양이었다. 그는 고개를 들고 유리창 뒤에 선 나를 발견했다. 나는 손을 얼굴과 나란하게 들고 흔들었다. 벤이 일어서서 자신이 잡은 비둘기를 전부 머리 위로 높이 들어올렸다. 그가 나를 쳐다보며 웃었다. 아주 큰 웃음이었다. 시아버지는 2년 동안 자신의 배신에 대해 속죄하고 자책했다. 하지만 이제 속죄는 끝났다. 벤이 돌아왔다. 사냥꾼이자 부양자이자 연인인 벤이 돌아온 것이다.

나는 그 비둘기들이 엄마에게 주는 제물임을 깨달았다. 잭과 내가 등을 돌리고 공항으로 떠나자마자, 벤 역시 그 집을 떠나 엄마가 두 팔 벌려 기다리는 곳으로 달려갈 것이었다.

22

샌디에이고로 돌아간 나는 힘겨운 하루하루를 보냈다. 마고는 계속 내가 『시녀 이야기』 『빌러비드』 『댈러웨이 부인』 등 소설로 버틸 수 있게 해주는 한편, 소설에 데릭 월컷, 메리 올리버, 에이드리엔 리치의 시를 보태 더 풍부한 양식을 만들어주었다. 나는 그것이 망망대해에서 붙잡고 있어야 하는 부표라도 되는 듯 읽고 또 읽으며 생각을 향해 헤엄쳐갔다. 의붓어머니는 말라바와 관련된 문제를 단도직입적으로 거론하며, 내가 말라바와 감정적 거리를 더 둘 필요가 있다고 했다.

"우리 어머니도 자식을 양육하는 법을 모르는 분이셨어." 마고가 말했다. "너를 보살피는 방법을 스스로 배워나가야 할 거야."

나는 늘 하던 대로 얼른 말라바를 방어하고 나섰지만, 마고는 물러서지 않았다. "네 엄마가 어떻게 살았는지 조금은 알아." 그녀가 말했다. "말라바는 자기 어머니가 자기한테 한 것보단 네게 더 잘했을 거야. 하지만 그게 중요한 게 아니야."

엄마와 엄마의 어머니의 관계에 대해 아빠가 마고에게 뭐라고 말했는지 몰라도, 그들의 오래된 비밀은 지켜줘야 한다는 생각에 나는 발끈 화가 났다. 마고는 그들이 무시무시한 싸움을 했던 것도 아는가? 엄마가 병원에 실려갈 정도로 싸운 사실은? 목걸이와, 엄마가 그것에 어마어마한 애착을 갖고 있단 사실도 아는가?

"내가 걱정하는 건 너야." 마고가 말했다. "여기 최종 리허설 같은 건 없어. 네게 주어진 인생은 한 번뿐이야, 레니. 지금은 네 인생을 살아갈 때야."

나는 그게 어떻게 가능한지 상상할 수 없었다. 나는 스물일곱 살이었지만, 훨씬 더 늙은 것처럼 느껴졌다. 내 인생의 가장 좋은 시절을 제대로 살아보지도 못하고 보내버린 것처럼.

"넌 네 엄마가 자신이 무슨 일을 했는지 모르고 앞으로도 모르리란걸 기억해야 해." 마고가 말을 이었다. "네가 사과나 고맙다는 말을 기대하고 있다면, 그러지 마. 네 앞에는 힘든 일이 기다리고 있어. 너는 엄마를 용서하고 새롭게 출발해야 해. 행복은 너 스스로 선택하는 거야."

마고의 끈질긴 설득 끝에, 나는 심리 치료사를 찾아가 도움을 청했다. B. 박사는 딱딱한 억양—독일 억양 같았다—과 솔직한 태도 아래 부드럽고 공감적인 면을 갖고 있었다. 그녀는 내 고통을 진지하게 받아들였다.

우리는 먼저 대화 치료를 시도했다. 나는 B. 박사에게 나와 생일이 같은 죽은 오빠에 대해 이야기했고, 부모님의 이혼, 뒤따른 재혼, 내가 열네 살 때 엄마가 나를 깨워 벤과 키스한 이야기를 해준 것, 내가 그 일에 휘말려 공모자가 되면서 가족과 친구들에게 거짓말한 일도 이야기했다. 찰스와 릴리를 속인 데 대한 지속적인 죄책감, 하버섬에서 잭을 만났을 때 이미 다른 여자에게서 뺏은 남자친구가 있었던 사실을 포함해, 나 자신의 파란만장한 연애사와 상대를 배신한 일에 대해서도 이야기했다. 나는 또한 잭과 결혼하려고 계획을 세울 때조차 그에게 우리 부모님의 연애에 대해 굳이 말하지 않은 것을 고백했다. 하나도 빼놓지 않았다.

나는 2년 동안 지속되고 있는 우울증 증상, 그리고 머릿속에서 일제사격을 퍼붓는 분노와 비난의 목소리에 대해 말했다. 심지어 자해를 시작한 뒤로 내 팔에 새로 생긴 상처도 보여주면서, 칼로 그은 손목 자리에 붉은 방울이 송송 맺히며 선 하나가 나타날 때 느껴지는 안도감에 대해서도 말했다. 목소리가 사라졌다. 고통이 덜어졌다. 평화가 왔다.

"그런 생각 해본 적 있어요?" B. 박사가 안경 너머로 나를 쳐다보며 물었다. "청소년기에 어머니와 분리되지 않았기 때문에 지금 그러고 있다는 생각?"

나는 고개를 끄덕여 그녀에게 계속 말하라는 뜻을 비쳤고, 그녀도 누군가에게 엄마인지 궁금했다. 그녀는 예순 즈음으로 보였다. 말라바와 비슷한 나이였다.

"내 생각엔 우울증이, 당신의 마음속에 있는 비현실적인 어머니의 모습을 해체할 필요가 있다는 것을 자각한 것과 관련있는 것 같아요.

당신은 어머니를 우상화하고 있다는 데 동의하죠?"

왜 모든 게 늘 엄마 잘못인가? 내가 만든 이 엉망인 상황에 나는 아무 책임이 없다는 건가? "나는 엄마를 우상화하지 않았어요." 내가 B. 박사에게 말했다. "엄마를 이해한 거예요. 엄마가 나를 자신의 불륜에 끌어들인 게 부적절하단 건 알았지만, 엄마의 삶은 고달팠어요. 엄마의 어머니는 알코올의존자였고, 어린 아들이 죽었으며, 첫번째 결혼은 실패했고, 두번째 남편은 두 사람이 함께 인생을 제대로 시작하기도 전에 뇌졸중으로 장애가 생겼고 이제는 죽었어요. 내가 바라는 것은 오로지 엄마가 행복해지고 사랑받는 거예요. 엄마도 내가 그렇게 되기를 바란다고 확신해요."

B. 박사가 표현을 바꾸었다. "엄마가 당신을 우선으로 생각하는 것 같아요?"

침묵이 내 대답이었다.

한 주에 한 번씩 만나면서, B. 박사는 내가 내 욕구보다 엄마의 욕구를 늘 앞세운 그 모든 방식을 지적했다. 그녀는 내가 말라바의 행동에 핑계를 댈 때마다 그 점을 알려주었다.

"엄마를 기쁘게 해주려고 잭과 사랑에 빠진 거란 얘기도 가능하지 않을까요?"

"당연히 아니죠." 내가 말했다. 나는 충분히 사랑받을 만한 잭의 수많은 자질을 열거했다. "말라바는 그 일과 아무런 관련이 없어요."

B. 박사가 미소를 지었다. 나는 그녀를 때려주고 싶었다.

몇 달 동안 매주 대화를 나눠도 우울증은 나아지려는 조짐을 보이지 않고 앞으로 다가올 밝은 미래를 보지 못하는 내 무기력한 상태는 계속되자, B. 박사는 항우울제를 처방했다. 몇 주 동안 약을 먹으니 내 아래에서 뭔가가 부풀어오르는 것 같다가 내 몸이 파도를 타고 들어올려져 앞으로 밀려 나아가는 듯한 기분이 들었다. 이런 경험은 기적과 다름없었다. 식욕이 돌아왔고, 아이디어가 흘러넘쳤고, 미래가 눈앞에 그려졌다. 하지만 파도는 곧 잔잔해졌고, 나는 또다시 표류했다. B. 박사는 약 성분을 바꿨다. 이 약은 용량을 늘리고, 저 약은 조금 쓰는 식으로. 새 칵테일이 주어질 때마다, 나는 바람과 조수를 일으키는 그녀의 능력에 감탄했다. 기분이 좀 좋아지면 며칠 혹은 몇 주간 행복한 나날을 보내며 내 삶을 좀더 분명히 볼 수 있었다. 하지만 장기간에 걸쳐 드는 약은 아무것도 없었다. 조금 올라간다는 건 조금 떨어지는 것을 의미했다. 더 크게 올라가면, 더 크게 떨어졌다.

*

매사추세츠에서 말라바와 벤은 살림을 합쳤는데, 그 속도가 너무 빨라 가족이나 가까운 친구조차 깜짝 놀랐다. 우리 중 누구도 그들이 다시 서로에게 돌아간 것에 놀라지 않았지만, 릴리가 죽은 게 아주 최근이고 그들의 연애가 밝혀졌을 때 떠들썩했던 상황을 감안하면, 도의를 얼마나 지키는지가 그 시점을 결정하리라는 추측—바람—은 있었다. 우리는 그들이 적어도 1년은 기다렸다 그들의 관계를 공개할 거라고 생각했다.

하지만 그들은 그러지 않았다.

벤은 릴리가 죽고 두 달도 되지 않아 케이프코드에 있는 말라바의 집으로 들어갔다. 곧 그들은 결혼하겠다는 의사를 밝혔다.

잭과 해나는 어머니의 품위를 생각해서 반대했다.

"그렇게 서두르는 이유가 정확히 뭔가요?" 잭이 아버지에게 물었다.

나는 엄마에게 기다리라고 사정했다. "이미 이겼잖아요." 나는 엄마의 기분을 좋게 해주려고 그렇게 말했다. "엄마는 아저씨를 차지했어요. 잭과 해나와 모두의 감정을 존중해서 몇 달만이라도 더 미루는 게 어때요?"

우리가 입을 모아 간청하는데도 그들은 듣지 않았다. 오히려 반대할수록 말라바의 결심은 더욱 강해지는 것 같았다. 엄마는 꿈쩍도 하지 않았다. 합법적일 수 있는 관계를 12년 넘게 빼앗겼으니, 엄마는 충분히 오래 기다렸다고 생각했다. 그리고 벤은, 릴리의 심장병을 2년 동안 견딘 터라, 말라바를 행복하게 만들어주는 데 열심이었다. 예순하나와 일흔다섯인 엄마와 벤은 결혼식 날짜를 9월 초순으로 잡았다. 릴리가 죽고 아홉 달 반 만이었다.

벤과 말라바는 엄마의 소유지에서 결혼식을 올렸다. 3년 전 잭과 내가 결혼식을 올린 곳에서 15미터도 떨어지지 않은 곳이었다. 하객은 스물다섯 명 정도였는데, 우리 결혼식에도 왔던 사람들이었다. 벤의 형제자매와 그들의 배우자, 엄마의 의붓남동생과 그의 가족, 그리고 가까운 친구 몇 명이 참석했다. 나는 하객 대부분이 그들의 연애 사건을 이미 알고 있겠지만, 저마다 그 비밀을 아는 사람은 자기 하나뿐이라고 생각했을 거라 추측했다. 플리머스에서 온 목사는 양가 모두의 가까운 친구였다. 그는 찰스의 장례식 때 추도사를 했었다. 나는 그 역시 알고 있었는지 궁금했다. 그리고 사람들을 찬찬히 살피며 누가 누구의 편인지 — 누가 말라바를 위해 기뻐하고 누가 릴리를 위해 가슴 아파하는지 — 알아내는 일에 골몰했다.

우리는 만을 등지고, 벤은 목사의 한쪽 옆에, 잭과 나 — 신랑 들러리와 신부 들러리 — 는 다른 쪽 옆에 섰다. 신부 입장을 기다리면서, 나는 하객의 얼굴에 떠오른 표정을 살폈다. 누구는 웃는 얼굴, 누구는 엄숙한 얼굴을 하고 있었다. 그 순간 말라바가 상아색 샤넬 정장을 입고, 하야스름한 부케를 들고 빛나는 모습으로 슬라이드식 유리문을 통해 나타났다. 그러더니 덱에서 내려서서 통로를 지나 곧 남편이 될 사람에게 걸어가기 시작했다. 오늘날까지 내 기억에 엄마가 그보다 더 행복해 보인 적은 단연코 없었다.

잭의 누이는 엄마 뒤에 서서 눈물을 줄줄 흘리고 있었다.

내 상반된 감정의 충돌을 감지했는지, 잭이 내게 몸을 숙이며 농담했다. "우리 인생에서 앞으로 추수감사절과 크리스마스가 어떨지 생각해봤어?"

나는 웃었다. 이 상황이 완전히 어처구니없었다. 우리의 연은 풀어지려 하는데, 우리 부모는 연을 맺고 있었다. 우리는 누구에게도 그런 말을 하지 않았다. 우리 스스로도 잘 인정이 되지 않았다. 그리고 우리는 여전히 서로 사랑했다.

우리 부모가 "네, 그렇게 하겠습니다"라고 말하고 키스했을 때 우리 삶의 형태는 달라졌다. 내 엄마가 잭의 의붓어머니가 되었다. 내 시아버지가 내 의붓아버지가 되었다. 그리고 잭은 영원히 내 의붓오빠가 될 것이다.

나중에 피로연장에서 나는 전채요리가 한 바퀴 돌기도 전에 와인 두 잔을 비웠다. 잭과 나는 우리의 부모님에게 선물—우리가 〈아임 마이 오운 그랜파I'm My Own Grandpa〉의 가사를 다시 쓴 것이었다—을 했다. 원곡 가사에서 화자는 어른인 딸이 있는 과부와 결혼한다. 화자의 아버지는 그 딸과 결혼해 자신의 할아버지가 된다. 우리가 수정한 가사는 "나는 나 자신의 사돈이야I'm My Own In-Law"였다. 우리는 그게 사실은 아니지만 근친상간 기분이 드는 데서 비감을 느꼈고, 그 사실이 평생 우리를 따라다니리란 걸 알았다. 노래는 대성공이었다. 우리 가족은 그 사실을 인정하며 폭소를 터뜨렸고, 모든 사람이 이 일에서 뭔가 유머러스한 점을 발견하고 마음을 놓았다.

*

"당신의 삶이 진정으로 자신의 것으로 느껴지나요?" B. 박사가 상담 시간에 물었다.

"그게 무슨 의미인지 잘 모르겠어요." 나는 우리 대화에 점점 짜증이 나기 시작했다. 내 결혼은 허물어지려 했다. 나는 법률 보조원으로 일하며 정부 관료가 되는 수순을 따르고 있었지만 사실은 정부 관료가 되고 싶지 않았다. 내가 살고 있는 타운에서 나는 고립되고 오해받는 느낌이었다. 나는 더 의미 있는 삶을 갈망했지만 그게 대체 무엇인지 나 자신도 분명히 말할 수 없었다. 잭을 떠나야겠다고 생각하면, 어디 다른 곳에 가서 죄의식에 잠겨 있고 싶은 욕망이 나를 압도했다.

"그건 자신의 감정을 인식하고 있고 자신이 갈 길을 스스로 선택한다는 의미예요."

나는 그녀의 책상에 놓여 있는 호박색 큐브를 유심히 들여다보았다. 그 안에는 벌레가 갇혀 있었다. 그 벌레는 나무 수액에 발을 들여놓고 얼마나 빨리 자신의 실수를 깨달았을까? 버둥거린 흔적은 없었다. 모든 다리가 완벽한 형태로 자리를 잡고 있었다. 바보 같은 벌레, 나는 생각했다.

"내 말 듣고 있어요?" B. 박사가 물었다.

나는 듣고 있었지만, 한편 거의 듣고 있지 않았다.

나는 내게 중요한 게 뭔지 생각해보려 했다. 내가 살고 싶은 삶은 어떤 거지? 책에 대해, 가까운 친구에 대해, 나를 삶의 더 큰 질문으로 데려가는 대화에 대해 생각했다. 그게 정말로 내 관심사였다. 지역 정치가 아니라, 월요일 밤 축구 경기가 아니라, 서던캘리포니아 해변의 문화가 아니라. 나는 눈을 깜박였다. 내가 해낸 것이다. 거울을 들여다보고 잠시나마 내가 원하는 삶을 상상한 것이다. 어쨌거나 그런 상상이 그렇게 힘들지는 않았다.

대략 여섯 달 동안 항우울제를 복용했는데도 효과가 거의 없자, B. 박사는 기분을 바꿔주는 칵테일에 대담하게 리튬을 추가했다. 그 약은 보통 양극성 장애를 치료하는 데 쓰지만, 나처럼 종래의 치료법에 적절한 반응을 보이지 않는 환자에게 써서 성공을 거둔 사례가 있었다고 설명했다.

새 약이 내 신경계와 잘 맞았는지, 결과가 신속하고 강력하게 나타났다. 파도라기보단 쓰나미였다. 바다 전체가 한곳에 빨려들어 거대한 파도를 만든 것처럼, 나는 위로, 위로, 위로 들려 올라갔다. 물마루에서 내 삶의 저 먼 곳까지 바라볼 수 있었다. 위에서 내려다보면 나 자신이 보일 뿐 아니라 인류 전체가 되는 기분이 들었다. 하지만 보이는 것은 부질없음과 절망뿐이었다. 리튬을 몇 주 복용한 뒤 자살하고 싶은 생각이 들었고, 자살 방법을 상세히 그려보았다. 약은 매력적인 선택지였는데, 쉽게 손에 넣을 수 있으면서 너무 소름 끼치는 방법은 아닌 것 같아서였다. 다만 어떤 약을 얼마만큼 먹어야 할지 알 수가 없었다. 다리나 건물에서 극적으로 뛰어내리는 걸 상상하며 낭만적이라고 생각했지만, 어느 불쌍한 영혼이 만신창이가 된 시신을 치워야 한다고 생각하면 견디기 힘들었다. 결국 내 상상을 사로잡은 건 잭의 침대 옆 협탁 서랍에 보관된 총이었다. 나는 빈 욕조에 누워 그것을 잡아보았다. 손바닥에서 느껴지는 서늘한 무게감이 좋았다.

자살 생각을 하다가 마침내 나는 예상치 못한 행동을 시작했다. B. 박사의 관리하에 항우울제 복용을 싹 멈추고, 대신에 인생 계획을 세웠다. 뉴욕으로 가서 문학계로 들어갈 것이다. 잭과는 장거리 결혼생활을 시도해볼 것이다. 나 자신의 삶을 추구하며 난파선에서 빠져나올 길을 찾아볼 때였다.

*

뉴욕에 도착해 택시에서 내려 새집으로 걸어가던 순간이 아직도 기억난다. 슬로모션처럼 낯설고 새로운 삶을 향해 걸어갔다. 직접 가보지 않고 친구의 친구로부터 전대轉貸한 아파트였다. 머리 힐의 렉싱턴 애비뉴에, 커리인어허리 레스토랑과 대각선 방향으로, 액자 가게 윗집이었다. 차들이 빵빵거렸다. 보행자들이 결연한 자세로 걸어갔다. 남자 노숙자 한 명이 책상다리를 하고 내 집으로 올라가는 현관 층층대에 앉아 있었다. 그 옆에 고양이 한 마리와 새끼고양이들이 있었는데, 몇 주 뒤 나는 그중 한 마리를 집으로 데려오게 된다.

나는 커다란 가방 하나를 들고 계단을 오르기 시작했다. 3층까지 걸어올라가 내 아파트 문 앞에 서서 심호흡을 했다. 그리고 열쇠를 구멍에 집어넣고 돌렸다. 딸깍 소리가 나고 잠금쇠가 풀렸다. 문을 밀자, 확 열렸다. 선 자리에서 45제곱미터쯤 되는 새집 전체가 한눈에 거의 다 들어왔다. 무엇보다 먼저, 나는 긴 자동차 여행을 떠났다가 집 진입로로 들어올 때 느끼던 기분 좋은 피곤함을 느꼈다. 그리고 집에 돌아왔다는 감정에 울컥했다.

23

벤과 말라바는 결혼생활 초기에, 말라바가 꿈꾸던 호화 여행을 떠났다. 신혼여행은 이탈리아로 갔고, 스쿠너*를 빌려 터키 해안선을 돌았으며, 남아프리카에서 들새를 관찰했다. 엄마는 그 신나는 여행에 관한 글을 썼고, 그 글은 뉴욕 타임스나 고급 잡지에 실렸다. 벤은 상기된 얼굴로 엄마가 이룬 성과를 자랑스러워했다. 오랜 기다림 끝에 마침내 행복한 결혼생활을 시작한 말라바는 앞치마를 벗어던질 준비가 돼 있었다. 엄마는 여전히 고급 요리를 좋아했지만, 이제는 집에서 요리해 먹는 것보다 외식을 훨씬 더 좋아했다. 새 남편은 말라바의 욕구를 들어주는 게 더없이 기쁜 모양이었다. 벤은 여전히 기회가 있을 때마다 사

---

* 돛대가 두 개 이상인 범선.

낭을 했지만, 와일드 게임 요리책은 시들해졌다. 그 책이 출판사나 적당한 곳을 찾지는 못했지만, 의도한 목적은 물론 그 이상의 성과를 이룬 데는 의심의 여지가 없었다.

두 사람이 결혼하고 처음 시작한 프로젝트는 엄마의 케이프코드 집을 원래 면적의 거의 두 배로 개조하는 것이었다. 1층에는 가장 큰 침실과 벤이 아끼는 동양풍 러그를 깔 수 있게 특별히 설계한 직사각형 모양의 아주 큰 거실을 증축했다. 긴 벽 중 한 면은 슬라이드식 유리문으로 처리하고, 맞은편 벽에는 애초에는 훌륭한 솜씨로 받침대를 붙인 짐승의 머리, 사슴뿔, 엄니, 염소뿔 등 벤의 사냥 전리품 수십 개를 진열할 계획이었으나 마지막에 말라바의 마음이 동물의 신체보다 미술품 쪽으로 기울었다. 벤의 사냥 전리품은 보관한다는 목적에 맞춰 제습이 잘되게 만든 지하실로 들어갔다.

말라바는 자기 삶에선 행복감에 빠져 있었지만, 내 삶은 마음에 들어하지 않았다. 내가 뉴욕에 간 것은 엄마가 만든 독특하고 현대적인 가정—엄마와 딸이 각각 아버지와 아들과 결혼하는 것—을 위태롭게 만드는 것이었다. 말라바의 말로는 벤은 잭 때문에 속상해하는데, 내가 잭에게 가자고 졸라서 1년에 몇 번씩 동부로 오지 않으면 아들을 볼 기회가 줄어들 것이기 때문이었다. 말라바는 남편의 불행을 원치 않았다.

엄마는 이 새집에 처음 왔을 때 자기가 내 초라한 아파트를 어떤 눈으로 보는지 확실히 느끼게 해주었다. 엄마는 삶의 아름다운 것을 식별하는 일에는 늘 평범한 수준을 넘어섰다. 엄마의 시선은 페인트칠이 벗겨진 구석으로 갔다가, 퍼티를 발라놓은 듯한 색깔의 전기 콘센트로,

지저분한 창문으로, 그리고 부엌에 달랑 하나 달려 있는 전등으로 옮겨 갔다. 전등 안쪽 바닥에 죽은 파리 몇 마리가 갇혀 있었다.

"저도 알아요." 내가 말했다. "손을 좀 봐야죠. 청소도 깨끗이 하고. 다정한 보살핌이 필요해요."

말라바가 내가 침실로 쓰는 창문 없는 알코브를 들여다보고, 마고에게서 받은 책이 두 뭉치 쌓여 있는 것을 쳐다보았다. 그게 임시로 협탁역할을 했다. 엄마는 소리나게 한숨을 쉬었다.

"여기 바닥에서 천장까지 닿는 책장을 놓을 생각이에요." 내가 입구쪽을 가리키며 말했다. "책이 자기 자리를 찾으면 제대로 된 협탁을 장만하려고요."

하지만 내가 그 말을 하는 순간에조차 엄마의 관심은 다시 다른 데로 옮겨가 있었다. 엄마의 시선이 거실을 지나 저만치 부엌으로 향했고, 거기서 다시 빗장 문에 가닿았다. 그 문은 녹슨 화재 대피용 비상계단으로 이어지는 문인데 나는 봄이 되면 그쪽에 화분을 놓고 토마토를 키울 계획이었다. 하지만 말라바의 감시 아래 나의 정원은 쓰레기장으로 바뀌었고, 봄이 되면 가지에 초록 잎이 매달려 창문을 녹색으로 물들여주리라 기대하던 한 그루 커다란 나무는 장바구니나 걸 만한 곳이 되었다.

"적어도 조용하긴 할 것 같구나." 엄마가 말했다. 목소리는 당혹스러울 만큼 공식적이었다.

"아주 조용해요." 내가 말했다. "그리고 칼루스티안이 한 블록밖에 떨어져 있지 않아요." 엄마가 좋아하는 향신료 가게와 가깝다는 사실이 이곳을 더 좋아 보이게라도 할 것처럼 말이다.

말라바는 치즈와 크래커, 그리고 파워팩을 만들 재료—버번, 베르무트, 셰이커, 심지어 껍질을 벗겨 장식용으로 쓸 레몬까지—를 갖고 왔다. 엄마의 계획은 내 집에서 술을 마신 뒤 시내로 가서 벤을 만나 저녁 식사를 하는 것이었다. 칵테일을 마시기에 조금 이른 시간이었지만, 우리는 나눌 이야기가 없었고, 나는 엄마가 뭔가 손으로 할 일이 필요하다는 것을 알 수 있었다. 준비하려고 부엌으로 들어가면서, 엄마 눈에 띌 못생긴 물건이 하나씩 떠올랐다. 조리기구 서랍에 들어 있는 접착시트, 푸른색 플라스틱 아이스 트레이, 헐거워진 수도꼭지 손잡이……

칵테일 셰이커가 착착착착 경쾌한 소리를 냈다.

"마티니 잔은 어디 있니?" 말라바가 유쾌함을 가장하며 물었다. "치즈 보드는?"

"구매 희망 목록에요." 내가 대신에 고블릿 잔과 저녁식사용 접시를 꺼내며 말했다. 5년 전 엄마는 잭과 나에게 티파니 회원으로 가입하라고 했지만 우리는 내키지 않았다. 격식을 갖출 때 사용하는 모든 바 용품을 생각하니—디캔터만 생각해도—말도 안 되게 구식으로 느껴졌다.

"내 말 주의해서 들어." 그때 말라바가 우리에게 말했었다. "쓰지도 않고 예술품 흉내나 낸 짝이 안 맞는 꽃병 대신 티파니 크리스털 풀세트를 가진 것에 내게 고마워하게 될 테니."

지금 나는 처음부터 다시 시작하고 있었다. 내 부엌에는 갖춰진 게 거의 없었다. 죄의식 때문에 나는 모든 것을 샌디에이고에 두고 왔다. 자기 그릇도, 은제 식기도, 마티니 잔도, 치즈용 도마도. 가족 초상화와 사진도 두고 왔다. 혹 돌아갈지 모르니까, 나는 생각했다. 잭이 이리로 올지도 모르고. 우리는 그 가능성을 계속 살려두었다.

이어서 나는 말라바와 소파에 앉아 파워팩을 들이켜면서 우리 안의
격한 감정을 가라앉혔다. 나는 내가 취한 상태일 때 술을 마시는 엄마
를 가장 잘 다룰 수 있다는 사실을 알고 있었다. 오늘밤 엄마의 냉담한
모습이 나를 불안하고 자의식적으로 만들었지만, 버번이 긴장을 완전
히 풀어주었다.

어느새 말라바는 두번째로 큰 셰이커에 넣어 만든 맨해튼을 우리 잔
에 따르고 목을 큼큼 풀었다. "레니, 묻고 싶은 게 있는데, 정확히 어떻
게 먹고살 생각이니?"

뉴욕으로 오면서 나는 안정된 직장, 합리적인 대출, 고정적인 수입이
있는 배우자를 포기했다. 나는 침을 꼴깍 삼키고 머뭇거렸다. 어떻게
먹고살지 아무런 생각이 없었다. 모아놓은 돈이 좀 있었지만, 많지 않
았다. "음, 출판계를 뚫어보고 싶어요." 내가 말했다.

엄마가 웃음을 터뜨렸다. "넉넉한 삶을 보장해주는 방법은 아니구
나." 엄마가 말했다.

나는 『파리 리뷰』에서 무급 인턴십을 시작했고, 여행 잡지사에서 정
보의 사실 여부를 확인하는 일을 했다. 그걸로는 집세 낼 돈의 절반도
되지 않았다.

"겉보기엔 좋지 않다는 거 알아요, 엄마. 하지만 힘든 상황을 이겨낼
수 있을 거예요." 나는 자신감을 과장해 드러내며 말했다. 어떻게든 창
작하는 삶을 이끌어간다는 생각은 내가 오랫동안 느껴보지 못한 행복
감을 안겨주었다. "적어도 더이상 우울하진 않아요."

"참 잘됐구나, 딸. 다만 나는 네가 집세를 어떻게 감당할지 궁금할 따름이야." 말라바가 칵테일을 한 모금 홀짝였다. "딱 잘라 분명히 말해둘 게 있는데, 벤과 나는 성인이 된 자식들을 부양할 생각이 전혀 없어."

그 순간 나는 엄마가 찾아온 목적을 대번에 이해했다.

"엄마한테 돈을 달라고 부탁한 적 없어요. 안 그래요?" 하지만 엄마와 나 둘 다 내 대안은 엄마라는 걸 알고 있었다. 사실 내 마음속에는 도움이 필요하면 언제든 엄마에게 요청할 수 있다는 생각이 늘 자리하고 있었다.

"아직은 그러지 않았지." 엄마가 말했다. "하지만 너는 다른 가족은 생각하지 않고 꽤 큰 결정을 내리고 있으니, 뭐든 혼자 알아서 해야 한다는 걸 분명히 해두고 싶구나." 엄마가 목을 큼큼 풀었다. 할말이 더 있다는 표시였다. "그리고 네 새로운 보헤미안 라이프 스타일을 지원하기 위해 내가 우리 엄마의 목걸이를 처분하리라 생각한다면 다시 생각해. 그 목걸이는 마땅히 가야 할 박물관으로 곧장 보내질 테니까."

나는 한 대 찰싹 후려맞은 것 같았다.

엄마 말은 끝나지 않았다. 계속해서 엄마는, 자신과 벤은 피터에게 가족의 게스트하우스를 전적으로 사용할 수 있는 권한을 주기로 결정했다고 했다. "이유는 간단해. 우리는 더이상 세를 주는 일에 신경쓰고 싶지 않고, 네 오빠는 유지비와 세금을 감당할 수 있거든." 오빠는 켈로그 경영대학원에서 MBA를 받았고, 텔레커뮤니케이션 분야 전문 경영 컨설턴트로 일하면서 이미 재산을 많이 모았다. 말라바가 내 아파트를 손짓으로 가리켰다. 내가 그런 걸 감당할 능력이 없다는 증거로.

나는 머릿속이 더 맑으면 좋겠다고 생각했다. 이런 상황에는 준비가 되어 있지 않았다. 아무리 그래도 나는 엄마가 매년 여름 두 주 정도는 내가 그 집을 쓸 수 있게 해두었을 거라고 생각했다. 엄마는 내가 케이프코드를 얼마나 좋아하는지 알고 있었다.

나는 잠시 조용히 앉아 있었다. "엄마," 이윽고 내가 말했다. "그만 가주세요."

엄마의 표정이 점점 차가워졌다. "내가 준비되면 당연히 갈 거야." 엄마는 그렇게 말하고, 일어서서 소지품을 챙기러 부엌으로 갔다. 엄마가 셰이커를 비울 때 녹은 얼음조각이 스테인리스 스틸과 부딪치는 소리가 들렸다. 다시 나를 돌아봤을 때 엄마의 얼굴은 분노로 일그러져 있었다.

나는 화난 말라바를 무수히 목격했지만—눈이 작아지고 턱이 들려올라갔다—분노의 대상이 오직 나였던 경우는 기억나지 않았다. 얼굴에서 호흡이 느껴질 만큼 엄마는 내게 바짝 붙어섰다. 나는 25년 전쯤 엄마와 엄마의 어머니 사이에 있었던 전설적인 싸움을 떠올렸다. 엄마는 그 순간에는 비비언을 죽여버리고 싶었다고 내게 여러 번 고백했고, 두 손으로 어머니의 목을 어떻게 잡고 졸랐는지 묘사했다. 나는 지금도 9킬로그램 더 가볍고 8센티미터 정도 더 작은 할머니가 어떻게 자기 딸을 밀어뜨려 돌 벽난로 속으로 처박았는지 모르겠다. 말라바는 그해 여름 내내 다리 전체에 깁스를 하고 지냈지만, 당시에는 아버지, 피터와 나를 포함한 모두에게 침대에서 내려오다 무릎이 탈구됐다고 했다.

그런데 지금 내가 말라바의 내면에 존재하는 깊은 분노를 휘저어놓은 것이다. 엄마의 고통스러운 표정이 물리적인 폭력을 예고하는 듯했다. 엄마가 나를 때릴 수도 있다고 마음의 준비를 했다.

하지만 엄마는 말했다. "이런 생각 해봤는지 모르겠는데, 레니? 나는 더이상 너를 내 가까이 두고 싶지 않아."

엄마가 평생 내게 칭찬과 다정한 말을 해주었으니—그런 적이 많았다—내 뇌가 이 특정한 문장을 깊이 새겨두는 것은 공평하지 않은 것 같다. 사랑과 칭찬은 체에 물을 붓는 것처럼 빠져나가는데 모욕은 왜 평생 가슴에 남는가? 오늘날까지 나는 이 모욕의 순간을 거의 어떤 순간보다 더 쉽게 살려낼 수 있다.

아니, 엄마가 더이상 나를 가까이 두고 싶어하지 않을 거란 생각은 해본 적이 없었다.

단 한 번도.

나는 엄마가 나를, 내가 엄마를 사랑한 것과 같은 방식으로 사랑한다고 생각했다. 유일하고 맹목적인 헌신의 마음으로. 엄마는 내 전부였고, 내가 결혼한 남자를 포함해 사귄 어느 남자보다 더 중요했다.

하지만 나는 말라바가 마침내 벤을 가졌고, 그는 힘들게 얻어낸 상이란 걸, 그리고 이제는 더이상 내가 필요하지 않다는 단순한 사실을 간과하고 있었다. 엄마의 연애를 도와주던 내 역할은 끝났다. 엄마는 내가 그 빌어먹을 무대에서 퇴장하기를 바랐다. 나는 엄마의 과거에 대해 너무 많이 알았다. 엄마가 지금 가진 것을 전부 어떻게 손에 넣었는지 너무 많이 알았다. 말라바는 영광스러운 마지막 장에 이르는 데 성공했고, 이제 대단원의 막을 내릴 시간이었지 딸의 불행에 관한 새로운 플롯이 전개될 시간은 아니었다. '그럴 가치가 있었는가?' 이런 본질적이고 드라마틱한 질문을 던진다면 말라바의 대답은 '그렇다'였다. 내가 읽은 모든 책에서 배운 한 가지 진실이 있다면, 이것이었다. 해피엔드는 모두에게 적용되지 않는다는 것. 언제나 마지막 환희 장면에서 배제되는 사람은 있다. 이번에는 그게 나였다.

*

그 끔찍한 저녁 시간 이후, 엄마와 나는 대화도 자주 나누지 않았고 서로 얼굴 보는 일도 거의 없었다. 말라바와 벤은 계속 여행을 다녔고, 달이 계절이 되고 계절은 해가 되었다. 크리스마스나 생일에 찾아가도 나는 식사만 했을 뿐 한 주도 오롯이 머무르지 않았고, 하룻밤 자고 오는 일도 드물었다. 엄밀히 말해, 나는 엄마가 있었지만 모든 면에서 엄마가 없다고 느꼈다. 이후 10년 동안 여름이면 아빠가 8월에 트루로에 있는 집을 한두 주 비워 내가 케이프코드에 있는 집을 혼자 쓸 수 있게 해주었다. 그곳에 담긴 복잡한 기억에도 불구하고, 나는 여전히 다른 어느 장소보다 케이프코드를 사랑했다.

엄마에게서 분리되는 건 힘든 일이지만, 오래전에 일어났어야 할 일이었다. B. 박사가 옳았다. 이상적으로라면 나는 15년 전쯤인 청소년기에 달아났어야 하고, 엄마는 내 독립이 마음속에 어떤 슬픔을 일으키더라도 혼자 견뎌나가면서 내가 그렇게 할 수 있도록 도왔어야 한다. 하지만 내가 자유로워져야 할 나이에, 말라바는 오히려 나를 자신의 비밀로 묶어놓은 것이다. 엄마가 우리의 건강하지 못한 역동을 시작한 사람이었다고 해도, 그것을 지속시킨 사람은 나였다.

마침내 내 삶을 바꿀 기회가 주어졌다. 나는 내 집을, 내 직장을, 내가 아끼고 사랑하는 남자를 떠났다. 내가 세상을 어떻게 살아왔는지 철저히 성찰해보지 않는다면 이 모든 혼란은 아무 의미가 없을 것이다. 나는 내 안에 뭐가 있는지뿐 아니라 내 주변에 뭐가 있는지 볼 필요가 있었다. 방심하지 않겠다고 나 자신에게 약속했다. 밤에는 내 꿈에, 낮에는 내 마음이 흘러가는 곳에 주의를 기울일 것이다. 나는 다시 날마다 일기 쓰는 습관을 들였는데, 일어난 일을 순서대로 쓰기보다는 내 생각을 모으고 정리하기 위해서였다. 매일 기록한 내용은 고백으로 시작하지만 통찰로 흘러갔다. 나는 내게 무슨 일이 일어났고 내가 왜 그렇게 행동했는지 이해하고 싶었다. 무엇보다 나는 내 행동이 다른 사람에게 어떤 영향을 미치는지 알지 못한 채 살고 싶지 않았다. 나는 말라바가 되고 싶지 않았다.

나는 계속해서 강박적으로 책을 읽었다. 소설을 읽었고, 조앤 디디온이나 수전 손택, 헨리 밀러의 논픽션 작품들도 읽었다. 종종 내 독서는 광적으로 느껴졌다. 책을 통해 마음의 풍요를 얻고 싶은 마음이 간절하다보니, 가끔 내가 무엇을 읽었는지 기억나지 않을 때도 있었다. 하지만 아주 많은 문장의 무의식적인 효과가 반복되는 꿈처럼 누적되는 것 같았다. 아파트에 흩어져 있는 독서 카드를 본 한 친구가 이 모든 희망과 자료를 담을 수 있도록 귀퉁이가 완전히 닳은 오래된 카드 박스를 주었다. 나는 계속 밀어붙여 단어의 의미와 그것을 어떻게 구사할지 익혀나갔다. 더 많은 단어를 알게 될수록 내 감정을 더 정확히 전달할 수 있었다.

하지만 정말로 내가 과거라는 죄수복을 벗을 수 있게 도와준 것은 새로워지고 깊어진 우정이었다. 아리스토텔레스는 사람은 우정이라는 거울을 통해 그것이 없었다면 보지 못했을 방식으로 자신을 볼 수 있다는 유명한 말을 남겼다. 키라, 마고, 그리고 속을 터놓을 수 있는 다른 소중한 친구들 덕분에 이런 통찰이 계속해서 일어났다. 친구들이 돌아가며 거울을 들었고, 나는 그들의 눈으로 나 자신을 볼 수 있었다. 나는 어쩌면 그렇게 끔찍한 사람이 아닐 것이다. 나는 심지어 공감적이고 똑똑하고 조금은 재미있는 사람인지도 몰랐다. 과거에 말라바는 내 가장 친한 친구이자 유일한 사랑이었지만, 우리의 비밀이 나를 고립시키고 내가 어떤 사람인지 제대로 알 수 없게 만들었다. 이제 나는 열리는 중이었고, 새로운 방식으로 내 약한 모습을 그대로 드러내고, 벗과 사랑과 친구들의 위로를 받아들였다.

마고는 계속해서 책을 보내주었고, 시간을 내서 전화로 우리 영혼을 성장시키는 긴 대화를 나누었다. 나는 또한 수없이 많은 시간을 키라와 함께 보냈다. 키라의 직업은 일러스트레이터였는데, 그녀의 애정과 대화는 목적과 삶에 대한 내 생각을 자극했다. 다른 친구도 많았다. 우리 모두 과거의 상처가 있지만, 우리에겐 서로가 있기에 더이상 뭔가를 숨겨야 한다는 강박에 시달리지 않았다. 나는 긴장을 풀고 이런 관계를 만들어나갔고, 삶의 급류 속에서 안전하게 정박한 느낌이었다. 이십대 내내 경험한 외로움과 우울감이 마침내 걷혔다. 나는 나 자신과 친구가 되었다.

24

1995년 가을에 나는 서른이 되었다. 우연히 마주치거나 누군가가 자리를 마련해 계속 만나게 되면서, 나는 프랜시스 포드 코폴라―〈대부〉와 〈지옥의 묵시록〉으로 유명한 영화감독―와 아는 사이가 되었고, 우리는 픽션 잡지를 함께 창간할 수 있을지 논의했다. 그 대화와 뒤따른 대화 속에서 문학 잡지 『조이트로프: 올스토리Zoetrope: All-Story』가 탄생했다. 내 이력서 어디에도 내가 이런 일에 적합한 사람이라는 암시는 없었다. 내 롤로덱스 파일에는 문학계 인사의 방대한 연락처가 들어 있지도 않았고, 나는 편집자로서의 성취를 보여주는 전문적인 이력도 없었다. 나는 유통과 배포, 종이를 구입하고 인쇄소 찾는 법, 디자이너를 고용하고 저작권 대리인을 통해 자료를 구하는 방법에 대해서도 아는 게 없었다.

하지만 부모님이 글 쓰는 사람이라, 내겐 잡지의 성공에 대한 비전이 있었다. 그리고 내가 뭔가 참신한 걸 만들어낼 수 있으리라는 자신감이 있었다. 나는 새 일에 온 힘을 쏟아부었고, 종종 자정까지 혹은 자정을 넘겨서까지 일했다. 마음 한편으로는 문학적 성취만이 남은 인생에서 내가 일으킨 대혼란을 의미 있게 만들 수 있을 거라고 믿었다. 내 직업 윤리가 아빠 덕분이라면, 결단력 면에서 역할 모델은 엄마였다. 뭔가를 간절히 원하면 자기 것으로 만들기 위해 뭐든 노력하게 된다. 그렇다. 나는 마침내 문학계에서 발판을 만들었다. 내게 필요한 건 산 전체를 올려다보는 게 아니라, 그저 연속적인 각각의 단계에 집중하는 일이었다.

잭과 나는 서로 멀어졌다 합쳤다 다시 멀어지기를 반복하고 있었다. 매번 우리는 서로가 없는 세계로 조금씩 더 들어가는 모험을 했다. 통화하거나 서로 찾아가는 일이 점점 줄었고, 그런 가운데 어느 시점에 다른 사람을 사귀는 것에 합의했다. 결혼한 상태를 유지하면서 싱글 라이프의 바다를 시험해보기로 한 것이다. 우리가 처한 곤경은 모호했다. 끔찍이 잘못됐다고 느껴지지도 않으면서, 아주 옳다고 느껴지지도 않았다. 내게 가장 핵심이 되는 딜레마는 결혼생활의 테두리 안에서 내가 원하는 사람, 즉 창작하는 삶을 살면서 솔직하게 의미를 찾는 사람이 될 수 있는가였다. 나는 그게 의심스러웠다. 잭은 단순히 자기 삶을 살고 싶어했지 끝없이 성찰하고 싶어지는 않았다. 우리는 다르게 만들어진 사람이었다. 1997년 8월, 서로 이 나라의 반대쪽에 산 지 4년이 지났을 때, 우리는 이혼하되 계속 가까운 사이로 남기로 약속했다.

부모님께 이 소식을 직접 알리는 것이 최선이라고 생각해, 1998년

초에 잭과 나는 함께 케이프코드로 부모님을 찾아갔다. 우리가 여전히 서로 잘되기를 바라는 친구로 지낼 것임을 보여주어 가정의 와해를 염려하는 그들의 두려움을 덜어주고 싶었다. 우리가 헤어져도 가족이 쪼개지지는 않을 것이다. 명절에 모이면 서로 예의를 갖출 테고, 만나면 정말 기쁠 것이다.

말라바와 벤이 결혼한 지 4년이 넘은 시점이었다. 엄마는 그들의 관계가 밝혀졌을 때 벤이 릴리 곁을 선택한 것에 대해 결코 그를 완전히 용서한 적이 없지만, 그럼에도 그들의 열정은 줄어들지 않았다. 그들은 전통적인 역할을 따르는 편안한 가정의 일상을 이끌어나갔다. 벤은 칵테일을 만들고 불을 지피고 고기를 구웠다. 말라바는 살림과 사교 일정과 다른 모든 것을 관리했다. 그리고 전보다는 부엌에서 보내는 시간이 훨씬 줄었지만, 엄마는 여전히 겉보기에 힘 하나 들이지 않고 굉장한 식사를 차려낼 수 있었다. 오늘밤에는 구운 램찹, 벌거* 타불레**, 튀긴 채소를 준비했다. 푸짐하고 넉넉한 저녁식사였다.

식사를 하려고 모두가 식탁에 앉은 직후, 잭이 목을 큼큼 푼 다음 그와 내가 서로에 대해 느끼는 애정에도 불구하고 우리는 앞으로 완전히 헤어져 각자의 길을 가기로 했다고 웅변 조로 선언했다.

"벌써 신고를 마쳤니?" 엄마가 물었다.

엄마와 함께 있을 때면 내 아파트에서 우리가 싸운 일이 늘 마음속에 생생하게 살아나, 우리는 여전히 냉담했지만 나는 그 질문의 현실성에 허를 찔린 느낌이었다. "아직요." 내가 말했다. "곧 할 거예요. 하지만

---

* 발아한 밀을 찐 다음 말려서 부순 것으로 중동식 요리에 주로 쓰인다.
** 으깬 밀에 토마토, 양파, 허브를 다져 넣은 중동식 채소 샐러드.

먼저 알려드리고 싶었어요."

"그래, 마침내 결정을 내렸다니 다행이구나." 벤이 툭 소리를 내며 큰 손을 식탁에 내려놓았다. "이런 어중간한 상태를 한 해 더 견딜 수 있을 것 같지 않았거든." 그는 민트 소스를 스푼으로 떠와서 램찹 위에 조금 얹었다. "말라바, 평소와 다름없이 정말 맛있게 만들었는데."

"양고기 맛이 환상적이지 않아?" 엄마가 말했다. "믿을지 모르겠지만 뉴질랜드산이야." 그러더니 소리를 낮추어 덧붙였다. "코스트코에서 샀어."

잭과 내가 몇 년 동안 서로 다른 해안에 떨어져 살았으니, 부모님이 우리 결혼의 종말을 예견한 게 놀랄 일은 아니었다. 그럼에도 나는 부모님이 사랑과 격려의 말로 우리를 안심시키며 좀더 감정적인 반응을 보이리라 기대했다. 벤과 말라바는 우리의 결혼이 공식적으로 끝났다는 말에 동요하지 않았을뿐더러, 그 문제를 더 논의하는 데에도 관심이 없었다.

그들의 끊임없는 관심사는 백악관에서 벌어진 클린턴 스캔들의 전개였다. 말라바는 유죄를 입증하는, 모니카 르윈스키의 푸른 드레스에 묻은 얼룩을 분석했다. 벤은 빌 클린턴의 끝없는 성욕에 대해 큰소리로 떠들었다. 두 사람 다 힐러리의 흉측한 야망을 헐뜯었다. 그들은 남편이 바람피운 건 그녀 책임이라고 보는 것 같았다.

"내가 가장 화나는 게 뭔지 알아?" 벤이 역겹다는 듯이 말했다.

말라바는 포크를 내려놓고 남편에게 오롯이 집중했다.

"첼시*가 잘 지내는지에 대해선 아무도 신경쓰지 않았다는 사실. 잠

---

* 힐러리와 클린턴의 딸.

시라도 말이지." 의붓아버지가 말했다.

엄마가 고개를 내둘렀다.

잭이 식탁 밑으로 내 무릎을 꽉 잡았고, 우리는 서로 눈을 바라보았다. 우리 부모의 불륜에서 잭이 가장 소름 끼치게 생각한 게 바로 이런 점이었다. 각자의 배우자를 배신한 것도 아니고, 교묘하게 속인 것도 아니고, 그들의 관계를 더 편하게 이어가려고 나를 이용한 뒤 내게 일으킨 고통을 결코 인정하지 않은 점.

잭의 마음의 문이 쾅 닫혔다. 눈빛에서 읽을 수 있었다. 우리 부모가 저지른 불륜을 용서했고 급하게 진행한 결혼도 참았지만, 이건 너무한 것이었다.

"제가 가장 화나는 게 뭔지 아세요?" 그가 날씨를 묻듯 차분하게 말했다. 그가 냅킨을 접어 접시와 나란히 놓았다. "위선." 그러고는 일어서서 고개를 끄덕여 내게 작별인사를 한 뒤 식탁과 그들의 집을 영원히 떠났다. 잭은 그뒤로도 아버지를 계속 찾아갔지만, 내가 아는 한 부모님 집에 머무른 적은 없고, 어떻게든 말라바를 피했다.

나는 잭만큼 침착한 모습을 보일 수 없었다. 내가 바라던 사과를 결코 받을 수 없으리란 걸 깨닫고 나니 직접 찾아와서 말해야 한다고 생각한 나 자신에게 화가 났다. 나는 독설을 쏟아냈고, 벤과 엄마는 고개를 내저었다. 감사할 줄 모르는 내 태도가 이해되지 않는다는 의미일 터였다. 나도 그들을 떠났다.

잭과의 이혼이 마무리되자 나는 잃어버린 시간을 보상하기 시작했다. 십대와 이십대의 많은 시간을 엄마의 연애에 너무 몰두한 채 보낸 뒤라서, 나 자신의 욕망에 집중하는 게 짜릿했다. 마침내 나는 내가 원하는 대로 살면서, 내 삶을 이끌어나가는 사람은 나 자신이라고 느꼈다. 알코브가 있는 내 아파트에서 탄생한 『조이트로프: 올스토리』는 이제 햇볕 잘 드는 사무실 공간과 정규직 직원 네 명과 탄탄한 유통망을 갖추게 되었다. 잡지는 야심 있는 작가들이 성장할 수 있는 발판이 되었을 뿐 아니라, 전미 잡지상 시상에서 2001년 최고의 픽션상을 수상하는 등 많은 찬사를 받았다. 나는 런던 테라스의 넓고 햇볕이 잘 드는 원룸 집으로 이사했다. 첼시에 있는 예술가 친화적인 복합 건물이었는데 키라도 거기 살았다.

키라는 나보다 데이트에 훨씬 지쳐 있었지만, 내가 연애나 누구를 만난 이야기를 길게 늘어놓아도 성격 좋게 다 들어주었다. 나는 결과에 크게 연연하지 않았고, 나쁜 날을 좋은 날만큼 재미있게 생각했다. 그것이 우리의 늦은 밤 대화 소재였다. 나는 남자와 사귄 적이 몇 번 있었는데, 누구와는 짧게 만나고 누구와는 좀더 길게 만났다. 실의에 빠진 교수, 정직하지 않은 배우, 성격이 좋지 않은 창의적인 회사 간부—모두 마음이 건강하지 않았다. 나는 나처럼 가정에 문제가 있고 정착하는 것을 꺼리는 남자들에게 끌렸다.

그리고 2002년에 닉 킨이라는 남자와 소개팅을 하게 되었다. 그 무럽 나는 소개팅을 아주 많이 한 뒤라, 기대가 높으면 안 된다는 걸 잘 알고 있었다. 닉은 내게 더 편한 장소를 고르는 배려심을 보여주었다. 내가 일하는 곳에서 바로 길 건너에 있는 바였다. 이 낯선 사람이 유부남이거나 알코올의존자거나 자기밖에 모르는 사람이거나 혹은 그 셋 모두라면, 나는 할일이 있다고 말하고 언제라도 사무실로 돌아갈 수 있었다.

하지만 닉은 그런 사람이 아니었다. 나는 그때 서른여섯, 그는 마흔한 살의 지적이며 매력적인 남자였다. 우리는 편하게 농담하면서, 서로의 가정사와 커리어에 관한 이야기를 나누었다. 닉은 허드슨까지 차로 두 시간 거리인 뉴욕주 킹스턴에서 자랐다. 그는 가톨릭신자로 성장했고, 부모를 아주 사랑했으며, 다섯 명의 형제자매와도 사이가 좋았다. 우리는 공통점이 놀랄 만큼 적었다.

"내 어린 시절을 지겹다고 말할 수도 있겠는데요." 그가 말했다.

닉은 몬태나에서 전기나 수도 없이 살았다고 해도 될 정도였는데, 그의 안정된 삶은 그만큼 내게 이질적이었다. 가족 여행을 간 이야기도 해주었는데, 여덟 명의 꼬마—킨 부부의 아이들은 친구를 데려갈 수 있었다—가 스테이션왜건에 다닥다닥 붙어 탄 채 플로리다까지 스무 시간 넘게 걸려 갔다면서, 그 이야기를 좋은 추억으로 이야기했다. 나는 닉의 건강한 어린 시절에 대해 질문할 만한 걸 한 가지도 생각해낼 수 없었다. 분명히 우리 둘은 운명적으로 짝지어진 사이가 아니었다. 금융계에서 일하는 닉은 슈트와 타이 차림이었다. 내 눈엔 이미 그날 밤이 어떻게 흘러갈지 다 보였다. 술을 두어 잔 하고 가벼운 대화를 나눈 뒤 가볍게 뺨에 키스하고 다시는 만나지 않는 것이다. 나는 키라에게 전화할 순간이 못내 기다려졌다. 키라는 이 이야기를 재미있어할까?

그렇더라도 닉에 대해 안 좋게 말할 만한 점은 하나도 없었다. 나는 대화를 즐기고 있었고, 특별히 서둘러 떠날 일도 없었다. 게다가 그의 이야기를 더 깊이 생각할수록, 더 믿기지 않았다. 누구의 어린 시절이 전적으로 행복하겠는가? 그렇지 않을 거라는 생각이 들기 시작했다. 나는 데이트 상대를 깨부수는 데 한 시간을 쓰기로 하고, 그의 어두운 비밀을 캐기 시작했다. 나는 닉을 보고 미소를 지었고, 그를 찬찬히 살펴보았다. 그는 다정한 얼굴에 검은 머리칼, 은회색 구레나룻, 준비된 미소, 웃으면 반짝거리는 이슬 같은 갈색 눈동자를 갖고 있었다.

내 냉소적인 태도를 감지한 그가 말했다. "이 말이 도움이 된다면 내 결혼생활은 아주아주 불행했어요." 하지만 그의 끔찍한 결혼생활에조차 밝은 면이 있었다. 각각 아홉 살, 열두 살인 두 아들이 훌륭하게 성장하고 있었다. 하지만 닉은 두 아들의 존재가 그의 어긋난 인생에 또 다른 장애가 될 수 있다는—일반적인 이유 때문은 아니고—생각은 거의 하지 않는 듯했다. 어린 시절에 나는 아빠가 데이트한 많은 여자를 만났다. 모두 아주 멋있었다. 나는 언제나 아빠보다 그들에게 더 큰 애착을 느꼈고, 그 여자들이 사라지면 크게 상심했다. 나는 다른 누군가의 아이들에게 그렇게 할 생각이 없었다.

스스로 할당한 탐색의 시간이 끝나자, 나는 할일이 없어졌다. 이리저리 파보았지만, 아무것도 나오지 않았다. 보물도 없었고, 시체도 없었다. 그날의 데이트 전체가 묘하게 즐거웠다. 닉은 따뜻하고 사랑스러운 사람이었고, 이미 내게 반한 것을 알 수 있었다.

내가 그를 다시 만나지 못한다면 너무 안타까울 것 같았다.

"나도 결혼했었어요, 닉." 저녁 시간이 끝나갈 때쯤 내가 말했다. 종업원이 우리에게 계산서를 갖다주었다. 닉이 테이블에서 그걸 가져가더니 폴더 안에 지폐 세 장을 넣었다.

"아이는 없고요?" 그가 말했다.

"아이는 없어요." 내가 웃으며 대답했다. "사실 이건 재미있는 이야긴데, 나는 전남편과 자식을 공유하지 않는 대신, 부모를 공유해요." 나는 그 말이 받아들여지기까지 잠시 기다렸다. "9년 전 엄마와 전남편의 아버지가 결혼했거든요."

자랑스럽게 할 말은 아니지만, 대화를 더 이어가기 위해서건 끝내기 위해서건 종종 극적인 효과를 위해 나는 그 말을 꺼내곤 했다. 닉의 경우에는, 내가 그의 인생사에 맞지 않는다는 것을 알려주기 위해서였다. 나는 이 멋진 남자에게 우리 데이트가 공식적으로 끝났음을 알릴 필요가 있었다. 내가 그의 아들들이나 완벽한 가족을 만날 일은 결코 없을 것이다. 우리 사이에 놓인 깊은 계곡은 너무 광대해서 건너갈 엄두조차 낼 수 없었다.

누구든 그 점들을 연결하려면 한 박자 쉬어야 한다. 닉도 예외는 아니었다. 내가 지켜보는 가운데, 그는 내가 준 정보를 곰곰이 생각해보는지 눈썹이 일그러졌다가 깜짝 놀랄 결론에 도달하자 다시 올라갔다. 전남편이 내 의붓오빠라는 결론.

지금까지 내 말을 들은 사람들의 반응은 두 가지 중 하나였다. 함축적인 농담을 하거나 허겁지겁 후퇴하거나. 닉은 어느 쪽도 아니었다. 대신 그는 내 짤막한 농담의 복잡함을 이해한 것 같았다.

"전화할게요." 헤어질 때 닉이 내 뺨에 키스하며 말했다.

닉이 하루인가 이틀쯤 뒤에 전화했을 때, 나는 라과디아공항에서 캘리포니아로 가는 비행기를 기다리고 있었다. 우리가 같이 만든 잡지에서 나는 이제 빠지겠다는 말을 하려고 프랜시스 코폴라를 직접 만나러 가는 길이었다. 우리는 7년 동안 멋지게 잡지를 만들었지만 프랜시스는 사무실을 샌프란시스코로 옮기고 싶어했고, 내 삶의 기반은 뉴욕이었다.

그때 마침 나는 데이트중이던 다른 남자와 짧은 통화를 하다가 막 전화를 끊은 참이었다. 그의 가정사―이혼한 부모, 엄마와 관련된 주된 문제―가 내게 더 익숙했다. 그와 나는 몇 번 데이트를 했고, 이미 익숙한 밀고 당기기를 하고 있었다. 내가 관심을 보이는 것 같으면 그가 물러났고, 내가 무관심하게 대하면 그가 다가왔다. 그는 여전히 전 여자친구를 사랑하고 있었고, 물론 나는 그 사실에 강하게 이끌렸다.

"안녕하세요, 에이드리엔, 닉 킨이에요."

내가 그를 겁주어 쫓아낸 게 아닌 모양이었다.

"안녕하세요, 닉 킨." 내가 말했다. 나도 모르는 사이 우리는 진지한 대화로 곧장 빠져들었다. 어느새 나는 문학잡지에서 손을 떼면서 느낀 어마어마한 상실감에 대해 털어놓고 있었다. 우리는 20분 동안 이야기했고, 나는 어느 순간 예기치 못하게 울컥해 목이 멨다.

"이만 끊어야겠어요." 내가 당황해서 말했다.

"음, 우리 서로 잘 알지 못하는 사이지만, 샌프란시스코에 도착하면 잘 도착했다고 전화해줄래요?"

9·11 테러 공격이 일어난 게 몇 달 전이었다.

"그럴게요, 약속해요." 내가 말했다. "그렇게 말해줘서 고마워요." 내가 덧붙였다. "마음이 아주 따뜻한 분이시네요."

여섯 시간 동안 비행기를 타고 가면서, 나는 창가 자리에 앉아 달걀 모양 창문을 통해 방대한 반구형의 하늘을 쳐다보았고, 두 통의 전화와 그 전화를 걸어온 남자들을 생각했다. 한 명은 양면적인 태도를 보였고, 다른 한 명은 열정적이었다. 두 전화가 5분도 안 되는 간격을 두고 걸려온 데는 뭔가가 있었고, 뒤따라 충분하게 주어진 이 빈 시간은 우주가 내 주의를 끌려는 것처럼 느껴졌다.

마고의 말이 머릿속에서 메아리쳤다. 인생은 한 번뿐이야, 레니.

그랬다. 내 인생은 오직 한 번뿐이었다. 나는 서른여섯 살이었다. 다르게 살 수도 있었다. 그 순간 나는 다른 미래에 대한 여지를 주겠다고 결심했다. 닉 킨에 대한 가능성을 열어놓는 미래.

25

나는 극적이지 않은 연애가 가능한 줄 몰랐다. 사랑을 변덕스럽고 순식간에 지나가는 것인 줄로만 알고 있었다. 부모님에게 배운 건, 배에 물이 차기 시작하면 구명보트를 찾아 배를 버리는 것이었다. 닉과 함께 있으면 깊은 애착에서 오는 한결같은 안정감과 더불어, 욕망과 사랑의 강렬한 정신적 결합을 느꼈다.

2005년, 캘리포니아를 떠나고 막 10년이 지났을 때 나는 닉과 결혼했다. (잭은 그 모든 시간에 친구로 남았고, 새 파트너와 함께 내 결혼식에 참석했다.) 닉과 나는 진지하게 가정을 꾸릴 생각이었고, 아이를 낳을 때가 되자 노셋 베이에 있는 내 본가로 몹시 돌아가고 싶었다. 올리언스는 내가 수영과 자전거 타기와 줄무늬농어 잡는 법을 배운 곳이었다. 내가 첫 키스를 하고 첫 실연을 한 곳도 거기였다. 썰물 냄새만 말아도 오빠와 함께 조수潮水가 만든 웅덩이에서 피라미를 잡으며 보낸 긴 여름날로 돌아갔다. 나는 내 아이들이 그 전부를 경험하기를, 그 땅에 대해 나와 똑같이 강한 연결감을 갖기를 바랐다.

그 욕망에 용기를 얻고 마침내 얼마간 돈을 모은 뒤, 나도 게스트하우스를 오빠와 공유할 수 있어야 한다고 엄마에게 소송을 걸었다. 그렇게 하면서 오빠는 재산이 많으니 마음의 상처를 받지 않으리라 확신해 피터의 감정을 고려하지 않았다. 내가 여름에 그 집을 쓰는 동안 그는 다른 집을 빌리면 될 거라고 간단히 생각했다. 뭐, 피터라면 집을 한채 사는 것도 가능했다. 나는 내가 그 집으로부터 차단되었을 때 피터가 신경쓰지 않았다는 점도 떠올렸다. 그렇게 합리화했지만, 사실 피터는 마음이 상했고, 우리의 해묵은 경쟁에 다시 불이 붙었다. 우리의 충성은 늘 말라바를 향한 것이었지, 서로를 향한 적이 없었다. 우리는 햇볕을 받으려고 서로 목을 조르는 넝쿨처럼 성장했다.

*

새 가정을 이루었을 때 나는 서른아홉 살이었다. 나는 딸을 낳았고, 이어 3년 뒤 아들을 낳았다. 나는 10년에 걸쳐 나와 말라바의 관계를 비로소 이해했다고 생각했지만, 아이를 낳으면서 그런 환상이 깨졌다.

닉이 갓 태어난 우리 딸을 내 품에 안겨주기 전까지 나는 세상이 그렇게 순식간에 바뀔 수 있다는 걸 알지 못했다. 내가 딸아이의 머리 냄새를 맡자, 그 황홀한 향기가 내 머릿속에 새로운 신경회로를 만들어 뭐라 일컬을 수 없는 생각과 감정을 풀어놓는 것 같았다. 나를 처음 품에 앉았을 때 말라바도 이런 경험을 했을까? 아니면 말라바는 내가 크리스토퍼의 생일에 태어났다는 사실에 너무 놀랐을까? 나는 계속 숨을 쉬면서 딸의 향긋한 냄새를 내 의식 속에 각인시키려고 노력했다. 이 아이가 내 몸 밖으로 나온 지금, 나는 어떻게 하면 아이를 안전하게 보살필 수 있을지 알지 못했다. 나는 사랑을 느끼는 한편으로 공포를 느꼈다. 아이를 잃는 것은 추상적인 개념이 아니었다. 내가 아는 다른 사람들에게도 그런 일은 일어났다. 그 일은 부모님에게도 일어났다.

의사가 내 복부를 다 꿰매자, 그들은 내 침대를 수술실 밖으로 밀고 나가 엘리베이터에 태웠다. 갓 태어난 아기가 내 가슴 위에 뉘어 있고, 닉이 옆에서 함께 걸었다. 엘리베이터 문이 알림음과 함께 열렸고, 벤과 말라바가 반대쪽에서 기다리고 있었다. 엄마가 침대로 다가올 때 내게 파도 같은 감정이 휘몰아쳤고, 나는 내 딸이 우리를 치유해줄 힘을 가졌을 거라는 묘한 희망에 사로잡혔다.

이제 이 아이의 엄마가 된 내가 나의 엄마를 보니, 감정이 격동하듯 밀려오며 울음이 터졌다.

"사랑한다, 레니." 말라바가 내게 속삭였다. 그러고는 내 가슴 위의 아기에게 관심을 돌렸고, 둘째 손가락 바깥 쪽으로 딸의 뺨을 부드럽게 어루만졌다. "안녕, 손주 아기야."

우리 모두의 사랑에 의존하는 게 너무도 분명한 이 새로 태어난 인간 개체가, 우리 안에 있는 모든 선한 것을 끌어낼 힘을 가졌을 거라고 나는 확신했다. 다음 세대를 위해 더 좋은 미래를 만든다는 공통된 목표를 가졌으니, 말라바와 내가 우리의 과거를 인정하는 것은 시간 문제일 것이다. 나는 엄마가 곧 내게 다가와 해명할 거라고 상상했다. 이 순간 말라바에게 하고 싶은 말이 너무 많았지만, 말을 하려고 입을 열자 울음이 꺽꺽 서러운 흐느낌으로 바뀌었다.

"딸, 괜찮니?" 엄마가 물었다.

나는 엄마를 안심시키려 했지만, 내가 정말로 원한 건 엄마가 나를 안심시키는 것이었다. 나는 괜찮지 않았다. 평생 말라바가 엄마로서 나를 보살펴주기를 기다렸지만, 이 아기를 내 품에 안은 지금은 그러기에 너무 늦었다.

나는 얼굴이 벌게진 채 발작이 일어난 것처럼 얕은 숨을 후후 쉬기 시작했다. 질식할 것만 같았다. 닉을 쳐다보니, 그는 놀란 표정이었다. 나는 공기를 깊이 들이마실 수가 없었다. 뭔가 무거운 것이 가슴을 짓눌러 내 온전한 호흡을 막는 것 같았다.

간호사가 말라바와 벤을 서둘러 다시 복도 의자로 내보내고 내 병실 쪽으로 침대를 돌렸다.

"숨을 들이쉬세요." 간호사가 내 양쪽 어깨를 잡고 나를 부드럽게 흔들면서 단호하게 말했다. "잘 들어요, 에이드리엔. 마음을 가라앉히고 천천히 심호흡을 해봐요."

마침내 나는 숨을 들이쉬었다.

그녀가 나를 병실로 밀고 갔다.

"방금 무슨 일이 있었던 거죠?" 내가 평정을 되찾은 뒤 물었다.

"공황 발작이 왔어요." 그녀가 대답했다.

내 멍한 표정을 보고 그녀가 말했다. "과호흡을 했어요. 나가는 공기보다 들어오는 공기가 더 많은 걸 뜻해요."

"하지만 왜요?"

간호사가 어깨를 으쓱했다. 그녀는 다 지켜보았다. "마취제 때문일 수도 있어요. 제왕절개는 큰 복부 수술이에요. 걱정 마세요, 이제 괜찮아요."

딸아이가 눈을 떴다. 나는 병원 포대기 끝을 안으로 단단히 여며주며 아기의 머리 냄새를 다시 맡았다. 닉이 내 어깨에 손을 얹었다.

아마 마취제 때문이겠지만, 엄마의 모습을 보자마자 과거가 나를 들이받았다. 나는 엄마의 손녀를 세상에 나오게 하려고 배를 절개한 뒤 새롭고 선연한 모습으로 침대에 누워 있었다. 나는 사람들이 죽음 가까이 갔다 온 경험을 얘기할 때 묘사하는 것과 비슷한 환시를 보았다. 아주 짧은 시간 동안 커튼이 들려 올라간 것 같았다. 사람들이 길게 줄지어 서 있는 걸 보았고, 멀리 있을 때는 보이지 않던 얼굴이 거리가 가까워지면서 아는 얼굴이 되었다. 증조부모, 조부모, 그리고 부모님의 얼굴. 나는 인간 도미노의 맨 앞에서 내 아기를 품에 안고 있었다. 앞서간 조상들이 내 뒤에서 넘어져 내 다음 세대를 움직이게 했다. 달아날 곳이 없었다. 그들의 집단적인 무게가 아기와 나를 내리눌렀다.

나는 말라바 안에서 알로 시작했고, 마찬가지로 말라바는 비비언 안에서 하나의 알로 시작했다. 그런 식으로 우리 각각의 운명은 어머니들이 이룬 깊이의 인가를 받았다. 내가 조부모와 증조부모에 대해 아는 것은 거의 없지만, 안다고 하는 것도 내가 아는 한두 가지 단단한 사실을 중심으로 만들어진 것이며, 아마 흐릿해진 사진에서 보는 수줍은 미소 또는 책이나 편지에 밑줄을 그어둔 문장으로 꾸며졌을 것이다. 그들의 삶의 구체적인 부분은 내게 미지의 것으로 남을 것이다. 내 삶의 구체적인 이야기가 내가 지금 안고 있는 아기에게 그렇듯. 하지만 내 딸의 모습은 우리의 집단적인 역사에 의해 만들어질 것이고, 우리의 모계 혈통에는 뭔가 유해한 것이 있었다. 말라바는 내게 유일한 엄마지만, 내가 되고 싶은 엄마의 모습은 아니었다.

나는 선택해야 한다. 하나는 내가 오랫동안 달리고 있는—많은 이가 앞서 지나간—이 길을 계속 가면서, 내 옅은 색 머리칼과 하얀 피부처럼 그 유물이 배턴인 양 가벼운 마음으로 넘겨주는 것이다. 내 딸은 그걸 넘어서기 위해 최선을 다하리라. 딸은 자라서 아름답고 똑똑하고 영민한 사람이 될 것이다. 앞서 내가, 그애의 조부모가, 그애의 증조부모가 그랬듯.

아니면 내가 속도를 줄이고 호흡을 가다듬고 정신을 차리고 새로운 길을 찾아보는 것이다. 다른 길은 반드시 있고, 그 길을 찾는 일이 내가 딸아이에게 진 빚이다.

26

한순간 젖을 잔뜩 먹인 아기들을 무릎에 올려 안고 바람이 만에 일으키는 물결을 지켜보며 아기들의 실크 같은 귀 끝을 어루만지는가 싶었는데, 다음 순간 넘어질락 말락 아장거리던 아기들이 팔다리가 길어져 내 앞에서 전속력으로 모래밭을 달리며 물가에서 먹이를 먹는 갈매기와 도요새 무리를 흩어놓는다. 내 아이들은 내가 꿈꾼 그대로 케이프코드에서 여름을 보냈다. 떠내려온 나무로 요새를 만들고 행운의 돌이나 바다유리를 찾아 해변을 훑었다. 아이들은 고래가 수면 위로 물 뿜는 것을, 시력 나쁜 상어가 우리 보트 아래로 유유히 지나가는 것을, 푸른색 물고기 떼가 겁에 질린 피라미를 쫓는 것을 지켜보았다. 우리 아이들은 내 딸보다 한 살 어리고 내 아들보다 한 살 많은 피터의 딸과 최고의 친구가 되었고, 그 셋은 매일 아침 커즌스 록이라고 부르는 서로의 집 사이, 만 해변에 있는 어느 바위에서 만났다. 닉과 나는 우리집 목판에 눈금을 새겨 아이들이 얼마나 컸는지 표시했다. 아이들은 쑥쑥 자라났다. 시간이 불규칙적으로 흘러갔다. 느린 하루, 빠른 달, 날개를 단 해.

내 시아버지이자 친밀한 대가족의 사랑받는 가장이었던 닉의 아버지가 2010년 여름에 돌아가셨다. 닉과 내가 사귄 지 8년, 결혼한 지 5년 만이었고, 우리 아이들은 각각 다섯 살, 두 살이었다. 장례식 직전에, 그의 가족은 지하실에서 자물쇠가 채워진 오래된 금속 상자가 숨겨져 있는 것을 발견했다. 상자는 불길해 보였고, 나는 닉의 아버지가 감춰온 비밀이 있을지 모른다는 생각이 두려웠고, 그 안에 뭐가 들었을지에 비합리적인 공포를 느꼈다. 내 가족의 경우엔 자물쇠가 채워진 상자란 감정의 폭탄—불륜 관계, 혼외 자식, 수치스러운 집착—을 의미할 뿐이었다. 하지만 킨의 가족은 그 안에 뭐가 들어 있을지 기대하며 열심히 열쇠를 찾았다. 닉의 조카들이 뚜껑을 들어올릴 때 나는 올 것이 왔어, 하고 생각했다. 나는 마음을 단단히 먹고 안을 들여다보았다. 하지만 거기에 폭탄은 없었다. 가족의 끔찍한 비밀은 없었다. 연애할 때 닉의 어머니가 닉의 아버지에게 보낸 연애편지 뭉치가 들어 있을 뿐이었다.

그리고 2013년 2월에 벤이 중증 뇌졸중으로 쓰러졌다. 벤과 말라바가 몇 해째 겨울마다 가서 지내는 플로리다에서 전화가 왔다. 나는 엄마와 함께 벤의 마지막 이틀을 지켜보았는데, 세 번의 힘겨운 숨과 함께 영혼이 빠져나가고 그 자리에 죽은 몸이 남았다. 벤이 떠났다. 아흔다섯이 거의 다 되었을 때였고 어머니와 20년 가까이 결혼생활을 한 뒤였다. 그들이 일으킨 스캔들이 먼 기억이 될 만큼의 시간이었다.

벤이 죽고 두 달 뒤, 근위축성측색경화증 진단을 받고 1년 반이 지났을 때, 마고는 자신의 삶을 끝내기로 신중한 결정을 내렸다. 내 아빠와 헤어진 지 오래였지만 여전히 내 가장 친한 친구 중 하나였다. 나는 그 마지막 해에 그녀를 만나러 샌디에이고로 자주 갔다. 우리는 정기적으로 통화를 했고, 그녀가 더이상 말을 할 수 없어졌을 때는 문자 메시지를 주고받았다. 그녀 없이 어쩌지? 그녀의 대답은 그녀가 죽은 날 아침에 내게 보낸 마지막 메시지에 있었다. 우리에게 노라 에프론*이 필요할 때 그녀는 어디 있지? 나는 그 말을 '혼란한 삶을 끌어안아. 충만하게 살고, 계속 나아가라'는 뜻으로 이해했다.

그리고 이어 일어난 가장 충격적인 일은, 말라바의 영민하고 예리하던 정신이 자꾸 깜박깜박 흐려진다는 사실이었다. 말라바가 한동안 미용실 예약을 잊는다거나 스테이크를 너무 오래 익힌다거나 하는 경미한 혼란 상태를 보이긴 했지만, 나는 그런 증상을 심각하게 받아들이지 않았다. 엄마를 정박시키는 닻이었던 벤이 죽고 나서야 나는 엄마의 정신이 예사롭지 않다는 걸 깨달았다.

벤의 죽음 이후 찾아온 봄에, 나는 말라바가 플로리다에서 케이프코드로 옮겨오는 것을 도왔다. 먼저 케임브리지에 있는 아파트로 가서 엄마의 남편이었던 벤의 유물을 정리하며 며칠을 보냈다. 감정적 소진을 일으키는 일이었다. 하루는 저녁에 방에서 와인을 마시는데, 엄마가 난데없이 집안 목걸이 이야기를 꺼냈다.

---

* 1941~2012. 할리우드의 영화감독이자 작가로, 〈해리가 샐리를 만났을 때〉 시나리오를 썼고, 〈유브 갓 메일〉〈시애틀의 잠 못 이루는 밤〉 등을 연출했다.

"그걸 너한테 줘야겠어." 엄마가 말했다. "내가 그걸 다시 할 것 같진 않구나."

"알겠어요." 내가 신중하게 말했다.

말라바가 나를 호기심 어린 눈빛으로 쳐다보더니, 방에서 나가 자주색 상자를 들고 돌아왔다. 그러고는 뚜껑을 열어 상자를 우리 앞 커피 테이블에 내려놓았다.

"여기 받아." 엄마가 별스럽지 않게 말했다.

박스 안에 박스를 넣고 또 넣는 방식이나 감동적인 사랑 표현 같은 대단한 제스처는 없으리란 걸 깨달으며, 나는 엄청난 보물을 받게 된다는 사실에도 불구하고 상대적 박탈감을 느꼈다.

"할머니가 그 목걸이에 반한 이야기를 해주세요." 이 순간을 나에게 의미 있는 순간으로 만들어주고 싶어서 나는 그렇게 말했다. "그 이야기를 정말 좋아해요."

"엄마는 뭄바이에서 처음 그것을 눈여겨봤던 것 같아." 말라바가 잠시 말을 멈추고 기억을 떠올리려고 집중했다. "엄마가 집에 있는데 집 앞을 지나가던 행상이……"

"행상요?" 그 이야기를 지금까지 줄곧 들었지만, 행상이 언급된 건 이번이 처음이었다.

엄마는 손을 흔들어 그 말을 취소했다. 엄마는 최근 몇 년 사이 경미한 뇌졸중이 몇 번 와서 이야기가 술술 나오지 않았고, 자신의 의도에 가깝기는 해도 정확히 일치하는 단어를 구사하지 못할 때가 종종 있었다. 엄마는 이야기를 이어갔고, 익숙한 결말에 이르렀다. 내 할아버지가 무릎을 꿇고 비비언에게 두번째로 청혼한 이야기. 외동딸이었던 엄마는 그들의 특이하고 완전하지 않은 사랑의 목격자가 되었다.

이어지는 침묵 속에서 나는 자주색 상자를 들고 손에서 한 번 돌려 본 뒤 뚜껑을 조심스럽게 닫았다. "고마워요, 엄마. 제게 아주 큰 의미예요."

"뭐하는 거니?" 엄마가 주인은 자기라는 듯 벨벳 상자에 손을 얹었다. "네 것이긴 하지만, 그렇다고 가져가도 된다는 말은 아니야."

"왜 안 돼요?" 나는 어리둥절했다.

"음, 뉴욕은 안전한 곳이 아니니까." 엄마는 두 손을 상자에 얹고 약간의 저항력을 행사했고, 우리는 상자를 가운데 두고 팽팽히 힘을 주었다.

"당연히 안전할 거예요." 내가 잠시 말을 멈추었다. "엄마, 그 목걸이 줄 거예요 말 거예요?"

"줄 거야. 하지만 그래도 네가 가져가야 한다고는 여전히 생각하지 않아."

"제 것이라면," 나는 말라바의 손에서 상자를 재빨리 낚아채며 말했다. "뉴욕에 가져가 감정을 받을 거예요."

"오, 레니." 엄마는 그 말이 내게 품었던 의심을 입증해주었다는 듯 말했다. "너는 여전히 이해하지 못해. 그 목걸이는 값을 매길 수 없어. 감정을 받을 수 없는 거라고."

뉴욕에 돌아가 나는 마땅히 해야 할 일을 했다. 크리스티 경매 전문회사에서 인도 골동품에 관한 한 최고 전문가라는 사람의 연락처를 알아냈다. 하지만 감정을 맡기는 대신 목걸이를 내 옷장 깊숙이 넣어두고 그게 거기 있다는 걸 잊으려 했다. 말라바처럼 나도 진실을 알고 싶지 않았던 것 같다. 엄마 말이 맞아서 그 목걸이가 수백만 달러의 가치가 있다면, 언젠가 내가 그걸 팔아 엄마를 배반할 것임을 나는 알았다. 닉과 나는 그런 값어치가 있는 걸 보관하고 있을 만큼 경제적으로 여유가 없었다. 그리고 엄마가 잘못 알고 있어서 그 목걸이가 실은 가치 없는 거라면, 내가 자라면서 들은 동화는 말라바가 제멋대로 상상해서 만들어낸 허구라는 걸 깨닫게 될 테니, 그 순간을 참을 수 없을 것 같았다.

*

다음해 여름, 엄마가 혼자된 지 1년을 막 넘겼을 때, 엄마의 팔 안쪽에 거미한테 물린 것 같은 상처가 생겼는데, 그게 생각보다 심각한 것으로 판명되었다. 지역 병원 피부과 의사가 곧장 엄마를 보스턴에 있는 브리검앤드위민스병원으로 보냈다. 나는 엄마가 검사받는 동안 따라다니며 고된 하루를 보냈다. 엄마는 피부과 전문의, 종양 전문의, 외과 전문의를 만났고, PET 검사를 받았다. 검사를 다 끝내고 종양 전문의가 병명을 말해주며 최악의 상황에 대해 마음의 준비를 해두라고 했다. 병명은 공격형 방추 세포 흑색종이었다.

나는 멍한 기분으로 말라바를 다시 케이프코드로 데려다주었다. 금요일 오후 차량이 많은 시간대라 우리는 조금씩 이동했다. 엄마는 말없이 조수석 차창 밖을 내다보며 저 먼 어딘가를 보고 있었다. 나는 엄마가 그 말을 받아들이는지, 거부하는지 알 수 없었다.

케이프코드에서 닉과 아이들은 내가 돌아오기를 기다리고 있었다. 우리는 주말에 딸의 생일을 축하할 계획이었다. 그날은 언제나 여름의 달콤씁쓸한 끝을 알리는 표지 같았다. 늪지 위로 햇살은 이미 달라지고 있었다. 몇 주 안에 우리는 집 문을 닫아 잠그고, 작은 보트와 버섯 모양 닻을 끌어올리고, 시든 토마토 줄기를 뽑고, 지하실에 쥐덫을 놓을 것이다. 나는 겨울 동안 혼자 이곳에서 암과 고투할 말라바를 두고 갈 일이 고민스러웠다.

"같이 이야기할까요?" 내가 물었다.

말라바는 생각에 빠진 채 고개를 가로저었다.

우리가 플리머스를 반쯤 통과했을 때 다시 물어보았다. "무슨 생각 하세요, 엄마?"

엄마가 한숨을 쉬었다. "크리스토퍼 생각. 우리 엄마가 그애를 돌봤다면 어땠을까 생각하고 있었어."

"무슨 뜻이에요?" 내가 물었다.

"나도 정말 잘 모르겠어." 엄마가 말했다. "그냥 엄마가 그애를 돌봤으면 좋았겠다 싶어서. 죽었을 때 너무 어렸거든. 모르겠어. 엄마라면……" 엄마의 말끝이 흐려졌는데, 요즘 종종 있는 일이었다.

"더 말씀해보세요." 나는 갑자기 이 대화를 계속해서 엄마와의 연결감을 몹시 느끼고 싶어 엄마를 재촉했다.

"어떻게 말해야 좋을까? 엄마가 나를 사랑한 건 알아." 말라바가 단어 하나하나를 조심스럽게 골랐다. "하지만 자신을 사랑한 것만큼 많이는 아니었어."

내 가슴팍에서 숨이 멎는 기분이었다.

우리는 내가 평생 기다려온 대화를 시작하려는 참이었다. 내 딸이 탄생한 날 가능할지 모르겠다고 생각했던 그 대화. 나는 올여름에 엄마가 벤 사우더와 처음 키스한 그해 엄마 나이와 정확히 같은 나이가 되었다. 그 순간에 엄마는 얼마나 빠르게 자신의 행로를 바꾸기로 결심했는가. 엄마는 나를 삭구 속에 얽어매고 새로운 바람을 타고 침로를 바꾸었다. 나는 그때 엄마의 나이인 마흔여덟 살 대 마흔여덟 살로 엄마와 이야기하고 싶었다. 나를 깨운 그날 밤 엄마가 생각한 것을 이해하기 위해서. 나는 내 딸을 생각했고, 내가 엄마와 똑같이 행동할 만한 상황을 상상해보려 했다. 일어나, 좀. 일어나. 단 한 가지도 떠오르지 않았다.

"엄마가 엄마의 어머니에 대해 방금 말씀하신 거요," 내가 비난하는 투 없이 말했다. "그게 정확히 제가 엄마에게 느끼는 거예요. 엄마가 저를 사랑하는 걸 알지만, 엄마가 엄마 자신을 사랑하는 만큼은 아닌 것 같아요."

나는 숨을 들이마시고 입을 꾹 다물었다. 말라바가 화를 내거나 방어적이 된다면 지금일 것이다. 하지만 그러지 않았다. 대신에 엄마는 그 말을 생각해보는 것 같았다. 마침내 우리의 일을 청산하려는 듯이.

눈물이 시야를 뿌옇게 만들었지만, 나는 용기를 내서 계속 말했다. "나는 늘 엄마가 우선이라고 느끼며 살았어요. 엄마가 소유한 것도, 엄마의 열정도." 내가 말했다. "정작 나는 부차적이었어요."

나는 애써 말을 멈추었다. 그러고는 엄마가 내가 잘못 알고 있었다고 해명하기를, 적어도 엄마의 어머니가 한 실수를 되풀이해서 미안하다는 말 정도는 해주기를 기다렸다. 암 진단을 받았으니, 엄마는 가족이 재산보다 더 중요하다는 걸 분명히 알게 되었을 것이다.

고속도로를 수십 킬로미터 더 달린 뒤 말라바가 다시 말을 시작했다. "레니, 네가 화낼 거 알지만," 잠시 침묵. "내 목걸이를 돌려받고 싶어."

내가 잘못 들었을 것이다. 틀림없이 그럴 것이다.

"내 목걸이를 돌려받고 싶어." 엄마가 다시 말했다.

나는 똑바로 앞을 응시했고, 엄마의 간단한 문장이 일으킨 눈사태에 휘청거렸다. 내 상처는 바닥이 없는 듯 느껴졌다. 나는 엄마에게 상처를 줄 수 있는 가능한 모든 방법을 그려보았다. 다시는 엄마에게 말하지 않는다. 내 아이들이 엄마를 만나지 못하게 한다. 목걸이를 판다. 목걸이를 항구에 던져 넣는다. 목걸이로 엄마 목을 조른다.

말라바가 마침내 내 침묵이 분노를 의미함을 알아차리고 자신이 무거운 실수를 했음을 깨달았을 때, 나는 엄마의 두려움이 커지는 것을 보고 기쁨을 느꼈다. 벤이 죽은 뒤 몇 달 동안, 나는 어느 누구도 하지 못할 만큼 엄마에게 힘이 되어주었다. 매일 전화했고, 한결같이 엄마의 마음에 공감했다. 더이상은 그럴 수 없었다.

"얘야, 그냥 됐어. 목걸이 계속 갖고 있어." 엄마가 자신의 말을 철회했다. "다시 친구가 되자."

백만 년이 지나도 그럴 일 없어요, 나는 생각했다.

말라바는 용서해달라고 했으나, 점점 신경질적이 되더니 죽은 지 30년도 더 된 자기 어머니가 그 목걸이를 내게 줘서 화나 있다고 말했다.

엄마가 내게 그렇듯, 말라바의 어머니도 엄마에게 극복할 수 없는 존재라는 사실을 나는 깨닫기 시작했다. 나는 엄마가 어린 시절 무엇을 견뎌야 했는지 궁금했다. 술에 취한 채 화가 나서 어른이 된 딸의 다리를 부러뜨린 비비언이라면, 어린 말라바에게는 어떤 분노를 풀어놓았을까?

한 시간 뒤 진입로로 들어설 때쯤 내 분노는 슬픔으로 바뀌어 있었다. 엄마는 남편을 두 번 잃었다. 엄마는 방금 누가 보기에도 치명적인 진단을 받았다. 엄마는 정신이 오락가락했다. 여름이 끝나가고 있었고, 엄마 혼자 스스로를 돌보게 내버려둔 채 나는 곧 가족과 함께 뉴욕으로 돌아갈 것이다.

나는 지쳐서 금방이라도 쓰러질 것 같았다. 그만하면 됐어, 그런 감정이 내 안에서 서서히 퍼졌다. 그만하면 됐어. 그만하면 됐어. 그만하면 됐어.

나는 엄마가 차에서 내리도록 도왔고, 엄마는 앞문까지 세 계단을 올라가면서 비틀거리지 않으려고 내 팔을 잡았다. 오래전 벤이 비둘기가 담긴 피 묻은 자루를 든 채 안녕하신가! 하고 우렁차게 자기 존재를 선포하며 문지방을 넘은 그 문으로.

"저기 있지, 전부 다 미안해, 레니." 엄마가 말했다. "너를 정말 많이 사랑해. 이 세상 그 무엇보다 더."

나는 고개를 끄덕였다. 말라바가 그 누구보다 나를 사랑했다는 걸 알았다.

나는 엄마에게 안녕히 주무시라고 인사한 뒤 어둠 속에서 서로의 집으로 통하는 무성한 덤불 사이 지름길로 닉에게, 그와 내가 만든 우리 가족에게 돌아갔다. 딸이 내가 온 걸 기뻐하며, 자신의 아홉번째 생일이 다가온단 사실에 들떠 나를 두 팔로 끌어안았다. 닉은 우리의 포옹에 합류해 우리 두 사람을 감싸안았다. 그러자 우리 아들이 꿈틀꿈틀 자기가 가장 좋아하는 자리인 가운데로 밀고 들어왔다.

우리는 덱에서 단단한 원을 만든 채 잠시 이 자세로 몸을 흔들었다. 검은 하늘에 작은 구멍이 난 것처럼 별빛이 반짝거렸다. 내가 원한 모든 것이 바로 여기 있었다. 남편과 아이들을 끌어안으면서, 나는 내가 사슬을 끊은 것을 깨달았다. 나는 물론 여전히 말라바의 딸이었다. 그리고 내가 엄마를 결코 버리지 않을 것임을—엄마가 전화하면 나는 늘 끝까지 전화를 받을 것이다—알았지만, 또한 엄마의 손아귀에서 벗어난 것도 알았다. 내가 자라면서 믿었던 것처럼 우리는 온전한 전체의 반반이 아니었다. 엄마는 엄마라는 한 개체였다. 내가 나라는 한 개체이듯. 그리고 나는 내가 엄마처럼 되지 않을 때마다, 더 많이 내가 된다는 것도 알았다.

에필로그

매년 케이프코드로 돌아와 여름을 보내면서, 나는 노셋 바깥 해변에서 긴 산책을 하며 내가 수집하는 바다유리를 찾는다. 내 눈은 날카롭고 반짝거리는 것은 피하고, 은은한 색조의 푸른색, 갈색, 녹색 덩어리를 찾는 데 훈련이 되어 있다. 깨진 병이 파도에 부대끼고 모래에 마모되고 소금에 긁혀 해안으로 돌아오는 과정을 상상해보라. 상처의 흔적 속에 깃든 아름다움. 아이들과 나는 그 하나하나의 기원을 상상하는 걸 좋아하고, 그것이 처음 바다에 던져진 순간을 그려본다.

기원—어디서 시작되는가—에 대한 질문은 아주 많은 것을 결정한다. 나는 엄마의 키스 사건으로 이 글을 시작했다. 오빠인 크리스토퍼가 엄마 품에서 죽은 날부터 시작했다면 이 이야기는 어떻게 달라졌을까? 그러면 말라바는 독자의 공감을 끌어낼 수 있었을 것이다. 계속 살아나간 용기에 찬사를 받았을 것이다. 엄마는 그저 생존자일 뿐이다. 생명을 위협하는 흑색종은 재발하지 않았으나, 치명적인 진단에서 살아남은 엄마는 이제 하루하루 치매의 심연 속으로 가라앉고 있다.

나는 쉰세 살이다. 엄마의 비밀을 파묻으며 살던 시간이 있었다면, 그 햇수만큼 엄마의 비밀을 파내며 살았다. 눈길을 줄 것도 많고, 조명을 비추어 볼 것도 많다. 외도, 사별한 아이, 무엇보다 유명해지지 않은 데서 오는 상대적 박탈감. 말라바는 더이상 내가 답을 찾도록 도와줄 수 없지만, 내가 이 책을 읽어주면 미소를 지으며 원하는 건 뭐든 추구할 수 있는 막강한 여인이었던 그 시절을 즐겁게 음미한다. 나는 엄마가 내게 잘못한 부분을 건너뛰지만, 그 부분은 엄연히 존재한다.

사람들은 우리가 과거에서 배우는 게 없다면 과거를 반복하는 과오에 빠진다고 말한다. 내 엄마와는 다른 엄마가 되고자 하는 바람과 더불어 그 두려움 때문에, 나는 물살이 다시 난파선을 묻어버리기 전에 약탈품이든 보물이든 건질 수 있는 건 뭐든 건져내면서, 나 자신의 삶과 아울러 엄마 삶의 원자료를 힘겹지만 끝까지 살펴나갈 수 있었다.

내 딸이 거의 열네 살이 되었다. 엄마가 나를 깨워 벤이 키스했다고 말해준 그 나이. 딸과 나는 골격, 체구, 머리색과 피부색까지 아주 많이 닮았지만 내 딸은 온전한 자기 자신이며, 나나 그애의 할머니에게서는 찾아볼 수 없는 기꺼운 웃음과 노래하는 밝은 목소리를 가졌다. 딸과 할머니 사이에는 늘 특별한 유대감이 존재하는데, 그것은 순수한 유대감이다. 말라바가 더이상 자신의 이익을 위해 사랑을 휘두를 수 없기 때문이다.

이따금 나는 딸에게 묻고 싶다. 넌 괜찮아? 내가 잘하고 있는 거니?

대답은 얼마 전 딸이 영어 과제를 하다가 난감한 표정으로 내 서재로 들어왔을 때 주어졌다. 딸의 과제는 혼자 힘으로 이겨내야 했던 개인적인 도전을 주제로 글을 쓰는 거였고, 그건 도움을 줄 수 있는 어른이 없고 스스로 문제를 해결해야 하는 그런 삶의 순간을 말했다.

"뭘 쓰라는 건지 모르겠어요." 딸이 말했다. 부모가 부재하거나 도와주지 않을 수 있다는 생각 자체가 어리둥절한 모양이었다.

나는 내 부모가 부재했던 그 모든 순간이 떠올라, 눈을 깜박여 눈물을 삼켰다.

"엄마, 엄마가 저라면 뭘 쓸 것 같아요?"

감사의 말

나를 믿어준 저작권 대리인 브레트니 블룸과 탁월한 편집자 로런 와인에게 감사하다. 그들의 지지와 통찰과 우정이 없었다면 이 책은 존재하지 않았을 것이다.

이 책을 읽고 의견을 준 줄리 코스탠조, 캐스린 셰블로, 그리고 레슬리 웰스에게 감사하다. 원고를 수정할 때마다 빠짐없이 읽어준 캐럴 디샌티, 세라 로셀, 조 시르쿠에게 가슴 깊이 감사하다.

사랑과 격려를 보내준 내 현대적인 가족에게 감사하다. 남편이자 내 심장과 같은 팀 라이언, 우리 아이들 매들린과 리엄 브로더에게 감사하다. 리엄은 내가 글을 쓸 때 방해하지 않으려고 우리 아파트를 발끝걸음으로 조심조심 돌아다녔다. 사실 여부를 확인해주고 사진과 편지를 제공하고 흔들림 없는 지지를 보내준 크리스 브루스터에게 감사하다.

그의 파트너인 밸러리 듀에게 내 광기를 보듬어준 것에 감사하다. 밀라니 크리스티안센과 매기 시먼스는 그들의 사랑과 지혜로 나의 가장 어두운 시간에 안내자가 되어주었다. 빌 브루스터와 해리 혼블로어 모두 내가 몹시 사랑하는 사람들이다. 스티븐 브로더는 이 이야기의 반대쪽(그의 이야기도 흥미롭다)을 경험한 사람이다. 안드레아와 올리비아 브로더는 햇살 같은 사람들이다. 행크, 해치, 거스티 혼블로어, 엘리너 새런, 홀리 브루스터는 이 복잡한 가족 이야기를 들어준 친절한 사람들이다. 마리와 빌 라이언은 모범적인 역할 모델이다. 팀과 닉 라이언은 특별한 청년이다.

우정을 베풀어준 케나 케이에게 감사하다. 케나는 30년 동안 높고 낮은 파도를 통과하는 내 모습을 지켜보았다. 조디 델니커스와 코비나 길리트가 없었다면 나는 십대를 살아남지 못했을 것이다. 에일린 지머먼은 우리의 이십대 이후로 나와 함께 글을 썼다. 엄마 같은 친구인 레베카 바버, 크리스틴 빌러, 앨리신 캐머로타에게 감사하다. 나는 그런 친구가 가능한지도 몰랐었다. 그리고 이 길을 걸어가는 나를 줄곧 격려하고 자극한 문학 동료 핑크니 베네딕트, 리 카펜터, 이사 캐토, 줄리 커민스, 스콧 래서, 에밀리 밀러, 세라 파워스, 그리고 피터 록에게 감사하다.

이 책이 세상에 나올 수 있게 애써준 호튼 미플린 하코트 출판사 팀의 일원인 엘런 아처, 헬런 아츠마, 래리 쿠퍼, 데비 엥걸, 캔디스 핀, 필러 가르시아브라운, 로리 글레이저, 메어 고먼, 해나 할로, 브루스 니컬스, 트레이시 로, 태린 로더, 크리스토퍼 무아장에게 감사하다. 또한 북 그룹의 줄리 베어러, 페이 벤더, 엘리자베스 위드, 데이나 머피, 핼리 셰퍼, 니콜 커닝엄에게 감사하다. 외국 저작권 대리인인 제니 메이어, 법률팀의 제시카 설키와 헤더 부숑, 영화팀의 피터 처닌, 조지 프리드먼, 켈리 프리먼 크레이그, 대니 번필드, 크리스 루포에게, 그리고 브로드사이드 미디어의 마이클 태큰스에게 감사하다.

나를 지지해준 아스펜 워즈의 동료인 마리 챈, 엘리자베스 닉스, 엘리 스콧, 캐럴라인 토리에게 감사하다. 아스펜 인스티튜트(다 열거하기엔 너무 많다)의 엘리엇 거슨, 재니스 조지프, 린다 레러, 제이미 밀러, 에릭 모틀리, 댄 포터필드, 짐 스피걸맨에게도, 아스펜 워즈 자문위원회(예전과 현재)의 톰 버나드, 수잰 보버, 샌디 비숍, 키티 분, 크리스 브라이언, 태라 카슨, 그레첸 콜, 폴 프리먼, 존 풀러턴, 수에 홉킨슨, 질 카우프먼, 마셀라 라슨, 에린 렌츠, 토드 미첼, 베스 몬드리, 수에 오브라이언, 캐시 오코넬, 블랭카 오리어리, 아널드 포래스, 바버라 리스, 리잰 로저스, 세라 체이스 쇼, 마크 톰킨스, 린다와 데니 본에게 감사하다.

내가 이 꿈에 발을 디딜 수 있게 시간과 공간을 제공해준 헤지브룩에 감사하다.

하루하루 영감의 원천이 되어준 브레인 피킹스에게 감사하다.

내 몸과 영혼에 관심을 쏟아준 조핸 피커드와 케이티 도브에게 감사하다.

무엇보다 내 부모님, 내게 문학에서의 삶이 가능하다는 것을 보여준 아버지 폴 브로더와 내 첫사랑이자 변치 않을 사랑인 말라바 브루스터에게 감사드린다.

335

지은이 에이드리엔 브로더
전미잡지상을 수상한 『조이트로프: 올스토리』의 공동 제작자로, 영화감독 프랜시스 포드 코폴라와 함께 출판 이력을 시작했다. 도서 편집자로 일했고, 현재 아스펜 인스티튜트의 프로그램인 아스펜 위즈의 총괄 담당자를 맡고 있다. 매사추세츠주 케임브리지에서 남편과 아이들과 함께 살고 있다.

옮긴이 정연희
서울대학교 영어교육과를 졸업하고 미국 펜실베이니아대학교에서 석사학위를 받았다. 전문 번역가로 활동하고 있으며, 옮긴 책으로 『디어 라이프』 『착한 여자의 사랑』 『소녀와 여자들의 삶』 『운명과 분노』 『플로리다』 『내 이름은 루시 바턴』 『무엇이든 가능하다』 『버지스 형제』 『에이미와 이저벨』 『다시, 올리브』 『엘리너 올리펀트는 완전 괜찮아』 『그 겨울의 일주일』 『비와 별이 내리는 밤』 『커먼웰스』 『헬프』 등이 있다.

와일드 게임

초판 인쇄 2021년 9월 8일
초판 발행 2021년 9월 17일

지은이 에이드리엔 브로더 | 옮긴이 정연희
책임편집 구민정 | 편집 유지연 이현미
디자인 윤종윤 최미영 | 저작권 김지영 이영은 김하림
마케팅 정민호 양서연 박지영 안남영
홍보 김희숙 함유지 김현지 이소정 이미희 박지원
제작 강신은 김동욱 임현식 | 제작처 상지사

펴낸곳 (주)문학동네 | 펴낸이 염현숙
출판등록 1993년 10월 22일 제406-2003-000045호
주소 10881 경기도 파주시 회동길 210
전자우편 editor@munhak.com | 대표전화 031) 955-8888 | 팩스 031) 955-8855
문의전화 031) 955-2655(마케팅) 031) 955-2671(편집)
문학동네카페 http://cafe.naver.com/mhdn | 트위터 @munhakdongne
북클럽문학동네 http://bookclubmunhak.com

ISBN 978-89-546-8222-0 03840

잘못된 책은 구입하신 서점에서 교환해드립니다.
기타 교환 문의: 031) 955-2661, 3580

www.munhak.com